Women in sunlight

阿孙塔与美丽晚餐

［美］弗朗西斯·梅斯 著
韩阳 译

frances mayes

北京时代华文书局

献给雷娜·威廉斯

抬头挺胸,暂时抛开理智。

——谢默斯·希尼《碎石小路》

目 录

第一部
她们的到来　003
风魔一时的沙拉　013
偶然之间　017

第二部
方向　023
柔软的羽绒被　039
放逐　045
责任在梦中开始　051
缪斯　060
沙堡　066

第三部
游客因何而来　085
白色的紫藤　090
圣罗科　102
A Domani：明天见　110
绝妙好词：Cena　122
一周而已　128

X染色体，两条？　142

丰收：La Raccolta　149

绿　158

意想不到的花园　162

愈发透明　166

发现的脚步　174

你想说的一切　177

白纸　180

北上威尼斯　185

黄色小摩托车　202

洗劫　226

扣钩和链条　235

第四部

什么更珍贵？　241

苏珊的世界　245

神圣的日子　257

七英里的谈话　267

凌乱　271

纸门　276

烛光之中　281

朋友们　284

第五部

联系　295

打桥上走过　299

杏树，第一朵花　306

Lo Studiolo：工作室　318

佛罗伦萨：春日之城　327

未寄出的信？　332

偶然听到　338

惊世之作　343

Per Sfizo: 消遣　349

三角梅、葡萄、仙人球　353

接二连三的变化　361

探戈　367

及时行乐　375

珍珠　378

纸门打开　385

第六部

足月　395

触手可及　399

某人，某地　409

光的抛物线　421

开满幸福之花的花园　424

意大利时间　429

假设　437

放手一搏　446

我要说的话　460

第一夜　466

致谢　469

第一部

她们的到来

偶然之下,我见证了三位美国女人的到来。那几个小时,我一直在花园读书,随手写下几行笔记,或在书页空白处点几个黑点,一来可以标记值得回味的句子,二来也可以保持书页整洁。这段时间,太阳落山早,晚餐呼唤我的时间也跟着提前。大约下午四点半,我就已经在惦记冰箱里的小牛排了,还想着再把园子里的甜菜切一部分。甜菜就着葡萄干、大蒜和橘子皮,还有百里香和欧芹配着科林在夏末时节挖出来的小土豆。傍晚时分,空气中添了几丝凉意,我合上书,走进房间,推卜运木小车,准备去棚子里取些橄榄树枝,等会儿放在壁炉里烧。

又过了一天。我一直拖着,不知道关于玛格丽特的书该如何下笔。她是我的好朋友,难以取悦,严谨认真。我之前一直很佩服她的文笔。啊,现在也佩服。可这项任务就像是要划着发霉的火柴一样——我反复读书,却从未动笔。光她的那本《通往德拉戈宫殿的楼梯》,我已经反复读了十几遍。

一本书就像一扇传送门。我写过的每个人都被牢牢地封印在某个婴武密室中(有婴武这个词吗?难道是想模仿鹦鹉螺?),之后才会走进另一片能够栖身的天地。通常,都是别人选择我。那些转瞬即逝的画面竞相出现，我高兴地跟在后面，有时刚刚走出视线，有时就像 U 型弯一样转回来，最后像心跳空了一拍一样结束了。"右行左行交互式"这个词不就是用来形容牛耕式转行书写法的吗？

有时，我写下的文字会燃烧起来，仿佛坏男孩们在空地上点了一把野火。那就是我心花怒放、下笔如有神的时刻。然而，这一次，是我自己选择了朋友作为写作对象，感觉就像回到大学，啃下一篇有关 T. S. 艾略特《四个四重奏》的研究论文一样。这本书我读得很有兴味，但同时也因自己技不如人而深感羞愧。

我很容易走神。从那边数第三个小果园里，还有几个已经皱缩的苹果，泛着金色挂在枝头，如神话中美惠三女神那样显眼，引诱我做格雷派饼。菲兹柔顺的毛发有几处黏在了一起，需要梳一梳。还说呢，我自己的头发早就乱得不成样子。现在，每棵橡树下都有牛肝菌冒出来，我很想用它和香肠做些波伦塔[1]，请朋友们品尝。看，我的万千思绪已飘向了四面八方。

毕竟，在责任感的驱使下，人总容易神思恍惚。

我从木堆里捡了些枯树枝，往下看着北边的橄榄树梯田时，正好看到本地司机詹尼一把急转弯，开进了对面马尔皮迪家的车道，白色的小货车压在已经干了的庄稼茬上。马尔皮迪的意大利语是"Malpiedi"，就是"腿脚不好"的意思。我一直都很喜欢意大利人名。之前，我家在科勒尔盖布尔斯，我和朋友们总会在旁边的空地上玩儿"狂野印第安"的游戏，我们会给自己起名，比如"流浪的熊""鹿之心""笔直的箭"等。意大利人名总会让我想起那段时

1　一种意大利式的玉米粥。本书注释如无特殊说明，皆为译者注。

光。当时,有个朋友给自己起的名字是"冲水马桶",但还有很多名字可以选,像 Bucaletto 即"床上的洞"、Zappini 即"小锄头"、Tagliaferro 即"切割铁器的人或陌生人"、Taglialagamba 即"砍断腿"、Cipollini 即"小洋葱"、Tagliasopra 即"切土面"和 Bellocchio 即"美丽的眼睛"等——想想,这些名字真是充满了生活情趣。

来意大利的前几年,我对每个音节都非常着迷,恨不得都认识一下。要是酒店里有电话簿,我晚上就会挨个读出那些名字,遇到 Caminomerde(烟囱灰)——对了,这儿还有个故事呢——或者 Pellepiccolo(小皮肤)、Pippisecca(干燥管或男性生殖器)、Pescecane(巨头鲸)之类的名字就会非常开心。还有那个庄严的 Botticelli 是什么意思来着?对了,是"小酒桶"。

"腿脚不好"的那个现在已经不在了。我参加了他妻子路易莎的葬礼。路易莎最后一次过生日的蛋糕装饰得特别夸张——人物就像那不勒斯博物馆壁画中庞贝人宴饮上的一样,男性生殖器大到难以直视,最后是放在托盘里拿过来的。当时,路易莎和朋友们正在餐厅庆祝,从她们的餐桌旁走过时,那些人正对着蛋糕大笑,我瞄了一眼那个亮粉色和翠绿色的蛋糕,着实吓了一跳。后来,我每次看到瘦削、驼背、长着一双兔眼的蒂托——路易莎的丈夫,都会觉得非常尴尬。最后害死路易莎的不是憩室炎,是急性疝气,我真心觉得那是她吃了太多蛋糕的缘故。不久,蒂托也随路易莎去了。蒂托是因为吃了猪身上的硬毛,窒息之后也没人在身旁对他实施海姆立克急救法。我尽力不去想他浑浊的眼睛突出眼眶的情境。格拉齐亚是他们的女儿,大笑时总会喷鼻子,粗声粗气的。她粉刷了房间,买了一个洗碗机,去跟镇上身体不太好的阿姨一起住之前,就挂出了租房广告。(后来我才知道,房子租一年之后就可以买下来。)格拉齐亚不会再回这座冬夏皆凉的大石头房子里了。他们是我的邻居，我很想他们。我也想念格拉齐亚练习小提琴、路易莎弹钢琴、蒂托吹萨克斯的年月。那几个小时，刺耳的音符会飘满整座山。我们并排生活在同一面山坡上，做了十二年的邻居，可不到半年的时间里，那座房子里就一个人都没有了，只有晚上屈拉蒙塔那风从阿尔卑斯山吹过来时，厨房百叶窗沙沙的声响。

我一直都很喜欢他们的房子——很大，方方正正的，扎扎实实地待在梯田长长的平坡上，大门上挂着狮身人面的门环。当年意大利洗劫埃及的时候，这种装饰非常流行。大门上面的扇形窗铁圈呈大写的 S 形，非常时髦，我猜三百年前建造这座房子的人，名字的首字母就是 S 吧。拨开茉莉的藤蔓，你会看到 "VIRET IN AETERNUM" 这行字，意为 "永远盛开"。这格言中蕴含的寓意真美好啊。这座房子叫 "阿孙塔之屋"，大概是因为房子是在八月节圣母升天时建成的。房子有两层，每层各有六间正方形的屋子。浴室是后来才加的，不过也还行。

李子树上挂满果实的时候，我会给蒂托和路易莎送一篮子过去。他们家门打开的那一刹那，光线会照出来，映在打了蜡的砖上。我看到客厅的尽头带有窗格的大窗户上满是舒展着的菩提树叶。冬天，树叶落尽，就只能看到光秃秃的黑色树枝，像用木炭笔匆匆画就的素描一样。

我看到詹尼的小货车穿行在橄榄树丛中，时隐时现。银白色的树干，能瞥见几处白色，树皮快要剥落的地方，反射着白色的光。他沿着崎岖的车道往前走，最后停在房子旁边长满杂草的停车场。之前，路易莎经常把蓝色的意大利敞篷汽车留在那里，任凭雨水落在车身上。我经常想把那种场景写进诗里,但一直没找到合适的机会。

三个女人下了车,她们拎着随身包,背着鼓鼓的背包,还带着手提包,所以真的算不上多优雅。詹尼从车里拽出来四个超大的行李箱,好不容易才拖到门口。我听不清那三个女人在说什么,不过好像一直在笑、在叫。我猜她们是要在这里度过秋天。有的旅行者会刻意避开炎热的夏天,反而喜欢到这里享受更宁静的秋日时光。我只希望她们不要太吵就好,毕竟山上总会有回音。要是她们的丈夫来了,大家一起喝酒吃晚餐,那肯定会乱死的。她们究竟是谁?我看得出来,这三个人都已经不年轻了。

我自己来到这里的情境,天啊——那是十二年前了,可仍旧鲜活如昨日。我下了车,抬头看着无人居住的石头农舍,想着我知道,我知道什么?就是这里了。我就要在这里编织未来。

她们也会这么想吗?玛格丽特——我久不联系的朋友,我新书的女主人公——比我早很久就来到这里,就算是她,站在这栋大房子(的确很大)脚下金色石屋的面前,也不知道未来的模样。不过,她一眼就发现,地下室有一头很肥的猪,一直在尖叫,是前主人(也就是她口中的农民)留给她的礼物。

玛格丽特和我不一样,她是真的四海为家,说来就来,说走就走,毫不留恋。她会穿着绣花的室内拖鞋和威尼斯带黑色烫花的紫色外套,和这些刚来的人一点儿都不一样——这些人穿着蓬松的洋红色、橙色、橘红色棉服,脚上还踩着靴子。

那个穿着洋红色棉服的人从车后门拿出来一个运狗箱。她蹲下来,打开箱子,一只浅棕色的小狗从里面跑出来。小狗一直围着她们几个人跑啊跳啊,高兴地脚不点地。她们带着小狗一起来,所以我由此猜测，这几个人肯定不是只待几天而已。

我捡着木柴，渐渐陷入沉思。那些人仿佛离我很远，动作手势也渐渐模糊，像是静止的画面。又好似中世纪祈祷书某张末日审判的插图：天空灰蒙蒙的，坚固的房屋捕捉到黄昏的阳光，石头泛着光，阳光像是照在蜗牛爬过的痕迹上。窗户上斑驳的玻璃，像镜子一样反射着阳光。我和阿孙塔之屋中间，柏树颀长的身影勾勒出乡村的道路。朦胧的面纱背后（暮色渐渐淡去，熟悉的清晰感随之而来），女人们慢慢走向大门，詹尼摸索出之前常用橘色丝带挂在门后的铁质钥匙。我知道，很快，她们就会闻到屋子里旧书的气味。她们会走进去，看看客厅的窗户，看看窗外金色的菩提树叶，或许还会停下脚步，深呼吸一次。啊，我们来到这里了。可为什么泪水会迷蒙了我的双眼？

路易莎啊，你一直没机会点掉下巴上那颗恼人的痣，甚至痣上面那根粗粗的毛也没被拔下来——我之前总有奇怪的冲动，想去碰一碰。现在说这个太晚了。你已经离去，蒂托也撒手人寰，他不知大小的阳具还有他温柔的微笑都已是昨日的光景。现在，几乎也要完全消失在人们脑海的还有这样一番景象：多年以来，在那个又大又旧的厨房里，人们拉把椅子坐在壁炉边，倒上一小瓶圣酒，高谈阔论战争时期的故事，据说，很多当地人都是光着脚从俄罗斯走回来的。想法与众不同的格拉齐亚应该会清理一下院子吧。一切都已消逝不见。就如我十几岁时舍不得放下的《飘》一样，随风飘散了。（玛格丽特也已随风而去。）这个玛格丽特啊，真是笔法犀利，双眼炯炯有神。我之前曾研究过她干净利落的散文风格。我喜欢用"和"这个字，是因为于我而言，万物皆有联系。可她却从未用过这个字，因为于她而言，万物皆无关联。在写作上，本心根本无处可藏。

时光一年一年流逝,玛格丽特的作品渐渐淡出人们的视野,就连《阳光下的蓝色花朵》也是,要知道,这本书曾引起人们的广泛关注,而且还曾登上畅销书排行榜。我的大多数作家朋友都没听说过玛格丽特,所以我觉得,自己有责任点燃大家对她这几部作品的兴趣。不过,这并不是说我可以保住她的作品在圣经正典中的地位——如果圣经正典真的存在的话。

到达,意味着一切皆有可能。我还记得自己刚到这里的样子。签好最后一份文件后,地产经纪人派斯卡恩(没错,Pescecane 就是"巨头鲸"的意思)就把黑色的铁质钥匙交到了我的手上,我走进空无一人的屋子,数了数有多少个房间:十一个,大部分都很小。下层有四个,曾经是用来养动物的,当时仍有光滑的大石块地板以及一层尿酸造成的白色霉菌。楼上的天花板很高,因为之前那里曾有个贮藏谷物和栗子的阁楼(不过很久之前就已经塌了)。厨房和餐厅的空间又窄又长。啊,我忘了说那边还有个湿乎乎的吧台。我记得门闩咯吱咯吱的响声,拉开百叶窗,外面的景色一下映入眼帘,整个人就像沐浴在上天的恩赐之中。绿叶之泉(Casa Fonte delle Foglie)。可能这就是我爱上这里的原因吧,这是个多么有诗意的名字啊。而且,这个名字还很灵动,橄榄树、菩提树、冬青树和松树层层叠叠,郁郁葱葱,绕着山坡长了一圈。我之前只来过一次,所以真的没想起来二楼还有两台壁炉,也不记得厨房里那个歪着的大梁。食品储藏室里没有发现老鼠出没的痕迹。这房子一开始就像是为我准备的。于是,我马上就卷起袖管,开始整理了。

那三位女士现在所看到的一切——是会永远留在记忆里,还是会在假期结束后慢慢褪色?我记得,之前某个七月,我在佛罗伦萨北部的穆杰罗租了间房子——那台老式冰箱里的冰都凸出来了,弄得门都关不上。要是摸一下把手,肯定会被冻得一哆嗦。我记不得卧室的样子,但还记得餐具柜抽屉里好几十年前的圣诞贺卡和洗礼邀请函。至于长长的客厅是什么样子,我真的也想不起来了,依稀是个白色的空房间,房椽下的地板上有一排白色的鸽子粪。是谁将它们全都带到了这个根本没有人的陌生国度?是我。玛格丽特嘛——这么说吧,流浪是她的天性。她之前常这样威胁人:"行了,你再也回不去家了。"

你可以回家。她的话也并不是什么严厉激烈之词,这只有待到你不确定自己家在何方时才能明白。我见过太多怀抱着希望的人来到这里,他们想在这里安身立命,可某天早上醒来后——或是休息好之后、或是下了意大利语课(我觉得意大利语也不难学)、或是经历过没水的日子、或是和不太会说意大利语的人们共进午餐畅饮啤酒的时候,也可能是体验过刺骨的冬天后——一个问题会兀得出现在他们脑海中:我为什么要来这里?

即便如此,仍有强大的推动力驱使着我们。曾驱使着玛格丽特的是这股力量,曾驱使着我的也是。在佛罗伦萨火车站,"到达"标志牌闪着光,旁边就是诱人的"离开"标志牌。"列车到达"(Treni in arrivi)、"列车离开"(Treni in partenze),这就是两个标志牌分别代表的含义(但我还是想同时登上两列火车)。玛格丽特搬离了茉莉之屋(Casa Gelsomino)。长时间以来,那里都是她的归宿,可后来就不是了。两年后,她回来了,和我们住在一起。当时的她很不喜欢意大利,终于有一天,她失去了耐心,突然爆发,对我说:"你就像个孩子。幼稚。永远都一副受惊的样子。"我什么都没说。在这之前,我的心已经被她伤过一次。

科林反驳了她:"玛格丽特,你这是胡说八道。姬特什么都明白。"之后,科林给她倒了杯格拉巴酒[1],算是代表那天晚上的结束。

"意大利相当传统古老。至少,你知道这一点。可你不知道,孩子们一出生就已经老了。"玛格丽特仰着头一口就喝掉了那杯格拉巴酒,瞪大眼睛待了一会儿,才对我们说,"晚安(Buona notte)。"

那三位女士各自选了一间卧室,把行李箱搬到床上,这才发现,原来托斯卡纳的房间里面没有衣柜,只有咯吱作响的大衣橱。她们怎么会选择路易莎那些朴素的房间?难道是结局早已嵌在开始的部分?上大一时,艾略特的诗句"在我的开始中是我的结束"[2]令我恼火,我当时觉得这一句太过消极。不过,我现在很想知道,自己在这里的时光何时会走到尽头。命运,这个词中包含着太多慈悲——可到底怎样的红线,才能把尚不可预知的结局与我到来的那天联系起来呢?那天的我穿着白色的太阳裙,推开门,张开双臂,转着圈——这可让经纪人惊讶极了——大声喊道:"我到家了。"

我拎着一筐木柴,往房间里走去,最后一缕阳光落在山谷中的湖里,引得波光粼粼。我的口袋里有一把甜菜、几枝百里香和迷迭香。科林站在大门门口朝我挥手,菲兹跟着一片打着旋儿飘向草地

---

1 即果渣白兰地。
2 《情歌·荒原·四重奏》,T.S.艾略特著,汤永宽译,上海译文出版社,1994年版,第 79 页。

的枯叶转着圈。《通往德拉戈宫殿的楼梯》就放在草坪躺椅的左边，詹尼按了下喇叭，说完"女士们，晚安（buona sera, Signora）"，就踩了脚油门，开着已经没有乘客的货车走了，音乐声响起——是卢乔·达拉的曲子吗？——从房子里飘出来。就是这样，是它们选择了我。

风魔一时的沙拉

　　科林做的小牛排、壁炉里的火、我们收藏的最棒的一款布鲁奈洛酒,还有不期而至的雨滴滴答答地落在窗户上——试问世上还有更让人惬意的时刻吗?我的一生中经历了很多美好的时光,可秋日的夜晚,待在家里,那种幸福感根本无法超越,有巴赫的大提琴协奏曲,还有煤火上靠着的几把栗子。我坐在那里,听科林讲他喜欢的几部莫扎特歌剧、有史以来最没有章法的书——瓦尔特·本杰明的《拱廊计划》,还有灯芯绒裤子上的口袋是怎么破的,等等。他会一直给我们俩倒酒,会为没来的朋友们祝酒,还会前倾着身子拨弄壁炉里的火。闪烁跳跃的火光映衬着,他看上去温暖而英俊。

　　我晃着手里的玻璃杯,火光跳跃着,在墙上映出新月形:残缺的月亮,透明,两个部分相互碰撞。我该如何继续?我如何知道什么预示着我和那三位女士的命运?或许,她们现在已经找到了蒂托那间早已长满了蜘蛛网的酒窖,正准备开一瓶落满灰尘的蒙特布查诺贵族酒呢——酒肯定已经酸了。我的脑海中清晰地浮现出古埃及人的仪式。从法老出生那天起,奴隶们就会开始建造他的墓穴。到我的笔记本上写好文章圆满结局的那一天,到我的电脑里都是文件和单词列表、问题列表的时候,那些刚来山上的人还会在吗?玛格丽特会最终长眠吗？我会留下，还是离开呢？

　　我觉得自己讲述的时候还算客观，但也并不很确定。毕竟，我这种作者，写作的时候肯定还要同时做另一件事才行。有的时候，会同时做三件事，一心多用。我的诗句会不时冒出来，我不会强求。也就是说，在这一点上，我和济慈的观点一样，诗应该如树上的落叶，不经意间飘落到你面前。更通俗地说，写作于我而言就和做饭一样——我在厨房做饭时会点着所有的炉子。不过，听上去感觉我更像一座着火的房子，而不是作家。其实，我只写过三本诗集和两部短篇散文。第一部短篇散文有关弗雷亚·斯塔克（Freya Stark），她是第一个去往远东的西方女性，二十世纪二十年代时就出发了。此外，她也是一流的作家。第二部短篇散文是一部小传记，主人公是莫德·冈（Maud Gonne）。我最喜欢的诗人济慈非常欣赏莫德·冈，描写她面容的诗句很多都可传承不朽。其中最奇怪的两句和食物相关。"它两颊深陷，仿佛它只是喝空气，只是吞够了影子就算吃饱？"[1] 在另一首诗中，济慈说她喜欢"吃风魔一时的肉沙拉子"[2]。她自己就是"风魔一时的沙拉"。有一次，她竟在墓穴中与人共赴云雨，而那墓穴里埋的是她两岁就夭折的儿子。她这样做是希望再怀孕的时候能有这孩子的一缕气息（我很能体会她的悲伤）。写作也是"风魔一时的沙拉"，是风魔一时的主菜，同时也是风魔一时的甜品。

　　到哪里才能找到写新书的自信呢？好吧——我的作品集《须臾

---

[1]《卞之琳译文集（中）》，安徽教育出版社，2003年版，第151页。
[2]《获诺贝尔文学奖作家丛书：丽达与天鹅》，威廉·巴特勒·叶芝著，裘小龙译，漓江出版社，1992年版，第162页。

地图》获得了两项大奖。可乔治·克鲁尼骑着摩托车到我的家乡圣罗科转一圈，都比我遥不可及的奖项更能引起轰动。托斯卡纳人并不迷信名人，就算是克鲁尼也不行，不过，穿着华伦天奴品牌制服的宪兵确实护送着市长到我家，给我送了一束百合花。我去过纽约、波士顿、哥伦比亚特区和西海岸。被人赞美、敬酒真是让人欣喜，可那之后，就因为两处已经标注了出处的引用，除了几所大学邀请我担任客座讲师，别的就什么动静都没有了。可我为什么要去当客座讲师？冬天在伊萨卡，夏天在亚利桑那州吗？两个奖项的奖金还算丰厚（反正对诗人来说算是丰厚了），于是我怀着感激的心，更换了家里的化粪池和供暖系统。

人们说，诗歌百无一用，可实际上，正是它让一切变成了现实。电线、语言的精髓、非正式的比喻等都是，那是我的家，是我的最爱，是人们生存不可或缺的内容。（别人也说过同样的话，是谁来着？）我深感荣幸。很多诗人仿佛一直生活在阳春白雪之中。我也很希望并相信我能获得这些奖项是实至名归，但我真的很怀疑，生活在远离文人之战的意大利真的发挥了很大作用。或许，大家都只能从我身上找到共鸣吧。

如果你了解我——虽然我很怀疑这一点，那很有可能是通过我写的关于弗雷亚的那本《破碎的边界》。玛格丽特帮我联系了一位制片人，之后，不可思议的事情就发生了：我对心目中女英雄的精炼刻画一下就跃上银幕，成了大规模上映的电影。你看过这部电影的，肯定看过，但又有谁知道电影背后的作家姓甚名谁呢？纯洁的弗雷亚肯定不会喜欢编剧新加的与亚述沙漠军阀翻云覆雨的镜头。不过，因为这部电影，很多新读者都发现了关于真实弗雷亚的这本书——我只能这样自我安慰。她（虽然已经溘然长逝）、好莱坞还有我都因此赚了些钱。再声明一下，虽然不能让我像数字技术奇才或在房地产行业的表弟那样富得流油，但也算是个好兆头。我用这笔钱的一部分重装了厨房，其余的就都被存起来了。

莫德的那本书带我走进了更广阔的世界。她大声呼喊，希望有人记下她的经历，于是我应声而行。剧作家奥尔拉·吉尔根改编了我的《科勒的天鹅》，并将其搬上舞台，同时把我的文本与叶芝的诗作完美融合。五年之后，这部剧仍每周在都柏林的剧场演出四场。通过各种影片和庆典，我和科林结交了不少朋友，天啊，来托斯卡纳旅行的演员和导演多得招待不过来，简直让人筋疲力尽。

有时，移居他国的我也会说自己童年在佛罗里达州时就爱上了欧洲。我从未写过有关美国的书，而且我也没有哪本书有关于那些女人、我自己、玛格丽特、出生在美国的人和来自华盛顿哥伦比亚特区的人。

如果确有必要，那我就得借助对文化的记忆、借助直觉、借助丰满的翅膀。

偶然之间

科林熄灭了壁炉里的火,我走出门,看着墨色的天空,繁星闪烁——其他地方的忽明忽暗,这里的却可以说是耀眼。你得深呼吸。最好双膝跪地。透过树林看过去,马尔皮迪的房子就像深色大山上的一块灰色方形污迹。那些女人中是否有一个正在看着窗外,赞叹漫天明亮的星吗?今晚,五颗星星连成瀑布的形状,仿佛要落入月亮。在意大利的第一晚,是否有位女士已经安然入眠?至于第三位,可能小狗就卧在她脚边,而她已在乡野之中沉沉入睡,默然寂静,凌晨四点起身时,才会惊觉自己身处意大利吧。是意大利啊!

当地的手艺人仍会用白纸、皮质书脊和漂亮的封面做本子。我过生日的时候,朋友们送了几本当作生日礼物。来拜访的朋友们总会在本子上留下一两句话,说是希望能给我带来灵感。作家嘛,送一本无字之书最稳妥,对吧?可这么多,我就算到了下辈子,也写不满这些吓死人的空白页,更何况,我一般会用装订好的信纸或电脑写作。不过,今晚,我从书架上取下了一个特殊的本子。本子很厚,书脊是骨色的牛皮,用黄色的花朵束着,开合非常方便。我能找到灵感吗?有一位评论家曾说我的诗"很简练,但极具洞察力"。

而我的散文中则会有大量细节——我觉得那才是精华。（除非百转千回之后还能回到当前的主题，否则为什么要写散文呢？）这次，我希望能写一个长篇，加入很多启示和故事。

结局？就像诗的最后一行一样，小说（就算是这种混合体）的结局可能就像开篇。或者说，循序渐进的样子——像从高架桥上丢下一枚硬币那样。

圣罗科位于山坡上，离山脚下隔着两条蜿蜒的道路。我沿着罗马时期修好的盘山路走，十分钟就可以到镇上。显然，就是因为这样，那三位女士才选择了马尔皮迪。我浏览过那个网站。一打开，"去镇上，步行即达"这句话就会弹出来，这正是所有人期待的——僻静远人的房子，而且靠近城镇。每天早晨去镇上是我的习惯，明天去的时候，我很可能会听到关于那三位女士到来的事。大概就是司机詹尼说的一两件轶事，或许，格拉齐亚通过往来的几封邮件知道的事也早已传开了。

睡觉之前，我在第一页上画了一片橙色的树叶，接着写下了"新叶"两个字。

之后的会慢慢积累。它们的故事会在整个镇上流传。很多会直接走到我面前。

看吧，即便是现在，我不时还会忘了要写一本关于玛格丽特的书（真是让她失望了）。

暂定名：《玛格丽特·梅里尔：窗边的流放》。这是一本小书，是对她的致敬，真的——虽然故事的最后，我动摇了我们坚如磐石的友谊，但我发自内心地认为自己有责任完成。对此，我一直内心不安。说"困扰缠身"可能有些夸张，但实际就是这样，我内心一直不得安宁,是一种永远悬在待办事项清单上的感觉。就好像你知道自己要跟医生约拍胸部 X 光照片,可是一直拖着,结果每次换衣服的时候,你都会觉得 X 光照片显示自己的胸部有多处钙化,到处都是白色的圆点,像月球表面似的。

愿她可以重回人间。

我会拼凑出自己的故事,绘制星星的位置图。希望我做得到,真希望自己能做到啊。

2015 年 10 月,那三位美国女士刚来不久,第一场霜冻也来了。她们每个人的经历都要从"很久很久以前"说起,但和很多人一样,她们的人生故事都缘起于偶然之间。(话说,我在佛罗伦萨机场巴士站遇到科林·戴维森,不也是偶然吗?)四月末的时候,她们在美国北卡罗来纳州的教堂山遇见了彼此。

十年前,巴士抵达佛罗伦萨火车站时,科林帮我把行李拿了下来。陌生人来到陌生的地方,老生常谈的脚本。空气中,成百上千万的分子聚集在一起,朝我们涌来。我对味道十分敏感(这一点并不总是好事),科林帮我把行李放在路边时,就算有汽油味,我还是闻到了他身上柠檬水和阳光下亚麻的味道,让我想起了自己从未去过的田园般美丽的热带岛屿。我想靠着他的肩膀。我想说:"原来你也在这里。"科林朝我微笑,蓦然之间,我想到了这句诗,好像是哪个有厚嘴唇的诗人写的。我们看着彼此,我心中暗暗惊讶。我很内向,从来没这样过,可不知为何,这句话就从嘴边溜了出来:"您好,我叫姬特·雷恩。您有时间和我一起喝点东西吗?"

我在第二页画下了一个大大的 X，在旁边写了个变体字母 X。我也不知道为什么要这么做。

脚下一片昏暗。我关上了百叶窗。

欢迎来到这里[1]。

1　此处原文为意大利语。

第二部

方向

教堂山，北卡罗来纳州

"查理，你来晚了，不过我无所谓，反正我也不想去。"

"英格丽德的牙套上有根铁丝松了，扎进了她嘴里，所以送她上学之前去牙医那里矫正了一下。真不好意思。我看镇上戴牙套的孩子里，大概有一半的铁丝都松了。我们等了一个小时，结果扎紧牙套只用了五分钟。劳拉最近不在，我真是要疯了。不过我们肯定来得及，妈妈——十一点才开始呢。"

卡米尔穿着件轻薄的针织衫，是柠檬绿色的。这种颜色可不是随便什么人穿都好看，她皮肤白皙，有几缕头发刚变成浅金色。看着大厅里的镜子，她觉得自己要么是某种水下生物，要么就是得了黄疸。这一刻，她觉得有些羞愧。是不是每个美国中老年女士都会有这种浅金色的头发？还有，现在多大年纪才算是中老年？当然，说她年老也不为过。她抬头看了看查理，查理正皱着眉头看着自己。那种神情中透着一丝忧虑，卡米尔第一次看见查理的这种表情，还是查理上幼儿园的时候。当时，幼儿园其他小朋友的红薯都已经长藤了，只有他的还没有发芽。"我觉得你会喜欢的。"查理说。

但卡米尔觉得这句话根本没有说服力。

"这次劳拉去哪儿了？又去国外了？"查理的妻子是丹麦人，是斯堪的纳维亚年度旅行指南手册上各家餐厅及酒店的匿名检查员。她总会出差，所以查理就得挤出时间，放下画笔，带着英格丽德东奔西走——最近，查理还要开车带着自己的母亲去做理疗、去鲜菜市场、去看康沃利斯草原等。一般卡米尔会自己开车，可她在三周前刚做了右膝置换手术，所以查理觉得还是亲自送母亲去比较好。

"好吧，我也不太清楚。可能是温哥华吧。"正是劳拉劝说卡米尔搬去康沃利斯草原的，那里的风景如诗如画，有超过五十五个小社区。查理的父亲去年去世了，从那时起，劳拉就一直想着，卡米尔一个人怎么照管五间卧室的大房子，怎么倒垃圾，怎么应付孤独感，更何况还有车库和阁楼那些堆成小山一样的杂物呢。查理明白劳拉的意思，但他根本想象不出来，母亲从一间隔板房里走出来的样子，那里的露天平台还是围着一棵橡树建的。究竟有多少人会在绿荫中庆祝自己的生日？卡米尔自己的花园也很大，没错，照顾花园也是一种责任，可她就是喜欢走在绣球和苦艾之间，每年秋天，她都会种上几百株水仙，晚春时节还会采摘很多绽放的牡丹。查理也记得自己的经历，比如自己用黑色钢琴演奏《老人河》和《月光》，蚂蚁们就会从白色或粉色的牡丹花中爬出来，爬上钢琴。白色的牡丹花中间有一抹玫瑰色，查理当时觉得妈妈肯定亲吻了每一朵花。

"温哥华听起来很棒啊。那儿有丰盛的晚餐和时髦的酒店。要是我，也不会选这次短途旅行，我也会去温哥华。"卡米尔脱口而出。她同意去康沃利斯草原看看。卡米尔知道，自己的儿媳并不只是想控制自己。劳拉真正担心的是，卡米尔开始思考劳拉所说的人生的"下一阶段"到底意味着什么。但卡米尔怀疑，劳拉真正谋求的是这栋伴随查理长大的房子——房子的客厅很宽敞，有落地窗，可以俯视斯比特溪，而且厨房里的石灰华餐台真的很长很长呢。可劳拉又有什么错？单靠查理的绘画工作，可能他们一辈子都走不出卡尔斯伍德谷脆弱的简易房。而且，劳拉实际上就是围着机场、客房服务、厨房检查、淋浴门检查、夜床服务转，你换好衣服刚要吃晚餐，任务就来了。此外，她甚至还得看看酒店床底下的情况。说到底，这真不是什么吸引人的工作。

可能查理的想法比较单纯吧。他只是不想看到这座房子消失在人们的视野中，不想让陌生人把高尔夫球杆和圣诞节装饰放在自己的阁楼，毕竟那里还有他之前浮潜的装备、网球拍、大学课本和早期画作呢。他妈妈的绘画作品也放在阁楼，对着天窗摆放。劳拉之前提过，如果查理的妈妈喜欢康沃利斯草原，或许他们可以一起搬过去，远离这种砖房子——卧室挑高很低，硬木地板也发黄了。查理自己也不知道这件事能不能实现，除非他妈妈愿意继续支付高昂的税费。查理不知道父亲留下了多少钱。他觉得，为了母亲之后的生活，父亲应该留下了不少钱，所以他希望自己之后也能得到一笔意外之财。查理知道巨额的人寿保险，过生日的时候，妈妈给了他一张金额不小的支票。"妈妈，就去试试吧。就看一眼。客观一点儿，可能你真的会喜欢康沃利斯草原呢。那里有所有的艺术流派。你应该继续画画的。你知道关于绘画的一切——你记得十六世纪之后的每一幅画。况且，他们也说了，那边的餐厅很好——有烤比目鱼、炖猪肉、蒜香鸡——我在网上看过菜单——午餐、晚餐都很棒——再也不用忙乎着做饭了。再说了，那边还有很多人可以做伴,你懂的,你和爸爸两个人都非常……非常亲密。还有,你还能有自己的公寓和车。"

"知道了,亲爱的。我一直都很开放,不过,说真的,我的膝盖很快就没事了,而且我还……"她朝客厅里的各个物件挥手:摆满了书的书架、钢琴、两张蓝色天鹅绒沙发,还有他们去土耳其探险时——或者他们说的旅行——带回来的地毯。"查理,你看。这个家,家里的一切,"她又挥了挥手,"要告别好长时间呢。"

刚开始那种困惑的目光消失了,卡米尔的眉头皱在一起。查理看着她说:"妈妈,你想怎样做都可以。反正,你一直都是这样的。"

他这么想就太好了。去年某个春天的下午,丈夫查尔斯下班回家的时候,她确实不知道自己想要的是什么。

"我回来了。"查尔斯走到前门的时候说。那是他说的最后一句话。

"我在厨房。"

查尔斯把自己的公文包放在客厅桌子的桌角,之后就进了卧室冲澡。卡米尔在厨房洗生菜,水声很大,所以没听到查尔斯摔倒在地板上时"咚"的那一声。这一倒是因为突发的心脏病,查尔斯撒手人寰。

从标识牌上看,康沃利斯草原之前是个大型奶牛农场。农场旁边是印度贸易之路(之后成了一条小路)。革命战争期间,英国将军和士兵们就因善于行走而闻名。那个社区的地址写的是教堂山,不过,查理现在才明白,它是在希尔斯伯勒附近,离城里有十万八千里。他妈妈说得更简单、直白。在八十六号高速公路上飞快地开了二十分钟之后,卡米尔说:"那地方肯定是在虚无的东方。"说完,他们俩都大笑起来,查理打开天窗以及其他的车窗,尽情呼吸着犁过的棕色土壤、树上的绿色嫩枝,还有存在路边沟渠里的四月雨水所散发出来的气味。再过不了多久,金银花就会盛开,散发出浓郁的香气。每年春天,当地一家餐厅都会推出金银花冰激凌,查理也总会在短暂的春季里,带着卡米尔到那里用餐。查理喜欢看母亲收到小礼物之后的反应:看到一束从杂货店买的郁金香,或者一篮从自己的果园里摘的李子,卡米尔的脸上都会立刻浮现出灿烂的笑容。之后,查理就会觉得,让母亲开心是自己的分内之事。

康沃利斯草原的白色大门敞开着,查理跟在另外三辆车后面进了大门,沿着曲折的车道一路开到战前建造的有圆柱的房屋——现在,这里是整栋建筑的餐厅和演示室。很久之前,这座房子属于道尔顿家族。这个家族在一个世纪之前,捐资建造了该地区一半的大学校舍,最近建成的医疗研究中心更是吸引了很多住在附近的人。

后来,由于道尔顿的后人们养了田纳西走马,且婚姻失败,所以失去了大部分丹纳·道尔顿一世创造的财富。可现在,还有谁记得丹纳·道尔顿当初是如何积累这些财富的呢?这个家族渐渐败落,家族中的最后一个人——丹纳四世——老年昏聩之时卖掉了自己的田产和房子,之后和自己的护工结婚,搬到了萨拉索塔。那片静美的土地一直延展到艾诺河,结果却和那座著名的房屋一样,被一个名叫夏洛特的开发商买走了。这个开发商的背后是几位钱财颇丰的风险投资家。于是,就有了现在的康沃利斯草原。

白色的方形外屋散布在主屋后面——那是四个不太显眼的零售商店。卡米尔知道,那里有一家使用当地咖啡豆的咖啡店,一家销售昂贵桌布、蜡烛、香皂的商店,一家口碑还不错的美发店,还有一家名叫"墨"的书店——很迷人,总可以吸引著名作家来此举办活动。主屋两侧的街道上,有很多村舍风格的公寓,相互通连。每个小公寓前都有一个带栅栏的小花园。远处,有一座 U 型建筑物,很大,算是行政楼,大楼一侧是辅助生活室,另一侧是临终关怀室。住在这里的人将这里称为康利草原。卡米尔之前见过这里:凯伦是卡米尔之前当老师时的同事,她眼睛有点儿看不清,就去了医院,可检查结果显示,凯伦的大脑里长了一个大肿瘤,大概只有两个月的生命了,卡米尔开车去看了凯伦几次。最后八个月,凯伦过得很平静,医院临终关怀的工作人员照顾得也很细心。凯伦临终前不久,卡米尔来看她,后来,卡米尔去了书店,想买本书读。她在旧书架上发现了自己之前买给凯伦的书——这一本还没开封。于是,卡米尔又买了一本《地球过客》,想着,这句话说得在理,谁不是地球上的过客呢?着实没错。

查理把车停好,下车给卡米尔开门。卡米尔先把右腿——就是做过手术的那条腿——迈出车门,之后才迈了左腿,然后扶着查理站了起来。卡米尔站着的时候没什么事,可起床、下车或是往后靠在扶手椅上时,她的腿像针扎一样疼。有时,好像有通感一样,另一条腿也会疼。"妈妈,你真好看。我喜欢你现在这样的发型。"卡米尔看上去一点儿都不好。身上多了的那十五磅已经和她融为一体,她比较瘦,身材就像网球选手那样,现在,她走路时又恢复了往日的优雅。可她的一位朋友最近很不礼貌地说:"伤感符合你的气质。"

"再见,儿子。你不用再过来了。他们这儿有去镇上的班车。走点儿路有好处。"

一个穿着红色裤子和红绿色毛衣的女人走到通向主屋的砖石路那里停了下来,看着道路两旁一排排秋海棠,粉色的、粉白色的、白色的都有。卡米尔走过,那个女人说:"我喜欢几棵粉粉的,几棵白的在一起,而且最好不要一排排那么整齐。"听完,卡米尔笑了。

"我是苏珊·维尔。你是刚来的吗?"苏珊的手比较硬,没那么滋润。而卡米尔的手摸上去刚好相反。卡米尔喜欢苏珊灰色的大眼睛,那灰色比自己头发的银色还要深一些。

"没错。我是卡米尔·特洛布里奇。我也不喜欢一排一排的。尤其不喜欢一排一排的郁金香,因为它们已经够让人讨厌的了!"

苏珊笑出了声,声音有点儿大。"没错!英雄所见略同。郁金香看起来就跟 3D 打印出来的一样!你没看出来吗?这里有一簇簇银叶菊、欧芹和淡紫色的风铃草。"

"那真好看。还有,至少秋海棠还能坚持到秋天。"

卡米尔跟着苏珊走进里面。有人给了她们名牌,让她们跟住宿经理布莱尔·格里芬见了面——这个人长得特别像希拉里·克林顿,她甚至还穿着雾蓝色的裤子。格里芬分别和她们两个握了握手,欢迎她们的到来。"女士们,你们一定会喜欢康利草原的生活的。大家都很喜欢。你们之后会听说很多关于这里的事情。现在可以围着主屋走走,熟悉一下环境,喝杯咖啡,等等其他人。"之后,格里芬的助手给她们发了小手册,告诉她们咖啡和甜点在哪里。

"你喜欢被称为'女士'吗?天呐,贝琪·桑福德!她是退休了吗?我很久很久之前和她一起拼过车。"苏珊朝那边的高背椅走过去,椅子旁边站着一个高大的女人,穿着条纹衬衫,咖啡杯端到领结的地方。卡米尔在餐厅里随便走走看看,尝了尝牛角包和熊爪杏仁饼。

"嗨,早上好,这些甜点不光好看,还很好吃。我是茱莉亚·哈德利,我就不跟您握手了——我手上都是黄油。"她手上确实都是黄油。而且,茱莉亚·哈德利没注意,牛角包的面包屑掉到了她的套装夹克上,还有一些掉到了地毯上。

卡米尔笑着介绍了自己,伸手拿了个牛角包。"如果我们住在这儿,可能每天都能吃到这些。你觉得他们会给我们送餐上门吗?"

"我很怀疑。就算他们有这个服务,吃完之后肯定也会让我们到草坪上多走两圈。"

"我就是来看看的。你要搬进来吗?"卡米尔问。

茱莉亚顿了一下。"我也不知道自己要做什么。"她耸了耸肩。

卡米尔想,我也不知道。但我也没必要做什么。我什么都不要做。这时,茱莉亚突然大声说:"我确实需要改变……"她停下来,一口把剩下的那一大块牛角包吃了。

那边也有几个女士和两位男士端着瓷制咖啡杯聚在一起小声说话。跟参加葬礼一样——卡米尔暗自心想。丈夫的形象浮现在眼前。查尔斯喜欢用手拨弄额前金棕色的头发。查尔斯。他的手永远如大理石般光滑,他的耳垂,啊,卡米尔喜欢轻咬他的耳垂。查尔斯回到家,把钥匙扔在桌台上,三下五除二脱掉夹克,把鼓鼓的公文包塞进衣帽间。查尔斯,他身上有淡淡雨水味,混杂着强烈的古龙水味。没有葬礼,只是在花园里举行了简单的纪念仪式。之后,然后,他,他就是火了,一干二净。他本就是一把火,最后却被一团火吞噬。那不是像烤箱温度计一样的量表吗?难道是她想象出来的？难以置信啊，查尔斯成了树脂骨灰盒里的一抔灰土——他整个人，那个笑起来会抖肩的人。她和查理从未觉得查尔斯已经离开。他还在家里。一年了，卡米尔还是拒绝相信自己的生活已经支离破碎。她的支柱。你和某个人一起，就是你加上他。突然之间，他的名字前面加上了一个负号。他就这样消失了。消失的不只是那个人，还有其他的，婚姻，就像掉在瓷砖地板上摔得粉碎的盘子，干脆，惊天动地。那些一加一大于二的计划、过去、报复、悲伤、狂喜，等等。我们的曾经。尘归尘，土归土。这一切都很简单，但她就是觉得茫然。她动了动脚，想缓解一下膝盖传来的痛。这大概就是我没了膝盖的原因吧，卡米尔想到。只有一条腿的我。

深呼吸，深呼吸。

卡米尔的注意力飘回到了餐厅。餐厅的挑高很高，有大大的窗户，窗户外是一座精致的花园，还有临终关怀区稀疏的白色栏杆。是因为这些正式的装潢，这威廉斯堡的风格，大家才都待着不动的吗？角落里的柜子中摆满了银色的果盘和水晶般透明的水杯，那条来自东方的地毯因年久已变得破旧，奇彭代尔风格的椅子上还有绣花的底座。椅子上的图案纹样都是当地的花朵吗？有谁的妻子注意到了这些？啊，卡米尔稳了稳，所有的一切都说明了这几个词：老旧、持久、家庭。而且，今天这些人，大部分都是女士自己来的。

"十七个，大家都到齐了，欢迎大家来到康利草原。"大厅里的扶手椅和沙发不够坐，有人找了几把折叠椅过来。布莱尔·格里芬站在壁炉前，看着面前坐好的人们。这些人想知道康利草原这边的生活，之后大概会四处浏览一下，接着享用过午餐后，决定是否要在这里住下。午餐是特意为他们准备的，有皱叶莴苣沙拉、蟹肉饼、可口的霞多丽白葡萄酒，还有杏仁挞当甜品。有些人可能今天就会交钱。这都在她的意料之中。已经坐好的人们抬头看着布莱尔，布莱尔也朝大家微笑了一下。除了一位披着金丝紫色纱丽的优雅女士、一位坐着轮椅的日本女人，以及一个倚着象牙马头拐杖的非洲男士，其余的都是白人。"这儿有一把椅子。"布莱尔告诉那位非洲男士。这时来了一对夫妻，正好踩着五十五分的入场时间进门。"大家都坐好了吗？我们开始吧。如果现在是进入人生下一阶段的时刻，我们衷心希望您会喜欢今天在这里看到的一切。"

苏珊一直盯着壁炉上方的屏幕，屏幕上正流畅地播放着非常吸引人的照片——肯·伯恩斯风格的——先是在室内泳池进行的健身课，之后是室外泳池边长满鲜花的躺椅。艺术课的图片上，一位女士将黏土揉成了一只壶。两位上了年纪的女士漫步在花园小径上。关于餐厅的照片上，大家都在举杯祝酒。还有被白雪覆盖的主屋，点亮了圣诞彩灯，四位较为年轻的人在天台玩纸牌——一种积极的生活方式被完美地呈现了出来。

脚踢板那边有点儿小动静，苏珊看过去，原来是一只黑色的蟑螂爬进了散热孔。"时令菜单，"希拉里·克林顿接着说——她叫什么来着？布莱尔——"厨师阿莫斯会请大家帮忙照顾我们的蔬菜园。现在时间还有点儿早，到了六月，菜园里就热闹了！"苏珊马上就来了兴致。之后的那张图片上，四位穿着黄色齐膝靴的女士在拔杂草，两位正把豆藤往铁丝网上系。苏珊环视了一下整个房间。这些女士都穿着得体，大部分是这样，头发都是易于打理的短发，而且都化了淡妆。要是没有染发这种事情，世界看起来会是什么样？她猜大家的年纪都在五十五岁到八十岁之间。离婚了？大部分是孀居？有的穿着休闲衬衫和宽松的裤子（艾琳·费希尔？），有的穿着包身裙。有几个穿着旧式的牛仔套头衫，还有几个穿着不成形的长衫和勃肯鞋，有着灰白色的头发，脸上写满了沧桑。

她记得维尔地产公司刚来的年轻销售把她错认成了另一位同事。"我不是凯蒂。"苏珊纠正了他，"我是苏珊。"那个人笑了："你们这些中年经纪人长得都一样。"自那次之后，苏珊就剪了时尚的短发，然后把衣柜里的衣服都换了个遍，色彩鲜亮的衣服配上亮闪闪的珠宝，还有鞋跟更高的鞋子。整个房间，除了三排后有位快睡着（嗜睡症？）的男士穿着红色的汗衫之外，只有她穿了红色的衣服。

"这些只是很简单的展示，"布莱尔说，"我们现在先自我介绍一下，然后就去各个房间看看。最后就是品尝阿莫斯厨师为我们准备的午餐。大家只要简单说几句，介绍自己是谁，喜欢做什么就可以了。非常感谢大家今天能来到这里，我很希望能和每个人都聊一聊。有什么问题都请尽管问。现在，就从您开始介绍吧。"布莱尔朝卡米尔做了个手势，卡米尔站起来，环视整个房间。

"我叫卡米尔·特洛布里奇。我之前在大学里教艺术史——兼职的，五年之前才不干了。我丈夫叫查尔斯·特洛布里奇。他……去年他离开了我。我们俩有个儿子，儿子已经结婚了，也有自己的孩子。我喜欢园艺、旅行，我可能会对艺术课感兴趣。很久之前，我曾经画过画，现在还觉得自己是个画家。对了，我还喜欢读书，之前有二十五年都是一家读书会的会员。"卡米尔耸了耸肩，微微一笑，就坐下了。天呐，她自己想着，这就没了？还没说自己喜欢在沙滩散步好几英里，没说自己喜欢打网球，没说自己喜欢和查尔斯享用了晚餐加红酒之后一起看奈飞频道的电视剧，没说自己喜欢去代销古董店、印刷厂，也没说自己喜欢坐飞机去纽约看展览。还有，她还喜欢整理衣橱和书架、喜欢泡澡、喜欢在图书馆待上几个小时、喜欢熬汤、喜欢夏末时节买很多灯泡、喜欢给朋友写长长的邮件、喜欢在夏夜给草地浇水、喜欢给英格丽德讲《长袜子皮皮》的故事。那个读书会？都一年多没举办活动了。画画？她之前辞去了教书的工作，又拿起过画笔，可还是连买涂料都会拖延。卡米尔觉得很累。膝盖的状况已经持续了很长时间，比当时医生说的恢复时间长了很久。话从医生嘴里说出来好像是稀松平常的样子。好吧，可能医生已经习惯了，但卡米尔还没有，而且这种状况挺让人害怕的。她过去总会回忆自己第一次跌倒的时候，那是后面一连串所有事的开端。之后的一年，她每次上楼梯，膝盖都嘎吱嘎吱的，像魔术贴一点一点被撕开的声音，终于有一天，卡米尔把买的东西放进车里时，魔术贴的最后一点儿被撕开了。终究，该来的还是会来，无法避免：手术。手术结束后，她能预见到自己的未来肯定离不开便捷淋浴了，卧室也得住一层的。哈，现在又沦落到了老年中心。

卡米尔意识到，自己浮想联翩的时间里，已经有几个人都介绍完了。现在站起来的是苏珊。她鲜亮的红色裙子就像站在英国皇家海军妇女服务队队员中的主教。"大家好，我叫苏珊·维尔，是教堂山土生土长的人。我目前单身——我丈夫在三年前去世了。可能在座的各位就有谁买过他经手的房子。我现在还是地产经纪人，但我打算辞职做点儿别的。别的什么呢？园艺吧。跟花有关的都可以。要是可以从头来过，我想当景观设计师。还有，大家别笑我，我喜欢去海边钓鱼，还喜欢去达勒姆新开的餐厅品菜。我有两个女儿，她们现在都住在西海岸。"

这些奇奇怪怪的自我总结就像一个个门镜。卡米尔马上就对苏珊有好感了。所以,她也是一个人独居。没提到现在的伴侣。要是以后住在这儿的话,能和她做邻居一定很有趣。和苏珊还有茱莉亚·哈德利做邻居。苏珊的鼻子看上去既柔软又线条分明,好像用石英做的箭头一样。凯瑟琳的介绍很实在,现在轮到那个从康涅狄格州来的人了。她说,她极有可能今天就签约入住某间小屋。第一印象总是非常神秘,短暂而确切。

后面介绍的人,再没有谁能引起卡米尔的兴趣。粗俗的、爽朗的、害羞的、孤僻的、分享过度的、胆小的、甜美的、认真的、居高临下的——似乎每个人都表现出了自己的特质,似乎一瞬间,某种反应就已经出现了。或者说这种反应更为原始,就像查尔斯坚信的那样:一切吸引力都来自于气味。现在,轮到了茱莉亚。

"我是茱莉亚·哈德利。我来自萨凡纳,最近才搬来的。我——我结过婚。现在基本上都会把业余时间用在看书上,因为还没想好之后要做什么。"天啊,这种介绍也太没意思了。可茱莉亚还在继续说,"我喜欢做饭,这也是我的热情所在——食物。这就是我的工作。我之前是马尔伯里出版社的选稿编辑。我们会出版很多关于美食的书,非常精致,而且书里不只有食谱,还有很多与文化相关的历史等,比如种植稻子的稻农的生活。我还会为他们试菜。"真是够了。"对了,我喜欢歌剧和帆船运动。"说完这句,茱莉亚一下就坐下了,好像再也不愿意多说一个字。帆船。她之前喜欢帆船。现在并不喜欢了。

那位印度女士是一位心脏外科医生,因为早期帕金森综合征才不得不停下工作。另外一个长得像奥黛丽·赫本的人是个心理学家,多年来一直为死因做心理评估。大个头的贝琪过去二十年一直经营着一家搬家公司。大多数人之前都有自己的工作,有三个人自称"家庭主妇",两个人说自己经历过癌症,还有一个人之前接受过心脏移植。和新人见面真不一样,卡米尔心里说。居然没人说自己喜欢杰克·凯鲁亚克,也没人说自己想夏天的时候到阿巴拉契亚山上徒步。

参观的时候,卡米尔一直和苏珊还有茱莉亚在一起。小屋上都挂着名牌:长春花、飞燕草、杜鹃、金盏花、马樱丹、百日菊。"晨光"和他们参观的前两间屋子不同,前两间更像是连锁酒店标配的套房,"晨光"是这一排的最后一间屋子,能看到草原的景色,侧面有一个门廊,前院还有个小花园。"看来有人真的很喜欢水仙花,"卡米尔注意到了这一点,"这里可有不少品种呢。"

一只蜂鸟围着垂下来的紫红色金钟花的紫色花梗嗡嗡嗡地飞来飞去。"快看!有蜂鸟过来了!他们为了让这个地方更吸引人也是下了不少功夫。"苏珊俯下身来,嗅了嗅并蒂水仙,她知道水仙很香。"很不错。快看那些即将盛开的风信子。茱莉亚,你能想象自己站在门廊上,听着《今夜无人入眠》,走进银色年华的样子吗?"

大家一起去里面参观时,茱莉亚碰了碰卡米尔。"怎么可能有人不喜欢这种小窝呢,对吧?"要不是那里住着去百慕大度假的人,茱莉亚现在就能把自己多年的积蓄全都拿出来租下这里,然后冲回家收拾一个小行李箱,夜晚到来之前就能回到这里做饭了。"我喜欢她的配色,那种冰粉色,还有鼠尾草——那个奶油色的大沙发肯定也很舒服。"这些小屋都是开放式的——入口门厅很小,浴室是半身浴,客厅很大,厨房在角落里,有砧板和餐具,下面还有储藏红酒的地方,有足够大的空间放桌子,卧室还算宽敞,有相当豪华的浴室和很棒的储物空间。"我想用那个大铜碗打蛋白。快看啊!"备餐台上面的墙摆满了铜盆。

"我完全被迷住了。"卡米尔坦言。刚说完,她就深吸了一口气。实际上,尽管人上了年纪也会变小一些,但这个地方并不大。她想到了三个字——喝掉我,瞬间就觉得自己变得高大起来。

他们参观的最后一间小屋看起来很压抑,卡米尔觉得根本就不应该参观这里。客厅里有一台很大的电视,电视前有一张超大的躺椅。地板上什么都没有,灰褐色的墙上也光秃秃的,壁炉旁边堆着一叠叠报纸,上面没有任何灰尘。"我猜让我们看这个是因为有一层的房子要改成两居室。"茱莉亚看着空荡荡的厨房说。布莱尔很快就带他们离开了,说这间屋子的主人还没有入住,然后就引着他们去看有小鸭子划水游过的池塘了。

大家都很喜欢白色栅栏里面的蔬菜园,菜园顶上有电线,防止浣熊或者鹿闯进来。一排排莴苣已经可以摘了,一簇簇健康草药后面是随风摇摆的芦笋叶,绕着藤架的葡萄藤上,黄绿色的叶子还未完全舒展开来。土壤变得稍暖一些后,营养充足的犁沟里就能种上植物了。

午餐时间,卡米尔就坐在布莱尔旁边。食物制作精美,经过精心烹调,都非常美味。"特洛布里奇夫人,您觉得怎么样?我可以叫您卡米尔吗?"

"当然!没问题。这些看上去都很棒,真的。对需要的人来说非常好。"

"您能想象自己住在这里,真正幸福的样子吗?"

"想想挺有意思的。我晚上回家之后会再感受一下——看看是什么感觉。"

听完,布莱尔心想,显然今天是拿不下这个客户了。她搅动着手里的冰茶。她忙了一上午,接下来还有很多工作要做,竟然都不能喝一杯霞多丽。"大部分住在这里的人都觉得要是自己早点儿来就好了。"

卡米尔看了看桌子那头的苏珊和茱莉亚。苏珊正和那个穿着红色汗衫的人说话，面带喜色；茱莉亚坐在这张桌子的顶头，看了看左右的同伴，没有跟谁说话。可能她是想好好享用每一口多汁的蟹肉糕和新鲜蔬菜配酪乳吧。

回程的巴士上，卡米尔、茱莉亚还有苏珊在同一站下了车。街上都是穿着T恤和短裤的学生们，这些人和水仙一样，都是朝气的象征。"我家离这里有四个街区远，"苏珊说，"现在喝红酒早吗？我想咱们聊一会儿吧！之后我开车送你们回家。"

柔软的羽绒被

卡米尔不知道为什么自己要把闹钟放在查尔斯那侧,也不知道自己为什么执意睡在另一侧而不是睡在大床中间。每天晚上,她都得翻身过去,凑到闹钟前面,才能看到自己醒的时候是几点,之后就再也睡不着了。卡米尔看见红色的 3:07 发着光,钻出被窝,直接躺在了云朵一样柔软的羽绒被上。她专注地想着自己是轻飘飘地躺在枕头上,伸开双臂(反正空间够大),手指、脚趾、头发——身体的各个部分都轻飘飘的(除了灌了铅的右膝)。卡米尔觉得非常舒服,相当清醒。

把闹钟放在别的位置,就意味着查尔斯早上七点的时候不会按掉。不过,查尔斯也不会按掉,她都知道,但查尔斯不知道自己知道。卡米尔盯着窗户上的黑色方形,看某颗白色的小星星划过中间那块玻璃,随后消失在窗框下面。就像我们一样,卡米尔这样想着,都是光明世界短暂的过客。一粒尘埃而已。接着她叹了口气,这种关于死的执念真让人心烦。多大点儿事都能让她对人生感到失望:花瓶里渐渐枯萎的花,晚间新闻里的校园枪击事件和那种恐惧,还有杂货店门口突然抓住她的那个女人——头发乱糟糟的,嘴里还说着:"我是幸存者。"可她显然并不是。

卡米尔尽量让自己想一些积极的事情。今天还不错，她遇见了苏珊和茱莉亚！苏珊的家就在希尔斯伯勒路上，就是每次卡米尔开车经过都忍不住赞叹的那栋。那座房子始建于 20 世纪 30 年代，随着时间的推移，面积扩大了不少。里面的房间比较小，有很多南方的民间艺术品，还有巴黎塔夫绸和薄薄的基里姆地毯。苏珊啊，有点儿古怪，她跪在咖啡桌前，给每个人倒了一大杯新西兰苏维翁酒。

卡米尔已经不记得上次交朋友是什么时候了。可她们几个人在那几个小时里度过了大笑的时光，不是那种礼貌性的笑，而是开怀大笑。

"为什么那些老年公寓都得叫'某某草原'啊？"苏珊问。

"因为这样你就成了被放养的动物了。"茱莉亚的回答让大家大笑不已。

"你们想搬到那个好地方然后给他们打广告吗？"卡米尔问。她脑海中已经浮现出苏珊住在带有迷人花园的"晨光"中的情景。

"我想象得出，可有时也想象不出来。你们呢？就好像你要入住某个再也不会退房的地方一样。还有，天气晴了，大家都去做水上瑜伽，都去上陶艺课，还得给厨师的菜园除草。"

"没错，"茱莉亚说，"野外露营的第二周过后，我就想回家了。我一点儿都不想再被编织的套索裹住，也不想变成打上石膏的芭蕾舞演员。可能那就是像不用上课的大学吧。"

"也可以说是不用带脚踝监视器的软禁。"

"天啊！真的会那样吗？那里有好多颇有成就的学者，大部分都是女性。而且那个地方也很有活力。住在那里的人肯定不是这么想的。"卡米尔把自己的玻璃杯递过去，意思是再来一杯，"或者他们都是很现实的人。布莱尔说什么来着？听上去挺委婉的：'在您老去的时光中，持续提供周到的服务。'没错，她就是这么说的。现实的人啊。"

"老去的时光！就是这样，哎呦，就是这种想法。她还开玩笑似的说，哈哈，说住在那里的人都叫康利草原'泡沫'。"苏珊把一整袋腰果倒进碗里。"那个地方确实挺好看的，但那真的是我们要走的下一步吗？你们觉得在泡沫里能呼吸吗？"

茱莉亚的内心很矛盾。"我喜欢那个地方——可我需要找个避难所吗？——但就算需要，我需要在那里待三十年吗？该死，是四十年。毕竟我可能会活到一百岁。"

卡米尔表示赞同。"我觉得我们应该步伐一致，大家都在往前走。然而，想解决'要是就剩下我一个人了怎么办'这个讨人厌的问题，那还是个不错的地方。"

"要这么说的话——没错，去那里倒也是个办法。可是要住三十年啊。茱莉亚，你说得也没错，从三十岁到六十岁，那也是三十年。显然，我们在那里可能会有大把的时间可以利用。可是，要是你和有些人一样，九十三岁了还在读书会里，还会去做头发，还会在萨克斯百货线上商店购物怎么办呢？"

苏珊的猩犬阿尔奇叫着想出去散步。"没准是我们想多了。"茱莉亚边说着边拿起了自己的夹克，"我们以后再继续聊吧。我反应慢，还有好多没弄明白呢！明天你们来我家吃晚餐吧！我会一直宅在家里，想想自己到底想干什么。以后再说这个。"

大概五年前，卡米尔和查尔斯的很多朋友都逐渐疏离。这些奇怪的事情一直在发生，卡米尔不禁想到自己二十岁出头的时候，那些你当时觉得会永不分离的朋友们，一个个突然散落在人海，去往远方。最近这段时间，有几个朋友早早地离开了人世。宾从楼梯上摔了下来，听着都让人害怕；热情开朗的艾丽斯觉得身体侧面有个肿块，结果确诊是胰腺癌四期——人们会仔细检查月球上的每块小石头，却没有检查艾丽斯光滑腹部的薄壁；黛西得了老年性痴呆，几乎什么都不知道了；卡米尔最好的朋友弗里达和胡安搬到了阿什维尔的老年中心；差不多就在同时，艾伦和维克——一起旅行过那么多次的朋友们——买了一间带玻璃阳台的公寓，可以俯瞰圣罗莎海滩。随时来玩儿，我们都很想你。亲近的关系蒸发之后，同事们也都渐渐走远，工作一结束，你就不会再接到邀请，你也不会再邀请他们了。

卡米尔的通讯录里全都是消失在人群中的朋友们。她不停地删除删除再删除。还有，之前她和查尔斯经常去邻居们那里喝几杯，可现在邻居们都变成了极端主义分子，说学校老师应该配备枪支，还说阿拉伯人正逐渐控制整个国家。查尔斯的纪念仪式上，他们说卡米尔为保安全，应该买把枪。"嗯，谢谢你们为我着想。"卡米尔嘴上这样说，可心里想的是："为了安全买把枪？这是一种悖论，你们是不是傻！"现在，卡米尔也会避开几位熟人，比如过分热情的明迪·辛普森。她的慰问信中总会提到自己有多幸福——明迪的丈夫还健在，每周六还是会去打高尔夫球。"我知道你现在就想熬过这段时间，别的什么都不想管，但你还是能再次找到幸福的，可以试试线上约会。我有个朋友，比你年纪还大，她就是在网上遇见了合适的伴侣，现在两个人正在邮轮旅行呢。"

卡米尔对明迪这种暗示有点儿慌神。"我不喜欢邮轮旅行。"卡米尔这么说，心里想着：要是你敢提悲伤的七个阶段，我肯定要打死你。

查尔斯离开之后,卡米尔意识到自己对生活很多方面的容忍度越来越低了——尤其是很烦人的事,而且,她对自己爱的人也有了更大的恐惧感。

卡米尔一直都知道,一个人的离开就是一瞬间的事情,可现在,她有了切身体会。卡米尔不想有这种感觉,也深知其中的原因:查尔斯走了,我们其他人却好好的。卡米尔想到这点就无法平静。卡米尔想,有的人年纪变大之后就会变得特别沉闷无聊。在这种时候,六十九岁之际——面对现实吧,卡米尔想避开之前让自己稍微烦心的人,因为他们现在都变得特别讨厌。

4:20。房间稍稍有些凉,卡米尔钻回羽绒被里面。新的智能自动调温器有自己的想法,特别任性,自己大半夜的就决定停止供暖了。之前,一般出现这种情况的时候,卡米尔就得睁眼到天明,并且脑子里一直回放过去的回忆("我回来了。"他会大声说),但这次她迷迷糊糊地睡着了,半睡半醒地反复了好几次。

新鲜的松木味道搅扰了她的好梦,可事实上她睡着了吗?木板,一堆木板,她用这些板子做了个长长的箱子。之后,她给箱子涂上了明丽的色彩:水蓝色。一幅幅图像在脑海中浮现,她要画橙色的海胆、希腊蓝色的邪恶之眼,以及散发着一束束光芒的太阳。锤子猛烈而尖锐的敲击,一下下砸在卡米尔的脊椎上。每一下敲击,卡米尔都会闭上眼——她想着,不会的,我肯定是没睡着。埃及木乃伊的棺木上刻着象形文字,大理石石棺上刻着战争的图画——没错,我是在给自己造棺材。她给木板涂上灿烂的金色,再画上淡紫色的锦葵花,新英格兰地区老式棺木上会刻上的深色垂柳。她还没有停笔,在顶头的地方画了一个指南针和一串小钥匙。箱子做好了,长方形的,没错,是圆角。五英尺八英寸[1],足够大。我到底睡没睡着?卡米尔还是没明白。我小时候那个蓝色橡胶沙滩球、白色的小兔子、台阶下的响尾蛇,还有从月亮上看到的旋转着的蓝色大理石地球。她的画笔飞速挥动着,位置准确,笔法自由。她突然又有了个小想法:还不到时候。我可以把这个大箱子立起来,放点儿杂物。还可以钉上钉子,搭个架子,放上毛毯和妈妈的斯波德陶器。真是太聪明了,我怎么这么聪明,之后这四个架子可以当棺木上的棺盖。

9:00。查尔斯睡过头了。四月柔和的光线从外面透进来。晚了。卡米尔的手扫过大床毫无温度的另一边,空空如也。她仿佛失去了一半身体,从中间被劈开了。她的左半身消失了。卡米尔必须得起床,今天还得去给那个该死的膝盖做理疗。那个梦又回到脑海中,尤其是那个可怕的大箱子,画着画的大箱子。查尔斯比较擅长解释梦境。他总是把梦说得比梦本身更玄乎。如果他在,会怎么说呢?今天先不想了吧,卡米尔心里说,哪天都不要想了。我们不可能知道查尔斯会说什么,对吧?她穿上运动服,系好鞋带。膝盖好一些了。不用了,查尔斯。我已经知道那个梦是什么意思了。

---

1 5英尺约合1.52米,8英寸约合20厘米。

放逐

茱莉亚一早就开车去了卡勃罗市场，因为她特别想买咕咕鸡农场的橄榄面包，还想买一箱他们那里淡蓝色、麦芽色和象牙色的鸡蛋。昨天晚上，苏珊把她送到教授家里时，她就在计划着为新朋友们准备晚餐了。

过去三个月——十二周时间——慢慢从她脑海中淡去。她每天醒来时都信心满满，可等她喝完第二杯咖啡，白天就会变得空洞且漫长。除了待命员工，镇上的人她一个都不认识——现在有了苏珊和卡米尔——可她还是不知道怎么改变当下的状况。看到《教堂山杂志》上康沃利斯草原的双页广告后，吸引她去参观的是一天接一天有计划、有安排的生活。再也不用花几个小时应付别人的烂摊子了。那里有很多有意思的事情可以做，有很多朋友，而且很平静，能让她保持自己的举止仪态。谁愿意六十岁的时候被驱逐出自己一手打造的生活呢？不，她才五十九岁，马上就六十岁了，可老年生活初期似乎已经找上门来了。有时，她早上醒来，会觉得自己坐在嘉年华的旋转木马上，被重力甩出去，离心运动，根本无法抵消后向引力——游离性焦虑，仅此而已。

清晨时分，她总会走在路上，认识一下两旁布满房子的街道，好像房子里面的生活其乐融融,怡然自得。她收藏了几个美食博客,阅读美好的文章。文章是那些乐观的女人写的,她们的一天似乎可以分成两部分,半天围着烤炉转,另外半天则忙着给摆好盘的食物拍照,再把照片发到社交媒体上。有几个给了她灵感。当年在马尔伯里出版社当编辑时出版的一堆书现在还陪在她身边。她每天会花几个小时测试食谱,了解南方风味的小菜和腌菜——那是她离开之前的最后一项任务。保罗还有他那个也叫保罗的儿子会过来咨询茱莉亚,而且还会分享一些当前项目的设计。他们都很想念茱莉亚,茱莉亚也非常惦记他们。

午餐时间,她会去达勒姆评价较好的餐厅品尝一下,或者去美食餐车,也可能试试墨西哥风味小吃,很多都非常美味。晚上的时候,她可能会去"克鲁格一角"吃晚餐,那里气氛很好,简直是南方美食的天堂,她会坐在吧台南边,要一份虾和粗燕麦。她报名参加了一个旋转训练课程,可后来退出了。那样转来转去只会让事实更明显:我是在白费力气。

茱莉亚之所以能来到教堂山,完全是休伯特·甘宁教授的帮助。茱莉亚在北卡罗来纳大学上大二时,休伯特是讲解古典文学第三册的老师。休伯特在土耳其旅行,这段时间,他同意让茱莉亚住在自己的房子里。茱莉亚不太记得那门课的结课项目是什么了,好像跟几个希腊人被放逐到某地有关,研究某个人们最终被驱逐之后的废弃村庄。她参加过休伯特教授在萨凡纳举办的讲座——在报纸上偶然看见的,讲座结束后,她和教授一起喝了杯咖啡。

教授问到茱莉亚的生活时,她也不知道为什么就说到了自己正在瓦解的婚姻(这么说是轻描淡写),还说在教堂山上大学的日子里收获了很多美好的回忆。眼前的教授已经比当时教课时矮了一些，很瘦，一头花白短发，但目光依旧炽热，与当年讲授罗马帝国在世界范围内的疯狂扩张时毫无二致。茱莉亚说完教授令人难忘的课程结束后自己的生活时，她从教授依旧炯炯有神的灰白色眼睛里看到了理解。

"如果你想离开一段时间，或者需要一段时间静静心，不妨考虑我的这个建议。我要离开大概一年的时间。这次旅行我已经期待了很久，是我给自己的退休礼物。我要在还能征服那些都是石头的山坡时出去看一看。我住的地方生活便利，走着就能去各个地方。那里连只猫都没有，你要过去的话就是告诉别人这里有人住，有空时整理邮件，提醒园丁除草。"

如果生命中有意外之喜——那就不妨坦然接受。教授的邀请是茱莉亚逃离的动力，让她避开生命中那些折磨人的荒唐事。

茱莉亚没跟教授说莉齐的事，她真的说不出口。那个孩子简直就是丈夫韦德的迷你版，狂躁易怒，背叛了她，误入歧途。现在茱莉亚已经完全管不了莉齐，她甚至根本不想看见这个女儿。茱莉亚最不能理解的是莉齐竟然能那么傻。面对已经发生的事情，她的反应居然那样蠢。好吧，茱莉亚想，我的应对方式就是消失一段时间。我们两个人都需要梳理一下。

休伯特刚过八十岁的时候，一个人住在离学校不远的地方，房间里面都是书，时光总是悄悄流逝。孩子们都走了，他们之前住的卧室已经很久没被打开过，不过卧室里依然挂着露营旗，摆着棒球奖杯。楼下的天花板很高，房间里有旧式的绿色锦缎沙发，很软，百叶窗里透进来一束束金色光线，此外，还有三张教授妻子的照片——可女主人多年前已经因白血病去世了。茱莉亚想知道,高领的蕾丝婚纱是否依旧放在阁楼的某个衣服袋里。照片里的休伯特年轻有活力,看着自己的新娘,眼里一片温柔。新娘要高一些,她回头看向远方,仿佛对未来充满了信心。其实,休伯特的每一天都在实现当初设想的美好未来。

茱莉亚本来还怕房子里满是灰尘,可实际上房子里干净整洁,这都多亏了贝琳达——她每周过来彻底打扫两次,每次三小时。茱莉亚浏览了教授的书,好几个小时之后才开始看下一本。美狄亚,这个名字真让人生气。难道古希腊人什么都不知道吗?她仔细研究了荣格,然后把荣格的思想写在自己的笔记本里,每次需要有什么变化的时候,好像都有人出现在深渊的另一边,向她伸出援手。茱莉亚读过姬特·雷恩写的《穿越国界》,那本传记的主人公是永不认输的弗雷亚·斯塔克。阿拉伯大地上从未有女人踏足,只有少数几个男人去过,弗雷亚孤身一人前往,成为第一个去过那里的西方女性,她比好莱坞那些超级英雄们还要勇敢。书中弗雷亚的一段话让茱莉亚陷入了遐想:

> 穆罕默德在埃尔芬小屋赐予了我们晚餐,我们钻进小船,朝南方的港口划过去,圆月当空。布德拉姆有三百叶轻巧的小舟,其中三叶跟我们一起,白天捕到的海绵动物铺在特里欧庇昂码头的石头上。小船们在岬角的阴影中,疲惫的水手们都已进入梦乡。沉睡的小镇上弥漫着魔法般的久远感,久久未曾散去……

茱莉亚畅想着:我也希望穆罕默德能在埃尔芬小屋赐予我晚

餐,接着我会在夜色中划船,看月光如剑一般划破睡眠,古老的基石下刻着"被大海啃噬了两千多年"。

大学毕业之后,茱莉亚再也没这么长时间地读过书。她想,这就是我来的原因吧。我需要一些休息日读书;需要新的想法、新的刺激、新的可能。茱莉亚在沙发上睡着的时候,她梦见自己划着船,可根本没往前走。她低头一看,原来是脚踝上系着一条锚链。

她之前已经想到了教授的家里会有很多书,可厨房着实令她惊喜。休伯特教授七十多岁时和一位会做饭的年轻女士约会过,所以翻新了厨房。不过,教授说那段感情并没有修成正果——因为那位年轻女士爱上了一位卡罗来纳酒店的副厨师长——茱莉亚很喜欢那个好用的烤炉,也很喜欢当时大家都偏爱的花岗岩桌台。教授当时的女朋友怂恿他买了一套阿尔克莱德的厨具,可她真的下厨了吗?

茱莉亚带过来一箱马尔伯里出版社出版的美食书和自己的菜刀。她的车里堆满了书、外套、一个装满照片的信封、几封信,还有电脑——直接扔在了后座上。将车倒出车库时,韦德的叫喊声还回响在耳边:"茱莉亚,赶紧回来。你哪儿都别想去!"韦德手里抓着一根从工具桌上顺手拿下来的撬棍,举了起来。当然,韦德不会打茱莉亚,但他可能会一下打在车上。茱莉亚倒车开上马路的过程中,韦德一直紧紧攥着那根铁棍,整条胳膊上青筋暴起。很快,萨凡纳就在后视镜中消失了。茱莉亚开上了去南卡罗来纳州的公路。现在的每一天,茱莉亚都在这个充满朝气的大学城里,无所事事,倍感轻松,虽然她谁都不认识,但能成为这里的一分子总是好的。韦德发来了很多邮件,也打了很多电话,但茱莉亚对此视而不见,充耳不闻。之后的某一天,她还会回到那里取回自己喜欢的所有物件。茱莉亚从小在那座房子里长大,但她并不在乎里面的家具或那座房子本身,她想要自己选的盘子和碗,还有她妈妈留下来的瓷器以及剩下的照片,等等。从法律意义上看,那座房子属于她父亲。茱莉亚的母亲去世后不久,父亲就把这座房子给了茱莉亚和韦德。父亲总说,茱莉亚他们两个人可以一直住在那里,之后把房子留给莉齐。莉齐,她就是萨凡纳遗产中最庄严的一部分。怪异极了。

茱莉亚把从市场里买的东西拿出来:一束毛茛配小苍兰,跟马苏里奶酪和西红柿搭配的茄子和胡椒、大蒜头、上好的面包、鸡蛋还有一只肥美的小鸡——做柠檬烤鸡用的。她要下厨了!上午的时候,她会烤大蒜,为美味的鲜汤做准备。此外,她还翻了翻美食书,好找到一种诱人的甜品,之后她会布置餐桌,把教授去世的夫人买的高级铸银餐具和美丽的带花瓷器摆好。

责任在梦中开始

"苏珊!好奇怪啊!我们俩在这边住了几十年,居然都没碰见过。可我们昨天刚见过面,今天就又遇到了。"她们在"南方季节"遇见了。苏珊当时正低头选花,有紫色、白色的花烟草和已经搭配好的混合花束,卡米尔推着手推车往收银台走,车里放着带给茱莉亚的芝士。

"或许我们已经擦肩而过好多次了。你觉得茱莉亚会喜欢这些,还是那些兰花?"茱莉亚说着,从水里拿出了几枝芬芳的花烟草,歪着头认真考虑着。

卡米尔认识"维尔之家"的牌子,一直就钉在门上,她模模糊糊记得,好像在一场政治基金募集活动上见过苏珊的丈夫亚伦·维尔。亚伦个子很高,穿着得体,除此之外,卡米尔就不记得别的了。不过那套西装确实给人留下了深刻的印象,剪裁精良,非常合身。可能是苏珊帮他买的吧。卡米尔不记得之前见过苏珊。因为如果她见过有这种气质的人,一定会记住的。卡米尔非常喜欢苏珊的灰色外套,上面还有黑色的大奖章,很现代,透着中性风格,而且苏珊的黑色短裙和高跟鞋也很不错。"茱莉亚比较适合精致一些的。所以,可能开得时间更久的兰花更好一些。"

"有点儿普通,不过能让人心情愉快。看见兰花我总想摸摸,看看是不是假的。"

"我今天一天都在期待她的晚餐。"卡米尔没说自己一整天想到要和新朋友们见面就很激动。昨天和她们在苏珊家里待了几个小时,就光聊聊天都觉得很开心。她好久没有这么开心过了,有多久来着?

"我也是。一会儿见。"苏珊想到晚上时光就非常兴奋。她们三个人,都站在人生的十字路口。而且她们都很想了解彼此。苏珊感受到茱莉亚曾经受到过的伤害,也知道丈夫的去世给卡米尔带来了巨大的打击。难道我就过得很容易吗?她心里想着。亚伦已经离开整整三年了。第一年,她就像生活在真空中一样。后来有一天,她走出房间,恰好一只小鸟开始放声高歌,小小的身躯里居然迸发出那样大的能量,简直不可思议。苏珊听着鸟儿的歌唱,沉醉其中。后来,生活渐渐恢复到了本来的模样,不是之前那种生活,而是没有亚伦之后要面对的生活。于是,苏珊开始接管公司,可去年她把办公室和公司都卖了。她自己和几个客户还有联系。她和亚伦养育了两个女儿,名叫伊娃和卡洛琳,她们俩都对房地产行业毫无兴趣。这两个女儿都是从中国收养的,在美国南部长大的过程中经历了不少困难。苏珊一直会为她们举办最棒的生日派对——会请小丑来,会租小马,还会给她们买最漂亮的衣服,送她们去最顶尖、最能得到保护的私立学校。这就是苏珊的策略——让别人羡慕自己的女儿们。可即便如此,两个女儿上大学时还是离开了加利福尼亚,之后就开心地在旧金山发展自己的信息技术事业了,毕竟在那里,她们不会觉得自己是异类。

她寻找的是下一件大事。虽然孩子们会反对,但苏珊实际上真的考虑在康沃利斯草原买间小屋子了。她想自由自在地去旅行,毫无牵绊,不必想着现在这座房子里每一寸的记忆。和精力充沛的房地产经纪人结婚,就相当于和等着进行的交易结婚。他们两个的大部分旅行都跟生意有关。的确,他们之前是和女儿们一起度过假,但基本上都是去"八号小岛"。当初,北卡罗来纳州沿岸的障壁岛刚开发的时候,艾伦就已经对那里有一大堆计划了。最后,他在海边买了一块地。后来,大家一起在那里建了一栋标志性的房子——屋顶铺着灰瓦片,还有长长的走廊。建造这座房子的初衷是做长期投资的,可后来,这里成了全家的避风港,反正离家只有两个小时的路程。苏珊他们下班后回家带上行李,晚上就可以在海边的房子里烤汉堡了。

亚伦比苏珊大五岁,六十五岁时出现了痴呆的迹象。他费尽力气想掩饰自己的失误或失语现象。回家度假的伊娃和卡洛琳坚持认为"每个人都会忘记一些事情,您比平常人多记住了一百万的名字和细节——所以硬盘就过载了",还有,"爸爸,我准备给你报名些单词记忆项目,比如'数独游戏'。那些真的很有趣,而且能让你思维敏捷"。

苏珊一直拒绝承认亚伦的身体状况,直到发现亚伦的笔记和清单的那一刻。她变得越来越绝望,如此聪明的艾伦盯着牛奶瓶或洋葱看那么长时间,却还是想不起来对应的名词是什么。医生说,这还是发病初期。他们对谁都没说,只是相互安慰着:这个过程很漫长,我们还有很多时间。新发明的药肯定能起作用。亚伦服用的那些处方药让他很不舒服。后来,他干脆用波旁酒才能把药吞下去。可这能怪他吗?他不得不吞下那些抗抑郁药,要不怎么起床扛起身上的重担呢。每隔七倒数数字？亚伦都急哭了。他之前做三位数的加法都是靠心算。几年之后，他们重组了公司，亚伦也退了休，不过还会时不时地出席董事会。有时候，亚伦会忘记自己得了痴呆，那是他唯一不觉得抑郁的时候。之后，致命的一击来了。亚伦的弟弟需要骨髓移植，亚伦自告奋勇捐献，反正也没什么可失去的了。可他的年纪摆在那里，必须先做核磁共振检查。这时，大家才发现，他的胰腺上长了个肿瘤。记得之前亚伦盯了好久都不知道叫什么的洋葱吗？肿瘤已经有那么大了。

苏珊吓坏了：每天，亚伦一点点从自己面前消失。很快，亚伦就走了，没有遭受太多痛苦。苏珊当时才六十二岁，亚伦六十七岁。太早了。孩子们接苏珊去加利福尼亚州待了三个月。她们一个住在伯克利，一个住在米尔谷，苏珊那段时间总要往返于两地之间，太平洋沿岸耀眼的灯光都快把她晃得失明了。痛苦像带刺的圆环，刺痛着她的心，一缕哀伤默默燃烧着。如果亚伦身体健康的话，本来还能再陪她很多年，只不过会在阿尔兹海默症的无人之境越走越远，也拖着她的生活。亚伦的记忆渐渐消失，苏珊害怕的东西越来越多，可最让她恐惧的一点是，亚伦有一天会根本不知道自己是谁。人会被遗忘吗？苏珊一点儿都不想知道。

从女儿们那里回到家，苏珊马上就把亚伦工作时穿的所有西装、衬衫，以及慢跑和打高尔夫时穿的运动服都捐给了流浪人士救助站。每周她都会去救助站做两天义工。她的工作就是安抚那些一天当中或是受挫或是好战的人们。此外，苏珊还会帮他们预约医生、安排交通、宵禁之前查看他们是否已经回到了救助站。有时，苏珊会看到有人穿着亚伦的衣服，胸前的口袋里还放着时髦的丝巾。

苏珊把春天的花儿放进购物车。还要再给茱莉亚买点儿花烟草吗？亚伦的形象又浮现在眼前：他们当时在纽约一家高档餐厅用餐，亚伦坐在苏珊对面，他身子前倾，对苏珊说："亲爱的，不如我们点一份龙虾，再要一份开口蟹怎么样？"想到这里，苏珊不禁嘴角微微上扬。她又想起亚伦说的另一句话，今天晚上就讲出来让大家一起开心一下。苏珊抓了几枝花烟草，接着又冲回去，拿了一瓶上好的红酒。

卡米尔到了茱莉亚的家，听到了休伯特·甘宁的名字。卡米尔对这个人印象很深，刚开始当老师时，她很喜欢听休伯特关于希腊艺术和罗马艺术的讲座。卡米尔和茱莉亚发现，她们俩在学校的时间基本一致。当时，茱莉亚是个学生，而结婚不久，刚拿到艺术硕士证书的卡米尔则开始在学校教艺术史。休伯特之后搬去了普林斯顿，但房子被留下来供退休之后住。"我现在还能记起他在教室的样子，他就站在赫耳墨斯所作的普拉克西特利斯的幻灯片旁边。看着美丽的画面，完全说不出话来。他让大家盯着幻灯片看，把完美的艺术刻在脑海。当然，甘宁教授自己也很年轻健美。我当时很喜欢他。"

"我们俩喝咖啡的时候，刚好发现他需要有人看房子，我则需要赶紧离开萨凡纳。机缘巧合。"

苏珊发现茱莉亚从没提到过自己的丈夫，她总是说"离开萨凡纳"。所以，她的丈夫还在那里？"真是太巧了！我们仨的碰面简直不可思议。我们很可能不会同时去看房子，那样就不会遇到了。"

茱莉亚拉开了长长的百叶窗，在窗台上点上蜡烛。柔和的灯光照在书籍上，窗帘上柔嫩的玫瑰，不那么太鲜亮的蓝色，还有三个女人的面容：茱莉亚面色苍白，但神情专注，头发很柔顺，灰褐色的松散大卷发；卡米尔面容精致，蓝色的眼睛炯炯有神，长长的腿盘在沙发上；苏珊稍年轻，棱角分明，总是带着笑，精力非常充沛。她突然开口了。"我刚想起来这个——我就想知道我是不是疯了——我们刚认识两天而已——但我真的很想邀请大家下周跟我一起去8号小岛。我们——我——我在那边有间海景房。沙滩很宽，春天的周末一般都没什么人。虽然我并不太擅长做饭，但我做的早餐还不错，甚至也能做火腿饼干。我们可以散散步，去那个超棒的地方钓鱼，可以聊聊以后的计划，我们自己的计划，不是别人眼里我们应该有的计划。"

"也不是别人认为我们该做的什么事。"卡米尔叹了口气，想到了儿媳有些可怕的微笑。

"我刚想到了一件事。之前有个客户说想去看看老年中心的房子，亚伦说了一句话就打消了她的念头：'你想坐着豪华游轮游览冥河吗？'"大家都笑了。

"我想跟你去海滨别墅看看。我儿子还有他的妻子，主要还是他妻子吧，总是想说服我，用他们的话说就是要'简化生活'。查理打电话问我喜不喜欢康沃利斯草原的时候，听说我不太喜欢，他好像有点儿失望。"卡米尔心里突然感到一阵压力。一个人老了，而且独居，周围的人就总想让你按照他们的心意做事。卡米尔一点儿都没觉得自己已经脱离了时代，也不想遵从所谓的好意，满足他们不太光明正大的目的。

"好吧，康沃利斯草原肯定会极大地简化生活。"茱莉亚打开了苏珊买的黑皮诺葡萄酒。"还记得那些牛角包吗？还有午餐时特别好喝的霞多丽？还记得'晨光'那间房子吗？"

"我还记得'苏丹躺椅'那间，让人特别压抑，黑黢黢的，地上堆满了报纸。"卡米尔说。她更坚定了自己内心的想法。

三个人都笑了。"我们想简化生活吗？"苏珊不禁问道，"这是个问题。万一我们想让生活更复杂呢？为什么要现在着急简化生活？我确实很喜欢'晨光'里面的厨房，可是你不觉得里面有股怪味吗？"

"我宁愿等到在沙滩上过周末的时候再做决定。我会带上一大锅炖牛肉。这就是问题，苏珊——简化生活，这好像就是一切的关键。我觉得，现在这对我来说就是需要解决的头号问题。我是从萨凡纳混乱不堪的生活中逃出来的人。平静的日子对我而言就是好日子。"茱莉亚走进厨房。虽然她是三个人里最年轻的，随时可以开始更复杂的生活，但康沃利斯草原稳定的状态已经深深吸引了她。

三个人一起享用了美食，她们称赞了茱莉亚准备的大蒜汤、柠檬鸡、土豆泥和培根青蒿配小青豆。

卡米尔端着柠檬鸡的盘子给大家品尝。"我昨天晚上做了个特别奇怪的梦。我也不知道为什么会做这个梦，跟很多梦一样特别疯狂。"卡米尔给大家描述了那口棺材和那些图案，这时，她觉得灵光一现。可能这个梦确实是有根据的。还有，她当时到底睡着了吗？"我把箱子钉好之后，就看见一抹一抹鲜艳的颜色出现在面前，很多，我现在还记得，当时我把所有图案涂满箱子时那种快乐的感觉。这种影响肯定持续了很长时间。一个梦有多长——梦都是瞬间的吗？我不知道。但给自己做棺材得是多讨厌的事啊。太消极了。我怎么会梦到这个？之后我把它立起来当架子了。这种做法挺实际的——我觉得可以放毯子和床单。这是怎么回事？我一直都没明白。"

"之前参观的时候，你好像说自己以前喜欢画画对吧？可能那些图案跟你的画中含义有关，"茱莉亚说，"但棺材这一点还是有点儿吓人。"

"我大学学的是室内艺术，后来在弗吉尼亚大学拿到了艺术硕士学位。我想当一名画家，可结了婚有了孩子，生活就完全脱轨了。我喜欢每个学期教一两门课。我们会去北边的纽约。我之前那些艺术家朋友们都在办展览了。回家之后，我就觉得憋屈。一切都显得微不足道。画廊里的画都像是酒店便签本上的涂鸦，还有穿着异性服装的芭比娃娃和肯娃娃，我的天呐，还有个挺出名的画廊把整个房间都用来展览轮胎了。家这边，画廊里展示的画都很没品味。有些风景画很美，但大部分都没法看。生活真是，可以说，很充实。之前挺开心的，房子、晚餐等一切我都很满意。有一段时间，车库旁边的小屋子就是我的画室。最近我过去了一下，找到了两箱已经干了的颜料。终于把它们扔了！说实话，我已经看不清了。"

一阵沉默。茱莉亚长舒了一口气。"好了，朋友们，我来解释一下。显然，很显然，绘画在梦里是主要的信息。至于棺材那个部分，你本来已经快绝望到死了，觉得生活无望，可之后你就开始疯狂地画画，还把那个箱子立起来储藏物品——这是家庭主妇的生活啊！"

"你真成了弗洛伊德小姐！"但卡米尔还是很感兴趣，"你梦见了什么？"

"我梦见自己在一件树林小屋里，有一头特别大的熊想砸碎窗户。可不知道为什么，我很清晰地知道，窗框能承受125磅的力量。"

"这个很明显,就是你的体重。"苏珊试探着说,"或许你是那头熊,同时也是屋子里的你自己。"茱莉亚端上来一盘绿色的沙拉,有牛油果、脆脆的黄瓜,还有小萝卜。苏珊继续说:"你纠结力道的时候,我在一个特别大的游泳池里潜水,在水很深的地方扑腾。可每次我快憋不住气的时候,就能浮出水面呼吸几口空气。"

"我喜欢这个——代表了自由和释放。"卡米尔说。

"谁说梦的每个部分都是你自身了?难道说你梦见了一栋房子,你自己就是各个房间了吗?"

"这个听上去真是自大到无可救药了。我……我……我……"

"那不是荣格吗?"茱莉亚给了解释。

夜晚继续。卡米尔和苏珊各自分享了自己的经历,但茱莉亚并没有。柠檬奶油卷都已经吃完了,红酒也已经喝得一滴不剩。

苏珊和卡米尔离开之后,茱莉亚清理了桌子。她打开了音乐。埃塔·詹姆丝的声音传来,《终于》这首歌回荡在厨房里,甚至从打开的门钻出去,飘到了后花园,春天的雨蛙仿佛也找到了节拍,在这夜晚跟着唱了起来。我的爱人来了。不可能,茱莉亚心想。她也跟着唱起了歌,虽然声音有些颤抖,但颤音唱得不错。

缪斯

按照科林的说法，不写玛格丽特太可惜了。（他怎么会有这种想法？因为玛格丽特让他不安了吗？因为玛格丽特盯着他看了？因为玛格丽特嘲笑过别人，所以她也嘲笑过我们？因为玛格丽特反对每一个众所周知的事实吗？）如果我撕碎了关于她的书页，那她就会被人们一点点遗忘，可她之前那样明艳活泼，那样动人心魄。还有，该死，要是没有她留给我的钱，我根本就没办法安心写作，当时我差一点儿就回美国教书了。之前诗集获奖的奖金还有一部分，再加上得到的遗赠，我才能继续住在这座房子里。我可以把房子租给同事或朋友，之后回来度夏就好。我不喜欢别人睡在我的床上。我知道，第一世界里的人才会有这种问题，但一个人自己的创意生活也非常重要，放下每年三分之二的时光肯定会影响我的创造力。我之前教过书。这份工作确实偶尔会让你收获颇丰，但你必须得走进教室，打开嗓子里的银色水龙头，用生命之血灌溉。然而，最神奇的是，学生们根本不会注意到。

好吧，暂时就不放下玛格丽特了。

"姬特·雷恩，这算什么名字。"这是玛格丽特对我说的第一句话。

2003年,我在托斯卡纳买下了自己那个破得不像样的家,之后不久,我就受邀到两位侨居海外的希腊人家里做客了。这两位女士都是翻译,穿着复古,却不乏时尚感。她们引用了诗句,所以一下就引起了我的兴趣。在卖烤猪肉的摊位那里排队时,我遇见了她们。当时,她们正在相互介绍。

那两位希腊女士分别叫瑞莎和瓦西莉奇,她们住的公寓在很大的一栋楼里。餐厅的墙面和天花板都有笔画,是拿破仑入侵时期留下来的。挺时髦的——吃正餐用的餐桌上摆着一排红酒瓶,瓶口里插着蜡烛,颇有小酒馆的氛围。所有东西都摆在餐具柜上,我们自己取用就可以。丰盛的炖菜配羊排,冷餐沙拉配羊乳酪,还有很多水果。那天晚上很热,可怜的风扇只带来一丝微风。她们向我介绍了其他客人:几位小说家(天呐,穆丽尔·斯帕克还有她的丈夫)、翻译威廉姆·韦弗、一位我没记住名字的纪实作家,托里诺来的记者,还有里卡尔多。现在,我所有的朋友中,认识玛格丽特的就只有里卡尔多了。突然之间,我意识到,好多作家都生活在我觉得自己已经有一定了解的山上。

玛格丽特·梅里尔也是那天的客人。长久以来,我一直都很欣赏她。她先在西西里岛和罗马住了二十年左右后才搬到了圣罗科,之后又在圣罗科住了二十年。我知道她就住在附近,所以还真的想过自己也许会遇见她。

我很佩服这些人,觉得萨福风格的希腊人还不错,而且玛格丽特·梅里尔确实吸引了我。她笔下的故事有最深的秘密、令人费解的政局、工人热闹的生活、黑人女性、儿童以及黑手党渗透到日常生活中的阴险手段。我只读过一本她写的关于政局的书——《冰冷的阴影下》。这些内容丰富、调查全面的书需要作者付出多少心血啊！书出版后，或许会引起轰动，但总免不了某天落入深渊的命运。不过，梅里尔天马行空的科幻小说确实很烧脑。梅里尔是原汁原味的梅里尔，但她总会让我想起玛格丽特·杜拉斯[1]、杜娜·巴恩斯和简·里斯。就是那种简单隐晦的分割。暗示的力量。

梅里尔就在那边，一小口一小口吃着东西，抿着红酒，甚是优雅。那个选择住在西西里岛最崎岖地方的女士，拿着笔一页一页地写着，记录下穷人的苦难、幽默和狡黠。读过《拉布兰达》后，你会发现这本小说影射的是战后一片狼藉的南方。我当时就知道，这是一本好书，我一定会重读、汲取教学内容（需要的时候），还会跟朋友们分享。书里，她描写了永远不可能实现的婚外情（已婚男士），但她将浪漫与三个家庭的故事交织在了一起。这三个家庭的生活都很凄凉艰苦，不过人们都很坚强，散发着人性的光辉。梅里尔叙述了几乎可以说是稀松平常的乱伦生活——小女孩是父亲和叔叔理所应当占有的。玛格丽特的文字毫不留情，尖锐地表现了注定不会幸福的婚外情以及毫无悬念的生活。我觉得，她就像一只从天空中俯视的老鹰，目光锐利辛辣。詹姆斯·艾吉的《现在，让我们赞美伟大的人》也让我有同样的感觉，书里透露着相似的时空渗透感。梅里尔的照片与她的散文风格相符——有所保留，但简约、质朴。想想吧，梅里尔肯定是受到了艾吉影响。我要问问吗？

玛格丽特总会让我联想起蓝色。她穿着轻薄的丝绸衬衫，脖子上带着蓝色的恶魔之眼徽章。她盯着你看，目光非常平静，让我想

---

[1] 玛格丽特·杜拉斯（1914—1996），法国作家、电影导演。代表作有《广岛之恋》《情人》等。

到"钢铁学者"这四个字。有那样下垂的眼睑,年轻时的她一定会被认为是阴险的人。不过,现在她的眼睑稍有些变化。我鼓起勇气问她:"我很好奇,詹姆斯·艾吉的作品对您有影响吗?"

"我真心希望没有,"她马上就回答了我——我是看到了一丝微笑吗?"对我来说,艾吉太真诚了。"她说"真诚"两个字的时候音调用的是降调。很快,她就转身跟旁边的翻译继续聊天了。该死。我低头看着自己的沙拉,差点把自己看成对眼。

开心果冰激凌送过来时,桌子上已经有了十几个空红酒瓶了。我尽可能想融入大家,但其他人都是老朋友,聊得很开心,就像家庭聚会一样。(我一般会选雷德洛夫游戏加入讨论,这样才能挤进某个圈子。)从"红色旅恐怖分子"时期和黑手党猖獗时期到八十年代左右,他们从罗马逐渐搬到了这里。开始,他们住在废弃房子和大楼公寓里,没有任何特长或技能,只能白手起家。不过,希腊人并没怎么好好维护,墙上的壁画一点儿点儿时不时地掉在桌子上。

玛格丽特谈到了自己之前到保加利亚和俄罗斯的考察。她被人跟踪了,房间里也被安装了窃听器,一个模糊的人影出现在去往罗马尼亚首都布加勒斯特的午夜火车上。有个女人——我没听清叫什么名字——讲到了家人之间的争论,大意是要不要把她祖父和温斯顿·丘吉尔的通信公开发表。哈,就是那些被人遗忘的信件。现在都成了手榴弹。(给自己的忠告:寿终正寝之前把所有的日记烧掉。)

聚会结束前不久,玛格丽特过来问了我的名字。"嗯,是凯瑟琳。凯瑟琳是我的祖母,所以我就叫姬特了。"突然之间,我邀请她周日共进晚餐;也是突然之间,我想到自己没有家具,碟子只有几个,而且厨房很简陋,锅碗瓢盆也没多少。不过,幸好我还有妈妈留下的银器。

　　我从市场上选了一块蓝格子桌布,铺在前主人留在花园里的大理石桌子上,盖住上面的污迹。祈祷吧,希望地面干燥一些,免得桌子陷到地里去。最好简单些:菠菜薄饼(镇上买的)、意大利熏火腿卷鸡胸肉、烤芦笋,再来些水果就好了。

　　桌子上铺好了桌布,摆上了鲜花,看起来挺吸引人的。真的,有了盛开的茉莉花,一切都沾染了清凉的气息。她复原了一间石头房子旁边的塔楼。她的工作室在中世纪瞭望台的顶部,能360度看到托斯卡纳的美景。梅里尔之前在意大利待过的日子里,和西西里战后美国复兴基金会合作过,开始,她负责管理一组老师,后来则负责被炸毁的学校的重建工作(南方的战后恢复持续了很长时间)。她在结构技术方面的知识非常扎实,也熟悉工人的小缺点和习惯。她就是自己的承包商。我的天真(无知)肯定让她无比震惊。开口之前,玛格丽特会稍稍犹豫一下,仿佛在思考自己要说什么。不过,她很快就开口了。她毫不犹豫地纠正了我的意大利语。"请千万不要说哥凡尼,要说乔凡尼,而且重音在'凡尼'两个字上。"她会让你觉得自己一直被人关注着。算是被评价吗?可能吧。但我看得出,她挺喜欢我的。她借走了几本我的诗集。

　　茉莉花阵阵飘香,我们的晚餐持续了很长时间。玛格丽特朝着月亮吐烟圈,我则用膝盖抵着桌子,希望它不要陷进地里。后来,她用低沉的声音开始唱《蓝月亮》。我静静地坐着。她去过某个地方。哪儿?我一下就有了兴趣。她是个和我一样的作家——单身且身处异乡。我的未来在哪儿?好吧,希望我的未来里不会出现中央情报局,也不会出现意大利特工之类的——有小道消息说,梅里尔跟那些人都有联系。晚餐结束,玛格丽特走了之后,我收拾了餐具,母亲的命运让我很伤心,我知道,这种伤心因玛格丽特的存在更加深了一分。缪斯女神。

科林在哪儿?他还不知道在哪儿飘着,我们还不认识对方。两年后的他才会跟着伦敦建筑事务所动身前往佛罗伦萨,完成大规模的修复工程。他到佛罗伦萨后,我才会从家里出发,住进妈妈之前的家里。此后,科林和我会搭乘同一班巴士进城,我们两个人的未来就此改写。

玛格丽特表达自己时,没有我想的那样直截了当。对了,是我。(都是用宾格 me,谁会用主格 I 呢?)这时,我突然想到了某种联系。这和附近刚点燃柴火的那三位女士有什么关系吗?我希望玛格丽特能坚持做自己——我行我素。

沙堡

"真不敢相信啊！苏珊，这里真是太美了！"茱莉亚把一大锅法式红酒炖牛肉放到厨房餐台上。卡米尔正费劲地拖着自己的箱子和一袋子蔬菜。在门口，苏珊把食品杂货袋放在地上，打开百叶窗，看春日的阳光透进来，感受着一阵阵咸咸的海风。厨房与餐厅相连，非常棒，能完全欣赏到沙丘、沙滩和大海的美景。

"每次来这里都感到特别特别放松，"苏珊说，"我很喜欢这个地方。我们全家人都喜欢。之前都喜欢。"她打开联通走廊的双开门，摇椅和秋千就出现在了大家面前。房间各个地方都能听到海浪的声音。到沙滩来的一路上，阿尔奇都在睡觉，现在完全精神了。"有海浪的声音伴你入眠，所有的不开心都会一扫而光，随风逝去，第二天早上起来，可以看到海上日出时一抹蓝紫色的光。特别美——每天都有这种美景！"

大家又回到苏珊的车上，拿出茱莉亚带的一锅蔬菜汤——汤在后备箱里稍微洒了一些。车里还有沙滩包、卡米尔烤的柠檬蛋糕和苏珊的一箱特调茶和咖啡豆。卡米尔已经料到东西会洒出来了。苏珊一次会超两三辆车，如果对面有车开过来，她马上就会刹车闪开。卡米尔注意到茱莉亚也一直在瞟路边的测速器。测速器上显示的一直是每小时八十五英里左右。"这边没有测速陷阱吗？"卡米尔终于忍不住了。她想知道苏珊是不是开得太快了。

"这条路就跟我的掌纹一样，我太了解了。除了周日，平时根本就没有交警过来。"

"我不知道你手上的生命线有多长，只要不短就好。"茱莉亚开了个玩笑。

"好吧！你们总是笑我。"苏珊明白大家的意思，减速到了每小时75英里。

"我们肯定不会饿肚子的，对吧？"茱莉亚用纸巾擦干净后备箱。她们要去哈里斯·提特的店里买些螃蟹、葡萄酒和芝士。

苏珊帮茱莉亚和卡米尔分别在伊娃和卡洛琳的房间安顿好之后，就去了沙滩。她建议大家沿着长长的沙滩散步、吃午餐，然后休息一会儿。周五、周六、周日。三天的时间。苏珊很想告诉大家这个疯狂的想法：如果能鼓起勇气，她想整理亚伦的办公室和储藏间。她觉得不过就是两个柜子而已，而且里面都是泛黄的单据，比如洗衣机修理单、垃圾处理单、车道铺设单之类的。她会卖掉沙堡吗？伊娃和卡洛琳很少过来，回来也只是过一个长周末；弟弟迈克在夏天有时会带着家人过来待一周；还有，表妹玛丽和丈夫不时会从亚特兰大开车来看看。这里已经渐渐没有生活的气息了吗？偶尔，苏珊会自己开车过来住几天。阿尔奇会追着海鸥，快活地在沙滩上奔跑。每次出去玩儿回来，阿尔奇都要洗澡才行，不然海水里的盐就会让它的毛发黏在一起。

去年，苏珊带着又瘦又高的威利斯·谢尔曼来过这里。那时候，谢尔曼刚离婚，苏珊帮他卖掉了房子，复活节周末的时候就带他来了沙堡。谢尔曼的妻子那年六十五岁,喜欢上了草坪保养承包商。威利斯告诉苏珊,前妻说一直以来对他都挺满意的,但是遇见承包商之后才又学会了怎么笑。他们俩一起喝了咖啡,之后又见了很多次面,很快,前妻就兴高采烈地提出了"银色年华的离婚"。威利斯并没有觉得很受伤。成功卖掉房子之后,他就邀请苏珊一起共进晚餐。苏珊很喜欢他的陪伴,喜欢他华丽的领结,也喜欢从他薄薄的嘴唇中说出来的自我满足感。当然,如果作为妻子,丈夫这样一定会让人抓狂。但苏珊无所谓,反正她也没想跟威利斯共度余生,和威利斯一起出去也算是分散下注意力。之后苏珊带着威利斯来了沙堡,想知道自己是否愿意多了解威利斯一些。

就算苏珊有跟威利斯亲热的想法,但威利斯一进门,苏珊就知道那种事根本不会发生。威利斯就像是圣所中某个隐约可见的陌生闯入者。他的鼻子很挺很尖,像个大鹈鹕。威利斯从大大的玻璃碗里拿出了家人放进去的贝壳。"别碰那些"这四个字差点脱口而出,但苏珊还是克制住了自己。

苏珊把威利斯安顿在了客房,不想让他住在女儿的卧室。威利斯也没什么意见。那个周末,他们一起玩儿拼字游戏,一起看电影,度过了非常安静的周末。苏珊刻意忽略了他宽松的短裤和难看的凉鞋——他黄色的脚趾甲都露在外面。威利斯很喜欢阿尔奇,也喜欢在沙滩上散步。还有,苏珊发现,威利斯调的玛格丽特酒非常好喝。后来,威利斯也打过电话,但苏珊看到屏幕上他的名字,就再也没接过。

现在,沙堡里有了生气。卡米尔很欣赏苏珊在大房间选用的蓝白色调、绷织图案的椅子、叠着旅行书和时尚杂志的八角咖啡桌。茱莉亚喜欢那张长长的搁板桌,也喜欢时尚的厨房,桌面上什么都没有。透过她们的眼睛，苏珊也觉得这栋房子很美，很吸引人，不只是堆满了旧回忆的仓库。

茱莉亚收拾了自己带来的东西，终于拿起三天来都没碰过的手机看消息。之前，她肯定会删掉韦德发来的消息，不过这次只是没有打开而已。她离开萨凡纳已经一个月了，朋友们一直在联系茱莉亚，可她都没有回复，渐渐地，朋友们除了偶尔会发一句"希望早点儿再见到你"之外，也就不再发其他内容了。茱莉亚就是大家的笑柄，可她并不在乎。之后再回吧，她这样告诉自己。茱莉亚的父亲也发了一条消息，很简短，就几个字：惦记你。

不过，艾莉森也发了条消息。艾莉森是茱莉亚的邻居，或许是有关莉齐的事情吧，莉齐一直都很喜欢艾莉森的大房子。艾莉森的厨房里飘着橙果酱和香草蛋糕的味道。茱莉亚打开信息开始看：

> 亲爱的茱莉亚，我今天想你了。我们养了一只狗——毛很长，不是纯种狗——他总是流口水，也喜欢扑到人身上。茱莉亚，我跟你说这个，是因为我不知道还能说些什么。是啊，你确实应该离开。你肯定知道——人们也都知道他是什么人。韦德这段时间过得很尴尬，而且挺痛苦的。我想你也希望他这样吧！我理解你想抛下一切。我只是希望不要永远这样就好，有没有韦德都无所谓。我希望能告诉你一些好消息，不过你家里除了韦德进进出出，一点儿生气都没有。很想你，艾莉森。

删除。

茱莉亚很想念自己的父亲。父亲八十六岁了，喜欢烹饪、打网球，还喜欢收集两种东西：辣椒酱和关于船的油画。爸爸，茱莉亚回复父亲，我和两个朋友在北卡的沙滩上。很棒！下周联系。抱抱。

如果我有勇气，茱莉亚心里想，我就告诉苏珊和卡米尔。

苏珊走出家门的一瞬间，阿尔奇马上就跟了出去。它跑得飞快，奔向波浪，刨着、摔倒、在沙子中打滚、全身甩动，然后跑向鹧鸪，大声叫着。阿尔奇自由自在、兴高采烈地冲过去又冲回来，跟在几位女士脚边汪汪叫。你怎么了，怎么不去扑浪花？

三位女士走到了小岛的尽头，那里有四座房子，房子周围都有沙包，防止海水灌进来。"肯定很不好吧，"卡米尔说，"他们的投资算是打水漂了。为什么有人会买这些危险的别墅呢？"

"确实不好。沙滩被海水冲走了不少。很多人都在种草，把大石头拖过来，想让脆弱的栏杆能固定在沙滩上，但小岛每年还是会消失一部分。我们还算幸运，房子在比较高的地方。我之前想过卖掉沙堡，但不是因为海平面的问题。就算再过五十年，我们也不会受到影响！只是——只是沙堡仿佛已经失去了让我心驰神往的魔力。我喜欢和你们一起，但一般我会一个人来，一边看卡通片或脑残的电视剧，一边不停地吃冰激凌。在沙子里面养植物一点儿都不好玩儿。不过，我现在还是很喜欢花很长时间在这里散步，喜欢这种宁静感。"一个人在家的周末，她总觉得房子还活着，自己却无法呼吸。她逐渐走进朦胧的未来，而那座房子还保留着所有过去的回忆。

"你有的是时间决定。"卡米尔说。

"没错，我们会让这里慢慢恢复——随时准备着。"苏珊笑起来。大片的沙滩上除了她们三个,空无一人——这是一种恩赐,一种奖赏。她很想去冲浪,要不是气温只有十五度左右,要不是冷风马上过境,她真的会去。

苏珊继续说:"很好!真的,我根本没法想象自己没有沙堡的日子。沙堡存在于我心里的地图中。要是没了它,我心里会觉得空空的。"

"你需要那么做是一回事,如果你没必要……"卡米尔想到别处去了。

"我把公司转出去了,亚伦很聪明,人寿保险单就足够生活用。不是我们之前存了那么多。我们几乎没什么积蓄,他很负责,这就是我幸运的地方。要是我卖了这座房子,就能给孩子们一些钱,她们就能在加利福尼亚各买一间小房子,那边的物价太高,一个卧室的租金实在高得令人难以想象。"

苏珊没说自己今天早上醒来的时候,想在沙堡门口的邮箱旁边立一个"维尔房屋出售"的标志牌。在那种半睡半醒的状态下,她花了几分钟想了想自己真正想去的地方,如果真的能想到,她很愿意把牌子插进沙地里,不过,问题是她并不确定去哪里。

回来的路上迎着风,流云飘过天空,她们不禁快走了几步。等快到沙堡的时候,雨滴落在了她们的头顶上。茱莉亚不知道自己的凉鞋跑到哪里去了,四处看了看,才发现阿尔奇在人行道上,叼着凉鞋上精致的鞋带。

苏珊打开煤气暖炉燃烧嘴,把大房间里的冷气抽走。亚伦去世后,就没人能把木头搬进来了,所以苏珊就装了这个系统。茱莉亚带着毛巾,把身上的水都擦干了,她蓬松的头发打着卷。苏珊准备了一些佛手柑茶,还端来了卡米尔准备的柠檬蛋糕。卡米尔是长发,头发湿了之后变成一缕一缕的,而苏珊是短发,现在看起来更利索、更光滑、更干练。"四十五分钟。"茱莉亚说着,把土豆和胡萝卜放进正在炖着的牛肉里,一会儿把汤汁浓稠的炖牛肉拿出来时,大家就可以大快朵颐了。

三个人都穿上了毛衣。风吹着雨滴打在窗户上。窗外的海面上,银色的闪电劈下来,直接劈开了海水。"谢谢你安排了这些。"茱莉亚笑着说。雷声在房子里回响,感觉地基都在颤抖。

苏珊给茱莉亚拿了一条云彩一样柔软的毯子。"冻坏了吧?"

"海边下雨,总会让人觉得自己要被冻死了。"她把蛋糕分给大家,晚餐时间很快就要到了,不过大家都不介意先吃些蛋糕。书柜上的灯亮着,大窗户上映出三个人围着火的样子。卡米尔一副非常享受的模样。一年以来的头一次,她没觉得自己是在飘着,没有觉得自己无依无靠。手上的订婚戒指反着光,在天花板上神秘闪现了一下,她也看了一眼。这么长时间,她一直想找到查尔斯还没有离开自己的迹象。太傻了,她自己也知道。

茱莉亚很放松,蜷进了蓝色的马海毛毯子里。她小口慢慢喝着苏珊的茶,有一丝苦橙或酸橙的味道,她判断不出来到底是哪种。"我从萨凡纳离开之后,从来没觉得这么轻松过,只有这一刻,感觉没有负担。"她笑得很灿烂。这是卡米尔和苏珊第一次从她眼里看到某种火花——她找到了自己。简单的幸福让她振奋,她深蓝色的眼睛——经常看上去有些受惊的眼睛——也被点亮了。

"你现在的气色真好,"苏珊说,"你眼睛的颜色和我妈妈戴的青金石戒指的颜色一样,是深邃的蓝色。"

"谢谢!我觉得今天大家都找回了自己。真开心能和你们两个在一起。"茱莉亚放下自己的杯子。一瞬间,她好像有了勇气:"我不知道大家是不是准备好了。你们两个一直都很坦诚,但我还没有。我想告诉你们我的故事。"

"别太在意。你不一定要把自己的经历讲给我们听。"阿尔奇跳上了卡米尔的腿,开始打呼噜,卡米尔很喜欢。

雷声隆隆。"天呐,都快把我的假牙震掉了。"苏珊大声说。

卡米尔不知道苏珊是不是想听茱莉亚的过去,但第六感告诉她,茱莉亚的过去并不是很顺利,而且她自己很喜欢这种从熬人的痛苦中暂时解脱的感觉。

茱莉亚继续说:"太难了。真的很难。不过我还是想告诉你们几件事。我不想给你们添麻烦——我这些事可能会毁了这个美好的周末,"茱莉亚微笑了一下,"虽然听上去很矛盾,但我真的很羡慕你们俩,因为你们的丈夫都去世了。真对不起!可我在教堂山的这几个月,总在想要是我自己的丈夫也去世了就好了。天啊,一了百了,这样我就能清静了,至少和他一起清静了。"

苏珊稍稍张开了嘴,卡米尔咬着嘴唇——她不知道该说什么,两个人干脆都没说话。

茱莉亚长舒了一口气:"我可以说这些吗?"

"茱莉亚,你不用非得说,没事的。除非你想说。咱们仨在一起开心就好,不用强求。苏珊,你说对吗?"卡米尔起身把茶杯添满。

苏珊拿过三个玻璃杯和一瓶普通的索维农葡萄酒。"好了,不喝茶了!茱莉亚,我想听你从头到尾讲出来。你一直都心烦意乱的样子,实话实说——就是心不在焉,当然,你一直也很贴心。我想现在就知道你的故事。可能说出来会好一些。"

卡米尔想，这么说，苏珊就要切入正题了。但卡米尔不知道自己会不会喜欢。

她们三个人在火光中，风雨渐渐退去，牛肉在烤箱里慢煮慢炖着。一会儿，苏珊就会去做沙拉，卡米尔会准备干酪盘，苏珊会铺上贝壳餐垫并拿出亚伦考究的红酒杯。

壁炉里的火光、红酒、茱莉亚略带踌躇的声音、渐渐平息的暴风雨。

"也许应该从我女儿莉齐说起吧。"

"她在哪儿？"苏珊想到了自己两个远在加利福尼亚的贴心小棉袄。

"这么说吧，太恐怖了。她现在在哪儿我也不知道，可能是旧金山吧。她有瘾——对可卡因还有处方药肯定上瘾了，可能还有海洛因吧——这才是最吓人的。一会儿再说这个。先说我丈夫，他叫韦德·泰勒。他在萨凡纳。我结婚之后也没改名字，一直用自己的姓——哈德利。开始，韦德也没说什么，不过后来他就变了，说我自己结了婚还有所保留。我现在还会想这件事。"

苏珊和卡米尔都皱着眉头，然后给出了鼓励的微笑，不确定自己接下来会听到什么。

"再说回莉齐。去年秋天发生了一件大事。医院的检查单上清清楚楚地写着'类鸦片药物使用过量'。那就是麻醉类的，比如拔智齿时医生用的那种东西。你觉得很舒服，晕晕的。"

"我知道，"卡米尔说，"膝盖做了手术之后，我就很喜欢用扑热息痛。"

"可上瘾就是另一回事了。她的药都是羟考酮和阿普唑仑。她吞了一瓶。之后，她同样堕落的室友就把她送到了急诊室，这才捡回了一条命。

"从头开始说——莉齐高中的时候就开始嗑药。人们都说吸大麻没法解脱，不过对她来说不是这样。她跟我说过，吸一口马上就舒服了。要是有酒会，可以吸大麻的那种，她肯定会说'那是我的菜'。

"我很不想这样说她——你们只会觉得莉齐是个可怜的瘾君子。可她小的时候特别可爱、活泼，对一切都充满了好奇心。她喜欢黏土，喜欢看书，喜欢把很多小马摆在窗台上。那时的生活真幸福啊，我永远都不会忘记。十五年的黄金岁月，保存在我的脑海中，异常珍贵。韦德简直完美——如果我相信神的话，会说他受到了神的恩赐。他浑身上下透着英俊潇洒的气质。相信我，当时我是萨凡纳最幸运的女孩。丈夫玉树临风，女儿喜欢公主的服装和世界地图的拼图。现在，我真的不知道是不是还爱着莉齐。我觉得不爱了。她没变成现在这样之前，我可爱的女儿没变成这样的怪物之前，我是爱她的。

"我仿佛一抬头就能看到莉齐似的——今天咱们一起出去散步，我就想到了夏天带着莉齐一起去圣西蒙斯的那段日子。她超级喜欢人体冲浪，喜欢找海胆。一点点爱。我们都特别喜欢跟莉齐在一起的日子。"

卡米尔拽了拽自己的毯子，阿尔奇跳了下去。她靠着茱莉亚。苏珊把手放在茱莉亚的脚边。"亲爱的。"

"再往前说，幸福的时光过去之后，莉齐染上了毒瘾。你们根本想象不到，为了搞清楚她怎么会沾上毒品，我们费了多大劲。还有一件事要说一下。那天，我和韦德提前回家，韦德打开了莉齐的卧室门，发现她正半裸着和男朋友在一起。那时候她才十五岁。韦德一下就火了。那个男孩很瘦,被韦德吓破了胆,穿上裤子就跑。我站在楼梯上,看着那个男孩提着裤子大叫着从我身边跑过去,简直不敢相信眼前的一切。韦德在楼上,大喊着流氓。"

苏珊和卡米尔没忍住,笑了出来。茱莉亚也笑了。

"韦德拽着莉齐的双肩使劲摇,说她'不知廉耻''颜面扫地'。韦德发现了水烟枪,大骂莉齐是蠢货。莉齐整整一个星期都没和韦德说话。就这种事,量不多,也不经常发生,我们就没有太在意。很多人都会抽大麻,然后逐渐成熟,走入正轨。我觉得我们两个也算是很好的父母,一直爱着莉齐。我忘了说,爸爸是我的依靠。他很喜欢莉齐,我妈妈也是,不过我妈妈在莉齐八岁那年就去世了。我爸爸总会给莉齐很多钱。当然,现在我们已经不让爸爸再趁着莉齐过生日或者圣诞节的时候给钱了。我们也很久不给她钱了。辛辛苦苦赚来的钱,莉齐都没用在正地方,韦德很失望。不过,想到莉齐还得交房租,还得给车买保险,我们还是很难过。莉齐会打电话来要钱,很绝望的样子。我们妥协了很多次。说实话吧,谁都没得到好处。

"莉齐高中时开始夜不归宿,狂妄自大。我们觉得那个年龄的孩子都这样。青少年嘛,不过我们也松了口气——她通过了学术能力评估测试,在学校的学习成绩也不错,我们觉得她还可以。在埃默里大学的第一年——她说自己想当医生——她回家过圣诞节的那段日子,行为举止有点奇怪。她原本很有弹性、白里透粉的皮肤变得很暗黄,就连眼白都看起来暗淡无光,稍稍泛黄,一点儿神采都没有。我说带她一起吃午餐、做头发、买些礼物,她根本不想去,但最后勉强同意了。我记得我们一起去做了美甲,我看着她——凌乱干燥的头发、眼底的黑眼圈、疲倦的脸,根本不想和那位漂亮的

越南女士聊天。我当时就在想,'她要不是我女儿,我肯定会说她是吸毒上瘾。'

"是直觉吗?我一下就想到了这一点。我跟韦德谈了一下,他也觉得莉齐有点儿不对劲,跟谁都不亲近。莉齐不想往圣诞树上挂圣诞球,也不想帮忙装饰。她一直打喷嚏,我都怕她摔倒,担心她是不是感冒了。后来,我知道那是因为她吃了处方药的缘故。她没吃这么多年都很喜欢的节日大餐,甚至没给任何人买礼物。

"平安夜,我们正准备着,打算去我爸爸那边吃晚餐。莉齐在楼上洗澡,她的外套和包在楼下。我就打开包看了。药片、装了一个信封的大麻,还有一瓶白色粉末。我赶紧告诉韦德,他一下就疯了,冲过去一直砸卧室的门,大喊着质问'到底是怎么回事……'之类的。简单来说,春假时,莉齐根本没回来,暑假回来的时候已经退学了。

"治疗。社区大学。再治疗。不过莉齐总是消失。这就是一种循环。韦德彻底失望了,我也是,其实韦德真的想尽了一切办法,"茱莉亚停了一下,"只是偶尔会朝莉齐发脾气。韦德一发脾气,莉齐就和狐朋狗友混上几天。我后来才知道,韦德有'情绪管理问题'。我很生莉齐的气,也生韦德的气,但我没有放弃,走那种'告诉我怎样才能帮你,我们都很担心,我们再一起试试吧'这种路线,可根本就没用。"

"茱莉亚,这事儿真是太糟心了。"之前,查理让自己十七岁的女朋友怀了孕,当时他们都还未成年,卡米尔觉得生气又无助。查尔斯比卡米尔淡定一些,跟女孩的父母见了面,讨论了一下人工流产、产后收养等问题,不过对方都不同意。后来,那个女孩流产了,查理整个高中都再没交过女朋友。跟茱莉亚的遭遇相比,查理的事真不算大事。

茱莉亚站起来,去搅了搅牛肉汤,然后又坐回到沙发上。"还有,情况越来越差,不过我不会说太久了。莉齐从社区大学退了学,跟所有埃默里大学的朋友都断了联系,跟高中的朋友们也不联系。她高中时候的朋友当时都发展得不错,加入了校友会,还有很多人学的是心理学和法律。后来,莉齐去了亚利桑那州的一所实验学校。不过也没什么好结果,按照她的说法就是'去你妈的沙漠'。再后来,我们听说她从那里也退了学,去了新奥尔良。她打过电话,说想去试试杜兰大学,让我们给一些学费。所以她是幡然悔悟,知道自己之前大错特错想回家,甚至想跟我们一起去航海了吗?我们给了钱。呵,你猜怎么样?

"说快些。我们三次把她送进了戒毒所,一次是强行送进去的,根本没效果。还有两次她同意去,第一次是在新奥尔良,不过刚排毒两周,她就离开了那个地方;第二次是在加利福尼亚,在旧金山郊区的大诊所待了一个月。我们当时还以为她彻底好了。她坚持说自己没事,坚持一天都不在地狱里待着。还有,她不肯回家。结果,不到两周,她开车带着某个瘾君子离开某个低档酒吧的时候,被警察拦下来了。他们的车严重超速。警察搜查了一下,那个男的因为持毒被逮捕了,莉齐只是被拘留了一晚上。一对小情侣又被拆开了。

"那个时候,我们没有否认,也没什么希望了。她碰壁的时候,我们四处奔走。她真的是到处惹麻烦。我们就是水中捞月,白费力气。

"在旧金山,她当过服务生,在临终关怀中心也做过,和一些辍学生一起住在田德隆区某个店里的房间——瘾君子的老窝。时不时地,总有她的朋友打电话给我们,说自己担心莉齐,因为莉齐总会带着在酒吧遇见的不同男人回来过夜,要知道艾滋病在当时还很猖獗。还有,莉齐总会晕过去,根本不记得前一天晚上发生了什么。

"莉齐没跟我们联系。毕竟我们根本不是一类人,她生活在另一个世界里,毒瘾彻底改变了她。我们本来可以有很好的生活——我们三个——真正的生活!"茱莉亚咬着指甲,盯着火光看。

"我们尝试过严厉的爱,尝试过支持她,尝试过不戴有色眼镜看她——根本无法想象那有多难。没错,确实是毒品的影响。可是她根本走不出来!她到底为什么不肯睁眼看看?她很狡猾,总利用我们。她还经常说谎。我们三个人早就已经走进了恶性循环。"

"我觉得她就是圆心,我们都得围着她绕圈跑,根本顾不上自己。她就是喜欢毒品,根本不想戒毒。有的时候她也想,会大喊大叫好几个小时,把所有人都指责一遍,却根本不觉得自己有问题。真是幽默哈——发生在她身上的一切都是别人的错。她觉得自己不错,可根本不是这么回事儿。她就是把自己毁了。

"现在她三十五岁了,可以说这个过程很漫长。在旧金山,她吸毒过量,我们真的不想承认,但她就是故意的。她留了张纸条,我从来没告诉过别人,连我爸爸都没说,纸条上写的是:有什么意义?根本没意义。我们觉得整个人都被撕裂了,特别害怕。还有些别的东西也破碎了。我紧紧抓着她。有什么意义?我被气死了,韦德也气得想打人。我们想尽力表现得冷静些。当然,这是一切疯狂行为的转折点。我们把莉齐带回了家。她在飞机上一直哆嗦,看上去跟僵尸一样。她打翻了水,头顶着窗户,还撞了几次。我想跟她说一些快乐的回忆。'还记得我们上次坐飞机去纽约的时候吗?那是你第一次坐飞机……'可她一下就打断了我:'现在非得说回忆吗?'

"我们希望她已经跌到了别人说的谷底。我们又一次带她去了最好的地方,可她就是不肯配合,还一直拿医生开玩笑。医生让她把能鼓励自己的东西写下来,她就当成游戏。我有点儿退缩了,根本连幻想都没有。最可怕的部分是,我已经厌倦了这一切。

"她一桶一桶地喝咖啡,坐在厨房后窗的摇椅上,摇晃着看外面的花园。她爸爸会给她买心理自助书籍,她开始还看两眼,后来就干脆把书扔了。一天下午,她出去散步,回来的时候,我们发现她又吸毒了,而且很刻薄——跟我们从医院带回来的脆弱的娃娃简直两个样。她把我妈妈留给她的珠宝卖了。后来我们才发现她用那些钱在网上买了阿普唑仑和氯硝安定。用的还是韦德的电脑!还有,她还拿走了厨房零钱罐里的钱。待在家里快把她逼疯了——她就是想让我们知道这一点。回旧金山的公路上,她做的第一件事就是吸毒。那是我们最后一次看到或者说听到关于莉齐的事。我在她的垃圾桶里找到了一封信,地址写的是旧金山奥诺布莱克维尔。我用谷歌搜了一下——紫色的房子,贫民窟,看起来比我想象中的好。信里写的是:'我准备回去了。给我腾张床。'这句话之后的笔迹就看不清了,然后她就把这张纸扔进了垃圾桶。我看着外面的天空,看到飞机云渐渐散去,心里想:跟莉齐一样。"

"怪不得你喜欢休伯特安静的空房子。"卡米尔说,"你很勇敢,真的,能摆脱让你痛苦的环境。"

"可能吧。但涉及韦德的部分——我就没那么勇敢了。莉齐最后一次离开家之后,我和韦德彻底被打败了,好好松了一口气,但也觉得内疚。你可能会说我们也有自己的问题。你可能会觉得两个人在一起就好,可偏偏一切都走向了反方向。我们渐渐放弃,可能也逐渐放弃了对方吧。每次我看见他英俊的脸,就会想起我们失败的女儿,他因为莉齐的事朝我吼,真的忍不了了。还有关于'我们到底做错了什么'的讨论。我一个字都不想说。所以我选择了加班,那是我一直以来最努力工作的日子。

"莉齐是毒品的受害者,可你们知道吗,我们是她的受害者。她带走了我们的灵魂。有的时候,我觉得莉齐就像随意奔跑的人,甩着大锤到处跑,想砸在谁身上就砸在谁身上。我是该用宾格称谓的'谁'吗?"

卡米尔说:"没错。"

"苏珊,给我来一大杯红酒!"

烤箱"叮"地响了一声。她们相互看了一眼,如梦方醒。"你拿手的牛肉!"卡米尔说。

裹着马海毛毯子的茱莉亚耸了耸肩。"我们好好吃顿饭吧。吃饭的时候就先不说什么了。"她的脸很红,看起来有点儿警觉。

好吧,卡米尔心里想,我们也算知道了。

苏珊想着,美食或许能暂时带走大家的旧日时光。

苏珊点上了蜡烛,卡米尔切好了面包。每个人都盛了一碗丰盛的炖肉,大家一起聊着狗、农夫市集、读书会和汽车。这种面包很适合蘸着热热的汤一起吃。

苏珊解开阿尔奇的皮带,带着它出去遛弯。茱莉亚和卡米尔负责收拾晚餐的餐具。星星在天空闪烁,月亮却藏起了自己的模样。

"睡觉之前,我想先把虾腌上。"茱莉亚说,她把准备好的原料都放在罐子里了,"美味的鲜虾沙拉、烤螃蟹,还有芦笋——明天的晚餐就准备好啦。"

"正和我心意,茱莉亚,你真是吃完这一顿就想着下一顿啊。我做的柠檬蛋糕可以当甜点。"

"我们还有鲜橙汁。我可以做雪芭冰激凌。"

阿尔奇去了自己最喜欢的灌木丛，苏珊给女儿们发了消息：在沙堡。想卖掉这里。你们怎么想？

阿尔奇一回到家就冲进了壁炉旁边的小窝里，她们三个也决定各自休息了。苏珊住在大房间里，顺便上网对比一下自己家的房子。另外，她还有些别的事要做。卡米尔从书架上拿了一本乔安娜·特罗洛普的小说，就去了自己的卧室。她打开窗户，听着海水冲刷上岸的声音。茱莉亚想睡觉，可一段记忆浮现在眼前：她的婚礼。整场仪式过程中，警笛声一直在教堂周围响着。这是某种预兆吗？自从离开萨凡纳，她一滴眼泪都没掉过。可现在，她哭了。

第三部

游客因何而来

周四——科林在伦敦的一周。多年以来，从周一到周五，从佛罗伦萨到伦敦，每天都要挤公交车，不过他现在有很多意大利的工作要做，所以每个周末都可以留在家里，每隔一周也可以在家里办公一周。住在这里的好处之一就是——意大利位于中心地带，各大欧洲国家的首都全都围绕着它。一切触手可及。还有，谁喜欢总是把时间花在路上呢？我就很宅。我的生活就是我的工作，我的工作就是我的生活。这里最适合我。意大利人的风格——工作为了生活，生活不只有工作。

这里基本都是独处的环境，我应该能做出很多成绩，对吧？其实，这是全世界社交活动最多的地方。我必须得争分夺秒。要么是邻居，要么是朋友，总会做很多好吃的。总有人过来待一会儿，或者是送一些栗子、刚做好的意大利乳清干酪以及一瓶自制葡萄酒过来。科林不在家的时候，我总会在镇上待很长时间，读书、看电影、和闺蜜一起吃午餐，偶尔有时间读意大利小说的时候，还会和读书小组的成员一起在达恩泽提餐厅吃午饭。

每天，能让我多走几步的只有听书这种方式。我得忍着戴上耳机（总会让我想到小时候在有氯气的泳池里游泳时戴的耳塞），因为当我听到希拉里·曼特尔、伊迪丝·珀尔曼、弗吉尼亚·伍尔夫以及那些现在诗人朗读自己作品的沙哑声音时,总有公里赛跑的选手经过。

问题在于——路上我会遇到很多人,总是不得不停下脚步,按一下暂停键,聊几句,逗逗他们的狗才行。今天,我刚关上门就遇到了格拉齐亚。她停好车,下车跟我行贴面礼,邀请我去她家里,她想把房子租出去,想听听我的意见。格拉齐亚在她阿姨家里教小提琴。她穿着长长的纱裙、磨毛的靴子、宽松的上衣——胸部圆润挺拔。是为了小提琴吗?她黑豆一般的眼睛神采奕奕。微笑起来的时候,她会露出洁白的牙齿——那种冰冷的白色。她现在就在笑。

"她们肯定是美国人。我把网站做成了英语版,因为美国人出价最高。他们想要什么?你之后要是知道的话,麻烦一定来告诉我。"

我们走进门厅,我说的第一句话就是:"这地方得通风三天!"

"我知道。两名罗马尼亚女工会过来彻底打扫一下。我该怎么样才能让他们喜欢这座房子呢?这样就会有人想买这座房子,我就不用担心了。"

我们每个房间都看了看。"格拉齐亚,你一定要放平心态,显然,也要放下对这里的感情。别担心。你父母留下了很多漂亮的物件。还有,我觉得你应该会把那些瓷器带走,对吧?"

"那些碟子对我并没有什么吸引力。我喜欢自己纯白色的那套。"她拉开抽屉,里面装着印花桌布、超大的银色餐具,还有薄底盘子——有的装饰着小鱼的图案,有的则是鲜花。"都旧了。"我感觉她有些不耐烦。话说回来,她是在这里长大的,餐厅里我每次都看不够的壁画,在她眼里或许早就没什么可值得欣赏的了。发布租房消息的时候,她都没把壁画拍下来放到网站上。意大利人真是习惯了艺术的存在(这也是我喜欢意大利的另一个原因)。

窗外有个小花园,两扇窗户之间有错视效果的艺术作品,可能是哪个想法新奇的艺术家按照外面花园的景色画的。他(也有可能是她)画了一个阳台,有石质栏杆。在阳台上,人们可以俯瞰成排的黄杨木、比较高的观赏型灌木球和粉白色的拱形玫瑰凉亭。(我喜欢攀缘植物这个词。这个意大利语词比"蔓生"更蕴含了些力量。所有的重音仿佛都为向上生长的玫瑰、紫藤或金银花注入了活力。)沿着壁画中间看过去,可以看到小山的景象,层层叠叠,从蓝色渐渐变深。向远处看,还能看到两个死火山的火山口。真是充满意趣的一幅画啊。窗外真正的景色略显朦胧,不过鲜活的画作可能会吸引别人买下这座房子,重建花园。整幅画作画龙点睛的一笔是:右边坐着两个人,他们看着窗外的美景。栏杆上放着两个桃子。你只能看到画中人的背影,而且他们是在阴影里——猜测一下,一位大概是女士,毕竟她身上有玫瑰印花的披肩;另一位男士的头稍稍歪着,正沉思着什么。他们肯定是这座房子的第一任主人(就是门牌上"S"代表的那家人),正看向窗外美丽的花园。另一边,一只毛色黑白的鸟儿站在橘子盆栽的树叶间。"你知道这壁画是谁画的吗?"我问。

"妈妈总说是位修女画的。两三个世纪之前的事了。她好像是因为做了什么错事才离开了修道院,靠给别墅画画赚取生计。有人应该研究过,另外几座别墅里也有出自同一人之手的画作。我喜欢空白的墙面,但我绝对不会把这幅画抹掉,不然我妈妈肯定会活过来,绝对不能放过我。还有,妈妈说,黑白两色的鸟儿是那位修女的标志。"

我们上楼检查了一下那几张床，我提了不少建议。"别用这些鸡毛枕头了，晚上枕在上面感觉扎得慌。再换些新床单，现在用得太旧了，很难晾干。"（我之前睡老粗布的床单特别磨皮肤。）"你母亲——还是外婆——钩的床罩吗？"都是一样的雪花，这得有一千多片吧。

"是我外婆。这是房子里最珍贵的物品之一，我就把它们留在床上吧。"

"格拉齐亚，你应该知道，美国人喜欢躺在床上看书。我要是你，就会换一些更亮的灯泡。不光是一根蜡烛，要更亮一些。意大利人总说自己不会躺在床上看书，他们只会在床上翻云覆雨。就连月光都比豪华酒店里的床灯亮。"

"这我就不知道了，不过我觉得还好。"

楼下的浴室里，淋浴的地方都已经臭了，死水，脏乎乎的。"要是我，我会换掉这些毛巾。美国人都喜欢用软毛巾。我知道意大利人不喜欢，因为他们喜欢'风干'。"我本来还想说这些薄薄的古董毛巾就像金刚砂板，不过最终没说出口。

格拉齐亚有些惊讶，她之前从来没见过柔软的毛巾。"太贵了。给所有人的吗？"

"相信我。"

厨房水槽里的下水口也有些反味。好多年前的老式吸尘器还在，不过气囊都瘪了，恐怕是五十年代的。"当务之急是买个新的。还有拖把也要买。之前那个灰色拖把破破烂烂的，笤帚也就只剩了一半。"

我们把每个抽屉和架子都看了一下，然后列了张清单：几个不粘锅、一个耐用的意大利面锅（路易莎的那个铝锅到处是坑）、一把优质漏勺、几把木勺——那些破勺子估计一个世纪没洗过了，还有新的洗碗巾、搅拌碗、一个大蒸锅。格拉齐亚对咖啡机或者浓缩咖啡机根本不以为然，也不想买其他食品加工机器或搅拌器，毕竟她妈妈都是亲手做这些的。不过，买一把摩卡咖啡壶应该没什么问题吧？

"我要调一下钢琴吗？把书都收起来。是意大利语的吗？"

"无所谓。反正那些人是要来意大利。谁知道他们会不会弹钢琴啊。这个过一段时间再处理也不迟。"

有个房间挤满了箱子、家具什么的，这个房间就这样吧。七间卧室足够了。但是格拉齐亚必须得把楼上的衣柜整理一下。路易莎留下了很多礼服和定制西装。本来佛罗伦萨的古着店可以把这些衣服全部买下，但格拉齐亚坚持把它们送给阿姨，不过，最后阿姨也还是会把这些衣服留给格拉齐亚处理。

不管是谁，能住在这里，可以说绝对非常幸运。虽然是有些味道，但这栋别墅很有贵族情调，而且非常宽敞。我自己的地方比较小，但足够我们用，不过睡醒之后，发现自己身处这栋别墅里，肯定会让人心情舒畅。我想象着这样的场景，每天和科林在不同的卧室亲热，当然客厅壁炉前的沙发也不能放过。

沿着罗马时期修建的小路，我朝修道院走去，回忆起曾经真实的一切。我们的秘密地点在某个地方高高的石墙下，那里的草很高，生长得也很茂密，周日下午，吃过沙拉和烤珍珠鸡的午餐后，我们就会藏到草丛里。温暖的夜晚里，繁星满天。时至今日，我们还没有遇到过野猪。我戴上耳机，打开设备，妮可·基德曼朗读的《到灯塔去》传入耳中。

白色的紫藤

海浪阵阵，温柔地唤醒了沉睡的人，这真是一种幸福。茱莉亚第一个起了床。卡米尔和苏珊九点左右穿着睡衣走进厨房的时候，茱莉亚已经准备好了华夫饼面糊，倒好了果汁，还煎了一盘培根。"你真是小能手，"卡米尔说，"每次周日，查理带着家人过来吃早、午餐，我做乳蛋饼和沙拉的时候都手忙脚乱。看你做完了，厨房还这么整洁。"

"我有秘密武器：随时清理。"

早餐过后，大家一起去沙滩走了走，之后就开车去了威明顿。那边的人们很亲切，邀请她们一起散步，还编了很多故事，说白色和粉色的杜鹃花在那些白色房屋外绽放，里面的住户经历了这些那些之类的，都是编的。她们买了康乃馨和薰衣草味道的香皂，一会儿回去布置苏珊的家。之后，大家在旧城区吃了蛋卷冰激凌。午餐的时候，三个人一起去了水边的咖啡厅，苏珊买了一双新的散步鞋，茱莉亚给大家看了书店里几本马尔伯里出版社出版的书。在书店的艺术区，卡米尔买了几管水彩颜料、六把刷子和一些纸。"我可能想画大家都在画的日落。"她开玩笑地说。但想到在沙滩上画画，她就兴奋得不得了。距离她上次买颜料过了多少年了？她自己也已经记不得了。

下午三点，她们回到了沙堡，带着阿尔奇一起来到了沙滩上。"茱莉亚，要是你愿意，就接着给我们讲讲之后发生的事吧，"苏珊说，"侦探小说里不都有'悬念'吊人胃口，让人一章一章往下读吗？我特别想知道韦德的事。"

"是啊，想讲的话就讲给我们听听吧。"卡米尔说。她想苏珊可能有点儿太心急了。茱莉亚的女儿，莉齐，简直就是个悲剧。

"好吧，我接着讲。我想你们也应该猜到了后面发生的事。我挺理解韦德的。我们都很郁闷。我甚至都在想，要是遇到个更有魅力的男人就好了。不过，"茱莉亚笑了，"六十多岁还能风度翩翩，这可不多见。不过韦德选的人可就年轻多了。我觉得她大概也就三十岁、三十三岁的样子。"

"韦德现在还会跟她见面吗？"苏珊问。

"不知道。要不是这么长时间因为莉齐这件事，我觉得自己还能坚持得住，熬过韦德的背叛——而且我怀疑没有莉齐这件事，他也不会背叛我——不过，这么多年风风雨雨过去了，我也无话可说。我们总是陪在对方身边。当时的感觉就好像拱门的拱顶石掉下来，一切都会坍塌。

"韦德一直都很冲动。我开始也还很激动，现在想想自己真是傻。我当时觉得他那是有激情，不过他曾经确实如此。我要是看谁一眼，或者是他觉得我看了谁一眼，马上就会吃醋。韦德是南方人，之后去了伍德贝瑞森林和佐治亚大学，回来之后就更像南方人了，在自家的公司工作。他爸爸有一家公司，跟船有关系，是家船用漆公司。韦德喜欢水，喜欢出海。他身高将近一米九，一下就被佐治亚海军录取了。绿色的眼睛，很深邃，孔雀石的颜色——之前他看我的时候,我觉得自己很快就会融化在他的眼睛里。他爸爸有一头黑发,他妈妈也是深色的头发。而且他妈妈是犹太人,肤色并不是很白——韦德的头发是天使一样的金色。谁能搞明白复杂的基因啊?我遇见韦德的时候,真的是被他的外表吸引了,他宽厚的肩膀、结实的大腿、蜂蜜色的皮肤——带着阳光的气息,还有大大的微笑,如星月一般,让我根本顾不上别的。虽然我们俩不是门当户对,但他确实赢得了我父母的心。之前,萨凡纳的人还很注重门第,现在不了。

"那段时光,我们开心得要疯掉。莉齐出生之后,我们一直把她捧在手心里。朋友们,当时的日子多好啊……闹剧有没有?有啊!有一次出去吃饭的时候,有个侍者手脚太慢,韦德马上就发怒了,一把掀翻了椅子,饭还没吃就走了。还有,他简直就是路怒症的典型代表!对了,莉齐有个老师告诉韦德,要让莉齐养成更好的习惯,结果这个老师被韦德训了一顿。在药店也有过一次,他去取药,但药剂师还没把药准备好。最后,他是被药店的保安给架出来的。不过,他从来没跟我和莉齐发过脾气。我一直告诉自己,韦德是压力太大才会那样。后来,我们发现了莉齐的问题,他的压力确实大了不少。

"好吧,先说莉齐最后一次离开家之后的事吧,我们就是从那个时候开始疏远彼此的。我真是承受不了那种打击,就一心扑在工作上。后来我才知道,韦德一心扑在了罗斯·安娜·威尔顿身上。罗斯是他的新市场顾问。我就在公司的节日聚会上见过她一次。她的嘴唇很丰满,感觉嘴里一定有什么似的。啊,说实话,她确实挺好看的。

"韦德开始晚回家——不是有晚宴,就是要去亚特兰大出差,要不就是去杰克逊维尔参加游艇展览。我真的没觉得有什么不正常。我一直在看网飞频道的逃脱秀,就是西班牙的《大饭店》那个系列,还有一部剧,演了好久,讲的是苏格兰一名胆小地主的故事。虽然我现在根本无法看他一眼,但我觉得这个阶段迟早会过去,我们的生活也会回到往常,或者说回到正常状态。

"有一天晚上,他出门之前,我闻见了他的香水味。那是他过生日的时候我买的,混合了马鞭草、木香和麝香的味道,整整花了八美元!特别诱惑。叮咚!夏洛克·福尔摩斯附体!'你今天去哪儿吃晚餐?'我问他。'噢,我们就是去个酒吧。那些代表都喜欢酒吧。'

"我之前说了,我会忍不住查到底——之前就是我从莉齐的包里找到了毒品——但我只有没办法的时候才会这样做。他走了。走之前他一直在用电脑,那时电脑还没关,所以我就去看了他的信用卡账单。都是自动付款的,所以我之前都没看见过。账单里有好几项快把我气死了,有在杰克逊维尔古董店和酒店温泉的花销,有四项在亚特兰大餐厅的消费,还有很多不在萨凡纳的支出。对了,有一项是一大束花。我记得韦德不久之前给我买过一小束雏菊。想到那个,我脑袋都快炸了。原来那束烂雏菊就是为了掩盖他的负罪感,那么一大笔钱,是挥霍在法国郁金香还是玫瑰上了呢?现在想想,估计是玫瑰,毕竟'罗斯'这个词的本意就是玫瑰。

"他出门一个小时之后,我开车也到了俱乐部的停车场。没有黑色的路虎揽胜。显然,他没在这儿吃饭。那我就想,他吃完饭会带着人去哪儿?肯定不是去当地的酒店。也许是去女士的家吧。那个女士结婚了吗?

"后来,我意识到——他肯定会去船上。于是,女人的直觉带着我去了码头,去了我爸爸留下来的'逐日号'。那是我爸爸的游艇,现在是我们的。我把车停在停车场最里面的位置。我们一直把船舱的钥匙放在垫子底下的舱口盖里。我走进船舱,把钥匙收好,没开灯,从里面反锁了门。我就坐在那儿,问自己如果一会儿的事情印证了自己的猜想该怎么办。我根本不知道,当时就是忍不住一直在想,这就是那种感觉。我当时还觉得这种事不会发生的。

"不到一个小时,我看见码头那边有灯光打过来。哈,你们猜是谁?从窗帘往外看,我看见了永远一副绅士模样的韦德正准备为他的小甜心开门。他们手挽着手,往船这边走过来,他还把罗斯扶上了船。罗斯坐下来——从窗帘缝里我看不见太多——脖子上围着一条围巾。韦德打开舱口盖,之后又关上了。他拉了拉门,我听见他气急败坏说了几句,就停下了。船舱前面没有窗户,于是我拉开了侧面的窗帘。'我肯定是把钥匙忘在办公室了,'他说,'该死,真不好意思。'罗斯说了几句话,他们就走了。我一直等着,手脚冰凉,觉得一阵阵恶心。

"当时,我一下站起来,过去打开了冰箱,拿出香槟,而且还是高级香槟。我拔开软木塞,给自己倒了一杯。船头的床上铺着的床单,是我妈妈专门托人为这艘船量身定制的,一看这个,我更来气了。于是,我又给自己倒了一杯,打开从船到岸上的无线电,在水上听着静电的声音。我给韦德发了个信息:今天在我爸爸家睡。我当时还没准备好面对现实。虽然也知道他们在船头的床上翻云覆雨过,但我还是打算好好睡了一觉。"

她们三个坐在一根大木头上。卡米尔想把画画的工具从包里拿出来。她一边听茱莉亚讲,一边看着天上的流云、远处的地平线和起伏的海浪，想着这一瞬间可以捕捉到怎样的图像，是否可以把白色和一点儿蓝色混在一起，描绘海浪退去时沙滩上银色的泡沫。

茱莉亚继续说："我忍了很久。能不起冲突就尽量不起冲突，可越来越忍不住。我跟公司申请休假，同意有时间的时候看稿子。就是那个时候，我刚好看见了休伯特教授演讲的公告。后来他就说我可以住在他家里。我只告诉了我爸爸和邻居艾莉森。

"我把没用的纸都扔进了碎纸机，把好多衣服和不想重读的书都送了人。一种躁动占据了我的心。我彻底整理并打扫了整栋房子，唯独没碰莉齐的房间，就让它那么待着吧，地上一堆运动裤和T恤衫。我感觉韦德应该发现船上被我喝光的香槟了。他一直没提起过。我一直都对韦德挺热情的——聊些家长里短的，还一起吃晚餐——可他非得惹我，本来我就生气，当时是一点就着。那天早上，他竟然说我'冷得像块冰'。那天下午，你们能想象得到吗？我竟然用牙刷和棉签洗了一遍浴室的地缝！之后我就开始装车。他回来了，换衣服，准备和'客户'一起出海。我最终还是没忍住，和他对质，把一本本烹饪书扔进箱子里。他想抢我的钥匙，差点儿把我的手指掰断。他一直在吼，一直否认，一直怪我。这大概就是我人生中经历的谎言和闹剧。"

"你肯定是有创伤后应激障碍。至少受了不小的刺激。真是一大堆烂事。"苏珊说完，卡米尔也表示赞同。"跟心理医生聊聊会不会好一些？我有个好朋友挺不错的。"

"和你们说说就行啦！我现在感觉好多了。带莉齐去了那么多诊所，看了那么多心理医生，快烦死我了。我真的不想再跟他们回忆一次。人们受苦的时候，说来说去都没用。我就是需要空间，需要想清楚自己想怎样生活，怎样把生活中嘈杂的声音赶走。不，不是那些声音！不是幻觉。是回忆。我现在需要往前看，走出捉摸不定的危险状态。"

卡米尔打开包，把新画板拿出来。"没错，你就需要那样，"她说，"就从在这里涂水彩开始新生活吧。把画挂起来，别忘记这个人生的转折点。每次流沙卷土重来，你就看着这幅画，仿佛耳边有海浪的声音，再想想自己的好朋友们。"说完，卡米尔站起来，抱了抱茱莉亚。

"我们走吧，茱莉亚，我快饿死了。"苏珊吹了声口哨，让阿尔奇回来。"我准备让你好好泡个澡，用含羞草浴盐，浴缸周围再点上蜡烛。你需要静一静。不容易啊。"她们一起往沙堡走，苏珊把手搭在茱莉亚肩上。卡米尔打开蓝色的颜料，想着：其他人的生活，真是让人心力交瘁。

春天里，日光停留的时间越来越久，暮色缠绵。黑暗，再也不像天鹅绒舞台幕布一样突然一下笼罩在大地上，每天，白天的光线都会停留更长时间，天空下的大地上，火烈鸟沐浴在落日的余晖中。桃粉色渐渐变成淡灰色，之后是镶着金边的蔚蓝色。大家准备着螃蟹和鲜虾时，苏珊打开后门，把大家叫了出来。房子后面是一片沼泽地，西边的天空上，大朵大朵的白云飘着，如棉桃一般，底部蓬松，染了一层红晕。色彩层层变化，圆圆的太阳慢慢沉入西方。

"蛋黄。"茱莉亚说。

"火球。"卡米尔说。

"太阳。"苏珊说。

晚餐之后，大家坐在壁炉边，苏珊拿出了自己的笔记本电脑。

"先看看，"她指着屏幕说，"不用非得决定。"面前的是一座大房子，石头做的，方方正正，周围种满了橄榄树。房子一侧的凉棚上，白色的紫藤花如瀑布一样垂下来。房子后面的远方有几座小山，还有两座圆锥形的山峰。"死火山，"苏珊说，"我们可以租下这座房子。就在托斯卡纳圣罗科的郊区。离海边只有一个小时的路程。"

卡米尔和茱莉亚大笑起来，不明所以地看着苏珊。"可以租，之后还可以买，"苏珊继续说，"不觉得这房子挺好看的吗？紫藤花是白色的，不是紫色的。大多数人都喜欢种紫色的。这就是一个征兆。我搜遍了全网，用上了所有的资源。这是我能找到的最让自己动心的地方。我觉得我们都会喜欢。而且，这可不是为了简化生活——反而会让生活越来越复杂。"多年之前，还是结婚二十周年纪念日的时候，苏珊和亚伦去过托斯卡纳。自那时起，苏珊就深深爱上了那片土地，她一直都想再去，可终究未能成行。

"你的意思是我们租下来吗？我们要搬过去？"茱莉亚鼓起勇气问，"真棒！苏珊，你真是个有主意的！"

卡米尔把电脑转过来仔细看。"看看室内的照片！"一张张照片翻过去：房间里有房梁，天花板很高，有的房间是桃粉色，有的是奶油色、浅黄色或是白色的，每个房间都有大大的窗户，窗框是石头做的。厨房里有一大块剁肉板，桌腿很结实的样子；大理石水槽很长很浅，让卡米尔想到了修女们诵唱时的样子；厨房里没有长长的餐台，取而代之的是几张工作台；卡米尔从没见过那么大的壁炉，那周围堆着不少炖锅，形状各异，锅上面还有大大小小的坑。"茱莉亚，你看那些锅。小牵牛花的紫铜色渐渐被人遗忘了，对吧？"

"没错！那个火炉是烧木头的吗？还有普通的炉子吗？桌子是

大理石台面的。肯定是为了做意大利面。"

"你们也有点儿动心了吧?"苏珊问。

沉默。一会儿,茱莉亚开口了:"我觉得这是最棒的事了。说真的,跟梦里的一样。"

卡米尔也开口了:"没错,确实值得仔细考虑一下。我会爱上那里的!还有那些艺术品!"不过,长远来看,卡米尔觉得不太现实。

茱莉亚持相反的看法。或许随心随性反而会带来人生中最好的决定。壁炉。窗户。桃红色的墙。火山的景色。再想想山那边神秘的大海。

这个突然冒出来的想法拨动着她们每个人的心弦。托斯卡纳的一座房子,一个人都不认识的地方。一切都有了重来的机会。

之后的几个周末,大家都在沙堡一起度过。她们一直聊天,直到晨光微熹的时刻。过去的日子啊,有女生联谊会,有大学毕业与人合租的公寓,等等。卡米尔很喜欢那里的公共衣柜,里面衣服的选择之多简直前无古人后无来者。这几个周末,她们聊了各自的朋友、自己曾犯下的错误、外科病理检查、一次次旅行,还有孤独的感觉。她们讨论过,家庭生活渐渐远去之后,为什么更多人不能放下孤独,跟其他人生活在一起呢?结论是:寄情于物。人们离不开自己曾经的物件,离不开母亲留下的物件,也离不开装满各种小东西的阁楼或地下室。她们还觉得,人类肯定不喜欢跟别人分享厨房或浴室。"我们也是这样吗?"苏珊忍不住问道。卡米尔想说自己是这样的来着,但她已经迷上了去意大利的想法,所以也就没说出口。她一直想的都是自己需要突破,需要挣脱。女人间的对话,玻璃的天窗。感情渐渐胜过了理智。虽然开始心存警觉,但她渐渐喜欢上了苏珊开车的感觉。或许,她可以跟苏珊学一学。茱莉亚很快就蜷缩起来:她觉得这个想法本身非常迷人;她喜欢听大家权衡不同的居住地,喜欢听她们讲托斯卡纳海滨小镇和意大利的快速列车系统。她想象着这样的场景:大家走上意大利国铁,快速穿过乡野,吃着三明治,看窗外绿色的小山迅速朝身后退去。然而,她一个人待在自己的房间时,"莉齐可能会需要自己"这种想法带来的恐惧感,还有韦德彻底后悔的希望总会一阵阵袭来,不同的感觉交织在一起,茱莉亚心中五味杂陈。于是,她站起来,朝岸边慢慢走去。

苏珊一直让自己往好的方面想:还有什么不能失去呢?还有什么值得留恋?

七月末,卡米尔决定不去康沃利斯了。然而她做不到。劳拉一直劝她,说卡米尔不应该放弃。查理略带着些怀疑,没说什么,可某个周日吃早餐的时候,查理却把自己的父亲搬了出来,说要是父亲在,肯定也会推荐康沃利斯。"可他不在了,"卡米尔说,"对吧?"那一刻,出去的想法才真正扎根。两个朋友的鼓励远胜于自己根深蒂固的胆怯。没错。她要去托斯卡纳。

她们都决定了。

一起去。

的确,做这种决定需要时间思考,不过大家早已明白,各自心意已决。苏珊关上了教堂山的家门,暂时不打算卖掉。那天下午,她一个人在家,闲来无事,便坐在阳光房里读书。一束束金色的阳光照进来,落在松木芯材做成的地板上,落在咖啡桌上一摞摞设计书上,落在壁炉边两颗挂长袜用的钉子上,苏珊心里不禁涌起阵阵暖意,令她无法不钟情。这座房子承载着她所有的回忆:辉煌的时刻、幸福的光阴以及悲伤的岁月。经历过几次流产，两个人才最终放弃，决定收养。消沉的日子里，她躺在床上，想要星星点点的希望。女儿们的各种活动根本停不下来，为了做饼干和软糖，厨房被弄得一团乱。后面门廊上亚伦的高尔夫球袋和钓鱼装备也未能幸免。充实而饱满的生活。所以真的要放手吗？现在还不行。万一伊娃或卡洛琳想回家怎么办？苏珊干脆在花园里办了一场告别聚餐，邀请了所有的朋友和同事。

苏珊还雇了一个学生，每周到家里两次，冲洗马桶、给房间通风、把门廊上的广告单收好。之前的园丁值得信任。至于几百株室内植物，她直接摆在街上，旁边摆了一个"免费"的牌子。

卡米尔把自己的车和房子留给了查理一家人，只是让他们暂用，顺便把他们自己的小房子租给一位中国来的客座教授。劳拉总算接受了一切，真心为卡米尔感到高兴，卡米尔也宽慰了不少。查理是个懂事的好孩子，无条件支持卡米尔的一切选择。卡米尔讲了自己做的那个棺材的梦，作为一个画家，查理单凭直觉也知道那个梦的含义。劳拉和查理计划之后去找卡米尔过圣诞节。让英格丽德看看意大利是多好的一件事呀。卡米尔走的时候没带骨灰盒。

茱莉亚递交了离婚申请。她给休伯特写了信，说十月的时候一定会找到人好好照顾他的房子。也许，休伯特能来托斯卡纳，顺便研究一下伊特鲁里亚人。茱莉亚没有更多莉齐的消息，也没和韦德联络——就给他送了张传票。茱莉亚悄悄去看了看自己的父亲，她父亲觉得去意大利这个想法简直完美，还问自己什么时候也能去意大利看看。此外，父亲也答应，没什么紧急情况，绝对不会告诉别人茱莉亚的行踪。茱莉亚走之前没回自己的家。

她们尽力有条不紊地打理好一切——花园、银行账户、保险、跟不明所以的朋友们告别、医生及牙医检查等。三个人还参加了在线意大利语课程。茱莉亚离开前，休伯特管家的女儿刚好离婚，需要落脚之处，于是，茱莉亚走的当天，她就住了进来。苏珊做了眼部提升手术，很开心自己灰色的眼睛看起来又大了一些。沙滩边的房子那里，苏珊在沙堆里立了一块"出售中"的牌子。女儿们都同意她的做法——更待何时。

卡米尔画了不少水彩，她喜欢钻研，喜欢研究不同的透明度和明暗度；茱莉亚把菜谱都收了起来；苏珊卖掉了两栋大房子，然后辞掉了在维尔房地产公司的工作。出人意料，买下沙堡的竟然是她的弟弟迈克。

十月，她们将飞往罗马。

圣罗科

三个女人来到这里的第二天早上,邻居利奥在我书房窗户那里吹了三声口哨。这是模仿某种经常在附近唱歌的鸟儿(画眉鸟?),我听出是利奥的声音,就去窗户那边了。他知道我一般会早起工作,可他根本就不知道自己刚刚打断了我的思路,毁掉了世界上最具震撼力的诗句。还穿着睡衣的我往窗外看过去。他手里拎着一只鸡。

"早上好。"

"该死。"他说。这句话的意大利语直译过来就是"惨得和猪一样",程度比较轻,是我最喜欢的托斯卡纳脏话之一。"我们有新邻居了。她们还带了一只狗,结果那只狗跑进了我的花园。"我这才注意到,利奥手里拎着的那只鸡耷拉着脑袋,腿也瘸了。"我追了半天,坎迪德一直咯咯地尖叫着,那只狗这才松口。"

"太可怕了。你打算怎么办?"

"我去那边的别墅了,也跟她们说了我是谁。结果,她们一看见坎迪德,就跟小鸡一样扑腾起来。美国人,和你一样都是美国人。三位女士。有一个穿着浴袍就跑出去了,一直追着狗跑。"

"你肯定挺生气的。"

"咳，我准备把它烤了。我还有只三个月大的兔子，一起烤了。我请那三位女士明天过来吃晚餐，你也一起来吧。"

托斯卡纳人对自己的食物来源根本毫无怜悯之心，这一点总能让我咋舌。利奥一直把那只兔子当宠物，去哪儿都装在自己的口袋里，上一秒还在喂它吃碎生菜叶，现在就能剥皮剔骨，美滋滋地用它满足自己的口腹之欲。我想，这大概就是实用主义产物吧——就像玛格丽特坚持的一样。玛格丽特描写过战后意大利南方的孩子们，写到对妻子和男孩子的毒打是家常便饭时，她得鼓起多大的勇气啊。还有，女孩子们的一生中，近亲通婚"并不出人意料"，一直都是行若无事的样子，她的轻描淡写有毁灭性的效果，极具震撼力。

虽然我现在有点儿退缩，不过，话说回来，利奥的妻子安娜塔把已经去了骨头、肚子里塞着其他食材的兔子摆在我盘子里时，我也不一定能认出来这就是那只宝贝灰兔子。还有，要是她妹妹能准备好酥脆的迷迭香土豆，那我就更记不得兔子的事了。

来托斯卡纳才十二小时，那三位女士就已经接到了晚餐的邀请。不过这种事在达拉斯和洛杉矶都很常见，对吧？你还没打开背包，就有人冲过来邀请你共进晚餐？没错，尤其是你碰巧见到了这个人的猫或者靠着他家信箱的时候。

我必须得动笔了。今天早上，我的屏幕上只有四个字：玛格丽特。

科林刚搬过来的时候总会问我："你觉得我们要买把锯子吗？"

"你觉得百叶窗是不是每年都得上点儿油才行？"

"博物馆里胡安的那幅关于罗马的作品是假的吗？"

"我们要怎么检查那口井?"

这时,我就会放下手里的书,告诉他:"给玛格丽特打电话——她肯定知道。"

生平简介:

玛格丽特·梅里尔,1935年生于华盛顿特区,后毕业于乔治城大学。终其一生,除在美国生活的岁月外,她自1960年直至2010年去世前几个月一直住在意大利。梅里尔写过三本小说,均为调查性纪实作品,并在《意大利晚邮报》工作过。此外,她还投资过美国及英国的多份主要期刊。《通往德拉戈宫殿的楼梯》于1971年出版,后相继出版《冰冷的阴影下》(1974)、《恐惧的滋味》(1979)、《阳光下的蓝色花朵》(1988)、《世界,黑手党的世界》(1994)以及《蓝色小说》(2005)。梅里尔的摄影作品曾出现在其作品中,也曾在意大利展出。玛格丽特·梅里尔曾获罗马奖、古根海姆奖、首席女主角奖,并入围国家图书奖。

我没写最后的壮举。

每天早上,我都会先写几个小时,之后沿着我的专属小路到镇上去——科林总会记得把路上的荆棘砍掉。我的住处最外面有两棵古柏树,两棵树之间的门打开后,就能看到一条小路,弯弯绕绕通向小山顶上,经过罗马时期能容纳一辆战车通过的石子路,就蜿蜒下山,之后就到了镇上。这一路上,静谧安然,景色宜人,等走到了喧闹的街道上,能看到商人们拿着塑料矿泉水瓶洒水、擦洗门槛,卡车早上急匆匆地送货,已经患上老年痴呆症的女士站在儿子的鞋店门口跟别人打招呼——大家早上好。闻着街对面烘焙店里飘出来的烤面包的香气，我总是心内一阵悸动：人间烟火。

圣罗科位于圣劳伦佐山较低的山坡上，如一块勋章，卓尔不群。再也没有哪个山城能让我如此着迷。如果你读过伊塔洛·卡尔维诺的《看不见的城市》，那你也一定觉得，这里就是他虚构的梦幻小镇。是什么让她令人心醉？或许是富尔维奥吧，我们古老的东西大道——罗马时期修建的，东西走向，将小镇分为两部分，阳光充足；或许是椭圆形广场上椭圆形的海豚喷泉吧；或许是那边咖啡厅摆出来的遮阳伞；或许是那边三家相互竞争的餐厅：户外就餐区，还有精美的菜单——都是意大利语的，让我说什么好呢。有《末日审判》壁画装饰的大教堂在另一边，人们会坐在久经风霜的大理石台阶上，看着一天天重复的生活从指间流过。

周五镇上有市集，规模不大，但非常热闹，引得我每周都要去看看。周三的鱼市和周四的猪肉市集，我也不会错过。总有好吃的东西。我到现在还没胖死真是个奇迹。我们这里有一家甜品店、一家书店和艺术品店、不少服装店、干洗店，还有三家能让人不惜从米兰和罗马赶过来的古董店。从东西大街出发往不同方向走，能看到两家非常好吃的冰激凌店和很多出色的餐厅，当然还有不少精品店：年轻时尚的女士们总会靠在门边，假装看上去没那么无聊；无数小巷子或窄窄的街道中，有很多亚洲珠宝店、鞋店和纺织品设计师店。五千多个人，各不相同。（自然，会有一些讨厌鬼、法西斯分子和"抱怨鬼"。）

虽然考古学家三五成群的过来是为了研究伊特鲁里亚人，但大广场最初是罗马人的马戏场，供他们看战车比赛的，所以才建成了优雅的椭圆形。罗马人的思维中条条框框不少，可这片土地坎坷崎岖,从一个地方到另一个地方根本没法直线到达,所以那些横平竖直的路在这个镇子里根本用不上。我猜罗马人大概当时放弃了修建分隔东西向马路的南北向街道。中世纪时期,马戏场周围的地区总会建很多商店、摊位、住宅,你来到这里就跟来到富丽堂皇的宫殿一样,肯定会迷路。每次修理下水道或者安装天然气管道(最近铺设电缆的情况也要算上),工人们总会发现谷物储藏井、金库、地窖和伊特鲁里亚人修建的某段公路。一些古老的石拱门仍在使用中,成了门廊或商店窗户的窗框。不同的时代拼凑在一起,岁月静好,这也是住在这里让人心安的原因之一。

我愿意去各个咖啡厅,形形色色的意大利人中,我最喜欢的就是咖啡师。他们效率极高,手法娴熟,深得我心。这天早上,我去了薇奥莱塔的圣安塞尔莫酒吧。薇奥莱塔把奶泡打进卡布奇诺里,还做成了七弦琴的样子,因为她知道我是个诗人(这是我喜欢意大利的另一个原因。咖啡师都知道,七弦琴象征着诗歌)。"夫人,"她说,"你有新邻居了。詹尼说她们很可怜,非常可怜。您见过她们了吗?"

"还没呢,她们昨天晚上才到的。"

"没错,不过利奥已经跟她们见过面了。"这算是一种责备吗?

在这个镇上,消息传得非常快。这么说吧,我今天穿什么衣服,薇奥莱塔比我知道得都早。

一早就去镇上的习惯是跟玛格丽特学的。我们刚认识的时候,每次我早上去镇子里都能看到她。我很想确定写作的计划和节奏,可托斯卡纳如窈窕淑女,君子皆好逑——况且,我喜欢看小镇生机蓬勃的样子。越过山丘的路上,我会随身带着意大利语动词手册,背诵动词变形规律,可一旦走进镇子,我就不由自主地会把书收起来,看安娜整理蔬菜;看环卫工用大笤帚打扫街道;看理发师点上一天的第一支烟,靠在椅背上,哄着在自己腿上的虎斑猫安然入睡。一般来说,我会在"安杰利科酒吧"遇到玛格丽特,她每次都坐在同一张桌子前,酒吧真应该摆个"玛格丽特专座"的名牌,可迟迟没有行动。看到我,玛格丽特会放下手里的报纸和香烟,招呼我过去。抽烟,抽烟,当时每个人都离不开烟。

不用事先约定,我们每周都能有一两个早上遇见彼此。不过没有我的日子,她也一样开心。很快,酒吧里的人多起来,有的是当地人,上班之前来买杯咖啡;有的是游客,觉得这里没人会说英语,便恣肆无忌,说些小说家们绝对不想错过的内容。毫无悬念,我很快便发现,玛格丽特的气质和她的作品一样,令人惊艳——她暗暗观察,脸上带着复古、雍容的微笑。

詹尼进来了,就是那个当地的计程车司机。"那三位都没有丈夫了,"他告诉我,"她们自己来的。美国南部的人,带了只小狗,特别淘气,在车厢里撒尿,从罗马机场过来一路上一直叫唤。"

"她们没车?"

"没有,不过格拉齐亚说,等把她妈妈那辆菲亚特500的刹车修好,就卖给她们。"

"这样不犯法吗?"我知道这样不合法,只有注册居民才能这样买车。这个格拉齐亚啊,或许她有什么办法能瞒天过海吧。反正我是没什么意外的。

"有何不可?"

当地人每次遇到不知道怎么回答的问题,就会说"有何不可"。

哈,这是我喜欢圣罗科的另一个原因。

"我跟她们说,邻居里面有几个很出名,有诗人,还有建筑家。你们肯定能成为好朋友,就跟在自己的国家里一样。"

"没错,我们都是美国人,肯定合得来。"我大笑起来。我在别人眼里是个外国人,可能一直都会这样吧,以致每次有在这个地方扎根落脚的想法,"外国人"这一点就会刺痛我。要是回到佛罗里达,那个生我养我的地方,我肯定会像当地的鳄鱼和蚊子一样,融入进去根本毫无难度,也绝对不会有背井离乡的感觉。

这种想法成了科林笑话我的把柄。"我们是新新人类,是世界公民。"

天气越来越热,热得让人受不了的日子里,我就会买杯咖啡坐在广场上的户外咖啡桌旁,打开包着牛皮纸的书。

备注:

现在暂且先不提她是如何去世的。(可怕。)我现在要说的是,她是如何对待朋友的。(亮点。)她写过什么。(两面性!)她生前是不是意大利和美国中情局之间的"情报员"。(她自己否认了。但我觉得她肯定是。)她是不是同性恋。(如果是,那她肯定是温柔的一方,不过现在谁还在乎这个呢?)她之前公开羞辱过我。(为什么?出于嫉妒吗?)她的遗嘱中提到过我。(惊人的慷慨。)她总是会遇到麻烦。(为什么?因为被逼到悬崖边的时候,她喜欢做决定。)

玛格丽特,难以捉摸到令人发狂的地步,却有一种淘气且粗糙的幽默感。我久久不能忘怀。与她在托斯卡纳相处的七年时光中,哪怕是回答朋友间最简单的问题，她都要小小圆滑一把。"你为什么没有再婚？你才二十多岁……"这时，她会从自己拿到我家的梅森玻璃瓶里倒一大杯马提尼。我们只喝红酒，而玛格丽特倾心的永远都是马提尼。没人能改变她的做法，也没人能动摇她的想法。她会大笑。"结过两次婚了。第二次婚姻失败之后，我就想，可能结婚这件事不适合我。"就好像在说自己不适合做馅饼皮一样。之后，她注意到了我种的白色大丽花，提醒我，花儿熬不过托斯卡纳的冬天，所以秋天就得铲掉。跟玛格丽特在一起，所有的交流都要迂回一下。前方的路甚是泥泞。

我过去结账的时候，薇奥莱塔说詹尼已经替我买了单。圣罗科的这个传统太棒了，绝对是我喜欢这个小镇的又一个原因。

A Domani：明天见

"阿尔奇，欢迎来到森林！"茱莉亚看着开架，想把摩卡咖啡壶找出来，肯定就在这附近——格拉齐亚留下来的东西什么都有——啊，原来在窗台上。为了迎接她们的到来，格拉齐亚在厨房里准备了不少吃的：面包、芝士、意大利熏火腿、咖啡，还有香橙。"美国小狗狗入侵！大开杀戒，制造混乱吧！"茱莉亚停下来，环视了一下厨房。"太奇怪了——我觉得自己这辈子都是在这个厨房里做饭的。陈设真简单。还有，不觉得下层架子的格子窗帘非常有特色的吗？我之前在意大利的烹饪书里见过。砖头地板——叫什么来着？Cotto？就是'已经熟了'的意思——真接地气。大惊小怪。"茱莉亚已经换下了睡衣，穿着牛仔裤和红色毛衫，不过没穿鞋。她从行李箱中拿出来折叠的刀具和毛毡袋，打开，平放好。在马尔伯里出版社，每次为作者举办活动的时候，她都是主厨，此外，她偶尔也会帮朋友们办聚会。

"真不敢相信，大理石的水槽可真大。把两个小婴儿放进去洗澡都没问题。阿尔奇！真没办法。它一辈子都没见过鸡长什么样。结果，现在我们刚来一天，它就把邻居的母鸡咬死了。啊，邻居叫什么来着？利奥！他真善良，还让我们过去吃掉那只该死的鸡。"

苏珊忍不住笑出声来。"真没发现傻乎乎的阿尔奇身上还有杀手基因。"

"它之前一直待在北卡罗来纳州,现在完全懵了。我们去镇上的时候,一定要给利奥买点儿好东西。红酒怎么样?"卡米尔把面包切开,把格拉齐亚准备的所有食物放在盘子里,还倒好了几大杯血橙汁。长长的厨房餐桌上,摆着奶酪、当地面包和橙子,一幅美妙的静物图。橙汁看上去色泽有些暗,但很有力量———一杯就能让你一整天能量满满的。大家都饿坏了,上一顿饭还是从机场出来后,在高速路上一家烤肉店里吃的三明治,不过真的特别好吃。

卡米尔开始列清单了,把要去镇上买的东西都写下来,不过,她们现在可以说基本上什么都没有,什么都得买,所以她干脆就不写了,开始对着厨房的壁炉画素描。她已经爱上了这座房子。冬天,在有大梁的房间,卡米尔想象着,壁炉里燃着火,煮面的锅给窗户糊上了一层水蒸气……飞机在罗马落地之后,她还没想起过查尔斯。难道来到这里,查尔斯就被放逐了吗?

"是我把它放出去的,"苏珊说,"我应该带上牵狗绳的,可我以为它出去一下就会回来。"说完,苏珊凑到阿尔奇的耳边小声说:"你太淘气了。"可怜的阿尔奇"哼"了一声。一嘴鸡毛的感觉可真不错。

"你们俩好啊,詹尼九点来。我觉得自己是要去参加毕业舞会呢。阿尔奇,亲爱的,你就留在家里吧,在厨房待着就不错。"苏珊又出去陪它走了走,边走边看看周围。沿着下山的路走一小会儿能看到一座石头房子,有大大的落地窗,苏珊知道这是冬季储藏柠檬树的屋子。很多年前,她和亚伦一起旅行的时候,在著名的拉甘布拉亚花园见过一模一样的。长长的房间里有很多花盆,还有很多从复兴家具花大笔钱买来的漂亮绿色玻璃瓶,蜘蛛网得有快两米长,园艺工具(有些真是不错)和生了锈的铁椅子随处摆放。球茎植物,苏珊想着。现在种下,正好春天就可以发芽了。她现在根本就不知道,到了人间四月天,野生水仙花就会开满山坡。这些年来,路易莎还在山上种了不少鸢尾和郁金香。野生的百合上有橙色的斑点,绽放在百花之中。

苏珊围着那座房子走了几圈。果树、几个已经长满青苔的橄榄油陶罐、正在开花的玫瑰,还有不少黄杨木小苗。詹尼肯定认识技艺不凡的园丁。苏珊看见椴树下生了锈的椅子,薰衣草和绵杉菊沿着车道一直开到大路上。前门的地方散落着薄荷、银叶菊和淡粉色的马鞭草。好像什么地方有水滴下来。阿尔奇使劲刨着土,还用鼻子拱个不停。它抬起头,眼神里有一丝愧疚,同时还掺杂着几分狂喜。"小东西,你是怎么回事儿啊?"

卡米尔把衣服挂在大衣柜里。刚一打开柜门的时候,那个嘎吱嘎吱的声音就跟谁踩在了老鼠身上一样。她的五斗橱里整整齐齐铺着蓝白色鸢尾花的纸。她膝盖不好,所以就住在楼下最里面的卧室。茱莉亚和苏珊住在楼上。二楼的空间很大,她们住了两间,另外四间空着,另有一个大房间是储藏室。这座房子刚开始建造的时候,是为了几代人同住,可不是为了招待三个孤独的外国人。

往窗外看过去,卡米尔看见苏珊正凑在有玻璃拱门的石头房子前。那间房子真适合做画室,阳光恣意地洒进来。卡米尔把针织衫和其他上衣铺在床上,开始叠衣服——她颇会持家的儿媳妇教的。只有四个抽屉能放衣服,她得充分利用每一寸空间。这肯定是那对老夫妻生前住的房间。房间里陈设简单,古朴的极简主义,真的,胡桃木的橱柜，床头靠在漂亮的白色墙面上。曾经有人抚摸过这厚厚的石膏墙面，卡米尔就跟着那时的痕迹也摸了摸。（她妈妈会挥着抹刀，把糖霜洒在卡米尔的生日蛋糕上。她妈妈一定会喜欢手工钩织的床单，上面还有手掌大小的雪花。）卡米尔喜欢雕花床，但并不太喜欢这张床单。她还想要些质量好的毛巾。浴室里浅绿色的那几条看起来是新的，但很薄。她环视着自己的房间。床头没有床头柜，取而代之的是落地灯。另一边的柜子上有个"铁疙瘩"，还有个二十瓦的灯泡。难道意大利人晚上睡觉前不看书吗？

家居清洁用品——茱莉亚写下来——氨水、漂白剂、爱洁清洁剂、窗户清洗剂和百洁布。厨房看起来擦洗得不错，但茱莉亚总有一种再把所有东西的表面擦一遍的冲动，尤其是食品柜，之前放的是蜂蜜和果酱，弄得架子有点儿黏，得清理干净才行。冰箱，自从提托去世之后就再没被打开过，像个臭氧洞。茱莉亚查了字典，用意大利语把清单上的东西都写了一遍。能不能买到加工食物的东西呢？哪怕有个搅拌器也好啊。意大利语的"搅拌器"怎么说？茱莉亚知道自己马上就得学意大利语。苏珊已经学得有模有样了，就是"r"的卷舌音还说不好。每次朗读文章的时候，她都尽量略过那个发音。她的直觉没错。就算读音不准确，她也会继续读下去。老师，茱莉亚把这个写在清单最上面。她想马上开始学。今天，她要买一本意大利语的烹饪书。从卧室前面的窗户看出去，脚下的土地绵延到乡下，有几座星星点点的农舍。卧室的另一扇窗户朝东，窗外满是茁壮成长的树木，树叶没剩多少，但挂满了黄澄澄的柿子，且个个饱满。Kaki，她记下了这个意大利词语。这是她要在阿孙塔之屋厨房里用的第一种食材。

九点钟,敲门声响起,是詹尼来了。他会把三位女士带到小镇的大门口,一上午的时间,她们要好好逛逛圣罗科。詹尼推荐她们去斯特凡诺餐厅吃午餐,之后詹尼会把她们送回阿孙塔之屋休息,倒时差。此外,詹尼推荐她们第二天去佛罗伦萨附近的宜家,可以给房子里添置些物品,接下来可以去詹尼表兄开的有机食物餐厅"威尔蒂"用餐。那之后,她们准备租的车子菲亚特500也就修好了,就能自己开车四处逛了。

刚走进小镇大门——中世纪的拱廊和大门让她们赞叹不已——茱莉亚就看到了一家新鲜的意大利面店。"我们走的时候来买一些吧——我们先到镇子最里面,往外走,这样不用拖着东西。"这可不容易。她们想去福尔诺买东西,想买冰激凌,冰激凌店旁边的亚麻布店真不错,那家漂亮的鞋店简直让她们三个走不动路。她们在薇奥莱塔的店里喝了杯店主送的卡布奇诺,也借此认识了薇奥莱塔。主街两侧小小的街道上,她们流连于画廊和珠宝店,这些店铺都很小,店面也就一臂宽。街道尽头,她们发现了一家烹饪用品店,买了食物处理器和一台带咖啡包的咖啡机。茱莉亚选了三把锅铲和几个冰格。她们还不知道,意大利人觉得喝冷饮会让人胃痛,这也是冰箱里没有冰格的原因。此外,她们买了个蒸汽熨斗,替换柜子里那个"铁疙瘩",还买了三把电吹风。店铺主人马尔蒂诺自我介绍了一下,说可以送货。"我当然知道你们住在哪里,"他说,"特别漂亮的别墅。您能选择圣罗科是我们的荣幸。"

她们在店面相对较小的"九月二十二日广场"喝了第二杯咖啡,俯视着脚下的公共玫瑰花园,看着远处山谷农田的景色。她们一进门，咖啡师保利诺就微笑着鞠了一躬，好像大家是多年未见的亲戚一样。他也说咖啡是免费的。"这是怎么回事？"卡米尔想，"他们怎么都送咖啡？"

"奇怪。我觉得可能是格拉齐亚的关系，也可能是那座房子吧……我也不知道，但免费咖啡棒极了。"这个季节不用遮阳伞。户外的桌子前，三位女士看着初升太阳的光芒。她们暂时忘记了日晒，忘记了皮肤癌，沐浴在一片温暖之中，想想还有没有要买的，要么盯着窗户看也很好——粉色的天竺葵从某个阳台上垂下来，人行道上的铺路石反射着阳光，亮闪闪的，路上人来人往，操持着各自的生活。她们觉得自己就像某部电影里的群众演员，在小镇生活的这幕剧中，她们当然只是过客。在几个月的计划中，网上关于圣罗科的种种无时无刻不出现在她们的脑海，可她们如何都没有料想到眼前的精致——砖红色、藏红花色、向日葵色和奶油色的墙面，沐浴在干净清澈的阳光下。白色大理石的台阶一直铺向广场上的教堂，几个世纪以来，台阶早已被磨得光滑，微微泛着柔和的光。每一刻钟、每半小时和每一个小时，钟声都会响起，声音传来，震得人骨头都不住得颤。

"那是雌山羊钟。"保利诺过来收咖啡杯的时候这样说，还朝钟楼的方向努了努嘴。他之前在游轮上工作过，会说英语。"每个教堂的钟声都不一样。圣卡塔琳娜教堂的钟声像碗碟被打碎的声音，圣菲利普教堂的像鹅叫，圣安塞尔莫教堂的像麻风病人的铃声。你们应该知道，麻风病人都带着个铃铛，他们过来的时候，要摇铃提醒大家。"苏珊为保利诺的发型着了迷。两侧剪得很短，头顶的部分让她一下想到了"蓬巴杜"。保利诺浓密的头发梳向后方，炭黑色的几缕暗暗泛光，马上就要散开了一样。茱莉亚觉得这种牛角包，也就是cornetto，一点儿都不好吃，面团没干透，中间还有一团东西。卡米尔想象着这样的画面：一个麻风病人摇摇晃晃地穿过广场，手里摇着铃铛，后面还跟着一只发狂的山羊和一只大鹅。时差，很大的时差。

她们拿上包准备走，保利诺挥了挥手，说了句"A domani"——明天见。

"我要去书店，买点儿画画用的东西。过一个小时，我去教堂台阶那边找你们，怎么样？"卡米尔手上拎着个大手提袋，志气满满，要装满整个袋子。

"好的，我去买些杂货，"茱莉亚说，"再买些面包。"

"那我就随便走走，"苏珊把包背好，"每条街都很好看。"苏珊之前经常和陌生人打交道，在安娜和皮埃特罗的果蔬店自我介绍了一下。店里柑橘的大个头吸引了她。这里有多少种橘子啊？那个是什么？香水柠檬，很大，表皮微皱。普通柠檬，有的很大，表面凹凸不平；有的比较小，表皮比较光滑。这个又是什么？佛手柑。苏珊俯身想看看贴着标签的箱子时，水果的香气扑面而来。苏珊想起来了，泡茶的时候可以放一些。不管是什么，苏珊暗暗想到，闻起来像柠檬和柑橘，是那种我想喷在自己身上的味道。橙子（arancia），多么美丽的名字啊。我们必须得买点儿血橙。茱莉亚肯定会高兴死的。安娜和皮埃特罗选了些上好的水果给她，安娜还介绍了一种生菜。苏珊知道，可以和橙子还有小茴香搭配。此外，安娜另拿了一把甜菜。她似乎有些犹豫，但还是把这三样都递给了苏珊。苏珊买下了那些甜菜。一般来讲，苏珊对烹饪没什么兴趣，可在这家店里，她恨不得什么都买一些——大个儿的牛肝菌、油亮的栗子。叫gobbi

的那种植物叶子很多,叶片也很大,安娜说:"当地人管这个叫苍紫。"好吧,我之后再想这个,苏珊告诉自己。安娜选了黄色的香水柠檬,送给苏珊当礼物。茱莉亚肯定知道怎么做。走出商店,苏珊想用手机软件翻译一下。哎呀,手机没电了,真没办法。哪儿有手机卡?先写在清单上吧。

奶酪店里,苏珊买了一大块香甜的戈尔根朱勒干酪、一些黑色小橄榄,还有一罐松露黄油。

开始,卡米尔没注意书店老板就蜷在店铺最里面。老板裹着一条老旧的东方毛毯,在安乐椅上看书。贝维拉克夫人伸了下腰,站了起来。她个子很高,稍微有些驼背,头发是灰色的,自然卷,象牙色的脸上有浅浅的皱纹,像皱纹纸一样,眼睛是深琥珀色的,非常清透。

卡米尔记忆中的所有意大利词语一个个飞快地蹦出来,可还是算了,她最后干脆指着一管管油画颜料和丙烯颜料、画刷以及卷起来的尼龙画布,表示自己想买。店里的猫在她脚踝处蹭来蹭去,然后又跑到贝维拉克夫人脚边撒娇。贝维拉克夫人拉开抽屉,指着里面用紫貂毛做的画刷,之后,她又把昂贵的水彩颜料套装和成卷的描图纸指给卡米尔看。胶带、铅笔、橡皮。黄赭色、生赭色、深褐色还有暗绿色的油画颜料,最后那种颜色可以描绘这片大地。调色盘。"好的。"卡米尔一直重复这个词。背包终于装满后,她向贝维拉克夫人道谢,说了那句刚从保利诺那里学到的话"A domani"——明天见。

卡米尔碰见了刚从杂货店出来的茱莉亚。"你猜怎么着?他们可以送货!真是有教养的地方。那里还有当地产的红酒,我选了几种,凑了一箱。商店特别小,但'五脏俱全',要什么有什么。相比之下，美国那些大商店感觉傻乎乎的。店里一家人也很好，女主人是辛西娅，她丈夫叫昆托，还有他们的儿子叫托马索。"

茱莉亚没说辛西娅的鹅蛋脸和笔挺的鼻梁让自己一下就想到了莉齐。有那么一瞬间，她仿佛又陷入了之前那种噩梦，感觉被困在已经拔锚的球形深海潜水器里一样。莉齐，真让人烦心。不过，那时昆托递给她一片圣丹尼耶尔熏火腿，她将注意力放在那种黄油一样的口感上，马上就回过神来了。

苏珊买了一支榛子冰激凌，根本没在乎当时时间还早。卖冰激凌的女孩有些惊讶，这位客人竟然只选一种口味。三种，那个女孩说，她一手拿着冰激凌蛋卷，另一只手伸出三根手指，意思是苏珊可以选三种口味。苏珊微笑了一下，伸出一根手指。极简主义，苏珊心里想，像个一岁孩子一样伸手指，看来现在就得学意大利语了。

苏珊坐在喷泉边，享受着一直以来认为自己根本无法拥有的幸福。一位甚是优雅的年轻女性走过，手推着的婴儿车里躺着一对双胞胎，都微笑着。"夫人，早上好。"年轻女子跟苏珊打招呼，好像是遇见了邻居。苏珊想，她的生活一定很棒，*生活最美的年华在这个小镇度过*。她稳了稳心神，可能那位年轻女士的生活也很糟糕。但那个美到不真实的人甩了甩自己的卷发，很快走远了。谁知道呢？可能急着回到《时尚》杂志的书页里吧。苏珊觉得自己都快哭了。

12：15。她们来早了，圣罗科的餐厅还没开门。午餐时间从下午一点开始。不过斯特凡诺的门开着。"好吧，我们肯定是在拍电影。男侍者太帅了。"他的光头像打了蜡的山核桃一样泛着光，下巴上有一撮小胡子，面颊上的胡子很是不凡。合身的灰色衬衫和紧身牛仔裤衬出了他颀长且强壮的身材。他就是斯特凡诺，毛里齐奥的儿子，他们一家人六十年前来到了这里，从那时起就专门做意大利面和什锦烧烤。斯特凡诺现年三十岁，善于创新。他不只会做传统的托斯卡纳美食，也很喜欢做创意菜，尤其擅长做甜点。之前，餐厅的甜点只有意式奶冻、提拉米苏（因为是美国人发明的，所以斯特凡诺一直都不喜欢）和焦糖布丁，现在，斯特凡诺推出了时令水果卷、圣酒蛋糕，秋天还供应无花果馅饼和核桃馅饼。毛里齐奥之前无意听到过迁居海外的人说这里还是"一样的老菜单"，所以觉得推出些新品也不错。主厨齐亚·瓦伦媞娜是毛里齐奥的妹妹，绝对是各道菜肴的忠实支持者。在这里住过几代的人喜欢这里，穿着随意的游客也喜欢这里。可厨房里偶尔的喊声和盘子碰碗的声音总会惹得食客们略带惊慌地四处张望。

今天，一切都很平静。大家都知道，斯特凡诺也知道，这三位女士会住在"阿孙塔之屋"。他早些时候在邮局碰见了贝维拉克夫人，所以甚至还知道她们三个人中有一位是艺术家，或者说想成为艺术家。上午过后，他可能还会知道她们买了一堆厨具，连在店里放了两年的厨具都买走了，马尔蒂诺高兴得不行。

斯特凡诺建议她们尝尝尖头梭面，圣罗科的人都喜欢这种意大利面。苏珊说自己的那份里放大蒜，茱莉亚选了野猪酱，卡米尔则决定试试辣番茄酱。她们三个都很喜欢尖头梭面，长长的，粗细和意大利面差不多。大家没打算点红酒，但斯特凡诺还是拿了一升过来，结果喝着酒，她们不知不觉就吃完了第二道主菜——什锦烤土豆。肉都是瘦肉，有些筋膜，但味道丰富有层次。当地的面包口感很好，由于菜是咸口的，所以烤面包的面团里没有放盐。看来要适应这一点还需要些时间。

虽然三个人不想吃甜点，但斯特凡诺还是送上了一份"勃朗峰"。这种甜点是用栗子和打发的甜奶油做的，吃一口就让人念念不忘。"甜点很特别。专请特别的客人品尝。"

还好，现做意大利面店还开着。她们决定好好休息一会儿，晚上简单吃一些，早点睡觉。苏珊想起来自己包里放着意大利干面条和一罐松露，准备做一些，此外，她还准备煮点儿意式水饺。

店主人锁上门，回家吃午餐了。小火慢煮的酱料香味和烤肉味从楼上的窗户里飘出来。"我一顿吃了好几天的量。"苏珊小声说。门外，詹尼的小货车就停在路边。"怎么样，喜欢圣罗科吗？"詹尼打开车门，大家带着一上午几大袋的战利品上了车。

"简直是天堂！"茱莉亚说。

"哈哈，夫人，这里还不是天堂，但跟天堂也差不多。"

"詹尼，gobbi 是什么意思？还有 dialetto 是什么？"苏珊问。

"驼背树。方言。你买了驼背树？那种植物跟朝鲜蓟很像，但不好养。你可以叫它苍紫。"

"那为什么叫驼背树？"

"我不知道。可能是因为叶片是弯的，你觉得呢？"

茱莉亚明白了。"肯定是刺棘蓟，世界上最不好处理的蔬菜。我从来没亲眼见过。"

詹尼开上阿孙塔之屋前面的车道，大房子出现在挡风玻璃前。卡米尔摇下车窗，深深吸了一口气。她转过头，看着后座上的另外两个人说："我们到家了。"

苏珊把一大碗松露意大利面拿进餐厅，散发着森林和帕尔马干酪的香气。可她在装饰画面前停下了。现在，天色已晚，外面的花园都暗下来,她发现墙上出现了之前隐藏起来的房子的景象——花园在最显眼的位置,还有玫瑰拱廊,远处是两座火山。她高兴极了:之后享用很多顿美味的晚餐时都有这样的美景相伴。我要去看看外面的小屋,苏珊心里想,也许画里面的某些铁质拱廊已经有些生锈了。

卡米尔带着一大罐水走进来,和苏珊站在一起。"一时间难以消化,对吧?"她已经盯着这幅画半个小时了,期间一直微笑着。"好像有个人站在那里,挥舞着画刷画画!真想知道她——肯定是位女性——是房子的主人,还是房主的女儿?快看那只机灵的小鸟!"

绝妙好词：Cena

我早来了几分钟，利奥和安娜塔的家里，被谋杀母鸡的纪念晚餐还没开始。要是来得及，科林可能也会过来。他绝对不想错过在"纯白之屋"的晚餐。我带了香梨果饼，但我知道安娜塔肯定会做她拿手的甜杏果饼或李子果饼。意大利的朋友们天生就不相信外国人的烹饪水平。最简单的料理他们都要告诉我一万遍该怎么做，好像我们美国人根本不知道怎么把食材放进西红柿里，甚至不知道怎么切洋葱一样。要是他们喜欢我带过来的小吃，就会大加赞赏，还带着"刮目相看"的神情，感觉跟看狗狗表演杂技一样。

我把香梨果饼和红酒放在厨房备餐台上的时候，安娜塔和她妹妹芙拉维亚正坐在桌子那边。桌子一头有个高高的花瓶，插着不少秋天的树枝和玫瑰果。一般来说，人们不会费劲装饰，但今天的场合比较特殊。宪兵队长和队长夫人带着他们的孩子来了，后面跟着芙拉维亚的丈夫罗伯托。虽然芙拉维亚几年前就已经离开了罗伯托，和姐姐还有利奥住在一起，但罗伯托还算是这个家里的一分子。那只可怜的母鸡和兔子在壁炉那边慢慢和几串香肠、猪肝一起转圈烤着。

三位女士进来了。卡米尔、苏珊、茱莉亚，别人告诉我这是她们的名字,于是我赶紧过去介绍自己。第一印象:绝对的美国人。那种大部分文化中都能见到的让步是什么?为什么美国人看待瑞士人、英国人或者德国人的时候跟他们看我们的时候不一样?好吧,三个人中有个短发的,头发灰白,叫苏珊,可能是法国人,毕竟她穿着一条斜裁裙、高跟靴子——难道她就穿着这个走山路吗?——还有不对称的红灰色毛衣。她稍稍歪着头,所以我知道她也在打量着我们。不过没什么恶意,就是第一次见而已。三个人看起来都很爱干净的样子,彻头彻尾的干净,头发很有光泽,性格很开朗,都笑着,美国式的露齿微笑。天真?美国女性那种毫无保留的方式?(可玛格丽特从来都没给人那种看起来很无辜的感觉。)就好像宽松的裤子是美国男人的标志似的?

茱莉亚好像有点儿放不开。她仔细看着壁炉里正在烤着的肉,肉里滴下来的油滴在下面的煤上,发出"嘶嘶"的声音。卡米尔环顾四周。这是她第一次来到托斯卡纳的农舍。安娜塔和利奥家是开放式的,长长的桌子占主要位置,卡米尔很欣赏这一点。"这样我就知道什么最重要了!"她笑着说。(看来我今天晚上还得当翻译。)有一张圆桌子,很低,周围有六把很大的扶手椅,座子上堆着不少杂志、书、纱篮和钓具,卡米尔看了不停地称赞。她跟我说:"嘿,拉尔夫·劳伦,精神点儿!"没错——花格毯子、猫头鹰标本、一架竖式钢琴,还有几把不配套的用餐椅。

她们带来了鲜花和红酒,还给利奥在宜家买了一块橄榄木切菜板。(难道她们觉得利奥是杀鸡的那个人吗?)利奥拿着那块切菜板,反复看了几遍。(她们之后就知道了,利奥自己用餐巾环、手杖和鸟屋做的切菜板要更好一些。)安娜塔把倒有普罗塞克红酒的杯子递给大家,当地人一般不会这样做,但今天晚上比较特别。通常，我们八点就到了，坐下来，不用准备什么。"晚上好，干杯！"

她们三个现在在安娜塔家里。可两天前，她们还各自在自己的世界中。现在，她们一下来了这边，来到了新的世界，内心很高兴。谁能不羡慕呢？一切都在慢慢展开，一切都焕然一新。我马上就对她们有好感了。

安娜塔对语言比较敏感，和她们三个坐在一起，正好在我对面。男人们和往常一样，聚在桌子那头。先是一大碟开胃小零食：香肠、橄榄、烤面包片和羊乳干酪。"今天可是一顿大餐。"我告诉她们三个，"别看安娜塔个头跟十岁的孩子差不多，但做饭特别好吃。"

利奥问了问阿孙塔之屋的情况——住得还好吗？他说自己可以送些木柴过去。安娜塔注意到她们之前晚上没关上百叶窗，便说如果关上了百叶窗，就更觉得冬暖夏凉了。我很少合上我家的百叶窗，我觉得她们三个也不会，因为一合上，整个屋子里就暗得不得了，跟在棺材里一样，而且屋子里没光线的话也起不来床。文化差异吧。

那个小宝宝才六个月，长得挺快的。她嘴里咬着片面包，不吵不闹。妈妈玛格丽塔一脸倦容，抱着这么大的小女孩到处走，确实挺累的。欧金尼奥是宪兵队长，说自己会尽力让她们三个在这里过得开心。他很帅，我想那三个人都在想着队长会怎么让自己过得很开心吧。不不不，肯定是我夸张了，是我想的那样吗？

芙拉维亚和安娜塔端过来一碗通心粉和一份普通的番茄酱——开始茱莉亚是这么觉得的。可实际上，这种酱料口感很好，制作也很复杂。"真好吃，"茱莉亚喜出望外，"怎么做的？"

安娜塔耸了耸肩。"很简单。"她总是这么说，"先把两把香草和香菜切成末,然后放在我自己做的番茄酱里,再放点儿辣椒——辣一点儿的那种。我们自己种的,我一会儿给你点儿。大部分意大利面都能用上。"茱莉亚注意到芙拉维亚的丈夫罗伯托正大口吃着。她也照做了。

大家都说了自己的小建议——去哪儿买电子产品、去哪儿买天然气、周四市场上谁家的蔬菜最新鲜、哪个牧师相对没那么无聊,等等。大家问她们想去哪儿转转,西西里和多洛米蒂山肯定不能错过,还说最好别去那不勒斯(我最喜欢的城市之一),并推荐了很多乡下的餐厅。但大家都没问她们是谁,从哪儿来,之前做什么——之前我来的时候,也没人问我。我也不知道为什么,是意大利的朋友们对我之前的生活根本没兴趣,还是说就像古代地图中说的那样,一种原始的"野兽出没"的心态存在于意志领域之内。太奇怪了。我走的时候,跟我人间蒸发了一样;我回来的时候,大家都兴奋不已。可没有人,竟然根本没有人问过我任何一个问题。活在当下吗?没错,他们确实是这样。

芙拉维亚帮利奥把肉拿下烤架,切好。这个大盘子被摆在桌子中间,一点儿仪式感都没有,很快三位女士就明白了:拿着叉子往前凑,想吃哪块直接叉哪块就可以了。芙拉维亚做的迷迭香土豆、面包还有野菜沙拉也前后被端了上来,大家轮流夹了一些。那个宝宝咬着一个橄榄。我发现卡米尔一直盯着看。妈妈注意到了,赶紧说:"没关系,她这一阵子特别爱吃橄榄。而且她一出生就有三颗牙。"

罗伯托一个劲儿地吃香肠,大快朵颐。"感觉他饿了半个多月了。"卡米尔见状笑着说。芙拉维亚说她们三个带来的红酒很不错,但我总觉得有股奇怪的金属味。我得吃点儿什么才能喝得下去。我通常都是狼吞虎咽,尤其是在安娜塔家吃饭,可是今天晚上,我觉得有点儿没胃口,看着那么好吃的肉就是吃不下去。不过苏珊又吃了好几块。

现在,甜杏果饼、我做的香梨果饼,还有几小杯清苦的帮助消化的药——利奥只喝格拉巴酒——这个时候,壁炉里的火也快烧完了。"这绝对是我这辈子吃过的最好吃的饭之一。"卡米尔说。这一晚上,壁炉一直在她后背,她都快被烤化了,现在脸上还有潮红。好像太晚了。

科林肯定是路上耽误了。可怜的,就只能吃点儿剩下的千层面了。

"晚餐很好吃。"我站起来,跟大家贴面告别。

"美丽的晚餐?"卡米尔重复了一遍,"晚餐很好吃,谢谢利奥、安娜塔,还有芙拉维亚。"

我们四个一起走的。刚出门,安娜塔就跟着跑出来,喊我们等一等,原来是给我们装了一罐自制的辣椒片。"有这样的邻居真好啊,"茱莉亚说,"他们做的饭比美国星级餐厅的好吃多了,你们猜他们自己知道吗?"我突然觉得很开心,这三个人已经差不多融入进来了。每个人都带着好奇心。我清楚地记得她们刚来的时候,我自己的那种兴奋感。从很多角度看,我还是那样觉得。她们三个都是南方口音,但茱莉亚带着乔治亚州滨海那种悠扬的英音。要是她能在床边给我读睡前故事就好了。我看苏珊是个坦率的人,肯定能收获不少。至于卡米尔,我的印象是,目前她是三个人中最棒的。不过,印象这种东西也可能会改变。她们一点儿都不像玛格丽特。

"没错,比安奇家的。简直万里挑一。但在这里,每天吃的东西都会让我们惊讶。除非出生在这里，否则真的感受不到。"

"姬特，我忘了你姓什么了。"卡米尔说，"你在这里工作吗？你来了多久了？詹尼说你是个作家？"

"我姓雷恩。我家是科勒尔盖布尔斯的，来这儿十二年了，感觉跟过了一辈子似的。"

茱莉亚在前面打着手电筒。"姬特·雷恩！我读过你的书，写弗雷亚·斯塔克的那本！"她想起来了，"休伯特的书架上就有。"她对卡米尔和苏珊说，"写得特别好。"

"真没想到啊。"每次有人说读过我写的书，我都会觉得不可思议。"太棒了。我一般就是在我的书桌前工作，没别的了，不过有的时候也帮科林找找资料。我总觉得，我这么喜欢他，就是因为我自己之前很想当建筑师。简单来说，我来这里之前，在加州大学圣克鲁兹分校教书，现在想想，就是跟风而已。后来，我在科罗拉多大学找了一份全职工作，但不得不辞职。之后的四年，我一直在科勒尔盖布尔斯照顾我妈妈。她先是得了多发性硬化症，后来又得了黑色素瘤。我兼职教书，想说服自己干脆就跟高中喜欢的人结婚算了。然后，我妈妈去世了——当时她还很年轻，我就自己来了次'霍迪尼大逃亡'，到了意大利。这个地方给了我很多空间，能让我安静下来好好写书，而且我想散心的时候还能回去。"路上没有车停着。科林肯定是路上耽搁了。"你们之后一定要见见我先生科林。"我说他一段时间会在家工作，一段时间在伦敦工作，总是拖着行李带着机票跑来跑去。

"好忙呀，你们还很年轻，而且，我觉得也很漂亮。"

"苏珊，感谢你这么说，你简直就是我的公主！我今年四十四岁，也不算年轻，不过我希望一直都四十四岁。"

一周而已

茱莉亚。卡米尔。苏珊。一周之后，大家都安顿好了，而且过得很快乐。她们三个在宜家买了羽绒被，换下了格拉齐亚家祖传的被单。她们还买了红酒杯、新浴帘、锅铲、浴室足垫，还给阿尔奇买了个舒适的狗窝。浴室里薄薄的毛巾还得继续用，毕竟她们忘买了，而且谁都不想再回一趟宜家，那里的停车场那么大，货架之间的过道感觉有成千上万条。卡米尔觉得去宜家很烦，但詹尼说只有去宜家才能买到实用的东西。想想有人竟然只用一下午就能布置好整座房子，而且还能收拾成毫无陌生痕迹的幸福之家，卡米尔只觉得头大。

第三次的周六旧货市场上，苏珊买了个浪漫的水晶烛台——二十欧元！——正好可以放在床边；卡米尔选了一个铜制的图书馆台灯，亮度足够；茱莉亚则把一个可以移动的大理石底座的灯从客厅移到了自己的房间。此外，她还在镇上选了几张餐垫，卡米尔选了几个软靠枕——在壁炉边读书的话刚好用得到。苏珊会往餐厅桌子上和客厅宽宽的石头窗台上摆鲜花。每个浴室里都放了个"小太阳"，这样早起也不会冷。别墅的恒温器肯定是设置好的，但她们不知道怎么重新设置。午夜就没有暖风了，早上六点才会重新供暖，可她们每天起床的时候,房子里还是没暖和起来。

无线网络比北卡罗来纳州的要好一些,但不知道为什么,尽管詹尼买了新的电话卡,电话信号还是不太好,只能收到一个叫TIM的发来的消息。

"这个一直打电话的蒂姆是谁?"卡米尔很好奇。

"我们不认识那个叫蒂姆的。"茱莉亚说。这时,詹尼告诉她们,TIM其实不是人名,而是意大利移动通讯的英文首字母缩写。听完之后,三个人大笑起来,把詹尼吓了一跳,这让她们三个更笑得停不下来了。控制不住的笑意,其实也带着点儿失落,促使她们走进下一阶段:她们对这里知之甚少,很想了解更多。

蓝色的菲亚特500被送过来时,感觉时间已经过了一万年。轮胎。格拉齐亚把车费和保险算到了租金里,但她自己拿着汽车所有权文件。"这样的话车就是你们的了。你们成为这里的居民之前,我会帮你们保管文件。"她解释说。虽然三个人没完全明白,但也觉得没什么问题。后座需要调一下,前排倒是挺宽敞的。茱莉亚是三个人中最瘦小的,所以得坐在后座,可她并不想这样,这就是命。苏珊早就羡慕意大利人的开车技术了,一直跃跃欲试。詹尼和他表妹把车送过来之后,苏珊马上就上车准备开走。"你要去哪儿?"卡米尔问。

"我想试着找找之前经过的那家幼儿园。路上的风信子和番红花开得正好,我想看看有没有银莲花,我还没见过呢。"说完,她就挂挡、倒车、掉头、踩一脚油门,往小山那边去了。苏珊拉开汽车的蓬顶——不管什么天气,路易莎也都会拉开。

茱莉亚研究了一下新买的美食书《厨房科学和饮食艺术》——

佩莱格里诺·阿尔图西的经典作品。自1891年该书出版以来，茱莉亚就觉得那是自己的起点，食谱都是之前的旧式，而且很多现在随处可见的食材也没有收录其中。由于之前的出版经验，茱莉亚很熟悉公制计量方法，但书里的计量单位根本无法转化成盎司或者量杯。在分量这方面，他写得太随意了。Pugno，茱莉亚看着书，就是"一把"的意思。Quanto basto，"适量"。很好！茱莉亚辛辛苦苦地把肉酱、烩饭、意式水饺从意大利语翻译过来，这个过程中，她意识到，不少传统美食都没有得到完整的传承。不过，茱莉亚怎么都没找到做意大利面的食谱。阿尔图西理所当然地认为大家都知道怎么做意大利面。她还买了一本洛伦扎·德·梅迪奇的美食书，每隔一页就要贴个标签。都很简单——意大利乳清干酪面包不难做，就连红烩牛膝也很好上手。茱莉亚决定把要做的每一道菜都记录下来。后来，她想，也许自己可以一边进行烹饪之旅，一边学习意大利语。马尔伯里出版社出版某本书的时候，她就有过这个想法。意大利语学习。太棒了。这种方式既能增添烹饪的乐趣，还能激发学习语言的热情。餐桌上的每一道菜肯定都有自己的故事，或者背后有某件趣事，总有可以学的东西，比如，这么说吧，肯定可以学到些生词。

这天早上，卡米尔在自己卧室对面的房间布置了个小工作间，画画用。她先重新布置了一下沙发床和藤椅，又清理了角落那块比较宽敞的地方，把桌子推过去，正好靠着窗。詹尼过一会儿会带一块比办公桌长两英尺的木头，帮卡米尔在木头上盖好油画布，再往桌子上铺一层毛毡，把木头放在毛毡上。这样，卡米尔的工作台就布置好了，而且也不会弄坏加工后的皮面。卡米尔很喜欢玻璃暖房里的光线，但得等到春天才行，所以她想从画静物开始，不如就先模仿乔治·莫兰迪吧。她找到了一本乔治·莫兰迪的书，书架上还有一部套装书，两本讲的都是装饰的历史，还有平装版的艺术书，是提香、蓬托尔莫、萨塞特和布伦齐诺的作品。卡米尔突然意识到，这些书够自己学一年的。蓬托尔莫最喜欢的颜色是冰杏色，这也是卡米尔最喜欢的颜色。此外，蓬托尔莫还喜欢淡紫色、浅灰色、雾霾蓝、水绿色和紫红色。布伦齐诺有清晰明确的风格，提香的笔下都是令人心碎且不朽的面孔，萨塞特总能将景色与宗教事务的背景巧妙地融合在一起。瓶子、碗、大水罐，这些基本的形状都变得抽象。就连景色都是大块大块的。要是让卡米尔像他一样，把灰白色的圆柱体画上千千万万遍，卡米尔非得疯了不可。塞尚的作品和数不清的圣维克多山景色图也是一样。

从简单的开始——蓝色盘子里的三个小金桔。可这其实也不简单，毕竟是用颜料捕捉金桔的灵魂，就好像能闻到金桔皮中散发出来的香气一样。卡米尔从茶水间拿了个盘子，把小东西摆好。她什么时候才会拿起画刷，打开锌白色的颜料动笔呢？

茱莉亚在厨房的桌子上留了张条：我去镇上了，午饭之后才回来。她的背包里装着相机和五本厚厚的笔记本。"见证神奇。"她过去总这样对莉齐说。莉齐，到处都有莉齐的影子——可能头脑不清，可能生病了，可能满嘴怨言。韦德。现在是萨凡纳凌晨四点，他是谁？在哪儿？不不，现在别想这个，韦德结实温暖的身躯躺在自己身边的样子浮现在眼前，甚至就在耳边呼吸，茱莉亚赶紧把这个念头压下去。她强迫自己把韦德剪影想象成深色的小山，小山起伏，如同盖着被单的人的轮廓。

一位穿着印花裙子的女士出现了,那条裙子有点儿像系在腰上的围裙。她弯着腰,双脚分跨在水沟两边,把杂草分开。她脚边放着几沓报纸,茱莉亚看着报纸上堆着的杂草。"早上好,"茱莉亚大声说,把那位女士吓了一跳。"你用这个做沙拉吗?"茱莉亚努力用意大利语跟对方交流。

"没错,这些都是野菜。"田间生菜。茱莉亚也就能听懂这些了,后面的都没听明白。那位女士把刚割下来的一小把扔到报纸上,接着,她从自己的篮子里拿了煎蛋一样大的牛肝菌,递给茱莉亚。她好像说了 Crudo 这个词。生的。只需要帕尔马干酪和油就行。茱莉亚听懂这部分了。这可是她第一次用意大利语跟别人对话,内心激动得不得了。

"我叫茱莉亚。"茱莉亚伸出手,"我住在……"茱莉亚不知道后面该怎么说,所以她干脆指了指身后的阿孙塔之屋。

"路易莎的家,"那位女士说着微笑起来,茱莉亚发现她两颗门牙之间有些缝隙。"我叫帕特里夏。"她指着脚下山谷里一个小小的方形房子说。茱莉亚猜她的意思是说大家是邻居。

"帕特里夏,谢谢,再见。"这时,茱莉亚还不知道第一次见面后说"再见"的时候不能用"ciao",这个词熟人之间才可以用。

"再见。"帕特里夏用了"Arriverderla"这个词,听起来很正式。

茱莉亚打开裹着牛肝菌的纸巾,小心地放进自己的包里。生吃沙拉,切成薄片的牛肝菌,再放一些橄榄油和帕尔马干酪。做饭怎么可以这么简单?

到了镇上,茱莉亚盯着门上的石头看了许久,一束束灿烂的阳光照在小巷子里,某个长长的阳台上有细细的大理石圆柱,上层公寓里的天花板装饰着壁画,一个男孩刚从皮耶罗·弗朗西斯卡画廊里走出来。(就算在这里住了几十年,茱莉亚还是觉得每次走进圣罗科都能有新发现。)她看了看所有摆在外面的菜单,记了些笔记——菜豆白菜羹、魔鬼烧鸡、牛肉火腿、意式奶油白豆汤。虽然时间尚早,但泽提茶馆的门敞开着,厨师和员工正一起吃午餐。看得茱莉亚也想一起吃。一个侍者走出来点了支烟。甜品店里,她看见水果派被做成了面团交叉的形状,跟安娜塔做的很像,不由得暗暗赞叹。确实跟美国水果派的做法有很大不同——美国人喜欢把甜甜的水果堆在面团上,面前的这些好像只是一层薄薄的果酱。茱莉亚买了些葡萄干甜点当第二天的早餐,之后又去安娜的店里买了些刚从西西里岛运来的朝鲜蓟。

Macelleria。肉食店。她一走进去就不禁倒吸了一口凉气。一头很大的牛被扒了皮,挂在天花板上,最后几滴血一点点滴在地上铺着的纸巾上。好像有几个人正欣赏着牛的后腿部。茱莉亚小心翼翼地捂住嘴和鼻子,转身看着那边的玻璃柜。肉贩一直看着她,她看肉贩的时候,肉贩笑起来,还眨了眨眼睛,一下就明白了,那是美国人看到自己在契安尼娜牛肉拍卖上得到的拍品后的应激反应。茱莉亚咬着嘴唇,尽量一直看着公鸡左摇右摆的头和垂着的鸡冠。她鼓起勇气买了三块厚切牛排。到了那个娃娃屋大小的杂货店里,她把买来的东西放在一起,让他们送货上门——把她买的牛排、别人送的牛肝菌以及小甜点一起送到家。晚餐准备得差不多了。但现在是午餐时间,茱莉亚又去了斯特凡诺餐厅。

六位女士正围着一张桌子坐着,一个美国男人站在旁边。斯特凡诺一边倒酒,一边向抬头看着自己的各位解释着什么。大家都尝了尝那种酒。斯特凡诺把茱莉亚安排在隔壁桌坐下,推荐她试试蔬菜汤,他说自己的阿姨今天负责这个。"喝了这碗汤,你去爬阿米亚塔山都没问题。"接着，他介绍说，"他们也是美国人。那位男士叫克里斯·伯恩斯，他安排了美食品酒之旅，那些女士都是跟他一起来的。克里斯总会带人来我这个小酒馆，尝尝家酿红酒。这位是茱莉亚夫人，她前不久搬来住在这里的。"大家都半转过身，开始聊天。这些人都是加利福尼亚州北部来的，跟克里斯一起旅行两周。克里斯是红酒进口商，会带着重点客户进行深度品酒之旅，每年两次。圣罗科是他们这次品酒之旅的一站，一是因为西拉葡萄，还有就是，克里斯和斯特凡诺几年前在一次红酒展会上成了好朋友。

"我还是别吵你们品酒了。很高兴认识你们！"茱莉亚拿出自己的笔记本，准备享受一个人的美味午餐。

"自己一个人吃多没意思，和我们一起吧，"克里斯说，"斯特凡诺可以给我们拼个桌。"茱莉亚坐过去。她一边坐的是在马林有几家比萨店的露西，另一边是和丈夫一起在旧金山开连锁红酒店的艾丽西亚。斯特凡诺拿来了鸡肝面包和一盘炸牛肝菌。克里斯给茱莉亚倒了一杯大家正在品尝的酒。"还很嫩呢。"他自己喝了一口，一边在嘴里慢慢品，一边惬意地晃着头，"刚在桶里酿了一年。"茱莉亚心想，他大概要长篇大论地说红酒的酿造过程了。可克里斯却说，"让我想起高中女朋友去毕业舞会时穿的紫色天鹅绒长裙了。甜蜜而美好。到现在，再没有哪条长裙更让我动心了。"女士们都笑起来。

茱莉亚品了许久才开口："没错！我觉得像亲吻大学男朋友的时候，阳光下的一大碗成熟的葡萄！"一点的钟声响起，大家共同举杯祝酒。保利诺前一天刚教给茱莉亚，这钟声就像母羊的叫声，她现在正好讲给大家听。茱莉亚的汤和克里斯为大家配红酒的土豆、肉馅意式水饺一起到了。他拿起叉子，把水饺分给了茱莉亚一个，放在茉莉亚的面包盘子里。

他们一起聊食物。还有，他们刚从佛罗伦萨过来，推荐了不少，茉莉亚赶紧拿笔记本记下来。"我超级想去佛罗伦萨。"茉莉亚说完，给大家简单说了下自己的情况，说她们三个朋友一起放下过去，来圣罗科学意大利语、品尝美食、探索发现，顺便思考自己想要怎样的未来。克里斯一直认真听着。

茉莉亚心里想着，风流倜傥。风流？这是不是高中毕业晚会那时的少女心？但克里斯确实很吸引人，不是韦德那种高高大大、玉树临风的样子，他充满了朝气。

克里斯一定要让茉莉亚尝尝他们点的杜松子烧鹌鹑。这时，克里斯站起来打开了第二瓶红酒，百分之百纯桑娇维塞葡萄酒。"桑娇维塞，意思就是'朱庇特之血'。罗马神话里的神。是啊，都是过去了，带人回到最古老的时候。托斯卡纳人从那时起就已经爱上这种红酒了。"茉莉亚注意到了克里斯的手，他的手指干净修长，指甲整整齐齐，紧紧地抓住红酒瓶。

每喝一口，克里斯都要停下来说一句："太好喝了，实在是太好喝了。"他修剪整齐的金色头发总是有几缕掉下来挡住前额。脸上有些皱纹，但从各个角度看，都非常英俊。耳朵——我怎么会注意到他的耳朵？通常，别人的耳朵都很丑，他的却边缘整齐——在脑袋边蜷着，像小小的鸟蛤壳。

"我是南方人，"她说，"超爱鹌鹑，就是吃着烧鹌鹑长大的。但这个真的是我有生以来吃过最好吃的。"

斯特凡诺拿着拼盘围着桌子走。"在烤箱里整整烤了三个小时。肉很嫩，入口即化，放了杜松、百里香，还有最妙的一味，圣桑托酒。"

克里斯听到斯特凡诺说圣桑托后高兴极了。最好喝的圣桑托酒就是在附近酿造的,他打算要一瓶,再来些无花果和核桃饼当甜点。现在只是"开胃菜",下午还有很多安排呢。

走出乡村几公里,苏珊看到了"圣安娜庄园"的标志牌。既然所有的路都在召唤自己,苏珊干脆拐进了一条两边都是石头墙的小路,勉强够菲亚特 500 通过。要是对面也有车过来,那肯定有一辆要先倒出去才行。她跟着指示牌,在还没铺砌的路上开着。很快,一条鹅卵石路出现在面前,道路两边的大花盆里种着很高的柠檬树。显然,这里有美第奇家族的后裔。前面那栋建筑四四方方的,朴实无华,有桃色的墙面,整栋别墅大概有半个街区那么长。一块隐秘的标志牌说明了去处——圣安娜酒店。苏珊起了好奇,不如就在这里吃午餐好了。

这肯定是 14 世纪时某个贵族的宅邸——前厅很大,栗色是主色调,宽敞的房间里摆着几个橱柜和衣柜,房间的窗户挂着帷幕,深红色的锦缎,墙上挂着挂毯和几幅画:丰满的半裸女人像、丘比特裸像和几匹马。一个苗条的意大利人——穿着银灰色的西装——引她走进餐厅,餐厅一侧是拱形玻璃门,看来之前是柠檬屋。这家酒店只可能出现在意大利,满满的意式风情。那个服务生走过来,带来了一杯普罗塞克葡萄酒。他说自己叫卢卡。苏珊看,那套西装也不是真正的黑手党穿的,剪裁精美,走线整齐,显然是定制的。而且,她喜欢卢卡胸前口袋里的橙色丝巾。

只要吃一口盘子里的鸭子酱意大利面,刚来这里的人就会知道厨师肯定是意大利人。苏珊没要第二道主菜,直接点了一份沙拉。她看着外面的花园,玫瑰从铁圈里探出头,墙头做底边,勾勒出远处火山和宽阔山谷的美景。几朵黄色的花蕾意欲绽放。是美人鱼那个品种吗？太美了！它们茁壮成长，尖尖的刺甚至可以和基督荆冠上的刺媲美，尚没变得饱满的花朵还是柠檬汁的颜色。没有绿色草坪的意大利花园让苏珊着了迷，南方院子里大多都是如此。而且，花园也没有隔离用的植物，建筑物和花园挨在一起，只有一条窄窄的人行道环绕着整栋房子。Marciapiedi，卢卡说。三月的脚步？其实是"角落"的意思。苏珊踩了一下，大概是"建筑物外的排水系统"吧。

午餐之后，卢卡打开门，示意苏珊那边是花园、泳池和水疗中心。"打理酒店是我的长项，而这些都是我妻子吉尔达的灵感。她应该在水疗中心或者旁边的烹饪工作室。"

"你是这里的主人？这里太棒了！满足了我对意大利的所有幻想。这是梦吗？我宁愿不要醒来。"卢卡说旅游旺季快过去了，还问苏珊是不是一个人过来旅行的。苏珊说了阿孙塔之屋，卢卡都知道，因为他之前和格拉齐亚是同学。

"下次带朋友们一起来吧。欢迎你们常来。你可以在这里走走看看。我的家族已经在这里住了好几百年，我们很想出去看看，想去巴西或者海岛上，但根本脱不开身。"

苏珊笑起来。"别人家的草更绿、花更香。"但好像卢卡并不明白，可能是因为这里没有草坪吧。

伊娃和卡洛琳要是来的话肯定会很喜欢，尤其边上嵌着亮闪闪的马赛克的温泉。她们肯定会身心焕发。苏珊可以躺在铜制浴缸里喝着红酒，也可以躺在舒适的按摩床上，而且，就算到了十月末，慢慢走进室外泳池也像走进池塘里一样，让人很是期待。苏珊想象着，感觉穿着红莓色比基尼的伊娃和穿着亮色长袍的卡洛琳就在眼前,刚要入水。穿着长袍,卡洛琳是为了遮住自己十磅,好吧,或者二十磅的赘肉。

一阵风吹过橄榄树林,苏珊把夹克系好。远离已经熟悉的一切,苏珊想着,我竟然自己出来了,是挺令人惊讶的。甚至从亚伦带来的长时间的沉重中走了出来,可好像亚伦现在还没有去天堂一样,更多的是暖心的回忆。她可以想到,亚伦一定会喜欢这些鸭子,他会说"油腻腻的"这个词,会想在圣罗科给女儿们买手链和漂亮的鞋子,会想在晚上走遍所有迷宫一样的道路。他不会再一脸迷茫,不会用责备的目光看着自己,他会再次回到青春年华,从长头发的反对越战抗议者,变成抱着裹着婴儿毯的伊娃,从孤儿院打车回家的小心翼翼的父亲,再变成文质彬彬的商人,努力签合同。

苏珊想,我们居然觉得这样很舒服,好像踏上了一条小船,随波逐流。

"你好,我就想用意大利语打个招呼。"苏珊走进写着"圣安娜庄园厨房"的石头屋子里。卢卡的妻子吉尔达和一个助手正在擦洗大理石工作台,她们身后有八个灶头的蓝色灶台上是一锅小火慢炖的肉汤。苏珊先自我介绍了一下。"我刚享用了一顿美味的午餐,卢卡说我可以过来看看。"吉尔达个子不高,和卢卡一样,也很瘦;她的脸盘不宽,头发长长的,都梳在后面,会让人想到故事书里温和的狐狸。

"今天有几个美国人要来,我们正在准备呢。"吉尔达指了指旁边的羊排和一堆不太好看的蔬菜。那个助手把一盘烤好的佛卡夏面包从烤箱中拿了出来。吉尔达给苏珊倒了一杯意式浓缩咖啡。苏珊想留下来,但又不想耽误她们,不过,她还是问了问,烹饪学校是不是对外开放。

"我们可以安排。"吉尔达笑着说。是啊,苏珊想,这里可是意大利。我越来越明白了,这句话就是所有意大利人的口头禅。

苏珊忙着找钥匙的时候,一辆梅赛德斯小客车开到了停车区,几位女士先后下了车。茱莉亚!她微笑着跳下车。"嘿,茱莉亚!你怎么来了?"

"你怎么也在这儿?苏珊,这些朋友是我刚在斯特凡诺餐厅遇到的,他们邀请我一起来体验一下星级大厨的烹饪课。这位是克里斯,他是领队,会带大家去托斯卡纳最棒的地方。这是我的朋友苏珊,我们一起从美国跑来这里的。"

"你肯定会喜欢这个烹饪工作室的。我见过吉尔达了。里面已经充满了食物的香气。一会儿要我来接你吗?"

"不用,不用,"克里斯赶忙说,"反正我也要回镇上,之后才吃晚餐。不管今天下午做什么,我们都会品尝很多好酒。不如你也一起来吧。"

"下次好了,虽然我想留下来,但真的得回家了。我养的狗阿尔奇已经在家憋了一整天了。再见!你们好好玩儿吧。"

卡米尔发现门口放着不少东西,都是食品杂货之类的。茱莉亚和苏珊还在外面探索世界,她自己一个人在新的工作室里读了一天的艺术书。阿尔奇过来了,歪着脑袋往房间里看。卡米尔把它放出去了两次,除此之外,她就安静地度过了属于自己的一天,真奢侈啊。前几天,大家忙着布置家里,现在终于可以安安心心休息了。

阿孙塔之屋的历史很长，这么说吧，卡米尔的年纪乘以十倍，都不及阿孙塔之屋的历史，卡米尔还是第一次住在历史如此悠久的房子里。这座房子见证了太多婚礼、葬礼，也见证了太多泪水、快感、洗礼和秘事，所有强烈的情绪，所有烹饪的味道，所有属于个人的胜利，还有所有出生后的第一声啼哭都已悄然融入到了墙面的记忆中。（卡米尔希望格拉齐亚的父亲不是在她今晚要吃饭的餐桌上背过气去的。）这座房子下肯定是基岩，往下就是含水层，再往下就是岩浆。

楼梯下的某个箱子里，卡米尔找到了棕褐色的照片，估计是刚发明相机的时候照的。照片里的男人们个子不高，都穿着粗布西装，有些是结婚照，有些是葬礼照片，他们拿着自己的帽子，空洞的眼睛看向未来。新娘们手里捧着下垂的花束。她们有的近视，有的虔诚，有的郁郁寡欢，但有一个特别美，倚着栏杆。从这个美丽新娘的神采判断，她肯定是爱上了相机后面的那个人，但也有可能她就是那种对世界充满热情的人。有几张照片上是夭折的婴儿，他们躺在小枕头上，眼睛没有睁开，鼻孔里塞着棉花，小手里攥着一束小花。有一张是沙滩聚会的照片。肯定是第二次世界大战时期的——长条桌子，男人们都穿着能成为"万人迷"的T恤衫，女人们都穿着粗糙的连身浴袍套装。是上了胶吗？所有人都举着手里的玻璃杯。有的在抽烟。有一个壮硕的男人穿着吊带裤，粗粗的手指在另一个人的脑袋上比了胜利的V字形——老套的手势。这些人里肯定有格拉齐亚的父母，但聚会是很久之前的事了，还有谁会记得？卡米尔最喜欢的一张照片是在阿孙塔之屋门口拍的。整张照片没有一个人，只有一扇沉重的雕花门。谁拍的呢？门半开着，一束阳光漏进来，卡米尔感觉好像里面有鬼一样。她想要是把照片画下来或许不错。她喜欢看照片，喜欢想象每个人的生活。半开的门？该怎么画门？她小心翼翼地把盒子收好，放在楼梯底下的架子上。我不想画过去的事情，卡米尔心里很明白。

"茱莉亚要晚点儿回来，"苏珊大声说，"一言难尽。我看见了一个特别漂亮的花园。周围乡野的风景美到难以形容。你一定能成为风景画画家！天呐，我有可能也会。不是那种每个画廊都有的向日葵花田。你懂的，这个地方的灵魂。到处都是美景——都是等着落于笔端的画作。"苏珊跟卡米尔讲了偶遇茱莉亚的事，还说了克里斯的团队、烹饪工作室和鸭肉酱意大利面。

"我们先做晚饭吧，给她个惊喜。不过她应该也饿不着。"

"她可能会跟克里斯一起吃饭。克里斯跟她的年纪差不多，没准比她还小几岁。你知道的吧，很难说，那个男人挺有吸引力的，但我觉得他一只眼睛是蓝色的，另一只眼睛是浅褐色的。"

X 染色体，两条？

科林想留在家里工作的心情溢于言表，根本无法掩饰。每个月往返伦敦两次，每次五天，他都得住在办公室里。他一直都想找个工作室，但总是因为各种原因拖延着。不过，这也不是说他要睡在会客室的沙发上，其实沙发也没么差劲，但科林一直睡在东边最里面仓库改造的房间里。他们公司是阿卡斯·莱特公司，为沙特酋长设计酒店时，对方坚持要在签合同之前看一下精装之后的样品房。于是，负责这个项目的设计师帕特里克就在办公楼最里面打造了一个豪华房间，房间里的浴室铺着酋长喜欢的深褐色和白色大理石。这样一来，科林就相当于是睡在了舒适的酒店房间，可我心里还是暗暗觉得有点儿吓人。不过，房间里的温泉浴缸还不错，床也是我摸过最舒适的。床尾有个双人小沙发，从转角处的窗户往外看能看到泰晤士河。唯一遗憾的是没有厨房，不过科林往迷你餐吧放了个微波炉。他住在公司的时候，要么一直趴在自己的绘画台上，要么就是在公司另一头的办公室里盯着自己的电脑。没有特殊情况的话，他会和同事一起出去吃晚餐，有时也自己去，之后再回来工作，一片昏暗中，灯光照在他身上。我们每天都发信息，晚餐之后会聊一会儿，直到科林在样板间里睡去。

他回家的每个周五,我们都会庆祝。两个人如果每天都在家里工作,那就会越来越像。科林每月两次去伦敦工作,我们就能异地相处(我必须这样),彼此放松一下。不过,话说回来,毕竟要对付飞机晚点、往返城乡、在办公室关闭之后还熬夜工作的人不是我。因此,虽然喜欢偶尔独处,但我还是很心疼科林。

昨晚他应该九点到家的,结果凌晨两点才到。佛罗伦萨的机场跑道很短。风力强劲时,飞机在山间飞行太危险。于是,科林不得不在博洛尼亚降落,再坐火车去佛罗伦萨,然后搭计程车到机场,最后从机场开自己的车回家。

他进门的时候,我已经睡着了。他没洗澡,直接就上了床。他浑身上下都是飞机燃料的味道,好像是抓着引擎回来的一样。"怎么回事?"我收到了他的短信,说要去博洛尼亚绕一下。他身上的味道不仅把我从沉睡中唤醒了,还弄得我特别反胃——金属味,浓烟味。

"你绝对不想知道。"说完,他倒头就睡。可我完全清醒了,蜷在他身边。天空露出鱼肚白时,我才渐渐睡去。我再醒来,是因为科林一直挠我脚心,他端着一杯卡布奇诺,靠着床头。

"我才是应该睡懒觉的人。该死,真烦人,姬特你知道吗,飞行员马上就要降落了,结果一下,我是说突然一下,他就又把飞机拉上了天空。飞机猛地仰起头来,像个跃跃欲试想要飞上天空的大海龟一样。有几个人尖叫起来,我旁边那个男人可以说是吼起来了,就像噩梦里谁在喊叫。我感觉自己抓着椅子扶手想让飞机再次升空。但我们感觉得到,重力一直把我们往下拽。然后那个混蛋飞行员用英语说'朋友们,对不起',可飞机上的一半人都不会说英语。飞行员接着说,风切变,这种事情经常发生啊朋友们。我不喜欢被别人叫成'朋友们'。我都害怕死了。摇摇晃晃整整两个小时。"

"你肯定吓傻了。"飞机下降的时候,飞机上的人经历的比我们想象中的更多——在三万五千英尺的高空飘着。我真的特别讨厌躺在床上喝咖啡,但他这么做很贴心,所以我就把枕头摞起来,尽力清醒一下。科林好像有些茫然,想象着(要是我,我也会这么想)飞机爬升再爬升的样子。他抓着我的手,放在他的眼睛上。可怜的人啊。科林的脸。你。胡须。

"你说我是不是应该在这里开个公司,给外国人修农舍。赶紧脱离那个希望渺茫的伦敦公司。你觉得怎么样?"

"我觉得还是算了吧。千万不要。"给外国人翻修房子是科林最可怕的噩梦。只有极少数的情况下,翻修过的房子才会大放异彩,通常的情况是,房主要么用糟糕的现代理念毁掉高贵的房子,要么就是总想把建筑师叫出去喝酒,想要复古的建筑,连弯曲的钉子都要复古才行。最可怕的客户是这样的:他会发来几百张厨房的图片,再说一句我们聊聊这个好吗?

我喝了一口卡布奇诺,感觉也有昨天吃饭时的金属味。最近,我好几次都觉得味道不对。我把泡沫搅了搅,但并不想喝掉。我昨天喝得一点儿都不多,没有宿醉的感觉——肯定是别的原因。还是说食物有问题?不会的,安娜塔做饭绝对没事。支气管炎的季节就要来了。科林说老板里克想让他十一月在伦敦全职工作,之后我们再重新衡量这些任务。"你觉得我们有锌吗?那句话并不是好兆头,对吗?里克说什么了?"

"可能吧,他可能需要我做全职。我的天啊。"科林仰面躺在床上,跟我说他上周都是怎么过的。上周,到处都是工作,有爱尔兰的客户,还有迪拜和马略卡岛的。他和朋友们出去喝了几杯酒,还有一次梦见自己被一只老鹰抓起来飞到空中俯瞰托斯卡纳。他在公司做得很成功，但我们心里都很清楚他在逃避什么。所有的合作项目都让他苦恼——医院、大学剧场、私人豪宅等。我见过他的笔记本，到处都是独特的设计——相当经典但也非常现代的博物馆、古圆形剧场改建的体育场、梦幻的赛车场和书店，甚至还有图书馆——特别棒，我愿意倾我所有支持这个项目。我可以把自己的想象诉诸笔端。我的诗句，尽管没几个人读，但都是我想象的结晶。科林生活在现实的钢筋砖头的世界，要妥协，要对付难缠的客户，简直是艺术与商业不幸的结合。他必须得有自己的机会才行。

我的手指摩挲着他暗淡的头发。他模仿了一个想要在自己的公寓里打造出上流英式俱乐部氛围的技术人员。"你能不能告诉我，"客户说，"什么才算是品位高？"说实话，科林很喜欢自己的客户，整整两个上午都在看书和杂志，在书中能体现高品位的页面贴上标签，把代表低品味的页面都画上大大的X形。

他瞌睡了几分钟，我把杯子放在床头柜上。风在房子周围猛烈地吹，像迷茫的幽灵一般。远处，利奥的两匹马叫起来，嘶鸣声混杂着风声向周围传播。睡觉的时候，科林身上的某种东西会放松下来，他就像十四岁的样子，脸上仍挂着童年天真、坦率的痕迹，但步入青年的某些变化也已逐渐显现。他美丽的嘴唇微微分开，睫毛边缘轻轻抖动，随意搭着的手半张开着，修长的手指一如达·芬奇画作中的那般迷人。

我去冲了个澡，洗了头发，涂上了沐浴露。我嘴里哼着《彩虹之上》，感觉胸部更柔软了些。我站在热水下，翻来覆去地想。

这不是我自己。我不对劲儿。

我没有怀孕。这不可能。

那天上午，科林一直在睡觉，我自己整理了一下关于玛格丽特的资料。她的书《世界，黑手党的世界》一直放在我书桌上，早都落了灰。我拿着书去了客厅，菲兹已经占了我最喜欢的椅子。他让我坐下，自己开始翻书。这个喜欢冒险的玛格丽特，设法认识了黑手党成员年轻的妻子们、工作人员、黑手党人的儿子们，还有受黑手党影响的人。她这次化身贩子分子据点——卡塔尼亚的某位英语老师。通过接触孩子们，她受邀参加何种庆典、仪式、周日晚宴等。一年的时间，她一直在教六岁到十二岁的小朋友们。我相信她是一位好老师。她受人欢迎。黑手党成员、店主甚至牧师都能在不知不觉中卸下伪装。她耳听八方，巧妙地询问，给最小的讲《小熊维尼》，给稍微大一些的讲《长袜子皮皮》，给最大的讲《罗密欧与朱丽叶》还有其他冲突部落中的不同受害者。据说，玛格丽特的丈夫在越南战争中去世。此后，她一直恪守贞洁，仍以玛丽·梅里特之名生活——深色裙子和白色衬衫。她课上的都是明日之星。晚上，她会把笔记本放在床下面锁着的手提箱里，带着满腔怒火奋笔疾书。太棒了，玛格丽特。这就是她身上让我嫉妒又羡慕的地方。十字军战士是为事业而献身。（当然也不是唯一的一本。《恐惧的滋味》分析了紧张的红色旅年代，可以说是恐怖主义之后的预览版本——我们现在不得不把恐怖主义当作新常态的一部分。）

关于黑手党的这本书言辞犀利，切中要害，"玛丽·梅里特"这个名字也因此上了黑名单，玛格丽特本人不得不回到美国待两年。她回来得很是时候，那段时间里，她完成了自己的经典作品《阳光下的蓝色花朵》。关于改革运动的书让我真正领略到了她的狡黠和她的坚强。这本小说里不只有诗意的柔情，不只有对大自然的热爱，还有她的悲伤和信手拈来的幽默。

我把手放在自己的胸部，没错，确实很柔软。

在斯特凡诺的餐厅吃过午餐后（我没怎么动意大利面），我告诉科林，我要去药店买点东西。于是，他就和利奥去广场那边喝了杯咖啡。另外两个人坐下来，把卡片拿出来。

我惊呆了，仿佛被泰瑟枪正中眉心。我手里的棉签仿佛点着了的鞭炮。粉色的。漂亮的粉色。两条。粉色泡泡糖。我的大脑停止了思考，手一直在肚子那边揉。里面有个小人儿，踢来踢去。不可能啊。二十四年了，翻云覆雨，结果现在，现在……那么，这是什么时候的事？我知道了。九月某个温和的午后，我们把绿色的毯子带到冬青树下的秘密小窝，柔美的草地，让我们远离外界的喧嚣。在伦敦待了几周后，回到家的科林调整过来了，他很快乐，充满了爱和狂野。一片棕色的叶子贴在他的后背。

怀孕了！从来都没想过。我二十岁的时候，去咨询过计划生育方面的内容。医生说我子宫异位，要怀孕很难。"这个角度的话，"医生说，"意志再坚定的精子也没法跨过去。"当时，我想象着张大嘴的三文鱼，本想往上游走，却永远都会被打回去。不用吃药，不用移植，反正我也不在乎只有一堆泡沫和黏液。

我没想好怎么做之前，谁都不告诉。"永远"这个词真的不能乱说。这件事会改变一切。X染色体和Y染色体，或者两条X染色体一起来。一个小男孩玩儿帆船。还有科林……他特别喜欢朋友们的孩子们，朋友想周末散散心的时候，他甚至非常愿意帮忙照管孩子。可他一直坚持说不想要自己的孩子。科林小时候很宠自己的小妹妹，但现在他妹妹已经变成了趋炎附势、浅薄无知、控制欲超强的混蛋（小猫长大了）。我们得以碎片化的方式完成工作。我们一定会被束缚住。

　　有个穿着格子衣服的小女孩正在跳绳，精力充沛，很有主见。看着她，我想到了妈妈的笑容。我有些朋友都没生孩子，生活很轻松，也更有乐趣。月经晚了多久了？我都没注意，但肯定至少有十天了。还没来（现在却有了"小蝌蚪"）。绝不能像我妈妈之前常说的那样"充耳不闻"。到底是怎么回事？

　　悄悄到罗马做人工流产？这太可怕了，感觉就像从菲兹身上切那些痣的时候，带血的破布都缠在了一起。从压抑的房间回到冬日的阳光中。一尘不染。谁也不告诉。科林四十岁了，正值黄金年华；我四十四岁。最后一根稻草，老化的卵子（之前在灌木丛里找浅色复活节彩蛋的时候，彩蛋篮子的硫磺味让人特别反胃）。还记得吗？玛格丽特说，意大利的孩子们一出生就已经老了。而且不管你做什么，孩子们都长不好。珠宝商的儿子——胖嘟嘟的小孩子——就像一根马上要涨出肠衣的香肠。我亲眼见过他把自己的妹妹绊倒还反过来恶人先告状，最后整件事不了了之。要是有格拉齐亚这种孩子呢？总是把纸巾塞在口袋里，笑声让人讨厌。这样说不好。格拉齐亚是那种……唉，为什么我总是想这些消极的东西？我们的孩子。一个孩子，一半是我，另一半是科林。啊，宝贝蛋糕。量表上的指针一直往零那边掉。我整个人都呆住了。我妈妈说，每生一个孩子，就会掉一颗牙。报喜？绝对不行。这个迟到的契机——虽然一直有这种可能——就像天空中的烟火，等待着绽放的一刻。我为什么会觉得是女孩？

丰收：La Raccolta

苏珊从自己卧室的窗户往下看。格拉齐亚怎么大早上七点就来敲门了？天刚蒙蒙亮。格拉齐亚后面还跟着四个男人，把网和梯子从三轮车上搬下来。"早上好啊，格拉齐亚。"

"真对不起。我忘记告诉你们今天我们开始丰收，你们英语怎么说来着？好像是橄榄油。"

"啊——丰收。真不错！我们能帮忙吗？"

"当然了。齐亚·玛利亚还有我一点的时候会带着意大利面过来，就是利奥桌子旁边的那张。你们也可以一起过来吃午餐。"那四个男人把网铺在上层的露台，围着一棵树弄好，然后把两架梯子靠在树干上。

上午十点左右，整个露台都成了橄榄的海洋。箱子周围全都是亮黑色和油绿色的橄榄。他们背靠着小山丘休息了一会儿——美味的帕尼尼，厚切面包夹意大利蒜味腊肠。茱莉亚爬上梯子；苏珊从地上捡了些橄榄；卡米尔则在更上层的露台，在蓝色的纸上描绘眼前的景象。她从树林中走过，不禁感叹着树枝弯曲的美感，还有树叶，微风中，阳光下，叶片的颜色从银色过渡到灰绿色。凑近些，卡米尔一时难以确定自己是不是真的喜欢橄榄树的枝叶了。有些树枝仿佛像受尽了百般折磨,如黑黢黢的骨架,直直地从泥土中伸向天空,硬生生地想化身为树;有些树枝则是一副疯狂舞者的样子,连头颅都没有。没想到象征和平的植物却如此扭曲。皮耶里诺是四个摘橄榄的人里年纪最大的,估摸快八十五岁了。他凑到卡米尔旁边,好像会读心术一样,说:"千年的风雨。"不过,皮耶里诺是用意大利语说的,所以卡米尔根本没听明白。"挺好的。"皮耶里诺用英语说。一点儿都不好,卡米尔心里知道,不过,要是再用墨水勾勒成千上万片细长的叶子可能就好了。皮耶里诺本人瘦得跟橄榄树枝差不多,他把采摘篮系在腰上,感觉跟树融为了一体。要是卡米尔能画下这场景就好了。皮耶里诺这一生从未缺席一年一度的丰收,他整个人早已成了"丰收仪式"的灵魂人物。可能,同一件灰色衬衫和粗布裤子已经穿了半个世纪。虽然不能像他一样亲身经历,至少我能体会这种联系。我生命中的根本是什么?只有查尔斯,我们刚在一起的时候,感觉不像是两个单独的圆形,而刚好是两个半圆。为我裂开,小调中这样唱,让我将自己放进你心里。不过,应该是"藏在"你心里,不是"放进"你心里。查尔斯肯定都知道。不过,他可能也不全都知道,因为他就像客厅最里面橱柜中某个树脂瓮里的粉末一样,而且那个柜子里放的都是我压箱底的衣服。卡米尔想到了,自己能做的就是帮忙做午餐。于是,她把自己的材料收到包里,大声说了一句:"马上回来。"

苏珊喜欢这样的情致,网里面都是树上掉下来的橄榄,澄澈的蓝色天空,大朵大朵的云彩。阿尔奇的爪子刚踏进网里,就被大个子保罗赶走了——好像它不用梯子也行。另外两个人里,有一个叫卢齐奥,嘴里哼着苏珊从未听过的歌曲,有些哀伤的假声仿佛来自另一个时空。苏珊心里想:这得弄好长时间呢,而且根本不用我们帮忙。"嗨,茱莉亚,我们来这里不就是为了这个吗?你应该能想到吧?胳膊肯定会酸得抬不起来!"一瞬间,一阵突如其来的幸福感流过她的全身。我就在这里,尽情享受着地中海的生活。我们要参与到这特有的收获之舞中。肾上腺素的缘故吗?管它呢,这种感觉肯定是真的。茱莉亚心里知道,她就要按捺不住了,想找一片新的田野。她现在就在路上。就是现在。

茱莉亚靠在梯子上,希望那些不规则的树枝别断了才好。"格拉齐亚说,这个活动得进行四五天。橄榄太多了!我想亲手摘下每一颗,我想用新榨橄榄油做出世界上最美味的沙拉。"克里斯休息过后会在镇上等着茱莉亚,昨天晚上也是克里斯送茱莉亚回来的。茱莉亚自己有个很棒的想法。"你觉得要是我们带着克里斯和他们团队的人加入到活动中,格拉齐亚会介意吗?他们应该会非常高兴。"

"我们午餐的时候问一下吧。下午的时候可以喝几杯。肯定不错。"

茱莉亚伸手准备把那根高枝上的橄榄摘下来,突然之间,莉齐浮现在眼前,穿着茱莉亚去自杀现场时的那件雪尼尔浴袍。淡黄色,本应该是抚慰人心的颜色。太可怜了。莉齐一头撞在阿孙塔之屋的门上,大喊着:"让我进去。我回来了。"造化弄人啊,昨天我过得那么开心,你肯定不会放过我,茱莉亚心里想。这肯定跟格拉齐亚今天早上敲门的动作有关系。茱莉亚爬下梯子,把篮子里的橄榄都倒进板条箱里。茱莉亚突然很想知道,生吃橄榄是什么感觉。她拿起一颗已经熟了的橄榄,咬了一口。可恶,真苦。

大家终于都坐到了一起,卡米尔从屋子里端出来一盘沙拉,有奶酪、各种水果,还有生菜、黄瓜和小萝卜。此外,她还端来了一大盘饼干。格拉齐亚和自己的姨妈拿出来了香肠、烤千层面、面包、红酒,还有更多水果。大家都到长凳这边坐好,历经多年风霜洗礼、阳光暴晒的桌子上摆满了各种各样的食物。卡米尔心里暗暗说:我大概一辈子都不会懂意大利人了。苏珊把各种小吃拼在一起。

  美味的意大利面被瓜分得一点儿都不剩,连盘子底都被抢了个精光。午饭过后,男人们都凑到了一棵树下休息。他们相互递着格拉巴酒,每个人接过酒瓶都要咕咚咕咚喝几口。如此几轮,没聊上一会儿,他们就都安静了。茱莉亚听到皮埃尔诺已经打起了呼噜。卡米尔、格拉齐亚还有格拉齐亚的姨妈玛利亚把盘子收了起来。玛利亚用放在燃气上的摩卡壶煮了意式浓缩咖啡。接着,她把咖啡倒进小塑料杯里,拿给那边的男人们,而此时,对收获一直都很热情的苏珊和茱莉亚又开始摘橄榄了。

  傍晚之前,大家开车到镇上的时候忽然发现——就像突然打开了某盏灯的开关——每个人,无论男女老少,三句离不开树林。广场上,所有对话都跟橄榄有关。通常身材健美的意大利人都穿着橡胶靴子和随意的羊毛衫——带着树干和樟脑球的味道。每个酒吧里都坐满了男人,大家要么小口喝着意式浓缩咖啡,要么就是在喝红酒。这种状况持续了三个星期,最后大家听见"产量"两个字就烦,甚至都懒得夸自己的橄榄油了——毕竟,每个人都说自家的是最好的。新过滤好的橄榄油已经在几家商店上架了,茱莉亚分别在三家商店各买了半升瓶装橄榄油。

  克里斯就在安杰利科酒吧等着茱莉亚。酒吧里坐满了过来摘橄榄的人,闹闹哄哄的。茱莉亚看见了坐在角落里的克里斯,朝他挥了挥手，并展示了自己刚买的橄榄油。"我们来点儿面包吧。我早就想尝尝了。"克里斯很喜欢橄榄油的绿色。他也很喜欢茱莉亚脸上激动的潮红和她对橄榄油的热情。柜台里面，薇奥莱塔看他们拿着橄榄油，就送过来一篮子面包。配着一瓶红酒，微微酸涩，两个人待了两个小时。每种橄榄油的口味都略有不同，不过绝对都是上等橄榄油。克里斯和茱莉亚谁都选不出来哪种味道更好。克里斯描述橄榄油的比喻很是夸张——青青嫩草，微微春风，井底的祖母绿（听到这里，茱莉亚笑了），爱尔兰青苔。终于，他们转移了话题。克里斯告诉茱莉亚，今天上午他们去了蒙达奇诺。"古老修道院里的修士们还是会唱钟，每天八次——还有颂歌和晚祷，你要一直祈祷。今天上午就只有我们，但修士们每天都要做这些。"克里斯把手放在茱莉亚的手上。某种东西变了。克里斯拿起茱莉亚的手指，反复摩挲。"你的手真漂亮。我们有时间可以一起去，圣安蒂莫修道院。"

茱莉亚低下头看着克里斯。他眼睛的颜色总是有微妙的不同。"你想跟我说的是什么来着？"赶紧回到正轨，我绝对不能就此沦陷。韦德很有可能下一秒就进来说"跟我回家"，那我该跟他走吗？克里斯的手很凉，这是七个月来，茱莉亚唯一一次与别人有肌肤之亲。

克里斯又倒了些红酒。"我想知道，你是不是愿意帮我扩展一下在这边的安排。托斯卡纳是我的第二故乡。我经常来这里，但我想把弗留利也加到日程里。"

"那里离威尼斯很近吗？"

"没错。很棒的地方。真的。我懂得品酒，也认识几个红酒酿造商，但我需要在当地留个人，我想要是你愿意就好了，你要做的就是找到哪里住得最舒服，哪里的食物最好吃。之后，我要是能把美国的业务放下一段时间，可能会把西西里也加到行程里。"

"我的天呐——他们能听懂这句话吗？我被震惊了。听起来真的很棒，特别有趣。这就是一种梦想。你也知道，我马上要开始自己的新生活，不过具体要怎么做我还没想过。"于是，他们凑在一起又谈了谈细节和时间。

"那我也顺便说一下吧，好吗？我五年前离婚了。有个儿子，叫卡特，现在在加利福尼亚大学戴维斯分校读酿酒学。前妻住在我们之前的房子里，我改造了葡萄园里工人们住的地方，现在就住在那里。"

茱莉亚开口说："好的，但你没必要……"

"其实还可以。就是时间长了，大家逐渐变得思想观念不一样了而已。意大利对我的重要性与日俱增，但她一直想去夏威夷。当然，长远考虑，这也没什么。有天晚上，她在家里办了次派对，我从房间里走过，看着她，感觉很陌生。皮肤很好，小麦色，脸上笑容灿烂。头发蓬松。我当时想，她值得更好的人来爱护，想到这里，我心里一阵感伤。那种感觉太奇怪了。我觉得很长时间我都有一种敬而远之的空白感，就跟自己被麻醉了一样。"克里斯没告诉茱莉亚，跟前妻的性生活会让自己压力山大，因为前妻说她自己就像个充气娃娃。"我不喜欢那种感觉，我想重新掌控自己的生活。所以就扩大了业务，开启了红酒品尝之旅。我请了一位老师，拼命学习意大利语。我很想念我儿子卡特，但我没怎么惦记梅根。卡特上大学的时候，我们就分居了。我认为我们彼此之间都觉得迷茫。瑜伽、有氧运动、网球，梅根一直都没闲着。健身，没错，我的天啊，健身。她还在网上认识了一个飞行员。卡特挺好的。他总跟我在一起。

现在，我甚至有时候还和梅根一起吃顿饭。加利福尼亚真是个讲文明、懂礼貌的地方。"

"真希望我自己离婚的事——现在还没定论——也能像你一样。我现在都不给韦德，也就是我前夫，我都不给他发邮件。我现在没事了。"茱莉亚给克里斯大致讲了一下莉齐的毒瘾，讲了整件事如何从里到外拖垮了整个家。"我们美满的生活被弄得天翻地覆，分崩离析。"无论如何，不管是什么消耗了茱莉亚这么多年，现在就像从望远镜中看出去，遥远而不真实。如今再说到自己的家庭，茱莉亚就算还没完全松一口气，也总算平静了不少。她对韦德突然生出了稍许同情，就像高速公路上车祸后那起火的一瞬间，难免让人心里一紧。"工作拯救了我。我在马尔伯里出版社学到了不少东西。书籍都很真实，且有美感。之后我可以给你看看我带过来的几本。这些书不只是在这里而已，不只是食谱或背后的故事，还带着文化的气息，带着历史感，讲述了食谱是如何出现的。我现在想和马尔伯里出版社共同完成一个项目。手边有工作可做，颇有意趣。"说到这里，茱莉亚笑了，"想想就让人兴奋！我真的很开心。"

克里斯很欣赏茱莉亚出版《意大利语学习》的想法。"我可以当你的红酒顾问。"茱莉亚真没想到自己竟会用这样两个词——真实且有美感。在克里斯眼里，茱莉亚也是这样的。

茱莉亚到家的时候，天色已晚。苏珊和卡米尔已经准备享用晚餐了。茱莉亚给自己盛了一碗苏珊用柠檬和开心果做的意大利调味饭。沙拉女王卡米尔又洗了些早上在树林里准备午餐时剩下的生菜。"我们吃得太棒了，"茱莉亚说，"最简单的食材都美味无比。怎么一切如此美好？"

"我觉得是顺其自然吧。"苏珊往沙拉上倒了几滴橄榄油。

茱莉亚马上就跟大家说了这个消息:自己可能要为克里斯到弗留利实地调研。"我们都一起去吧?苏珊,你可以看看花园;卡米尔可以看看博物馆、建筑物和历史遗迹等。我负责找好吃的餐厅。对每个人来说都是美好且有意义的旅途。"

卡米尔建议从威尼斯开始这次旅程。"现在是威尼斯的淡季。雪——威尼斯会下雪吗?——在圣马可广场?想象一下。在演奏着舒缓音乐的咖啡厅里喝杯热巧克力,还有贡多拉……"

苏珊一直是直爽的性子,她忍不住打断了卡米尔。"克里斯呢?他看起来确实很不错。感觉是那种可以四海为家的人。你也很喜欢他吗?"

茱莉亚大笑起来。"早就坏死的四肢中传来的微弱刺痛感吗?这么说的话就是吧。很奇怪的感觉。和他一起在酒吧里,我甚至想象到两个人在意大利某座城市里手牵手走在路上的样子。就走路,并肩而行,而且感觉很不错。现在这个时候我会喜欢上别人吗?有什么不可以?不过,我们很可能只会成为朋友。"茱莉亚发现自己期待的不只是一时之欢:浪漫的别墅酒店,精致舒适的床品,可以俯瞰冬季葡萄园风景的地方,还有……茱莉亚想象着克里斯穿着酒店浴巾在大理石浴缸里泡澡的情景,不过她最终只是笑了一下,一笔带过。"我一直忍着那种磨人的痛,就像牙医的牙钻一直往我脑袋里钻一样。有这么个牙钻在脑子里,根本无法思考。那种痛消失了,轻松感难以描述。无论如何,现在那种噪音已经消失远去。现在,我已经原谅了韦德一些。不过,莉齐的事,就像老话说的,杰克逊像石墙一样屹立在那里,我根本做不到。"茱莉亚想,莉齐把自己的生活,把自己和韦德的生活生生撕扯地七零八落。那种遗憾、背叛和暴力无以言表。要是我脑袋里都是一把陶瓷碎片，现在恐怕早就被磨成了一抔尘土。

"你现在往前看了。这是个好兆头。"苏珊清理了餐桌。

卡米尔手里拿着最后一杯酒，慢慢喝着。茱莉亚看着玻璃窗上三个人的影子。"很好。幸好有你们俩。"

苏珊从镇上买了三本新的园艺书。卡米尔点着了客厅里的壁炉。苏珊煮了一壶有柑橘香气的茶。这个夜晚，三个人各自捧了一本自己的书，安静地读起来。卡米尔读的是埃莱娜·费兰特[1]的书，英文版，不过意大利语原版就在旁边。时不时地，她会读一读意大利语版本里的句子，感觉句子结构颇为复杂。茱莉亚上楼涂了指甲油，不过，第二天摘橄榄还会弄脏珊瑚色的指甲。克里斯会带着品酒的人过来待几个小时。他说自己会带着普罗塞克葡萄酒来。很快，到处都会用到新的橄榄油。

茱莉亚心想，岁月啊，那些看不到未来的岁月啊。可现在，幸运女神终于垂青自己了。

苏珊往壁炉里添了根木头，把一本书递给卡米尔。"快看那个花园，名字叫'嘴'。我们一起去吧，它在周三的时候对外开放。"

卡米尔翻了翻书页。"原来是艾里斯·奥里戈的故乡。她写过一本很有名的回忆录，名字叫《奥尔恰山谷的战争岁月》。好吧，我随时都愿意去。"

---

[1] 埃莱娜·费兰特，意大利当代作家，代表作为《那不勒斯四部曲》。

绿

科林起得很早，他坐在桌子旁，看着需要确定的一万件事项，都是为了佛罗伦萨的酒店项目。从设计师的角度看，科林的工作已经完成，但他第二天必须得检查建筑师的进度。我们明天会一起去，我到那里逛逛，科林工作的时候，我就去看看斯特罗齐博物馆。晚上没什么安排，我们准备去亚诺河边共进晚餐，之后就回我们最喜欢的酒店。该公布那个大秘密了。我知道自己身体里藏着个小孩儿，可谁都没发觉。科林怎么可能不知道啊？好吧，我也是昨天才知道的。

真奇怪，卡米尔好像发现了。昨天，我们往阿孙塔之屋走，想看看丰收的情况。我们只有五十棵树，所以摘橄榄的活动很快就结束了，谢天谢地，法比奥帮我们把橄榄带到了工厂加工。明天，我们就能拿到五十升橄榄油，为接下来的一年做好准备。

茱莉亚的新朋友们正努力吃着、喝着。克里斯好像对茱莉亚动了心，像只小狗一样关注着茱莉亚的一举一动。茱莉亚确实对每个人都很好，不过我注意到，她给克里斯倒酒的时候，手在克里斯的袖口处流连了很久。茱莉亚神采奕奕，显然，克里斯已经沦陷。我想知道，茱莉亚心里会不会觉得惊讶。

科林是第一次见到大家。我觉得他应该分不清哪些女士住在阿孙塔之屋,哪些是跟着克里斯一起来的。卡米尔坐在我旁边,大家举杯祝酒的时候,她凑过来问:"你还好吧?要不要来点儿普罗塞克?"

"嗯,我挺好的。我喝水就行。"

"感觉你面色苍白。当然,我也不太了解你,但是你看上去有点儿不太舒服的样子。"

"我真的没事,可能就是摘了一整天橄榄弄的。不过谢谢你这么关心我。"我真想抓着她的胳膊问我到底该怎么办,也想靠在她肩上掉两滴眼泪。但她跟我和科林都不熟。于是,我跟大家讲了橄榄油是怎么榨出来的,还说了新鲜橄榄油对身体的好处。

女士们都在小声交谈,对意大利这个地方兴趣满满。我从中感受到了那种抑制不住的热情,一阵阵的狂热,不过倒不单纯是为了橄榄的丰收。单独几天早上去摘橄榄,享受友情还不错,但如果你要负责整个任务,那就绝对是一件苦差事了,好几个小时,要举着胳膊,还要忍受大风吹过面庞的不适。我们收获橄榄的时间没有太久,可即便如此,我的手指还是僵硬得不得了。我在梯子上的时候可是万般小心(毕竟肚子里有宝宝)。

和大多数游客不一样,苏珊是真心喜欢这个十月份的仪式。她一整天都会在户外,会和男人们一起去工厂,观察整个过程。格拉齐亚给了她一个大塑料桶,让她装她们几个要用的橄榄油。茱莉亚买了几个玻璃瓶,准备橄榄油一送过来就装几瓶。卡米尔只关心自己能否用画笔描述这种绿色,用她的话说,就是如爱尔兰青苔一样的绿色。"但是透明的,跟其他颜色都有所区别。不是芹菜那种绿,不是羽衣甘蓝,不是芦笋,不是绿色的光,也不是可口可乐瓶和青苔的那种绿。啊,可能有点儿像一美元钞票的那种吧?"

或许他们自己还没意识到,但我知道大家都喜欢诗。于是,我举起自己那杯水祝酒,用了一些费德里科·加西亚·洛尔卡[1]的诗句,毕竟这个人对绿色系有些了解:

绿啊,我多么爱你这绿色。

绿的风,绿的树枝。

霜花的繁星,

和那打开黎明之路的

黑暗的鱼一起到来。

橄榄树用砂纸似的树枝

摩擦着风,

我的朋友,她在哪儿——请告诉我

那可怜的女孩在哪里?

谁会来?从哪里来?

绿啊,我多么爱你这绿色……

科林皱着眉头看我,他察觉到我彻底毁了那首诗。洛尔卡根本没写"橄榄树",他笔下的是无花果树。科林笑着摇了摇头。"不愧是我夫人。现在我们都知道绿色是什么了。"大家鼓了鼓掌,喝了几口普罗塞克酒。

我们往山上走的时候,科林把我揽在怀里,鼻子蹭了蹭我的脖子。真舒服啊,他身上自然而然地散发着热带的气息。"女诗人,怎

---

[1] 费德里科·加西亚·洛尔卡(1898—1936),西班牙戏剧家,诗人。

么了？是不是有什么心事？你念那首绿色的诗的时候，感觉有些动情啊。"

"我确实有些事想跟你聊聊。"

他是怎么从我的诗里听出弦外之音的？"我早就应该知道你这么善于体察人心了。一会儿吧，晚点儿我们再说好吗？"

"你说什么我都愿意听。"

"啊，没什么好担心的。"这句话我真的说不出口，毕竟我也不知道是不是要担心。这件事完全会让他担心死。科林可能当时就疯了。我也有自己的顾虑，一直都是。别总是忧心忡忡的，妈妈之前这样对我说过。怎么可能不担心呢？发生了那么多可怕的事。科林会非常冷静地接受这件事吗？我太了解他了，我甚至都知道他的小脚趾就像一只弯腰的小虾一样。（"担心"这个词的英文是"worry"，从古英语中表示"窒息而死"的词"wyrgan"演变而来。难道这一点还不够让人担心吗？）

无论他要说什么，无论他在想什么，无论他不想说的是什么，他肯定会一直记得这个爆炸性新闻。在佛罗伦萨，倚着圣三一大桥，看着暮色黄昏时宫殿在亚诺河里斑驳的倒影？在我们最喜欢的餐厅里，我们初遇那天吃了炸鱿鱼，这次要吃甜点吗？在火车上，面对面坐着，看着窗外乡间秋天的景色从眼前流过？

意想不到的花园

"我们有整整一年的时间。要是想待更久也行！你们是不是也像我一样，觉得喜出望外？"苏珊在坑坑洼洼的路上开得飞快，朝那个叫作"嘴"的花园开过去，在窄窄的路上超过拖拉机时，还挥了挥手致意。她们想去看看作家的花园，约的是十一点，艾里斯·奥里戈的女儿也发了确认函。等她们到了，苏珊一定要仔细欣赏每一平方英寸优雅的土地。意式花园，花盆、几何图形、绿廊和水景是其中的特色，这对苏珊来说还是全新的理念，完全颠覆了她脑海中对英式花园房间和需要细心保养的花园边界的概念——英式花园看上去很随意，但保养起来相当费心费神。她们走进了贫瘠的奥尔恰山谷，大片起伏的山丘，道路两旁种着柏树，防风带上种着白杨，杨絮四处飘着，田野里刚犁过的棕色土地上，有的是棕色的向日葵茎秆，有的是三叶草的肥田作物——很抽象，但非常吸引人。苏珊转了个弯，走下公路。"我们下车吧。卡米尔，你要是带着画架就好了。快看！"

"我还没准备好画这样壮丽的美景。我还是先从静物开始吧。也许能画那边那条白色的路，就是两边种着柏树的那条。"

"感觉托斯卡纳就是个大花园。"茱莉亚说。

十月下旬,花园外的篱笆让苏珊着了迷。篱笆是黄杨木做的,周围种了不少植物,但花园却显得颇为灵动。年轻的英语导游指着现在还没开花结果的植物说——牡丹、洋葱、玫瑰,当然还有让这个花园闻名遐迩的紫藤。"这里,"苏珊忍不住说,"满足了我对花园的所有期待——到处都是惊喜!从篱笆开口那边进来,总能看见喷泉或人物雕像。你们看,风铃低着头,开在石墙的缝隙中,小小的景天从石头台阶的孔隙中探出头。河床浅浅的,小百合开在水上——那是青蛙们的家。"

"你穿衣服也是这种风格,"卡米尔也很善于观察,"剪裁利落,版型修身,但图案和配饰不俗,你现在穿的就是这样。"大家停下来,看了看苏珊,她穿着宽大的芥末绿色外套,棕色紧身裤,脖子上系着红色、金色和绿色交织的围巾,肩上背着红色的休闲单肩包。"我之前都没发现,柠檬黄和红色搭配在一起也很好看。"开始,卡米尔还担心苏珊会太挑剔,看重质量,而非其中的神韵。而且,苏珊是大家的主心骨,总是带着她们发现新事物。

苏珊马上给了卡米尔一个拥抱。"你真好。"她拿出自己的新笔记本,在封面上写下了"意想不到的花园"几个字。"幸好我带的相机不错。"

她们拍了好几百张照片。离开之前,苏珊请年轻的导游奈拉给三个人一起在石榴树下拍了张照片。周围枝头垂下来,上面挂着的尽是古老的珀耳塞福涅之果,红润的橙红色球体很是神秘,也显得很甜美,大家就和这棵石榴树一起摆了姿势。一束阳光从树叶中透过来,苏珊的短发上出现了彩虹色的光环。照片中,要是看不出来那是个光环,人们肯定以为苏珊被电到了。茉莉亚好像刚要开口说话的样子，嘴半张着。卡米尔的脸在暗处，但笑得很灿烂，阳光刚好照在她的眼睛里。"你们是亲姐妹吗？"奈拉问。

"差不多吧。"卡米尔回答。

"石榴树用意大利语怎么说？"茱莉亚问。

"Melograna，这是我很喜欢的一个词，"奈拉说，"你们可以摘几个带走。在水里剥开石榴，很快就能把里面一粒粒的东西弄出来。把石榴籽直接摆在甜点上漂亮极了。"

茱莉亚点点头。"你肯定是个厨师吧。我们应该到哪儿吃饭？"奈拉把周围自己喜欢的餐厅都告诉了她们。

"我们春天还回来，可我都等不及了。"她下意识地想到了克里斯。克里斯真应该把布鲁奈罗的葡萄园也加到他的行程中。

奈拉最喜欢的餐厅在一片橡树林中。刚走进去，就能看到一位女士正在做马铃薯团子。茱莉亚走上前，问自己能不能拍个视频。那位女士夸大了揉面团过程中的所有动作。意大利人天生就是演员。她把一块小小的意大利面面块放在平底锅上，之后用围裙擦了擦手，指着旁边已经做好的意大利面——"这边！"午餐的时候，茱莉亚给大家看了那段视频。"美食频道，好吃哭了！"茱莉亚说。她看苏珊拍的静物照片时，突然发现在房地产工作的那些年让苏珊收获了不少经验。"你拍的照片比我拍得好，"茱莉亚说，"我有个想法，不如我们一起，你就负责给我的美食书摆拍照片吧？"

"太好了！我喜欢这个主意。"过了没几分钟，她们就吃到了世界上最轻的团子。本来团子可以做成橡皮筋的样子，但这位女士做的简直是典范，配上咸味番茄酱，可以说非常美味。做饭很简单，没错，就像沙拉一样，几种绿叶蔬菜，再滴几滴橄榄油就可以了。苏珊问大家："你们有没有觉得，其实是我们一直把生活过得复杂了？"

卡米尔自告奋勇说开车带大家回去——其实是她坚持如此。苏珊坐在后座，一边浏览自己拍的照片，一边写下灵感。房子后面有块平地，平地周围有一条小路。小路很窄，走在路上，腿总会蹭到猫薄荷、薰衣草、野生薄荷和大波斯菊等植物。平地转弯的地方有一条长凳。花园里总得有几处秘密之地。苏珊妙思泉涌，写得飞快却也跟不上思想的步伐。卡米尔哼着小调。茱莉亚睡着了，头重重歪向右边——之后肯定会觉得不舒服。

愈发透明

新叶,没错。我在笔记本的标题页写下这两个字的时候,怎么会想到现在发生的这一切?今天很早我就来镇上了,怎么说呢——我怎么可能睡得着?我翻了翻这个笔记本,想给接下来的一整天找找灵感。薇奥莱塔把我的卡布奇诺端过来,还搭配了一个甜甜圈。没错,现在我可能就是需要甜食的刺激。

科林晚上睡得很沉,叫都叫不醒,不然我晚上翻来覆去的话,他就别想睡了。害怕、震惊,这就是我现在的状态。晚上,我想到了妈妈——想到了我照顾她的那四年时光。她的拒绝、她的病程、四季的变换和从指缝中悄悄溜走的时光。我被爱缠住了,想帮忙,也想过自己的生活。杰拉——杰拉尔德·霍普金森——总是随时准备着。他是我生命中最重要的人之一,是我们家的好朋友,妈妈的病一确诊,他就站出来帮忙了,我也从博尔德赶回了家。我们双方的父母走得很近,他是我的初恋,带走了我的初吻。高中和大学的时候,我们也经历了多次分分合合。当时,我们都快三十岁了,但都没固定的恋爱对象。这么多年,直到现在,他都一直在银行业。我从来不知道他的工作到底是什么——金融市场?股市分析?投资?不过,他打电话时总会先让对方冷静下来。我的生活,在一片寂静之中。

我往返家和博尔德两地，努力完成教学任务的时候，是杰拉带着妈妈排队就诊的，期间我从博尔德回来（我第一份全职教书的工作，教写作）。为了能轻松些，我在迈阿密大学每个学期只教一门课。妈妈做完黑色素瘤手术之后，左腿几乎不能动。后来，多发性硬化症开始出现，她的病情真切地存在着，时常发作。类固醇药物让她发胖，最后那段时间，她看起来像要爆炸了一样，神色恍惚。简单的动作对她来说变得愈发困难。我还记得，她喜怒无常，肿胀的腿和苍白的双脚跟精致瓷娃娃身上的没什么两样。

是我不想让她去医院，想让她在家养病的。当时，妈妈一门心思就想让我和杰拉在一起，而且毫不掩饰自己想要外孙的想法。我没告诉过她我注定这辈子不能生育，用她的话说，就是"颗粒无收"。那段时间，我和杰拉再生情愫，感觉我们是奔着结婚去的，一辈子都会在科勒尔盖布尔斯举案齐眉。为什么，我现在只想问自己，为什么我当时没怀孕？——那段短暂的同居时间可是最佳受孕阶段。妈妈的身体每况愈下，我在杰拉的小房间里会时不时犯幽闭恐惧症。哪怕打完网球，坐在前门的门廊，手里拿着柠檬水，我仍旧会觉得恐慌。不是我要的生活。不是说我跟杰拉在一起没法从事艺术创作。其实杰拉一直鼓励我，但我和他就是不合拍。我没有办法强求自己对银行感兴趣。但我们的生活圈子有重叠之处，在那片灰色区域中，有我们共同的经历——强大的魔力。他喜欢旅行，喜欢烹饪，诸如此类——可这些不是大家都喜欢的吗？我当时没有回到博尔德的计划。我喜欢那个地方，但那里并不是我的命定之地。杰拉找到自己的舒适区之前，一直兜兜转转。我觉得，我也是那样。

妈妈去世后（黑色素瘤卷土重来），我申请去某个作家之家调整一段时间,就在托斯卡纳海岸。申请通过了。虽然我不用说,杰拉也知道我跟他之间有距离,但我还是跟他说了。我很抱歉,就是这样跟他说的。听完之后,一向绅士的杰拉也深受触动,说自己也不会再等我。

待在意大利的我,一边抚慰心中的伤痛,一边享受孤独,一边幸福地写作,日子就这样过去了好几周。我获奖的诗作,大部分都是我在一个能俯视伊特鲁里亚海美景的空房间里孕育的(没错,就是这个词)。现在回过头再读,它们无一不带着忧郁的色彩,带着我当时对妈妈的悼念。妈妈的离开让我想起了爸爸去世的时候(迈阿密高速公路上,一辆半挂车撞上了他,他的古董TR3一下就被撞飞了,飞到了浅水湾里,那个地方至今我自己走过千千万万次)。当时,我三十一岁。父母双亲都已离世,独留我一人。可我真的还想再和他们一起度过至少二十年。

我和其他作家住在一起的时候,周末会和大家一起去旅行。圣罗科并没有太多游客。我们很喜欢那里。那种优雅、那种高贵、那种时光的流逝感——我围着小镇走了又走,想在这里好好恢复,想在这里完成一个大项目,想体会那种完全属于我的感觉。

作为作家待在托斯卡纳的时间结束后,我回到了家,把房子中的一切打包,只剩下家具,还把很多塑料箱都塞进了储藏间。上千张家庭合影该怎么处理?还有我父母的大学毕业纪念册要怎么办?祖母的斯波德瓷器呢?念想之物到处都是。有个叫斯泰茜·杰克逊的女士租下了整栋房子,同住的还有她的两个女儿。之后不到六个月,她就和杰拉结婚了。杰拉怎么就这样搬进了我的家,为她们付房租?我觉得这太诡异了。

用父母留给我的钱,我在圣罗科郊外买下了属于自己的房子——Fonte delle Foglie，"绿叶之泉"的意思。现在，我真的该感谢杰拉，感谢他无意间激发我闯入更广阔的心灵空间。我的感觉绝对正确。我和他之间没有我想要的神秘感，可没有这种神秘感，两个人的感情就会大打折扣。诗人里尔克这样描述亲密关系——两个孤独的灵魂，彼此保护，彼此接纳，彼此触碰——不过，在我眼里并非如此。太黯淡，太世俗，虚无缥缈。我有更好的指引。引用罗伯特·德克萨斯在《科孚岛》中的一句话："亲密关系不仅仅是两个人之间一瞬间火花般的爱。那它是什么？或许，它是偶尔会出现的体验，那种渐渐透明的感觉——极其少见，但确实会有。这种感觉会慢慢渗透到另一个人身上的每一个角落。我们的内心会看透，会了解对方的全部。"这句话还有其他千千万万种事物给了我灵感，我疯狂地写作，将近一年。

要是还活着，妈妈会高兴吗？或许，她现在早已放弃了希望。我妈妈叫艾德拉·帕克曼·雷恩。要是我有个女儿，或者要是我有个孩子，可能我会给她起名叫德拉·雷恩。再加上科林的姓氏——戴维森——也不错。德拉·雷恩—戴维森。德拉挺可爱的。艾德拉并不可爱。

新叶。"新叶"的英文直接音译就是"利夫"。可能利夫这个名字更适合男孩子吧。比如利夫·埃里克森就挺好的。

想着储藏间里堆着的那些妈妈留下的物品，我记起来——科林的行李箱上有个轮子坏了，他当时还跑到工具间翻了半天找另一个袋子。结果，他找到了玛格丽特上次去华盛顿之前留下来的一个行李箱。科林打开箱子，从里面拿出来一条特别夸张的裙子。"还有什么？除了这个也就霉菌了吧。"

"感觉像长了毛的上衣。"

我抖了抖那条裙子。我记得，玛格丽特新年聚会的时候穿的就是这条闪闪发光的裙子——一字肩，深红色，天鹅绒材质，像极了红酒。当时的她抽着一支大雪茄，就是为了给别人留下某种印象。我看着她来着。她没有真的抽雪茄。笔记本上有这句话：把她留下的破烂都丢掉。打扫工具间。可能会有人穿这条裙子吧。亲密关系——她有时候算是闺蜜，有时候不是。她甚至可以隔离自己。

是因为我是女性，才会顺着笔记本上那句"打扫工具间"开始写诗吗？

子孙

我们点着了所谓的保险丝，
一滴滴精液就好像
育婴室贴墙纸时用的胶水。
肚子里的那个小东西，鼓起来
遥不可及。我们都曾在这样的封闭环境中：
胖乎乎的脑袋和交叉的双腿，胖乎乎的
小海盗还不知道人质
就是我们自己。大脑慢慢
往前向中心移动，水的漩涡
在漏斗中只能盘旋向下。
我们活在世上
跌跌撞撞或秘而不宣或
不肯沉静或从过去的牧场
流浪到

现在的那个。出生——那是后天的味道，
继承了太多，分娩的惊喜
出世的那个小孩子比我们想象中的
更有趣，那样开放，那样毫无顾忌，那样
无拘无束，衣不蔽体。为此我们都应该
走出来看看你，为所欲为，观察着一切，见证了
最强烈的爆发，终于迎来了自由。

我在笔记本后面列下来了这些单词，拼凑出了这首诗：聪明、混乱（毫无法纪）、漏斗（意大利语的"imbuto"）、囟门、子孙、占卜僧人、字体流、衣不蔽体、分娩、加速分娩、流浪、寻找牧场。文字可以激发感情，感情可以通过文字表达。

在过去几天中，自从得知了那个爆炸性消息，我一有时间就会写诗。灵感都是哪儿来的？乙醚？灵液？还是说诗人就是占卜僧人——在伊特鲁里亚人的时代，占卜僧人会通过献祭动物肝脏上的标记预测未来，阐述其代表的含义。

卡米尔进门的时候，薇奥莱塔刚好给我端来了第二杯卡布奇诺。

"我没想打扰你——感觉你好像想什么想得很出神。"她从柜台那边朝我挥挥手。

看来我得之后再读这首诗了。"嗨，和我坐一会儿吧。我过几天就走了。我们要去佛罗伦萨待几天。你怎么这么早就来了？"

"我觉得我现在跟你的习惯差不多，喜欢小镇刚刚睡醒的样子。人少的时候，反而看得更透彻。我甚至很喜欢从街上走过的小型清

扫车,喜欢往办公室送浓缩咖啡的咖啡师。他端着托盘,一边走,一边吹口哨,感觉就像从巴尔蒂斯的画里走出来的人物。不过,他到底要去哪儿呢?"

"我猜他是给市长和各位工作人员送去让他们清醒的东西。我也喜欢电动清扫车。司机是我朋友的儿子。他有时候看见我会停下来,给我个拥抱。在别的地方会有这种事吗?"

卡米尔说自己"想试着再拿起画笔,在这个年纪再当画家",感觉有些忐忑。每天跟意大利的画师学一个小时,卡米尔说这是自己的"发现的脚步"。"看到墙上嵌着的柱子、雕刻着鹿角的石质盾形纹章、梨子或橡树,我也有灵光一现的感觉。美第奇家族那些没什么特别微妙的是六个球,还是六个橙子?有一条街道上有中世纪留下来的飞檐,全都靠木头撑着,而且那些木头看上去很脆弱。它们体现的是莎士比亚戏剧中的场景和道具,倒不是因为莎士比亚是中世纪人,但看起来就像环球剧场。"卡米尔停了一下继续说,"我和我先生之前很喜欢去伦敦,总想看看莎士比亚的剧作。"

"你有没有见过诺德巷子里两个修复店的画家?"她没见过。

"你肯定喜欢。玛蒂尔德,她有一头红发,她的助手叫塞雷娜,是个安静的女孩子。这两位都是顶尖的艺术品修复师。她们会去锡耶纳、蒙特法尔科、阿雷佐修复壁画——反正就是托斯卡纳的各个地方。工作室挤满了破损或者有污渍的画作等着复原,还有的画被尘垢弄得都看不清了。她们两位会尽力把画复原。"

"嗯,听上去很不错。我一定去看看。"

"你带着阿尔奇来了!"卡米尔进门的时候我就看见了阿尔奇,它就被拴在外面某张桌子的桌腿上。

"是啊,阿尔奇都快变成到处跑的那只白色小猎犬了——它已经熟悉了这个小镇,甚至觉得自己有特权,睡在小镇马路正中央也没问题!"

我喜欢卡米尔。她们三个人中,她更真实。友好而且聪敏,没错,但有点儿,嗯,怎么说呢?擅长等待?是这样吗?可以说,她现在还很有魅力,想必曾经一定是个美人。如果她不是满头金发而是满头银发,肯定就更有圣女先哲的气息了。要是公元二世纪时的罗马雕塑家看到卡米尔,肯定会把她当成狩猎女神。那我们现在就能在波格赛美术馆看到她的画像了。想象着大理石雕塑卡米尔拉满弓弦的样子,感觉还真不错呢。实际上,她在瓷器店玻璃窗前停下了脚步,盯着漂亮的瓷盘子看得入神。我敢肯定,一旦开始在意大利做饭,就肯定会想买盘子,因为你需要的盘子数量肯定比想象得要多。后来,卡米尔走了,跟阿尔奇说两句话,还对着路人微笑。这时的她还不知道,再有不到一个小时,自己的生活就会发生巨大的变化,绝对是她从未料想过的。

亚里士多德曾经说:幸福源于知足。

现在我得赶紧回家,希望科林已经把一切都准备妥当了。我们的火车十点发车。

发现的脚步

卡米尔尤其喜欢小镇的维科利,主街辐射出的小街道起起伏伏。街道很窄,勉强能允许两只驴子通过。从葛兰西街道出来是个大下坡,那里就是诺德小巷,从面向山谷的房子后曲折而过。那家店沐浴在晨光中,卡米尔之前从未来过这里。从窗外往里看,玛蒂尔德的卷发映着光,塞雷娜像贵格派人士一样朴实,仿佛站在威风凛凛的麦当娜身前,穿着蓝色的裙子,裙子下的小镇就在她的守护之下。塞雷娜看着麦当娜头那边的吹风机,好像在吹头发一样。真聪明,快速风干刚修复的部分,她们就能继续工作了。

玛蒂尔德看到了窗外的卡米尔,就先笑着朝她挥了挥手,之后转身朝后面的另一个女人喊了什么。卡米尔听见"咔哒"一声,一个年轻的女孩走到了门边。"早上好,您需要些什么?"她是用英语问的。卡米尔说自己刚到镇上,想画画,姬特知道了就推荐自己来这里看看。助手请卡米尔进了店。助手叫凯蒂,是波士顿来的艺术生,准备花一个学期的时间跟玛蒂尔德还有塞雷娜学习。

玛蒂尔德弯腰往盒子里看,里面都是色彩、颜料、画刷和画粉。只见她选了一把有两三根硬毛的画笔,开始润湿麦当娜的耳垂。玛蒂尔德说意大利语,用手比划了一个橙子大小的圆形,凯蒂解释道:"我也不知道这幅画是怎么破损成这样的。很难说,但那么大一块地方都被什么东西给蹭没了。经过瘟疫、战争这些事儿还能幸存,我觉得已经很不容易了,但这种奇怪的破损让我觉得更不可思议。怎么会这样?到底是谁弄的?"

"这些画作,还有吹风机——就像好莱坞化妆师的装备。"卡米尔说。女士们都笑了。凯蒂带卡米尔看了几幅她们正在修复的作品——有一幅作品上,一个大十字架就在画作中央;另一幅是褪了色的风景画,但年代还不算久远;还有一幅刻画的是某个男人严肃的脸。旁边一张桌子上摆满了壁画碎片,很像小朋友玩儿的拼图片。

这几位女士都非常优雅有礼貌,但卡米尔知道自己打扰了她们的重要工作。"凯蒂,麻烦你转达一下,我想说我很崇拜她们的工作,但我的意大利语不是很好。"

"好的——其实她们教过不少学生,所以英语还不错。感谢您来到店里。我们还有几个工作坊,您感兴趣的话也可以过来。我们这周末要进行的活动是造纸。我们店也很擅长修复手抄本。"她做了个手势,让卡米尔看了看玻璃柜中一叠叠厚厚的奶油色纸张。"一定要来啊,很有意思,而且回家的时候还能带上一包美丽精良的粉彩纸。"她给卡米尔拿了张宣传单。"我想想。我的朋友们想去威尼斯,但还不知道什么时候出发。有时间的话,我很愿意参加。"

卡米尔解开阿尔奇的牵狗绳,带着它回到广场上,在安杰利科小酒馆待了一个小时,疯狂学习意大利语中的代词。她很想跟玛蒂尔德和塞雷娜交流。如果我注定只能在周日画画,卡米尔心想,也许我可以用不同的方式。侍者给阿尔奇拿来了一块意大利式香脆饼,真适合让阿尔奇消遣,毕竟这种饼干硬得跟骨头一样。

上午晚些时候,苏珊和茱莉亚也来镇上逛了:红酒店、水果蔬菜摊和肉店。茱莉亚在书店买了本去威尼斯的旅行手册。苏珊肯定会说,网上什么信息都有,没必要带本书,但茱莉亚不习惯用电子设备,比起各种客观事实,她更看重某个地方的风格和感觉。茱莉亚选了一份地图,还买了一本简·莫里斯的《威尼斯》。

三个人在斯特凡诺共进午餐,那里成了她们的大本营,正好商量下周去北边旅行的计划。克里斯这几天带着其他人去海岸边的马雷玛红酒区去了,很快就会回来。周三的时候,克里斯要把客人们送到佛罗伦萨的机场,茱莉亚说那之后克里斯可以跟她们三个人一起待几天,去弗留利。她已经算上了调研的时间。

"我们坐快车去吧,先在威尼斯待几天,"苏珊说,"我在大运河旁边找了家不错的酒店。"

很好。这样卡米尔就不会错过玛蒂尔德的造纸工作坊了。斯特凡诺还没把焦糖布丁端上来,卡米尔就走出去找信号,给玛蒂尔德的店里发消息。"这只是个建议。不知道姬特愿不愿意一起来。她的意大利语很好,我觉得她也喜欢出来走走。"

"要是她能来就太好了。我记得下周科林应该去伦敦。你觉得姬特会愿意和我们这些刚来的人一起旅行吗?"克里斯在茱莉亚的脑海中一闪而过,但她提醒自己,这只是为了调研,是业务。还好克里斯已经习惯了跟女士一起出行。

"离开威尼斯的时候,我们可以到机场租一辆车。现在,我们计划一下弗留利的行程吧……"苏珊打开了自己的笔记本电脑。

你想说的一切

在佛罗伦萨的一天可谓尽如人意。我们把行李放在常住的酒店。酒店那种旧世界的感觉深得我们的心——大堂高脚桌上的皮面大留言簿、豪华座椅、蓝色水光丝绸窗帘,还有穹顶。世界上到处都有新酒店,但这样的酒店,只在意大利才有。

我们俩最终还是迟到了,只能坐十一点的火车,在河对岸一个叫奥尔塔诺的新餐厅吃午餐。每次来意大利,下午的时光永远充满了爱与甜蜜。吉诺安排了我们最喜欢的房间,能俯视托尔纳博尼广场,还能看到一部分亚诺河的美景。当天晚些时候,科林去忙自己的项目了。我去了圣洛伦索区最喜欢的纸张店,自己练习了一下今晚要对他说的话。我不能直接脱口而出,说我们的生活轨迹会永久改变。我能想到的最好方法就是提出一个假设性问题:要是我们现在有孩子了,你会怎么想?这样,我们就能讨论了。

或许,我应该先问问他有没有结婚的打算。啊,我们已经讨论过了,讨论过无数次,但我也不知道为什么我就是不肯踏进婚姻的大门。要是我们在美国,可能已经结婚了,但住在这里,还没结婚,感觉像要一点点切断将两个人束在一起的纽带。虽然我毫无保留地爱着科林,但我也喜欢来去自由,没有法律关系的束缚。然而,到了现在，我马上就要有个孩子的时候，我想知道无论是我自己单独生活，还是和科林一起，我都愿意让这个小生命来到世界上。女孩，小德拉。哈！万一是个男孩儿呢。利夫。杰米——我父亲的名字。莱昂内尔——科林父亲的名字。绝对不行。

晚餐之前，我们去了酒店里的小酒吧，吉诺总是记得我们最喜欢喝的东西。"不要金巴利苏打水，就要一瓶金巴利加一个面包卷。"他一边说一边递给了我。

"谢谢，吉诺，我要姜汁啤酒。"

那杯金巴利是给科林的。

嘿，砰然巨响。我就坐在那里，根本是透明的。借用德萨克斯[1]的话就是："被另一个人视而不见……"我在笔记本上写下了这句话。这时，科林凑过来，把手放在我的膝盖上。"姬特，亲爱的。我想跟你说件事，你千万别觉得我是疯了。你最近有点儿奇怪。所以，你是怀孕了吗？"

我喝了一大口姜汁啤酒，那股味道从鼻腔冲了出来。味道散去，我惊讶地半张着嘴，点了点头。接着，眼泪不由自主地落了下来。吉诺赶紧跑过来，我摆摆手让他去忙，想微笑却把姜汁啤酒洒到了腿上。

科林把椅子拉过来一些，胳膊揽住我。"姬特啊，你什么时候知道的？我的天啊，你怎么没告诉我？这真的是……"他没再说话，亲吻着我的头发，大笑起来。我开始打嗝。旁边两桌的人一直盯着我们俩看。

---

[1] 罗伯特·德萨克斯（1944—），澳大利亚小说家。

我们跟跄着走进佛罗伦萨的夜色中,月亮圆圆的倒影,随着河水轻轻摇晃。我不知道科林怎么想——或许他自己也不知道。我们靠在大桥的栏杆上,直到我慢慢平静下来。我就是有点儿恶心。"圣母玛利亚。"科林说了这样一句。之后,我们就向一直最喜欢的餐厅走去,一路上寂静无语。今晚,透过餐厅的窗户,能看到一只被绑住的棕色章鱼,我又觉得一阵恶心。

我们坐在餐厅桌子边,看着外面的深红广场。太奇怪了,我居然饿了,所以我们点了一盘炸牛肝菌当前菜。科林看了下红酒单。显然,他自己能喝掉一两杯。科林凑过来,把我的手握在他手心。我妈妈把镶着蓝宝石的小猫牙齿留给了我,科林不停地摆弄着,之后就一直摩挲着戴婚戒的无名指。"我认识个顶级工匠。我愿意自己设计。"

几乎是条件反射式,我说:"我们没必要……"

"你看,我们两个要一起面对这件事。我知道什么时候发生的,对吧?六周了?还是七周?我们那之后一直都有亲热,但周日那次无与伦比,那种两个人难忘的时光,好吧,两次,对吧?可为什么是那次呢?我们之前很多次都是这样的。或者不是吧,或者是我,"他压低了声音,"更深入了,或许是你换了姿势。天啊,为什么是那次呢?"

我真的不愿意想小蝌蚪奋力往前游的情境。我更愿意想象有人把鲜榨橄榄油倒进细长双耳瓶的样子,但我的身体分明记得两个人都能感受到的激情。

"好了,我亲爱的姬特小猫,"科林知道我不喜欢他这样叫我,"别担心。认真地说,我们一起努力,一切都会好起来。"

回到铺着丝绸床单的床上,夜色如此温柔。

白纸

卡米尔还有其他学生跟着玛蒂尔德走上店铺后面吱扭作响的楼梯，来到了一个带横梁的不规则房间里。房间里有很多排绳子，绳子上挂着要晾干的雪花纸。这个倾斜房间的尽头大概只有腰部那么高，要想俯视圣罗科的屋顶和钟楼，大家都得弯腰过去才行。卡米尔环视了一下房间，几个组装的大桶、木质螺旋压力机、大小不同却摆放整齐的毛毡、木框、一桶桶棉花和亚麻布，还有几张长条形桌子。材料的质地、单一的色调、光线和纹理，让整个工作室看起来就像另一个世纪穿越而来的木刻房间，大概只有机动纸浆搅拌桶是例外吧。卡米尔头皮发麻，激动的情绪攫住了她。她觉得这就像在自己的课堂上，马蒂斯、萨金特还有其他表现主义者的作品一幅幅从眼前闪过。就是这样，卡米尔心想，过去和现在。

玛蒂尔德开始上课了："这个工作坊1710年的时候就有了，但跟意大利的历史比起来，也并没有存在太长时间。"轻轻摆动的纸张仿佛带着某种生命力，卡米尔很有站起来感受纸张表面的冲动。"就像橄榄油丰收，"卡米尔之后一定会告诉苏珊和茱莉亚，"感觉参与了某种颇为古老的仪式。很难形容，但你——这么说吧，参与了一直存在某种舞蹈，你方唱罢，又有他人登场。"舞蹈这种比喻好像很恰当,卡米尔仿佛看到了工作的节奏和精准的舞步,你可以走向很远的地方,比遥远更远的远方。

卡米尔是从美国南方来的,她本来还以为自己对棉短绒有足够的了解。轧花过程中,把大纤维去掉之后,黏在棉铃种子上的细小纤维就是棉短绒。为了收获这些脆弱的细丝,成堆的种子都要经过二次处理,之后再堆在一起。玛蒂尔德的棉短绒是从阿雷佐的一位专业人士手里买的。塞雷娜把一些棉绒在装满水的壶里搅了搅,之后将混合物倒进大桶,所有东西都混合成一团浆糊。

玛蒂尔德为大家讲解了什么才算是精制纸品,实习生凯蒂则负责为大家翻译:卡米尔、一位美国精制纸品印刷商,还有一名来此度假的英国艺术史学家。两名意大利年轻人好像没什么耐心,这些外国人总是问问题,把进度拖得很慢。凯蒂听见其中一个年轻人说"他们怎么那么多问题?继续看看不就知道了",但她略过没翻译。

卡米尔知道毛边纸,但是完全不知道这个术语跟成品纸张的框架尺寸有关。她本来想问"毛边"这个词的起源,但看着那两个年轻人一脸不耐烦的样子,她还是尽力克制吧,毕竟回家读一读有关造纸历史的书也可以知道答案。Vellum,这个词卡米尔听懂了:薄牛皮。羊皮纸不是应该更常见吗——山羊皮、绵羊皮还是什么其他羊的皮呢?纸莎草,这个卡米尔也知道,大家小学都学过有关埃及的知识不是吗?剥绒机工作的时候,塞雷娜为大家介绍了今天要做哪种纸,还讲解了如何通过细铁丝在纸模上做水印。大家一起去看了对宝贵的泥金装饰手抄本书页的修复情况,还看了对科西莫·德·美第奇写给儿子的信的修复痕迹。

卡米尔有一种发自内心的渴望,很想要这样厚厚一叠纸。

玛蒂尔德把定纸框放在隔板的一角,从桶里盛出来几勺浆糊放在上面。"摇晃定纸框,让纤维均匀铺开,平整一些。"说完,玛蒂尔德把托盘递给艺术史学家。大家都凑过来,想看看均匀的纸浆滴滴答答是怎么变平整的。

水沥干之后,玛蒂尔德向卡米尔展示了怎样用毛毡压在纸上吸水,还解释了什么时候可以撤掉定纸框。玛蒂尔德小心翼翼地把纸提起来放到另一块毛毡上,再次按压。之后就轮到学生做了,玛蒂尔德和塞雷娜负责指导和解释。

午休期间,卡米尔和从伯克利来的精制纸品印刷商罗文·沃尔克一起到餐吧买了份帕尼尼三明治。罗文正在策划出版限量版诗集,跟哀悼有关,所以想买到足量的纸张。卡米尔没说自己最不想读关于哀悼的诗。罗文给卡米尔看了一张图片,是某位博洛尼亚艺术家用柏树做的图书封面边缘。"地中海附近,每个墓地里都有这种树,"罗文说,"至于这里,与众不同,我已经沦陷了。"他从包里拿出来几本书。卡米尔很欣赏线条图、枯树皮和奶白色纸页融合在一起的样子。封面上诗人的名字,卡米尔只能认出来几个——C. D. 莱特还有简·米勒。这些诗人真是幸运,在这样精致的图书封面上永存不朽。"你一定要见见我的邻居。她叫姬特·雷恩,也是位有名的诗人。"

"她住在这里?"一小块奶酪粘在了罗文的胡子上。

"是啊,好多年了。她和玛蒂尔德是好朋友。"卡米尔在心里默默写了一条注记:一定要买姬特的书。卡米尔的手轻轻从下巴划过,脸上挂着微笑。罗文明白,卡米尔是想听自己继续说出版的事情。卡米尔刚明白,纸张并非完全被动没有作用,于读者而言,纸张的材质对阅读体验的影响很大。罗文全身心投入其中。卡米尔喜欢这样。罗文给卡米尔看了手工缝制的对开纸,告诉她封面如何铺装,还讲了成品书如何能成为文字的平衡点。

"我明天要去博洛尼亚见艺术师,还要参加书展和艺术展。你想来吗?坐火车的话,一天就可以往返。"罗文说着,歪着头,把椅子稍稍往后挪了一下,好抻抻腿。他真是迷人啊,卡米尔确实注意到了这一点。

"太棒了。我周一要去威尼斯,但明天没有安排。我参加过精致印刷品展览,但我觉得我没太明白,你追求的是某种理念,而非文字,还是文字的某种延伸?"

"这个嘛,二者皆是。天呐,卡米尔——威尼斯,那里简直就是纸张的天堂。有个在潟湖里的修道院,可以把书印成十几种语言出版。你一定要去看看。拜伦勋爵之前就在那里学过亚美尼亚语……"罗文仿佛知道关于纸张的一切,就差亲自动手制作了。他的眼睛犹如黑曜石一般,神采奕奕,紧盯着卡米尔的双眼。两个人不停地聊着,一边聊一边回到了玛蒂尔德的店里。

傍晚时分,塞雷娜告诉大家如何根据纸张的尺寸把纸摞起来,还教给他们如何用古老的木质压纸机压制每一捆纸。最后,就像晾手帕和围巾一样,纸张也要悬挂晾干。高大的矩形是卡米尔最喜欢的形状,长宽比例大概跟门差不多。

走在回家的路上,卡米尔精心设计了自己的水印。她想,查尔斯、卡米尔还有查理,三个人英文名字的首字母都是C,所以本想用"3C"的。不过,一转念,她就否决了这个想法,毕竟这些纸是为自己制作的。或者一个拱门带着一块楔石再写上"VA"代表阿孙塔之屋怎么样?那里是她工作之旅的起点。VA也可以代表弗吉尼亚州,那是她艺术学习之旅的起点,也是第一次遇见艺术家们的地方。

烘焙的香气弥漫在整个厨房。苏珊和茱莉亚正在做超薄饼干。"我之前看过制作方法。"茱莉亚说。她们把第二批饼干铺好,把第一批从超级烫手的烤箱中取出来。"Carta di musica——活页乐谱。世界上最简单的食谱了——最开始起源于意大利南部。快看,就像有触觉的扁面包一样,薄得就像古老的活页乐谱。这一批是迷迭香味道的,下一批是茴香味的。原料也没什么特别的,就是粗粒小麦粉还有水——它会先鼓起来,然后再瘪下去。意大利式奇迹——合抱之木,生于毫末。"

卡米尔拥抱了另外两个人。刚才一直说话的茱莉亚,拿起第一批的一片递给卡米尔。"这个就像我们今天制作的纸!纸好像也能吃的样子!"三个人凑到壁炉边,有红酒,还有美味的饼干。卡米尔讲述了自己的一天,说第二天要赶早班车和罗文一起去博洛尼亚。她能解释清自己在制作纸张还有谈论艺术书籍时感受到的化学反应吗?"我们去外面吃晚餐吧。现在做饭太晚了。还有很多话要说呢。"

北上威尼斯

茱莉亚邀请我去威尼斯,我想都没想就答应了。"我很喜欢威尼斯。七岁的时候,父母带我去过,从那时起,我就爱上了威尼斯。"我告诉卡米尔,"去威尼斯的时候,我们先去了奥地利,我就穿着当时在奥地利买的紧身连衣裙。小海蒂的样子。我喜欢百褶白衬衫上绣着的花边。第一天的时候,我把带有毛毡裁片的手包忘在了贡多拉小船上。包里有不少硬币,无论去哪个国家,我都会留下那个国家的硬币。包里还有我的红色日记本,我一直锁着日记本,钥匙就系在我脖子戴的丝带上。我当时都伤心死了。爸爸带我去吃了好多冰激凌,想让我好受一些;妈妈带我去了一家店,给我买了一个新日记本,还买了不少漂亮的纸。"

"卡米尔可能会想找一家店。她爱上了制作手工纸。昨天,她在工作坊遇见了一个叫罗文的人,今天就一起去博洛尼亚了。对方是从伯克利来的,是精致纸张印刷商。"

"是不是罗文·沃尔克?他出版的沃尔克版本书籍很不错。世界各地的珍稀图书馆里都有收藏。"

"这个我就不知道了。可能吧。反正他们两个谈得来。我就知道罗文比较瘦,有胡子。我们回来的时候,卡米尔想邀请罗文共进晚餐。你和科林也一起来吧？"

"好啊。我们很愿意。你不知道，我这周过得一言难尽，出去放松一下对我来说简直完美。"我这时才发现，我的双手就搭在肚子的地方。"菲兹喜欢去利奥家。安娜塔总会给他留点儿东西吃。"

"苏珊把阿尔奇送到了镇子郊外的农场。其实她有点儿担心，因为阿尔奇不会'说'意大利语，也听不懂。"

"啊，我认识布鲁尼那一家子——他们都很好。也许阿尔奇最后都不想回家了呢。"

苏珊做事有计划、有条理，需要的一切都已经预定好了。太奇怪了，大家都去过欧洲，但谁都没去过威尼斯。面对水的世界，她们会有怎样的心情？每当听人说"太挤了""威尼斯有股怪味"或是"我不喜欢威尼斯"，我都充耳不闻，默默对那个人说"我不喜欢你"。威尼斯的美无处不在，若是你察觉不到，必定是有眼无珠之人。

我们来了——走在窄桥上，透过哥特式的窗户看装饰着壁画的屋顶，远眺大运河，看潟湖之上宏伟的安康圣母教堂，俯视着水面上宫殿的倒影，流光溢彩。穷尽千里目，将一切尽收眼底。我只想这样。

开往威尼斯的列车如往常一样准时到达，此后，等着我们的都是非比寻常之事。码头一片繁忙的景象，刚走出去，我们就进入一片混乱之中，水上巴士容不下拿太多行李的乘客们，那边还有一群游客等着登船，讲究的水上出租车等着那些不想挤渡轮的人。大运河上，一眼就能看到好多贡多拉，简洁的黑色剪影飘在水上，仿佛是对威尼斯永恒的镌刻。

苏珊之前预定了一辆水上出租车，车身的木头和皮带都泛着光。一个猛地 U 型拐弯，司机就带我们离开了那个地方，溅起来的水花都飞在旁边要登船的人身上。他马上就放慢了速度——要是每个人都在大运河里表演杂技，那之后的尾流可真是要对水边的建筑物造成进一步的破坏了。这么多个世纪以来，门早已磨损，围板也陷到了下面，伸出来的台阶很久以前就已被水淹没。

亮了个相之后，司机现在可真是不慌不忙的。我们把自己的随身物品在船舱里放好。天气还算暖和，甚至氤氲着潮湿，所以大家都脱了夹克。我们去了空间更大的船尾，什么都不想错过。

茱莉亚靠着船舱，手托着下巴，凝望着远方。苏珊随身带着之前做房地产行业时买的高级相机。我们瞥过一眼的花园都放大在她的相机上。"你们啊，实在是太多了。"苏珊一直重复着这一句。她说得没错。就像一页一页的幻灯片——浅桃色、赭石色、胭脂红色，还有金色，多姿多彩；碧空如洗，阳光洒下来，照在建筑物的穹顶上；条纹撑杆，往来的驳船上满载着废弃物、瓶装水和成箱的蔬菜。那边有条船很长，屋顶瓦片摞得高高的。不过，有一点是可以肯定的：威尼斯人知道如何利用大大小小的运河。卡米尔转过头，脸颊上淌着泪水。她们都沉浸其中——每人都看得目瞪口呆。要是亨利·詹姆斯[1]在，肯定会提到《傻子出国记》。可能每个人都无出其二，旅行时都会傻乎乎的吧。顺流而下，帕拉第奥[2]设计的庄严大教堂——威尼斯救主堂兀得出现在大家眼前，仿佛有一只不知何处而

---

1 亨利·詹姆斯（1843—1916），美国小说家。
2 安德烈亚·帕拉第奥（1508—1580），意大利建筑师。早年当过石工。1540 年起从事设计。曾对古罗马建筑遗迹进行测绘和研究，著有《建筑四书》(1570)。其设计作品以邸宅和别墅为主，最著名的为位于维琴察的圆厅别墅。

来的大手将之摆在了码头上一样。如此完美的建筑物，对我们来说犹如恩赐。我还记得里面光线清冷，白如冰柱。威尼斯的每种颜色都渐渐变得苍白。站在那样清心寡欲的光线中，整个人都感觉得到了净化（我打算明天去那里）。

孕吐感袭来。我回到船舱，拿出笔记本。该用什么词形容这个地方呢？不可思议。我草草记下一串词语：闪烁、微光、水光粼粼、迷宫、千面镜、点彩、水银、优雅、水的咆哮、如天使之翼的泡沫、水、到处都是水。

我们到了。一切交给苏珊。她用一个临时预订软件抓住了机会。这家酒店犹如一座宫殿，几乎就是一座博物馆——啊，大厅里的丁托列托[1]壁画。服务员带我们来到了一间双卧室套房（四张豪华睡床，全都打着褶皱），连接两个卧室的是客厅。房间里还有个露台，露台下就是大运河。大幅绘画作品、锦缎、流苏、垂花装饰，还有大理石浴缸，一切都是公主入住的待遇。"你简直太棒了，"我对苏珊说，"我和科林一般都住在一条小运河附近的小旅馆里，挺温馨的。但是我的天啊，这里简直棒极了。我觉得在这里迎接威尼斯总督都绰绰有余！苏珊，你真的是对所有房地产都有精准的直觉。"

"说得没错，我是有这种直觉。我自己也忍不住。"

茱莉亚朝楼下运河中驶过的船只挥手。"可千万别丢了！"她对苏珊说，"太棒了。我之前住过的地方连这里的万分之一都比不上。"

"你怎么跟他们说的？"卡米尔问，"是说我们是酋长夫人

---

[1] 丁托列托（1518—1594），16世纪意大利威尼斯画派著名画家。受业于提香门下，是提香最杰出的学生与继承者。

吗——我佩服得五体投地。酒店还摆了花。"她指着描画小柜子上的一瓶粉玫瑰。

之前的经验告诉我,千万别打扰第一次来到威尼斯的人。就让她们自己探索发现。要是你太了解一个地方,肯定会自然而然地说个不停,这样会破坏人们形成自己对这个地方的印象。苏珊会带大家一路领略。我打算泡在大浴缸里,再通过客房服务点一份沙拉,接着好好散个步。我们说好六点在酒店房间的小阳台上喝几杯。酒!好吧,我拇指大小的小伞兵——秀兰·邓波尔饮料加一颗樱桃,我都等不及了。

"先去圣马可。"茱莉亚发话了。她走在前面,带着大家从桥上走过,走到狭小的巷子里。她们走进宏伟广场尽头的某个门廊。看到圣马可大教堂像某个东方海市蜃楼仙境中的大宫殿一样出现在眼前,她们一个个都惊呆了。书籍和电影对此多有描述刻画,长长的走廊围绕着广场,倾斜的塔尖将一切映在地上。她们带着紧张感,可能就是"樱桃树下"那种感觉吧,走到了佛罗莱恩咖啡馆。可决不能错过这里。十一月末的阳光带来融融暖意,她们面朝着喧闹的大教堂坐下。苏珊拿着手机查阅这里的历史,茱莉亚从包里拿出了旅行手册,卡米尔则盯着长着翅膀的狮子和欲将腾空的奔入广场的骏马。"都怪我们的国家没有这种带翅膀的狮子。"卡米尔说。

"那是圣马可的象征。之所以建造这座大教堂,就是为了将圣马可的尸骨留存于此。当时,圣人的尸骨可带来了不少纷扰。"苏珊说。茱莉亚给大家看了旅行手册上的马匹。"我们现在看到的是仿制品——青铜做的——真正的是黄铜做的,现在保存在博物馆里。"

侍者端来了大家的午餐,蛤蜊意面和沙拉。"它们的历史源远流长,大概在二世纪的希腊,它们不知为何迁居到了君士坦丁堡,到竞技场上成了赛马。后来,十字军战士掠走了那些马匹,通过海路将之带来了威尼斯。丰厚的战利品啊。"

"所以不是启示录里那四位骑士吗?"卡米尔问。

"不是,在那之前。深入挖掘一下,你会发现关于基督教的所有事几乎都与异教的解释有关。"茱莉亚说完,继续读道,"你们接着听——拿破仑抢走了这些马,带到了巴黎。它们长途跋涉。拿破仑当时将它们安放在凯旋门上,可滑铁卢之战后,这些马不知如何又回到了这里。但是,第一次世界大战中,它们被送到了罗马,第二次世界大战中,又被藏在了帕多瓦的某个修道院中。"

"我看这就是威尼斯,"苏珊说,"层层叠叠,都是流动的。"

晚餐时,我听她们讲了大教堂之旅,听上去挺有意思的。我有好多年没进教堂了,因为里面都是一拨拨的游客,不过今天好像人不多,时机刚好。初冬时节最好。她们说大理石花纹地砖上的圆圈跟教堂天花板上金色玻璃嵌片相互照映,还说到处都是曲线,不如我明天干脆去看看好了。"咱们国家的建筑都是方方正正的。"苏珊说。我想知道科林有没有注意到建筑物内部的曲度。卡米尔眼光不错,她发现那些圆圈相互连接。

我们在威尼斯点了四道主菜。茱莉亚拿出了自己的笔记本。"Risotto all'onda,"她说着,"向着海浪。放在《意大利语学习》里简直完美。也很适合威尼斯——将烹饪的一个环节与水的运动相比较。你们看——黑米。你们知道这个词的来源吗?"

我没说。

"鱿鱼墨水,"苏珊皱着眉头,"荡漾的鱿鱼墨水。天啊。吃起来真不错。"

第二道主菜是粗盐烤鲷鱼。侍者用小锯子把鱼剖开,娴熟地剥皮去骨,拿起雪白的片状鱼肉,之后将鱼肉摆在已经摆好水煮土豆的盘子里。茱莉亚点的是小螃蟹,就想尝尝,是潟湖里的小公螃蟹,酥脆多汁。窗外,夜晚的船只航行在如乌贼墨汁般黑黢黢的运河中。我抿了几口上等弗留利红酒——禁酒这个想法根本就没出现在我的脑子里(我认识的大部分怀孕的意大利女士,晚餐的时候还是会喝一杯红酒)。天呐,有一丝苹果的味道,还有苦涩的矿物质感。通常,我和科林会共享一瓶。苏珊点了第二瓶,向每个人都敬了酒。

整个晚上,卡米尔都忙着,这时,她突然问道:"你们注意总督宫殿的大门了吗?就是圣马可大教堂旁边的那扇哥特式大门。那扇门叫'纸门'。我喜欢这个名字。纸门!这个名字能引起人的共鸣。你可以推门而入,门不会永远存在,无法锁住的门,两种状态之间的透明之门或者是你觉得已经关上的门,抑或不是门的门。"

"这个比喻真美,"我说,"你可以继续扩展一下(我可以扩展一下)。"

"为什么那样一扇大门会被称为纸门呢?"苏珊问。可大家都不知道为什么,所以苏珊干脆自己查起来。"可能是因为附近有个档案馆吧。或许是因为到议会请愿的人们站在外面,手里都拿着纸。"

"这么说也有道理。"卡米尔说。纸张,她心里暗暗想。明天我要去找找上好的纸张。再给罗文带一些。嗯,罗文。她咬着自己的嘴唇。我这是怎么了?

苏珊放下叉子。"真好吃，我吃饱了。有谁想吃甜点的话，可以来一口。再说那些马——它们好像是活的一样。真不敢相信，公元二世纪或是三世纪的时候，人们眼中看到的和我们现在看到的竟一模一样。我现在也不知道自己在说什么，但好像它下一秒就会走进来，我们可以再聊聊昨天没说完的话题。你们注意到了吗？雕塑师在真正的黄铜马匹眼睛上轻轻划了一个小小的口子，这样马儿就能看到周围的事物了。雕塑师为那些马匹注入了几许生命力。这就是他要表现的。"

听她们这么说，我非常高兴。"没错！新月形的那一刀被称为la lunula，就是拉丁语中'小月亮'的意思——跟指甲上的月牙差不多。"我伸出食指，让大家看上面的月牙。

"竟有人知道这样比喻马眼睛上的月牙。可我活了这么久，还不知道世上竟有这样不可思议的事情。"茱莉亚不禁有此感叹。

"亲爱的，你了解那些你真正需要的东西。"苏珊咬了一口姜汁焦糖布丁，然后凑到茱莉亚身边。"姜。把这个字写在你的本子里。肯定是威尼斯人在某次收拾圣人遗物的时候发现的食材。"

看来她们真的很快就被威尼斯拨动了心弦。

水面上的风轻轻吹起。是从君士坦丁堡吹来的风吗？一缕从赛马场比赛时吹动尘土的风，穿过几个世纪，到了今天吗？我们裹紧自己的夹克，戴上帽子，原路返回酒店。客厅里，我们一直在做经历过岁月洗礼的女人会做的事情。我们穿上睡袍，蜷在沙发里聊天。我了解了很多她们的过往，也分享了一些我自己过去的经历。大概凌晨两点的时候，茱莉亚迷迷糊糊要睡着，头垂下来又马上醒了。"Seppioline。"她嘟囔着的词是"小乌贼"的意思。我喜欢这个词,也喜欢海鲈鱼、鲷鱼这两个词。因为这两个词的发音和"青铜""黄金"的差不多。"晚安,"茱莉亚说,"我马上就睡着了。"

我们全都躺到了床上。

凌晨四点,卡米尔怕自己翻来覆去的会吵醒苏珊,就悄悄穿着睡袍下了床,踮着脚尖来到客厅。她把小桌子上剩下的两块巧克力吃了,开始翻阅酒店的时尚杂志。后来,天花板上映出的水光将她吸引到了阳台上。威尼斯充满活力。风吹过所有地方,还以为是星光微微闪烁,但实际上是码头停泊的船只上的金属反光。她刚在杂志上看到的那个单词是什么来着?Gibigianna,她大声说出来。反射的光落在水面上,多么令人心动啊。罗文一定喜欢这个词。罗文。查尔斯走了十八个月了,现在卡米尔满嘴都是罗文。好吧,是从昨天下午开始就都是罗文了。卡米尔心想,我要的可不是男女欢好。查尔斯离开之后,我就把欢好之心收了起来。结束了。而且我也老了,所以没关系。我不只得到过快乐,还有很多,那么多年的自由,那么多年的爱与火。她仿佛看到查尔斯将自己压在身下,热切地望着自己的眼睛。之后查尔斯会到浴室的洗手池,他宽阔的后背,平滑的臀部,迅速清理他口中所谓"装备"的动作,他看着自己在镜子中的样子还有卡米尔从他挂着微笑的脸上找到的惊讶之情。卡米尔最喜欢查尔斯的一点就是,查尔斯从未觉得凤友鸾交是会消逝的事。他永远都是十八岁的样子,和毕业晚会上最美的皇后在一起。现在,一切是这样个样子。背叛这个词出现在脑海。不忠。

她坐在有一层湿气的躺椅上。我就应该被人冷淡,卡米尔心想。在博洛尼亚的时候,罗文和她一起穿过一条拥挤的街道,那时,罗文握住了她的手。她低头看着,感觉自己像抓着一条鱼。刚过完马路走到人行道，卡米尔就假装把包换肩，抽出了自己的手。后来到了博物馆，罗文两次都拉着她的肘部往前走。可到现在，这十八个月，卡米尔还没跟谁这么靠近过，一股电流从罗文的指尖传来。罗文和高高大大的查尔斯一点儿都不像，他很瘦，很高，有典型的罗马鼻和杂乱的眉毛。而且，罗文还有大胡子。卡米尔也不确定，自己喜不喜欢罗文的胡子。

精致印刷品展览上，罗文流连于每个封面设计和排版情况。看完展览后，两个人一起吃了午餐，看了看罗文刚才买的书。卡米尔喜欢学习有关字体和油墨的知识。一个人为你打开新世界的时候不正是强大友谊的开始吗？罗文基本没吃东西，关于各种各样的打印机，他要说的太多。世上有多少人忽略了形式与内容之间的关键纽带啊，可总有人能明白、能发现，那些就是艺术作品。卡米尔喜欢罗文的那种激情，他们谈论书籍和艺术的过程中，她自己的激情也被点燃了。卡米尔一直在读关于古老颜料的故事，想知道它们是如何从烧焦的桃核、浆果、胭脂虫和焦骨中提取出来的。它们能学会混合颜料吗？

午餐之后，他们去了莫兰迪博物馆，这次换卡米尔滔滔不绝起来。让卡米尔惊讶的是，她看见一幅画中四方形与圆形建筑的关系时，竟把手搭在罗文的肩膀指给他看。"这看上去好像从某个小角度看博洛尼亚抽象的天际线。"卡米尔沉思着。

罗文指着莫兰迪所做盒子、瓶子和茶壶上波浪般的边缘，微笑着说："感觉它们也有毛边。"和查尔斯在一起的时候，卡米尔从未真正谈论过艺术，只是顺便一提，从未将查尔斯与那个层面的自己联系起来。

查尔斯对艺术没什么感觉，现在想来，卡米尔觉得，查尔斯对他自己的兴趣也没有激情，只是敷衍而已。突然之间，她想到了，这或许就是自己放弃画画的原因。她想让查尔斯对自己完全感兴趣，但艺术这条路行不通。

于是，卡米尔转而投身他们共同的生活，分享其中的活力、乐趣和挑战，也由此封闭了自己。现在，她终于意识到，自己之前从未发觉是从哪一刻起，她深爱着的婚姻渐渐沉闷了自己对艺术创作的渴望。好吧，应该是要去纽约出差那次吧。她现在不想思考这些。婚姻让我在温馨的避风港——她这样想——不必张开翅膀，蜷起来就好。太可怕了。当时的我竟然觉得幸福。承认吧——是幸福，而不是被束缚的感觉。被打湿了的翅膀。

再次回到圣罗科之后，罗文主动送她回家。他们从山脚下往镇上开过去。"我就住在隔壁那条街。我度假时就会住在那边。不如我们一起到那里坐坐，我给你做我的拿手菜——微辣番茄汁意面——算是我在烹饪方面的专长吧。还有香蒜沙司。"

"好主意，反正我已经告诉我们家的大厨茱莉亚我今天可能晚点儿回去了。"

用餐前，罗文帮茱莉亚坐好，还切好了面包片。"你结婚了吗？"卡米尔问。

"现在没有。之前结过一次。二十多岁的时候，我爱上了一位有两个孩子的医生，她的孩子一个六岁，一个七岁。她比我大九岁。天啊，她的前夫真的很讨厌。他们俩都在一所医院，她前夫是急诊室医生。长话短说，我们一起度过了十年的婚姻生活，我帮她抚养了一双儿女。可我真的没办法对他们视如己出，对此我确实做得不好。苔丝的工作时间很长。她很聪明，也充满朝气，性格开朗。我的工作根本没法让她产生任何兴趣。这时，导火索出现了。孩子们到了十几岁的时候，我真的再也忍不了了。罗莉特别喜欢小题大做，她十六岁那年的圣诞节清晨一下就疯了，原因是我给她买的电脑不合她心意。那天早上，她从客厅里走出来，大叫着说自己讨厌所有人。另一个孩子叫杰克。大刺头。也是那个圣诞节，他得了淋病。十七岁啊。各种事情不断发生。压死骆驼的最后一根稻草是新年前夜的闹剧。苔丝的前夫给我打了电话，说他和苔丝旧情复燃，已经两年了。就这样。两位医生之间的变态故事。"

"真的吗？"

"天啊，是真的。他们之后就一直在一起了。那两个孩子，我真的不想再提了。简直是活生生的大麻烦。"

"之后再也没结婚吗？都过了那么长时间了。"

"没有。你懂的，就正常约会。还有两次是跟我之前的学生在一起，她们都特别想听我对 r 和 k 的变体的讲解。后来，炽热的激情慢慢退去。她们都还年轻，最终还是想要个孩子。"他给卡米尔和自己又添了些食物。

晚餐过后，罗文点着了壁炉里的火，卡米尔则回味着刚才的对话。他们又聊起了莫兰迪，可能罗文已经不想听了吧，他把卡米尔拉到自己身旁，深深吻了下去。等卡米尔再次回过神来的时候，只感觉到罗文的胡子轻轻蹭在自己赤裸且丰满的乳房上。罗文站起来，脱下自己的衬衫和裤子，卡米尔则靠着沙发。她脱下了自己的毛衣。还好，至少灯光很暗，卡米尔心想。"我不知道……"卡米尔开口了，但罗文压在她身上，手也在卡米尔身上四处游走。那双如瓷器一般白的手还算是小巧的吧，这样一双手啊。卡米尔还没什么反应，但罗文的嘴却湿润得很。一切都很顺利。卡米尔大笑着，罗文也是。两个人颠鸾倒凤得厉害，一夜春宵。卡米尔真担心沙发会塌掉。

"怎么会发生那样的事？"卡米尔的双手还环抱着罗文，还能感受到他脊椎骨上突出的骨节。是他安排好的吗？加利福尼亚人自由的灵魂与嬉皮小姐的云雨之欢。

"因为你昨天在我的餐巾上画了一棵柏树；因为你说自己叫卡米尔——这个词和山茶花很像，我一直都很喜欢山茶花；还因为你在纸张制作课上竟那样专注。"没错，他确实有激情。他确实表里如一。显然，他擅长的不只是排版。

就这样。还是发生了。

肯定到凌晨五点了。卡米尔想，我要在威尼斯度过一整天的时光呢。我什么都不用理会。我这是高兴吗？尽管还隐隐有些痛。查尔斯，还有查理，他们会惊讶吗？

卡米尔回到了自己的床上。苏珊似乎还没醒。她拍了拍自己的枕头，决定好好睡去。她没有罗文那样好的口才——卡米尔刚见到罗文的时候，也没觉得他长得有多吸引人——真不知道为什么自己愿意和罗文欢好。想想两个人是在快要被弄散架的沙发上，想想两个人还不算熟悉，那欢爱的经历还算不错。如此悲伤的遗孀。但我现在是后悔还是有那种应该有的感觉呢？我还是不习惯当自由人。有什么不好的呢？我已经习惯了为所有人考虑。我没必要那么做。可能最让人惊讶的不是我跟谁有了一夜情，而是到了现在这个年纪，竟还有人想要我（当然，实际上，他年纪也不小了）。我甚至都没担心自己的大腿，没担心自己的活检疤痕，甚至也没想在博洛尼亚的时候有没有出汗。我感受到了那种活力。我任由自己陷进去的是自由的热潮。我想,一切都结束了。

卡米尔睡了。

我是第一个起床的。我沿着街道走到了一个酒吧,里面早已挤满了在上班路上的当地人。我找了一张安静的桌子,要了一杯卡布奇诺,还点了一份甜点,我很想科林,也很怀念"我们的"小旅馆,那里的小房间挂着很多闹剧和戏剧艺术的场景画作。我们在威尼斯的时候,每天早上都会散步几英里,看看当时展出的展览,在房间里闲散地度过整个下午,之后就出门喝 ombre,一种昏暗小酒吧里的饮品,酒吧里的餐台上总摆着一个简单的红色不倒翁。等着我们的是运河边长长的晚餐时间。

很好,手机有信号了。伦敦时间比这里早一个小时,但科林已经在研究沙特酒店的设计了。科林马上就接起了电话。"我还没回过神来,"科林承认,"但我感受到了之前从未想过的事情——那种强烈的亲密感。是我们最亲近的时候。但一切已经发生了。我也很惊讶——你懂的,DNA 交织在一起,这个小人儿——以一种新的方式影响着我们。"

"影响。这个词真有意思。你说得没错,但你真的确定自己想进一步成为另一个人的爸爸吗?我一直都不懂大家都明白的基础知识。出生。死亡。种子自己知道该怎样长成甜菜或向日葵。太阳永不会逝去的光线照耀着。视觉——视神经,我的天呐。奇迹!上了年纪的人回望童年岁月,会觉得那个孩子依然存在。我现在就在某个谜团之中,甚至不知道为什么要从这个意大利餐吧给你打电话。"我顿了一下,"还有睡觉这件事。又有谁知道我们为什么会突然失去意识,在脑子里上演成千上万个故事呢?"

"姬特，冷静。你现在有点儿激动，但你说得没错。昨天晚上，我梦见我骑在鲸鱼背上。你说这是从哪儿来的？"

我笑了。"这个好像很清晰。不过，没错，为什么你的大脑要呈现这样的景象呢？"

"亲爱的，我要去开会了。这种图像正是你热爱诗歌的原因。"

"好的，我们之后再聊。我觉得大家现在都起床洗漱好了。我们今天要先去里亚尔托，再去市场。茱莉亚想学会亚得里亚海中所有鱼的名字，太有兴致了，她还想认识所有渔船的名字。之后要去逛几家博物馆，可能就是随便走走。卡米尔想去艺术品商店，苏珊想去买点儿关于威尼斯花园的书，就是佩姬·古根海姆的花园。之后她可能会去给阿孙塔之屋买雕塑。"

"听上去不错。但一定要记得想我。想想我们最喜欢的房间，想想房间墙上戴面具的演员的画。"我们第一次来威尼斯的时候，没禁得住诱惑，买了面具。后来行周公之礼时，看着对方的脸都被吓坏了。

小的时候过万圣节，面具把我吓坏了，就连妈妈用纸浆给我做的破烂娃娃都能吓着我。一戴上面具，你就消失了。威尼斯全城，所有卖给游客的面具都让我没什么兴趣。希望怀孕的我不会有"面斑脸"吧。给自己的标记：防晒霜，防晒系数 50 的，冬天也要涂。

傍晚时分，我们都对威尼斯有了新认识——从游客不多的运河走过，头顶上横跨河流的绳子上挂着床单和衬衫；流浪猫徘徊在窄窄的通道上，通道尽头灯光明亮；一个个的市场上，孩子们踢着足球；还有水，无处不在的水——一切都被水环绕着。晚餐是按照茱莉亚的建议安排的——美国的感恩节——我们走水路到了马佐尔博岛，潟湖上的小岛屿，喜欢探索的葡萄酒酿造者把一根老葡萄藤带到了这里，开了一家小旅馆，还开了一家餐厅。苏珊预定了一辆水上出租车，我们都坐车过去。我喜欢这个小岛，就在充满生机的布拉诺岛旁边，是世界上最多彩美丽的村庄，简直就是颜料市场。马佐尔博岛正相反，安静，长满青草，人烟稀少（我本来想写"死水"，可最后写出来却成了"时光永存"。对这些潟湖小岛来说真是个好词：时光永存）。

  餐厅很时尚，到处是玻璃，透着柔和的光线。茱莉亚去和侍者协商了。看看菜单，上面有些单词我都不认识。食材都是当地的，还有咸水中生长的藻类和其他植物。盐角草，茱莉亚自己想明白了，那是腌制的海草，美国的沙丘上也生长着。卡米尔看错了英语菜单上的一个词，把"鸽子"看成了"南瓜"。吃到一半的时候，卡米尔觉得鸽子真是好吃极了，不过她也无法想象自己在没看错的情况下会点这道菜。"比火鸡好吃多了。"这是卡米尔的评价。大家一起聊了感恩节，各自的传统活动，去看橄榄球赛的迫切，在树林里的散步等。茱莉亚记起了在南瓜里做南瓜汤的事，那次，她想把南瓜汤端到餐厅的时候，南瓜底漏了。"谢谢，茱莉亚小朋友！乱七八糟的！"

  苏珊说女儿们变成素食主义者之后，她们过圣诞节的时候就总会去印度餐厅用餐。卡米尔通常会邀请学生、亲戚和查理的朋友们一起庆祝。"我最深刻的记忆就是我当时快累死了——无穷无尽的准备过程，饭后的打扫清理，做饭一小时，吃饭五分钟，大家好像都吃得太快了。还有，蔓越莓酱都没人吃，我每次都得扔掉。但也挺好的。查尔斯会坐在餐桌的一头，用餐刀敲一敲，问大家是想喝红葡萄酒还是白葡萄酒。"傍晚小憩时，房间里安静极了。

酿酒师用某种几乎要灭绝的葡萄品种酿制了特别好喝的白葡萄酒。酒体呈金色，口感爽滑，仿佛红酒会唱歌一样。她们差点儿直接要一瓶，因为实在是太贵了，但思前想后还是要了一整瓶。反正四个人分账，还是可以承受的。卡米尔祝酒的时候说："为了沙发上毫无禁忌的男女之爱。"这可把大家吓了一大跳。我的天呐！我喝了一小口酒。威尼斯的太阳一定是融进了酒杯之中。

地球上的魔幻体验之一：回威尼斯的时候，搭乘一艘大船行驶在漆黑的水上。

黄色小摩托车

克里斯前一天晚上到了科尔蒙斯。苏珊在酒店旁边的停车场停车的时候,克里斯正发动一辆复古的黄蜂牌小摩托车。他看到她们就跳下车,给每个人一个拥抱,还帮大家提行李。"威尼斯怎么样?看,"他指着一排黄色的小摩托车说,"酒店让客人们用这种摩托车。你们以前骑过吗?"

茱莉亚高中的时候骑过一辆摩托车。查尔斯还在法学院的时候,卡米尔坐在他的摩托车后面出去过几次。苏珊没骑过也没坐过,不过已经做好跟着指令尝试的准备了。(我敢说她准备好了!小心弗留利呀。)我在这里待的这几年中骑过几次小摩托,但现在还是不要冒险在崎岖的山路上骑了。我刚才也不应该喝酒,所以就推辞说有工作要做,准备把接下来的几个小时专心放在完成玛格丽特那个项目上。郊外的风景很吸引人,我们看到苏珊已经在路上飞驰,扬起一阵尘土。我现在越来越小心,要是我信教,路上肯定要说几句祷告词。茱莉亚和卡米尔好像已经适应了这种飙升的速度和飞快的行驶。苏珊天生就是意大利司机,这种运动简直融入了她的骨血之中。

其他人安顿下来的时候,克里斯和茱莉亚在酒吧里坐下了。茱莉亚打开自己的文件后,克里斯一下就明白了为什么茱莉亚会成为顶级编辑。她调查了整个弗留利地区,标注了重点区域,还整理了酒店、餐厅、小镇和有趣的地方,非常多元化。"我们可以到每个地方看看,再决定哪里最合适,"茱莉亚说,"品尝红酒的地方就你来选吧,那才是最重要的。"

"没错,但是美食、人以及迷人的地方才是真正让旅程独一无二的原因。"

"克里斯,你才是让旅程特别的原因。我一开始就发现了。你与生俱来的那种热情非常有感染力。只要你开心,大家都会开心。"茱莉亚想,克里斯就是随时准备微笑、随时准备赞美别人的人,从没有愤怒的阴影。

"很高兴你能这么说。那是你没见过我在法兰克福机场的时候,飞机延误了六个小时,我都快像黄油一样融化了。你也没见过我大晚上到处找急诊室,好把喷射性呕吐的人送进医院的时候!"

茱莉亚已经研究过这个区域的食物。在酒店吃午餐时,她建议大家尝尝福瑞客奶酪。"很适合凉爽的天气,不过我们真应该先照顾下葡萄藤,这样才有食欲。福瑞客奶酪是当地特产,是这里的常见食物之一,跟薯饼一样好吃——炸芝士和薯片,外面很脆,里面很嫩。"

"我想尝尝。"克里斯说。

"他们用的是蒙塔西欧乳酪。我之前都没听说过,但确实是当地奶牛的奶做的,很不错。"晚餐令人期待,茱莉亚又看了一眼菜单。她看到了好多词:炖肉、谷物浓汤、冬葱。茱莉亚之后会愈发熟悉托斯卡纳的食物,那时她就会知道,这些词和托斯卡纳美食根本没有半点儿关联。

鹿肉会出现在各种菜肴中，还有整块鹿肝可以吃。

克里斯为了让大家逐渐能在小摩托车上平衡好，一直骑得非常慢。"我们是在拍费里尼的电影。"苏珊大声喊，但谁都没听见。

"这里一定是夏日的天堂。"茱莉亚说得也很大声，但同样没人听到。她们的声音都被克里斯的高歌淹没了。他是疯了吗？"美国，美丽的，"后面跟的词是"洛葛仙妮"。

穿着粗糙的男人们一脸风霜，握手很是用力。他们打开了通往木桶房间的门。大家坐在倒过来放的木桶上品酒。没人穿T恤衫，这一点和加利福尼亚一样，没有加工过的橄榄油，没有马克杯，没有购物宣传单。一杯杯红酒端上来，每一种都会被倒进最恰当的玻璃杯里。后来大家才知道，那些男人是酒庄的主人。他们养的狗甩着尾巴。他们自己也要工作。拖拉机就停在门边，看来这些人刚从田间回来不久。克里斯一箱一箱的买，主人们也送了女士们几瓶。克里斯把所有东西放在外面，打算一会儿再过来取。

已经去了三个葡萄园，还有两个要去，不过剩下那两个对刚会骑小摩托车的人来说太远了。傍晚时分，克里斯和茱莉亚坐上了面包车。其他人都待在酒店里，读着刚在威尼斯买的书。卡米尔可能是所有人中对食物和红酒最不感兴趣的人，她一直用电脑写东西。她已经深深爱上了威尼斯，一点儿都不想走。我站在纸门前，她给查理写道，一个想法渐渐成型。这几周（几十年？）的时间，我一直思索、凝视着艺术品、画素描、沉思、幻想，我知道自己也想要纸门。幸好参加了玛蒂尔德的工作坊，我了解到利用纸张的新方式。

我真的等不及要开始动手了,甚至连这趟弗留利之旅都不想再继续了。但一切又很吸引我。卡米尔想到了自己在艺术院校时和之后用过的画布,就钉在教堂山那座房子的房檐下。那里曾出现过什么人才吗?她之前得过奖学金。她想到了课上讲到的生活模式,绿色的碗里放着一朵静静盛开的玫瑰花,还有几幅景观作品。附注,她继续给查理写道,去阁楼看看我的画作吧。还有什么值得欣赏的吗?

我在楼下的壁炉旁找到了一把椅子,写了几页关于玛格丽特的文章。

这些记忆都是当时我们比较亲密的那两年留下来的,那时我还不认识科林。我们会给对方大声读书,开着她的阿尔法环游意大利,坐在桌边开一瓶红酒,边喝边品味安娜·阿赫玛托娃、切萨雷·帕韦泽和纳辛·辛克美[1]的诗,分析伊塔洛·卡尔维诺和凯瑟琳·曼斯菲尔德的句子类型。玛格丽特总会送给我礼物——土耳其的枕头、佛罗伦萨的英国药店里的身体乳、地图、二十世纪二十年代的意大利旅行手册,还有书,很多很多书。她不会做饭,但我邀请她来家里吃饭时,她总会喜欢带上上好的白桃或松露。去餐厅吃饭的话,要是点的食物不合心意,她就会把盘子推到一边,再点些别的,毕竟人生苦短,既然是能掌控之事,就不必为此费心劳神。我迷上了她,我觉得她也对我稍稍动了心。或许是对我之前的生活动了心吧。我们遇见的时候,玛格丽特已经六十三岁了,不过她和我的另外三位朋友一样,一点儿都不在乎自己的年纪,所以我也不在意。她曾说自己"天生精力充沛,一个顶两个"。我们经常沿着圣

---

[1] 纳辛·辛克美(1902—1963),土耳其诗人、小说家、剧作家。

方济各教堂从拉维纳山到阿西西的小路爬山，还会沿着西斯蒂亚纳到杜伊诺的里尔克步道散步，杜伊诺就是激发诗人写下伟大挽歌的那座城堡。她在这里的房子叫"斯齐亚卡之屋"，此外，玛格丽特在罗马还有一间公寓。她在那里和某位女士一起住了很多年，她从未提过那位女士的名字，谈到玛格丽特那个时代的趣事时，那位女士就淡出了话题。很多个周末，我们会南下看展览，在公寓里住一段时间。公寓在五楼，阳台可以俯视台伯河。一间卧室。两张双人床。别问。我没有。我已经说过了，她一直都是那个样子，是个谜。知道我爱上别人之后，她仿佛很苦恼，但见过科林之后，科林那种无处不在的智慧和对建筑的热情却似乎让她打开了心结。后来，她对科林的喜欢渐渐超过了对我的喜欢。

要是知道这些品酒之旅，知道这些为女士们订婚、开心或兴奋而策划的旅行，她会觉得好笑吗？我觉得她会。她一眼就能知道如何让女人放下防备。女孩子度假的时候很可能会堕落，但男人们在猎艳之旅中则不太会如此。并不是说那样会带来某种好处。那总是会占据玛格丽特的心思，不过她偶尔也会独自旅行，多是在某个危险或崎岖的地区完成了采访任务之后。世界上的不公平现象让她心中总是燃着一把火。我也能体会到世界上各大危机的影响，可除了捐款，除了给有能力的候选人投票，关于移民问题、气候变暖问题和恐怖主义问题，我还能做些什么呢？用蔬菜堆肥？一位摄影师朋友曾在高空拍摄过生态灾害的照片。通常，耸人听闻的化学品泄露事件最有欺骗性，因为那些化学品都伴着大海的蓝色和灰色，变成了某种抽象的艺术。不过，这位摄影师朋友确实提高了人们的意识。在我看来，正是对世界重大事件的无力感滋生了美国人那种暴躁无礼的情绪。我很确定，玛格丽特会和难民们待在一起，记录自己的所见所想,把一连串的问题(用她那种疏离的方式)抛给不同的人。我能想象得到,她专心研究历史上世界性移民的背景、散居的长远影响,还有我们根本无法想象的个人经历。这可能就是她当时一直想写的书——和她之前写的那些有关某位总理暗杀未遂或某名政客的不法行为的书不同。热点话题会激发记者们的兴趣,那些追赶潮流的书肯定会随着新闻热度的消失而逐渐淡出人们的视野。玛格丽特确实写过有关南方的意大利人移民德国找工作的书,而且描述这次从中东地区开始的大规模移民对她来说肯定是手到擒来的事。

好像有个词可以用来描述我的想法——虽然某个人已经离开了人世,但还是想象着某人应该写的书。(德语中有不少能精确表达感情的词,都是其他语言中没有的。Sehnsucht:对其他人过往的怀念或对感受到却没有体会失去的情感的怀念。)我对玛格丽特就有这种感觉。

心底里,我相信,诗歌是非常重要的工作,所有的艺术形式都是。洞穴居民给我们留下了怎样的信息?不是谁捕获的猎物最多,也不是谁统治了某片土地,而是墙壁上的煤灰、血手印,以及他们刻画的粗糙人物和动物形象。艺术恒久远。尽管如此,全球大事的无情折磨仍让我感到焦虑。可对玛格丽特来说,那正是让她名留青史的部分——她就是留在我脑海中的声音。她乐于挑战。是她把我钉在墙上。(啊,鸟儿迁徙前那几天的不安是用哪个德语词表达来着?)

到镇上吃晚餐之前,克里斯想去葡萄酒博物馆看看。那里有很多科利奥地区的红酒酿造商,那些人都刚刮过胡子,头发都梳到后面,穿着整洁的衬衫和外套。只有红酒,除了红酒没别的。克里斯和茱莉亚跟自己见过的那些男士握手问好，还把他们介绍给了别人。这些人好像并不是托斯卡纳人。他们更壮实，大部分的发色和眼睛都是浅色的，而且更内敛一些。在斯洛文尼亚附近繁衍了几代之后，和奥地利人的结合让他们变得很特别。"这些人相互之间都很友好，"克里斯说，"像这样的顶级葡萄酒制造商中，你会觉得他们敌视竞争对手——我在托斯卡纳和加利福尼亚都见过这种事——不过这里的人都很融洽，很多人都拿着酒杯，点着头，晃着杯子里的红酒。"

"男士们的亲吻和拥抱，谁会不喜欢吗？"茱莉亚小声说。

侍者为大家端来了一大盘奶酪。他用肘部轻轻推了推茱莉亚，指着切成薄片的粉红色火腿。"那个最好吃，"他说，"是多斯瓦尔多家生产的火腿。"确实很不错。茱莉亚忍住了把火腿周围那层肥肉撕下来的冲动。几乎透明的火腿薄片呈粉红色，加工时很小心。

茱莉亚卷了一片火腿递给克里斯。"或许我们可以，或者说你可以，带着来品酒的人到制作火腿的地方看看。真的很特别。肥肉的部分吃起来就像咸咸的黄油。"茱莉亚加深了自己对意大利熏火腿的认识，她之前根本不会太留意前菜。不过，这一次，她马上就记住了这个名字。

到了酒吧，卡米尔和苏珊要了弗留利葡萄酒和味道特别的丽波拉葡萄酒品尝。苏珊抿了一口。"感觉就像罗马众神在狂欢节上会喝的东西。"她嘟起嘴巴。

"蜂蜜、烤面包、甘蔗糖浆，还有甜瓜。"卡米尔开起了玩笑。

"感觉你说的是早餐。"侍者给每个人倒了一杯跟柠檬水颜色很像的灰比诺葡萄酒。"你看，它起泡了。和平常家里的灰比诺酒一点儿都不像。"苏珊举起杯子，对着灯光观察，葡萄酒带着浅铜色的光。"白胡椒、矿物质、啊，石灰石怎么样？"她举起了酒杯。穿着森林绿色的长款毛衣，脸颊上还有风霜吹过的痕迹，头发比平常更直，这让苏珊看上去就像丛林精灵。她的笑声活跃了整个房间的气氛，而且她总能找到让自己开怀大笑的事物，要是遇到那种想在郊区买顶冠饰条的挑剔客户，苏珊的这种品质肯定能帮上不少忙。"我们回去接姬特吧。你也注意到了，她不喝酒——但她那天晚上在利奥的餐馆却喝了。你有没有觉得她可能是怀孕了？我们去问问吧。"

"天呐，我也在想这件事！但我们不能问。或许她就是觉得有点儿不舒服呢。你去找她吧，我再尝一尝，尝什么好呢？"卡米尔给侍者打了个手势，"还有什么不可错过的吗？"

侍者过来倒了一杯索维农葡萄酿的酒，这个名字里包含蜂蜜的意思。苹果——但比所有的苹果都好吃——有一丝柑橘的清香，且没有葡萄柚那样重的味道，和她们在沙堡时品尝的新西兰索维农葡萄很不一样。"我喜欢这个。可以帮我打包三瓶吗？"卡米尔希望自己这也算是为克里斯和茱莉亚发现的好酒。

朋友们所了解的领域各不相同，这让卡米尔挺开心的：她逐渐发展了自己对事物和红酒的兴趣——肯定不会再无动于衷了；她也对文艺复兴时期花园的设计有了兴趣，跟茱莉亚一样。和苏珊在一起，卡米尔变得更坚定，也更有进取心。苏珊和茱莉亚对艺术的理解更深入。有一天，苏珊回家的时候，带回来一幅从古董市场买回来的画，那幅精致的樱桃静物图现在就挂在厨房里。之后，她们肯定会更喜欢姬特的诗。

至于语言学习这件事，她们发现确实会有天分上的差异。茱莉亚学得很轻巧；苏珊很刻苦，还列出了动词和代词，经常练习。在圣罗科、威尼斯或其他地方遇到别人的时候,她总是乐于交流。犯错时,苏珊会自嘲,而茱莉亚则会道歉,接着继续说下去。可卡米尔坐下来学习的时候,很快就会分心。她很怀疑自己是不是年纪太大了,根本记不住连词。要不就是她的感官超负荷运转,根本没法集中精力。罗文会怎么说?司汤达综合征,就是以那个作家名命名的病症——佛罗伦萨太美,他差点因此而失去理智。卡米尔总是一遍又一遍地学习相同的分词形式。有人说话速度太快时,就好像有面纱掉下来,她就会想睡觉。

茱莉亚和克里斯非常合拍,红酒酿造商都以为他们两个人是夫妻。大家都邀请他们共进晚餐。卡米尔看见克里斯转身朝向自己,做了个手势。接着,她就听见跟克里斯说话的那位男士大声说"Certo. Tutti!"——"当然可以。大家都来。"

茱莉亚回到吧台。"那位男士邀请我们所有人到他哥哥的餐厅吃晚餐。苏珊去哪儿了?"茱莉亚脸很红,很高兴的样子,感觉头发尖都快竖起来了。

"她去找姬特了,马上就回来。你不觉得这些葡萄酒很好喝吗?你发现了吧,姬特最近不太喝葡萄酒,我们都在猜她应该是怀孕了。"

"天啊,她藏得真好。"茱莉亚印象深刻:生孩子时得冒着巨大的风险。"我喜欢这几瓶白葡萄酒。它们的口感很有层次,和高级红酒差不多。但我不习惯喝红酒。"

大家之前决定以后再也不说我们离开堪萨斯了,可晚餐的时候,茱莉亚真的很想说。珍馐美味让茱莉亚倍感惊喜,她还不知道那位男士的名字,但那位男士的哥哥带来的食物好吃极了。番茄蜗牛配猪肉。和精致的法式蜗牛不同，这道菜很是丰盛。他们不用点餐。李子团子汤来了。大家一起坐在一个圆形的房间里，大概有二十位男士和几位女士，房间周围摆着一排排铁质红酒架。茱莉亚没明白这是什么场合，或者说也不算很正式，只是科尔蒙斯人度过周五晚上的方式。从斯洛文尼亚送来的丘鹬。Capriolo：雄狍，大腿。茱莉亚带着迷信的心态用自己的手机翻译。她发现姬特的玻璃杯一直空着。在这种情况下，你肯定会敞开胃口喝，或者说，大家猜得没错，怀孕之后，就算最好的葡萄酒也不能碰。茱莉亚想，如果姬特真的是怀孕了，我希望她一定要很努力，不然以后想再有健康的卵子就难了。她看着姬特，举起了自己的酒杯。姬特轻轻地摇摇头，眉毛稍稍上挑，举起了自己的水杯。通过这个动作，茱莉亚确定了，卡米尔的猜测没错。

克里斯把手放在茱莉亚的膝盖上，茱莉亚没躲开。"简直太好了。完全超过了我的预期。这就是那种可以定居的小镇。我发现去酒店的路上有栋奇怪的转房子。或许我们可以放下纳帕谷，搬到这里来。"

"你看，你现在也被我们影响了！你也疯了。"茱莉亚也在想，这真是个好主意。也许先突破一个，再突破之后的就变得简单了。突然之间，她很想知道韦德是否又换了一位女伴，想到这里，她胃里一阵绞痛。红酒制造商的哥哥——他的名字叫米卡尔——走过来问问可爱的美国人是否还满意。"相当好。"茱莉亚勉强说出了一句意大利语。

"非常感谢。"

克里斯带着大家讨论起当地的葡萄酒，说自己春天的时候还会回来，还会带上更多可爱的美国人。

卡米尔、苏珊还有我提前走了，好吧，其实当时都快十一点了。聚会结束之后，克里斯和茱莉亚就到旁边的小桌去了。茱莉亚说想再品尝几种甜点，算是实地调查的一部分。另外还有几位男士坐在桌子的一头喝格拉巴酒。大家都很有绅士风范，我们离开的时候，他们都站了起来，稍稍欠身，对我们说晚安。好像每个人都很累，但我觉得还可以。只是没腌制的红肉，我的意思是颜色是红色这一点，让我有点儿难受。此外还有两种鹿肉，大一些的看起来像麋鹿的，小一些的应该是牡鹿，有时候在我那片土地上也能看到。我甚至还尝了尝米卡尔最后给大家分享的菜炖牛肉。慷慨的大厨——身材高大壮实，如乌鸦一般的米卡尔，准备了这么多美味佳肴。尽管我来过意大利，但我真的没像在弗留利这样见过这么多美食，也不知道战火连绵的这个区域能有如此快乐的生活。怪不得茱莉亚还想吃甜点。我看到菜单上有萨赫蛋糕。

她们下午在外面的时候，我写了首诗，这种事总让我兴奋不已。我休息了一会儿，之后沿着一条小溪散了会儿步。在作品中，我总会尽力融入一些自己看到的或真正发生的事情。腹部一阵无人察觉的痉挛。我很确定，我不能出门就是因为这个。茱莉亚肯定知道我怀孕了。她看到了我的玻璃杯，之后又疑惑地看着我。我要等大家都聚到一起的时候再公布这个消息。我还没去看过医生（等看过之后，一切就确定无疑了），所以我想现在最好先别说，但看来茱莉亚已经猜到了。喝了酒之后的晚上，苏珊开车很慢。她唱起了《蓝月亮》，我也跟着哼起来。卡米尔晃晃头好像醒了，但马上又睡了过去。现在给科林打电话有些晚。再过三天，他就回家了。

茱莉亚进来的时候，我假装还在睡着。看来吃萨赫蛋糕并不用花掉一整晚的时间。五点左右，她爬上了自己的床，一直睡得很沉，到苏珊八点半过来敲门的时候才醒。我当时一直在重读 W. G. 塞巴尔德写的《奥斯特利茨》。我们今天要去星形要塞，我记得他的书里好像写过。这是茱莉亚选的，乌迪内和阿奎莱亚也是，全都是为了克里斯的游览计划。"快起来，起床啦！"苏珊大声说，"有泡芙蛋饼，里面有厚厚的奶油。咬一口得有一千卡路里。面包机发动了一会儿，已经热了，再晚就又凉了。"

于是，我们就朝着阿奎莱亚和帕尔马诺瓦出发了，之后要去马尼亚戈和乌迪内，然后是科尔蒙斯，最后回家。这一大圈完全是茱莉亚为了克里斯在弗留利的品酒团安排的，都是她认为值得去看看的地方。路上，卡米尔说："虽然很舍不得，不好意思开口，但我真的很想回威尼斯。我感觉心里有一团火，仿佛有个声音一直在说'我得探索更多才行'。但我也喜欢这里，我也想看看阿奎莱亚的马赛克艺术——这种有六个元音的单词，你们是怎么发音的——之后我想坐汽车或者火车回威尼斯，再在那里待两晚。姬特，你和科林去的时候会住在哪家酒店？"

我们商量了一下行李的问题，和苏珊一起查了一下火车和汽车的时刻表。克里斯开着车，茱莉亚一直在拍窗外的风景。我阅读了一下关于阿奎莱亚的文章——很久之前，几个罗马人用锄头打造这座城市时，一只老鹰飞过，这座城市就以那只老鹰命名。至少传说如此。人们就这样决定了。我们开车回圣罗科，克里斯开自己的车，之后到帕多瓦火车站接上卡米尔。我委婉地说，帕多瓦不是很好定位,但这些都是美国人,对手表和手机的定位系统信心十足。这些系统根本不了解意大利司机。苏珊为卡米尔在我(之前)最喜欢的酒店定了两晚房间。和其他人一起旅行(就像遛猫)真的会让人发疯。奇怪的事、行李、误解,还有一个总想独处的疑似怀孕妇女。

阿奎莱亚让我着迷。和很多罗马定居点一样,这里也是战略要地,是河港,也是突袭多瑙河的大本营。公元14世纪,阿奎莱亚达到了鼎盛时期。克里斯带来的人会喜欢这里吗?我们的第一站是建于公元313年的巴西利卡。没错!就算坐飞机来意大利只为看这个也是值得的:这里有基督教时代最古老、面积也最大的马赛克地板。我之前怎么没来过?意大利总能带给你惊喜。要是科林也在就好了。我们已经习惯了一起探索,沉溺于只属于我们的联系和反应。现在感觉就像自己失去了一只手或者少了一条腿,可这种事根本还没发生。"你最喜欢哪个部分?"我会这样问他。我最喜欢的是三个渔夫(其中两个是天使?)把用黑色小鹅卵石做的渔网撒入波涛阵阵的大海,等着各种鱼儿游过。一阵兴奋感传遍我的全身。走在马赛克构建的幻想国中,我总是会忍不住微笑。

为什么要旅行?这就是原因!穿越万古永世,艺术家的双手触摸过的马赛克瓷片。各种各样的动物、鱼和鸟儿都呈现在地板上。一只孔雀——把蓝色的小石头填近孔雀开屏的地方,一定很有意思吧。一头鹿,和昨天晚餐时的雄狍一样大。驴子、龙虾、苍鹭、鹧鸪、公鹿、正在啄乌龟的公鸡——工匠对大自然有真心的热爱。还有一些有关寓言和圣经故事——约拿与境遇、天使、其他我不知道的故事、关于异教徒的图片、长翅膀的马,还有在藤架下休息的懒散汉子。卡米尔俯下身,地上真的有几只凑在一起的蜗牛,她拍了几张照片。"目前为止,你最喜欢哪个部分?"我问。

"我喜欢这几只蜗牛。但你看见那些渔夫了吗?我觉得他们应该是使徒。他们用的网——完全是透明的,但确实是用石头做的——在海里,真的让我很惊讶。还有那些多节的章鱼!"(好了,科林,没有你,我也可以旅行!)

"到处都是鱼。我猜那是在展示它们的世界。这里曾是个港口,附近有大海,水无处不在。我敢说有些鱼大家都认识。它们很可能就出现在我们的午餐里。"

"怎么保存下来的呢?我之前读的那篇文章里说,匈牙利人曾经摧毁过这里,还有一两次地震也对这里造成了巨大破坏。"

"肯定是又有人来了,重建了城市。泥、稻草、尘土,然后洪水消退。某个时间,奥地利人来了,发现了这里。这个小镇的历史可以追溯到公元前181年。想想吧,这里得积蓄了多少珍宝呀。"

还有很多要看的,但也不会花费很多时间。一排有凹痕的柱子矗立在曾经的广场上。在考古博物馆里——大理石半身像还有雕像,从阿奎莱亚贸易得来的琥珀和玻璃、骨灰盒、硬币、罗马船只的遗骸。小镇的大部分地方还没得到发掘,我要是腰缠万贯的考古学家就好了。

送卡米尔去火车站的时候有点儿混乱。很正常,大家一起旅行时,突然有人离队就会出现这种情况。她再也没说过"沙发欢爱"事件。她是要去威尼斯见那个叫罗文的人吗?她说想实践一个想法。不管怎样,她要进行自己的短途旅行了。

继续向前。下一站,朝帕尔马诺瓦进发。在帕尔马诺瓦的时候,是我最想念科林的时候。威尼斯人设计的这座九芒星形状的要塞也是一处世外桃源。帕尔马诺瓦最初建立时是护城河要塞,同时也是一座理想城市。科林肯定会为此着迷。在 W. G. 塞巴尔德的书中,我了解到,设计成这种形状的建筑一出现就已落伍,这一点很难改变,因为电网改造一直在进行。塞巴尔德认为世界一直在溶解,他的全部哲学均与此有关,上述情况与他的观点相互联系,即一切从问世的那一秒起就已经过时了。我们永远都是所谓的待完成事项。令人伤心啊!好吧,悲观的世界观。(玛格丽特肯定会同意塞巴尔德的看法。)

帕尔马诺瓦(1593)的目的是保护居民,击退土耳其人、奥地利人,和那些所有想要破城而入的敌人。威尼斯人想出了这样一个方法:美能激发人们向善而行。哇!多么虚无缥缈的乌托邦主义啊。所有人平分一切土地。这一计划按照设想实施了,中心是个六边形,辐射出十八条街道,另有四条环路连接各条街道,非常优美的设计。问题在于——没有人入侵。终于,1622 年的时候,威尼斯被释放的犯人们决定占领这个反正也没人居住的城镇。我相信这种说法,就像塞巴尔德说的:"越要寻求保护,越说明你防备心重。"没错,不管是多么完美的六边形广场,我还是不会住在这样的要塞之中。

把这里作为旅行途中的停留点,想想也挺有意思的,毕竟还没有实践。茱莉亚一直疯狂地记笔记。尽管这里的历史很吸引人,但克里斯还是否决了。苏珊让我们在一家咖啡厅歇一会儿,喝杯咖啡。"要是我的话,我会带大家来。"我说。我们站在吧台附近。"要考虑的事情很多。"苏珊伸手把我旁边的糖拿走了。和意大利人一样,她一下放了不少糖。

我读过一些。"我能马上想到的就是之前见过的三幅板面油画，是我之前在'理想城市'系列中见过的，是1480年左右某位佚名作家的作品（其中一幅据说是皮耶罗·德拉·弗朗西斯卡的作品）。帕尔马诺瓦的设计肯定是受到了上个世纪人们对数学形状的城市迷恋的影响。那些城市都有特定的比例、角度和消失点（都没有人类、市场和动物带来的混乱）。"

"我同意，"茱莉亚说，"克里斯只需要准备一下背景知识就可以了——大家都会着迷的。"

（写在我笔记本上：我想知道这一幅幅建筑群的画作是否与我读到的助记宫殿有关联。这个小镇的布局可能是其中一点。这么多的门窗，都可以用来收藏词汇。我可以想象这样的场景——走在路网隔出的每个街区寻找信息，这样就形成了记忆提示。我自己曾经尝试过这个方法，小的时候想背诵某首长诗，就会把家里的房间当作每一诗节的储藏室，比如济慈的《圣爱格尼斯之夜》。这种方法很有效，不过每首诗最终都会在我父母蓝色的卧室里结束。我还记得竹子家具和天花板的吊扇。）

克里斯像意大利人那样放了两块方糖。"茱莉亚还有姬特，你们说得没错。走在这里，我总会想研究一下这里的布局。要是俯视的话，这里肯定就像个有棱有角的曼陀罗。"

"你真是在加利福尼亚长大的人啊！"我说。

茱莉亚笑了。"好吧，我很喜欢。但话说在前面，我很容易喜欢上某种东西。"

"我也是。也许这就是我们的共同点。"该死，我现在真的很想科林。他应该一起来的。我想和他一起讨论这一切。我们随意吃了些意大利面作为午餐——我的那份有小牛肉——之后，我们就去了人间天堂乌迪内。

茱莉亚在中心找了家酒店,还可以,但没达到克里斯客人们的期望。可这又怪谁呢,他们毕竟为了这次观光旅行花了一大笔钱。他们中的很多人可能再也不会来这里了——为什么不挥霍一下?茱莉亚跟大家道了歉——从照片上看,酒店没这么陈旧——但这个地方还可以,虽然不够时尚,房间却很大,浴室还有古老的大理石水槽。

我和苏珊在城里散步了很久。茱莉亚和克里斯在整理笔记,寻找附近可能还算比较有氛围的开放农场——向客人开放的农场。(我注意到,他们两个都在克里斯的房间。)"一定要写笔记、拍照片。"茱莉亚挥手告别。苏珊的方向感很好,我总是走着走着就迷路了。我们参观了博物馆、圣洁大教堂高高的蒂耶波洛天花板和古代艺术画廊里卡拉瓦乔为圣弗朗西斯画的肖像画——结果,这幅蒙着灰尘的作品是精致的临摹。

"难道你不能买下那座有葡萄藤的房子吗?难道你不能把书都带来马上安顿好吗?"苏珊明白了乌迪内。这是个宜居且庄严的小镇。"我一直住在这里,这段时间学到的一件事就是,"她继续说,"美好的生活属于敢于冒险的人。为什么要安顿?我根本不能理解,我们竟然有这种想法,竟想搬进一个不错的,啊,没错,是不错的老年中心。我们太无知了!"穿着得体的女服务生牵着狗从我们旁边走过,孩子们骑着自行车,男人们在玩纸牌,在咖啡厅享受午后的阳光。我们经过了一家婴儿用品店。我基本什么都没看。

"没错,我同意。但离大机场很远。不适合我。"

"说得对。"

茱莉亚为旅行团找到了一家位于葡萄园的乡村旅社,之后就回到了自己的房间。她要洗头发,还得整理第二天要穿的衣服。她想和父亲说说话。现在父亲那边正是下午,他很可能正坐在阳台上,一边享受着自己的苏格兰威士忌和苏打水,一边俯视下面的河流。茱莉亚很想打开门和父亲一起。她迅速瞄了一眼日程。再有三周,父亲就要过来过节了。这一周,两个人都没联系。想来父亲一定很喜欢弗留利的小镇。茱莉亚需要自己的时间,梳理这次旅程中发生的种种,也想思考清楚自己到底想要什么。昨天晚上吃了三道甜点,又喝了度数比较高的餐后酒之后,她和克里斯就从餐厅开车回了酒店。"上来坐一会儿吧,"克里斯说,"我们可以想想行程的其他部分。我们得好好选选。"走进房间后,克里斯关上门,他们亲吻了彼此。开始还只是试探性的那种甜蜜的亲吻,后来就变得充满了激情。茱莉亚记得自己想过这一点:我不想这样,都是电影里的老套路,他们会一路往后退到床边,迅速甩掉衣服,贪婪饥渴,摆出高难度的姿势,反正是无法把女士送上巅峰的姿势——相互支撑,靠着墙,动作猛烈。但克里斯拥抱着她,轻吻她的脖颈,她的耳垂。

"你真完美。"克里斯说。

"不,完美的是你。"茱莉亚在酒店准备的便签纸上写了几行字,提醒自己发生的一切:一遍又一遍。我们吻了对方。最后,我们坐在床边,他倒在床上,双手放在头上。"我从来没想过会有这种感觉。我觉得自己认识你,甚至已经认识你很久了。我从未如此轻易就能明白另一个人。你说我们是不是上辈子见过?"他的眼睛里有我,我已经沦陷其中,一只是老虎眼睛的那种黄褐色,另一只则是旧牛仔衬衫那种灰蓝色。

"我知道。我都知道。"我的头抵在他的胸膛，耳朵里传来他强有力的信条。我们讨论了葡萄酒酿造商、晚上的一切、吃雄狍时的震惊，还有姬特是否怀孕的事。克里斯很喜欢苏珊和卡米尔。他说跟我们几个人在一起的时候，他觉得很轻松。我能体会那种感觉。朋友们丰富了我的生活。

品尝了太多红酒，我整个人都晕乎乎的，很快就睡着了。我说，没关系。沉默。我记得自己说过你的眼睛令我兴奋、着迷，接着就听见了低沉的鼾声。后来，我醒了，发现我们两个人紧挨着躺在床上，克里斯将我揽在怀里，握着我的手，在我的耳后均匀地呼吸。我从他的怀里挣脱出来，蹑手蹑脚地回到了自己的房间。姬特背对着我，但我怀疑她其实已经醒了。我钻进被子里，衣服都没脱。

（我的写作方法有时可能会被人怀疑。我是如何知道这一场景的？这几页都折进了我们的旅行手册中。）

苏珊走进房间给在加利福尼亚的女儿们打电话。那里正是早晨，但这里到下午五点的时候夜幕就已经降临了。时间正逐渐走向一年中黑夜最长的一天。我那一小糖匙的原生质知道地球是绕地轴自转的吗？我回到了之前经过的那家婴儿用品店，仔细看了看宝宝的连体睡衣、浅黄色的毛衫、只有祖母才会买的绣花裙子（我妈妈会想念这一切的）、带蕾丝边的袜子、小到难以置信的羊皮鞋子——毕竟这里是意大利。另一个橱窗里展示了折叠婴儿车、房间监控器、弹性座椅，还有高贵的海军蓝白婴儿车——看上去就像为皇室成员准备的。直到那一刻，我都没想过我的未来，或者说我们的未来要准备些什么。看着这些，我真的惊呆了。我理解了意大利人可怕的迷信。在真正去医院之前,我绝对不想买任何东西。我拍了一张小鞋子的图片发给了科林。

我们在阿奎莱亚的时光仿佛比昨天还要漫长。旅行就是这样:时间以人们意想不到的方式延长或压缩。为了好好欣赏那个会令人愉悦的广场,我在解放广场附近的咖啡店里要了一份榛子冰激凌,花了一个小时的时间看人来人往,看阴影的变换。伟大的诗人切斯瓦夫·米沃什[1]说得没错。生活的悲剧在于人只能活一次,却要面对各种各样的可能。一个人应该在乌迪内度过一生或者至少待几年吗?

在威尼斯的卡米尔,一个下午逛了不少地方。她从一家很棒的艺术品供应商店买下很多瓶装和袋装颜料并寄回了家。现在,她虽然还没拿起画刷,但已经对自己的任务有了清晰的想法。卡米尔还准备了不少手工制作的纸张,但她还需要更多,所以之后还会和玛蒂尔德以及塞雷娜合作。

逛旧书店的时候,卡米尔花了快一千欧元,买了一些皮封面已破损的书籍,里面有威尼斯建筑及乡野别墅的普通画作和铜版画,还有一些是文艺复兴时期的诗歌。后来到了一家普通书店,她又在艺术书籍上挥霍了一番——乔尔乔内、安德烈亚·帕拉第奥和保罗·委罗内塞的作品。她有怎样的感受?所有感官都被调动起来,每种感觉都变得强烈,其他外在情绪逐渐消失时,卡米尔才会想到恋爱。她觉得自己就像待在太阳里的镜头。坐了两趟火车、搭乘了一次汽艇,又走了几英里之后,卡米尔的膝盖隐隐作痛。往酒店走的每一步,她的小腿肌肉都要颤抖。可即便如此,来到威尼斯的她

---

[1] 切斯瓦夫·米沃什(1911—2004),美籍波兰诗人、散文家、文学史家。

如果只在酒店吃饭是说不过去的。

休息了一会儿后,卡米尔强撑着自己站起来,慢慢走回之前经过的那家只有六张桌子的餐厅。没有其他人在旁边听着,卡米尔的意大利语好像也进步了,竟然能毫不费力地点单——一大碗贻贝和一条烤鱼。旁边的一桌也是美国人,年轻的夫妻,从巴尔的摩来的,这是第一次来欧洲旅行。聊过"你从哪里来"这种对话,又聊了聊威尼斯之后,那位女士问卡米尔:"您已经退休了吗?您还工作吗?"

卡米尔回答说:"我之前是老师,现在是全职艺术家。"

卡米尔第二天还能在威尼斯玩儿整整一天。那种兴奋感给卡米尔注入了一种能量,但膝盖带来的困扰使得那股能量稍稍变弱了一些。她总是得停下来,要么喝咖啡,要么喝水。她们之前来这里的时候没能看到卡巴乔的画作。卡米尔很喜欢一幅画,画中的圣厄休拉在自己的卧室睡着,天使则在门边,带来了殉难的棕榈叶。为何她要殉难?她逃离了父亲安排的婚姻,自己带着一万一千名处子分乘几条船离开。父亲让圣厄休拉和野蛮的柯南订了婚。圣厄休拉马上就要承受自己的命运了。现在,圣厄休拉平静地待在自己美丽的房间里,一只小狗卧在床边。

偶然之下,卡米尔发现了远离大众视野的卡洛·斯卡帕博物馆。实际上,斯卡帕的办公室是为好利获得牌打印机设计的,就在大广场旁边,但并不显眼。卡米尔之前从未注意过。来到这里,卡米尔更深深爱上了已经让自己沦陷的东西。她流连于细节之处:支撑着大理石台阶的黄铜圆柱体;硬朗的现代线条如此安静,仿佛时间在这里永恒;一方水上立着一座雕像,总是有水,时时刻刻提醒你,你是在威尼斯。我来了,卡米尔想,和传奇建筑师斯卡帕在一起。这是我们之间浪漫关系的开始。于是,卡米尔又去了书店,买了一本关于斯卡帕的书,内容详实、细节丰富,还配有插图。之后,卡米尔急匆匆地去了一趟奎利尼·斯坦帕里亚宫和宫殿的花园,迅速看了看斯卡帕对这里的改造情况。苏珊应该看看这里的花园。卡米尔举起手,把头发甩到后面。她想,现在的我已经走火入魔了。拉伸一下。回酒店的路上,卡米尔稍稍有些跛脚,但她依然哼着"我以火焚雨"。我们一定得和科林一起吃顿饭,讨论一下威尼斯的建筑。斯卡帕喜欢罗马字母,我无论如何都要把这一切讲给罗文听。

晚餐之后,卡米尔想着斯卡帕睡着了,品味着斯卡帕喜欢的一切:日式设计、抛光粉刷、用于珍贵物品的基础材料,还有水,永远为这个威尼斯之子准备的东西——水。水,拍打着门,从门下渗入,打开门就能看到水,后门打开之后是狭窄的街道,潮湿。水——思维浸入其中,身体浸入其中,随水飘荡。

七个小时后,卡米尔醒了,查尔斯的形象浮现在眼前。在梦里,卡米尔和查尔斯一起在后院沿着斯皮特小溪散步。不必过分描述:他就在那里,穿着休闲服装,网球鞋,像之前一样沿着小路走,走到自己建造的桥边,过桥到小林地里走走。他要去看看仙客来开花了没有,卡米尔渐渐醒来的时候就这么想着。现在,她醒了。拉开窗帘,一艘贡多拉的船头正好从窗前经过。从威尼斯的运河到斯皮特小溪。查尔斯,这对你有好处。你还记得要查看下花园里的情况,我很高兴。

最后一天，是研究的最后一天了。我们从乌迪内一路走到了以制作道具而闻名的马尼亚戈小镇。克里斯想找一个这样的地方，客人们可以买些独特的纪念品，或者可以为零售店进口一些物件。

手工刀具可能会激发手段优雅的谋杀。纤薄且适于雕塑，那匕首尖让你想拿起刀，刺穿一个人的心脏。这些刀具太过精致，不适合开膛破肚或剥皮去骨。我给科林买了一把翡翠绿色的刀。刀柄可能是牛角、鹿茸做的，也有可能是波莱克斯（Perlex）漂亮的色彩，随便是什么吧。科林可能会用它割断包裹上的绳子。（啊，割断脐带。）去餐具博物馆简单参观之后，我们了解了关于刀具制作的信息，于是就开车回科尔蒙斯准备享用这次旅行最后的晚餐。

第二天，大家早早起床上了路，克里斯调高了凯蒂莲的声音，我们所有人都大声唱出了"哈利路亚"，之后，凯蒂莲无与伦比的声音与罗伊·奥比森的声音合在了一起。路边的白杨树飞快地后退，大家看到周围的新景象都高兴得不得了。克里斯朝周围的拖拉机挥手，手掌搭在方向盘上。后来，我们开上了大路，面包车平静下来，所有人都沉溺于旅行的恍惚之中。我睡着了。

卡米尔轻轻松松就坐上了火车，及时到了帕多瓦车站，一直等着其他人。深受信赖的定位系统忽略了道路施工的问题。卡米尔在车站前站了一个小时，才看到面包车开进了出租车的车道。苏珊靠着车窗，朝卡米尔挥手。

"卡米尔在那边，快看——她看起来有点儿衣冠不整，但感觉充满了活力。"苏珊把几件外套扔到后座,给卡米尔腾地方。"你们觉得她是来威尼斯见罗文的吗?"

卡米尔钻进车里。她在车站买了一袋帕尼尼。我们毫不客气地大吃起来,克里斯又调高了音乐的音量。

洗劫

快到圣罗科的时候,大家需要修整一下。克里斯在一家超市门口停下,大家一起去买了些晚上要用的东西。克里斯要一起吃晚餐,卡米尔也邀请了罗文。姬特想和科林度过二人时光,于是婉拒了大家。他们接上了阿尔奇,但享用过美味羊骨的它似乎不太愿意回家,况且它还可以睡在床边,或在农场上自由奔跑,追赶蠢笨的珍珠鸡。她们先把克里斯送到酒店,然后又把姬特送到家——科林一路小跑着过来接她,双臂张开,脸上挂着灿烂的笑容,见此情景,姬特马上就下车了。

苏珊拐弯开上了阿孙塔之屋的车道,三个人一起深呼吸了一次。旅行固然精彩,但回家的感觉很棒。她们慢慢沿着车道往前开,茱莉亚往前探着身子。"天呐,我们忘记锁大门了。等等,我们不可能没关门。"房门右边有个包装箱。一道光线从门口处照进花园。"灯开着。"

苏珊停在前门的地方,大家通常都不会把车开到后院。

"门开着。"卡米尔重复了一遍,"该死!有人闯进去了。"

"可能是格拉齐亚,但她的车不在。"茱莉亚打开了面包车的门。阿尔奇跳下车,跑进了房子里。

"阿尔奇，"苏珊喊道，"赶紧过来！"她担心还有人在房子里。"阿尔奇！"苏珊担心地按着喇叭。一片安静。茱莉亚和卡米尔小心翼翼地下了车，走到房子旁边，之后走到她们进出的厨房门，毕竟大门的铁钥匙只有一把。还是什么声音都没有。

苏珊的手一直压在喇叭上。如果小偷还在里面，苏珊想通过这种方式引起他们的注意。大门看起来很正常。但茱莉亚和卡米尔发现厨房的窗户碎了。花园里的一张桌子被人拽了过来，这样来的人就能爬进房子里了。茱莉亚指着两个清晰的脚印示意卡米尔。她们回到大门口处，三个人决定一起进屋。突然之间，她们听见房子后面有个人大声喊着自己的名字。幸好，来的是利奥。利奥问大家发生了什么，每句话都带脏字。怎么了，天啊，安娜塔跟着利奥跑过来，大声抱怨着。

大家一起小心翼翼地走进房子里。走廊看起来一起正常。厨房里只有阿尔奇在，它有些茫然，蹲坐在地上，动作有些僵硬，但使劲盯着厨房壁炉旁边的篮子。三只白色小猫蜷缩在面包篮子里，裹着一条毛巾。小猫周围有足量的食物和水，把它们带过来的人还花了些时间铺报纸，让小猫们更方便一些。水槽里有盘子和叉子，还有两个红酒杯。茱莉亚认出了自己放在冰箱冷冻室里的西红柿肉酱意面。"我的天，他们还吃了晚餐。"

"红酒杯？你们敢相信吗？他们开了哪瓶红酒？哎呀，我的樱桃静物画去哪儿了？"苏珊一直在观察。

"我们刚买的食物处理器呢？"茱莉亚看了看厨房，别的东西都没丢。

"到底是什么情况？"卡米尔问，"有人来抢我们的东西。但还留下了小猫！疯了吧？晚餐？他们竟然还在这里吃了晚餐？这些人肯定知道我们不在家。"

茉莉亚发现餐厅里的抽屉都被拽出来了，餐巾和餐垫扔得到处都是，银质餐具散落在地板上——显然，小偷们要的并不是这个。沙发和椅子靠垫都被扔在地板中间。大家被一切弄得手足无措时，利奥发现了一件事，所有的作品和油画都被取下来了，而且都被小心地靠在墙上，排了一排。"他们是在找保险箱，"利奥说，"只想要钱。"说完，利奥拿出手机给好朋友宪兵队长欧金尼奥打了电话。那时，宪兵队长正在吃晚餐，六个月大的女儿正使劲吃着橄榄。

卡米尔穿过房间，从大厅往卧室走过去。刚走过去，她就发现地板上有个手镯，房间里面堆着被翻出来的衣服，床垫在床上歪歪扭扭的。不可能，卡米尔闭上了眼睛。他们偷了我的珠宝。警察还没来，所以卡米尔想还是什么都别碰比较好。白金链子还在，卡米尔心中升起一丝希望，或许他们并没有拿走所有带着回忆的纪念品，那些都是这么多年的婚姻生活中查尔斯送的——坠着一块蓝宝石的金项链是查尔斯五十岁的时候在查尔斯顿买的，当时，查尔斯对卡米尔说："纪念我们共同生活的这些年，纪念我们的幸福。"那条珍珠项链穿插着紫水晶，还有四副浪漫的四钻耳钉——二十五周年的纪念物。卡米尔的首饰并不多，但都是精品，或者说非常精致。每天她都会戴不同的首饰，回味当时收到它的情境，回味爱人带来的幸福。她的结婚礼物是一条绿宝石项链，水滴形，链子上点缀着钻石。千万不要偷走那条呀，卡米尔在心里大喊。在卡米尔拥有它之前，那是查理的妈妈结婚时从他父亲那里得到的礼物。除了这些，她拥有的其他首饰都没有承载着太多的情感意义。

安娜塔马上开始收拾乱七八糟的餐厅，但苏珊制止了她。"指纹。"苏珊说。"这样就破坏了犯罪现场。"苏珊又说了一句。这时她才想起来安娜塔不会讲英语，于是她指了指自己的手指。安娜塔明白了，大声说："说得对，亲爱的！"

卡米尔挽着苏珊的胳膊。"我觉得我的首饰都被偷走了。我真傻，竟把首饰包放在了最底下的抽屉里。"

"亲爱的，那恐怕是没了。"苏珊和茱莉亚已经查看了楼上的房间，可不知道为什么，除了床垫被立起来了，其他的都没动。

"在家的时候，我总会把首饰藏起来——装在塑料袋里，放在糖罐下面，装在毛绒玩具里，再放在查理的鼓下面，或者放在卫生棉条盒子里。我从来没把它们放在亚麻布壁橱里的床单中间，也不会放在内衣下面——这些地方都太明显了。总而言之，不能放在靠近床垫、枕头、书柜、手包、剃须膏或番茄汤罐附近。当然也不能放在里面被挖空的书中。现在，我的天啊，太蠢了。我应该把它们放在吹风机里，再藏在T恤衫下面的。我之前有很多藏宝地，也藏得特别好，结果连我自己也记不住放在哪儿了。查理总是拿我藏东西的地方开玩笑。有一次，有个袋子已经失踪六个月了，最后在车库中查尔斯的工具箱里找到了。"

苏珊经验丰富，很多客户的房子在等着出售的时候都被洗劫过。去威尼斯之前，别人告诉了她各种各样藏东西的地方——只要是能想得到的，不过她最终找到了藏首饰的绝佳位置。"我刚才看了，我的首饰还在。要是早点儿告诉大家就好了。你们看见马桶旁边的那把刷子了吧？就是放在不锈钢柜子里的那把。我注意到每间意式浴室都有这个——肯定是因为马桶设计得不好。所以我就把不会随身带着的贵重物品装进一个塑料袋里，放在了柜子里那把刷子下面。"

229

听完,卡米尔勉强笑了一声。

警察来了。欧金尼奥,也就是宪兵队长,给了卡米尔一个大大的拥抱。三个人穿着整齐的制服,踌躇满志,仿佛要处理重案要案的样子。有一位警察曾在新泽西州待了很多年,英语很流利。他们先看了看房子。一位警察负责拍照片。他们坚持认为没必要找指纹了,小偷们不傻,都戴着手套。他们跟我们一样,看到地上散落的玻璃,就确定那伙人是从后面的窗户进来的,离开的时候则是走的前门。苏珊突然想到了这样一点:夏洛克·福尔摩斯。茱莉亚兴奋地把脚印指给警察们看时,他们不约而同地耸了耸肩,毕竟每个人都会穿那种运动鞋。

他们走进卧室。不见了。一切都不见了。看起来那伙小偷花了不少功夫,他们先解开珠宝卷包,打开蓝色的绸缎口袋,把里面的东西拿出来后,就把其他东西放在一堆内衣上,还把抽屉翻了个底朝天。装着祖母绿宝石的红色袋子不见了,一件人造珠宝和一串玻璃珠被扔在地板上,大概是不讨小偷的喜欢吧。有个警察不小心踩了它们一脚。卡米尔捡起门口处的那条白金手链。小偷们大概把它当成了什么不值钱的东西。

警察们给了大家更多的拥抱。听说那条丢了的珍珠项链是母亲留下来的,他们都颇为动容,一直在说这件事,母亲的珠宝总能引起他们的共鸣。接着,大家开始讨论藏珠宝的地方。放在保险箱里?绝对不行。毕竟大家都知道,小偷们也不傻,他们有专门的工具可以打开墙上的保险箱,之后为所欲为。或许我们应该安装监控。行不通的,夫人。你难道不觉得他们都会戴面罩吗?茱莉亚很怀疑这一点,他们吃番茄肉酱意面,喝基安蒂珍藏红葡萄酒的时候,可不会戴着面罩和手套吧?

英俊的宪兵队长给了建议:"在花园里放个花盆,花盆下面挖个洞。"还有,那个高大、健壮的警察说不如嵌在厨房某根横梁上面。"他们不会查看房子里的所有横梁,"那个警察阐述了自己的理由,"而且,他们也不可能把所有花盆搬起来看一遍。"

"越来越玄乎了。"苏珊小声嘟囔着。

卡米尔没说自己可不想每次戴耳环之前都先得到花园里把它们给挖出来。还有,花盆底下总会有蝎子。时间越来越晚了。反正说到底,现在卡米尔也没什么可藏起来的了。

苏珊说,也许警方可以问问黄金经销商,或许能找到失窃的珠宝。"没用的。"警察们说着,穿上了外套,"那些金子今晚就会被融化掉了。"

"吉普赛人,"他们得出了结论,"他们在佛罗伦萨郊区露营,一直在乡村小镇里四处劫掠。这些小勾当一般都是女人干,要是被发现了,她们就会说自己是来打扫房间的。不过话说回来,那几只小猫倒是新线索。"警察们走了,既没什么可再聊的,也没什么可以调查的线索。

安娜塔还有利奥和大家拥抱之后也回了家。阿尔奇正围着那三只活泼的小猫转悠,显然已经着了迷。我们也看着那三只猫。茱莉亚启动了洗衣机。大家都不想碰那些衣服——那些自作聪明的女贼都摸过了,而且不知为何,小偷们竟知道她们会外出五天。幸好,她们只是洗劫了卡米尔的房间,没碰茱莉亚的房间。茱莉亚离开韦德的时候,没有带任何能让自己想到韦德的东西。但茱莉亚带上了所有珠宝,除了父亲送的金项链,那条项链和所有衣服都很搭配,茱莉亚把它留在了萨凡纳家里的保险柜中。当然,茱莉亚妈妈留下的珠宝很久之前就被莉齐卖光了。

利奥去了趟姬特家,把这件事告诉了他们。于是,姬特和科林马上就赶了过来,刚好克里斯也打车到了——但他根本不知道发生了什么。罗文也开车过来了,手里捧着一束百合花。

"感谢你们过来帮我们收拾,"苏珊说着,打开了一瓶冰过的普罗塞克葡萄酒,举起杯子,"否则情况可能会更糟糕!"警察派了一个人过来修窗户,苏珊也给那个人倒了杯酒。

"遗憾的是,事情已经够糟了。"卡米尔重复了很多次这句话。除了给房子买保险,她真的没给自己的珠宝买。(当头一棒。)"大家说了一万次,这里非常安全。"卡米尔说。

大家都很同情卡米尔的遭遇,但苏珊说:"大家都在说,失去那些饱含感情的礼物真让人伤心啊,的确如此,但我还在想,没错,失去每盎司两千美元的金子更让人伤心。"

"就因为金子今晚会被融掉,所以就不找了,这算什么?绿宝石不会被融化。蓝宝石也不会被融化。"苏珊站在卡米尔的椅子后面,双手搭在卡米尔的肩上,想给她一些安全感。

"我去做饭,"茱莉亚说,"大家都去厨房,我会给每人都安排些任务。克里斯,你负责把煮面的水烧开。苏珊,你做沙拉。罗文,麻烦你摆一下餐具。姬特,你和科林一定要留下来吃饭,我们需要精神支持。不如你们把红酒打开,再找几个杯子吧?我看得找好几瓶红酒。我就负责做拿手好菜——烤面条加干酪沙司。卡米尔,你先歇一会儿吧。"

"我知道这样很肤浅,"卡米尔说,"为了物质伤心。我知道,这是世界第一大难题。"

"别这么说,"茱莉亚开口了,"谁遇到这种事都不可能做到云淡风轻。"

"我以后给你买一颗乐之饼干那么大的钻石,"罗文开玩笑说,"还有,外面那个大箱子里是什么?小偷还给你们送礼物了?"

苏珊笑起来。"那是我们新生活的开始。以后再说吧。今天经历的这些已经够了。"

这个夜晚并不像他们计划中的那样快乐,但也不算差劲。每个人都讲了自己曾经失去过的东西。一辆卡车开进了纳帕谷,趁着主人们不在,车主抢走了所有东西,连冰箱都没放过。一辆偷来的车,一辆自行车,还有一个偷自己东西的朋友。卡米尔并没有觉得有丝毫安慰。茱莉亚给每个人都分了一些烟肉忌廉意大利面,大家吃得一点儿都不剩。一整晚,科林的胳膊一直揽着姬特。

克里斯和罗文坚持在这里过夜。收拾楼上两个卧室的时候,他们也帮了不少忙。警察坚持认为吉普赛人不会再来了,还拍着胸脯保证,承诺每个小时都来巡逻一次,但大家都觉得房子里人多一点才会更有安全感。后来大家互道晚安的时候,内心已经比自己想象得更平静了。阿尔奇在壁炉旁睡着了,三只小猫蜷着身子,靠着阿尔奇,好像阿尔奇是猫妈妈一样。"真是该死。"这是苏珊第一次在托斯卡纳骂人(是她有一次在橄榄丛里听到的),而且算是挺狠的。蛇蝎之人。

晚上,罗文非常担心。他光着脚悄悄下了楼梯,慢慢打开了卡米尔卧室的门。卡米尔还没睡着,一边看着书,一边打着瞌睡。"我就是过来看看你。"罗文坐在床边,"这对你的打击很大。我很遗憾。我能做些什么吗?我能不能抱你到睡?"卡米尔听完,钻进了被子里。

"好的,谢谢。"之前听了那么多话,都不及人的体温让她安心。

楼上的卧室里,苏珊已经睡着了。她前一天睡得晚,神经紧绷,没能好好放松,一直在飞快地回邮件。

茱莉亚穿过客厅去了克里斯的房间。克里斯疲惫不堪,但茱莉亚一来,他马上就坐直了身体,还以为是劫匪又回来了。"茱莉亚!天啊,对你来说那一定是噩梦吧。但……哇!你真美。"

茱莉亚脱下睡衣,钻进被子里。"你明天就走了。我们什么时候还能再见呢?"

扣钩和链条

我知道，我和科林走进咖啡馆的时候，阿孙塔之屋遭人劫掠的事肯定早就传遍了整个镇子。我们走进比迪克·安杰利科酒吧，要了卡布奇诺和甜点，但根本没机会吃也没机会喝，因为总有人过来想讨论那件可怕的事。

中午之前，我们要坐火车去佛罗伦萨。科林已经跟一位产科医生约好了，是他那个项目中的某个建筑师推荐的。我有些紧张——自己的双脚踩在马镫上，别人又在一旁说"放松就好"——这个时候总会紧张的。我一直都想避开这种痛苦。

在圣罗科，有什么不好的事情发生，人们都会感同身受。大家深感抱歉，也很羞愧——那个善良的美国女士竟然被人抢劫了。此外，每个人都有自己的推断。有个品行不端的人走进了人们的视野，他一直打零工，目前备受责难。吉普赛人，没错。每次有不好的事情发生，吉普赛人就会遭人责备（但并不是说这些事真的是他们做的）。之前，有个游客因为钱包被偷生了很大的气，最后却在之前喝咖啡的地方找到了。醉醺醺的青少年破坏了还没建好的房子。一只狗吃了有毒的肉，但很多人都说那只狗在满月的时候叫了一整晚。自然，年长的女士有很多珠宝。她本来就不应该把首饰放在衣柜里。她放东西的地方根本没选好。由于大家都不信任银行,还有人本也不愿意说出自己的收入免得交税,所以很多意大利人都会把现金放在家里。一定要看看花盆底下!很多人都会把贵重物品放在"掩耳盗铃式"的地方,不藏在书后面,也不藏在鞋子里。大家都在想:太可怜了,有些首饰还是她妈妈留下来的呢。

我跟科林说了自己的推测,"就算偷到了首饰又怎样?小偷的妻子可能现在正把一堆偷来的珍珠耳环、绿宝石还有珍珠项链等没法融化的东西藏进袜子里。或许她丑陋的丈夫正把所有的黄金部分给分离出来,但也有可能完整地留给自己一生挚爱。几个月之后,妻子可能会拿出奶油色的珍珠,戴上黄金项链。她会看着镜子里的自己,想象着这些东西都是哪里来的。或许她有勇气佩戴光泽诱人的珍珠。可那一天,卡米尔可能也会到市场上去,看见旁边那位想买苹果的女士正好露出了自己的珍珠项链。"

"这并不是世界上最严重的损失,比起挣扎着想要活命的穷人,比起无计可施的战争和恐怖主义者,比起那些不尊重地球、不保护地球的人,等等,这也不算什么大事。"科林说。

"没错,但世界有的时候也是一个人的。有人闯进自己的家,拿走了自己毕生的收藏,还是饱含着个人感情的东西,我觉得这种悲伤永远都不会消散。卡米尔觉得被人带走了所有,精神上也遭到了极大的创伤。她非常生气。关键是首饰丢了和钱丢了不一样。丢了首饰,其实丢了的是浪漫、是过往、是对美丽的内在认知。正因为是这样,我们在伊特鲁里亚人坟墓中找到的耳环,虽然脆弱,却依旧能感动我们的内心,那其中带着对古时候佩戴者的气息——两千六百年前,她轻抚着自己的耳垂,而现在你依然能感受它。我喜欢我妈妈的戒指——喜欢她蓝色的双眸和她的慷慨大方,也喜欢我那个斤斤计较的阿姨的戒指——她曾经爱过吗,尤其喜欢戒指的反光落在我的小指上。这么想来,首饰承载了太多,我宁可丢了的是钱。"

"说得对,你总是对的。要是总把一件事的重要性和世界大事相比,那就总会觉得自己的生活微不足道。亲爱的,我们说的是一回事。"

"别开玩笑了。顺便告诉你一下,我把很多现金卷起来塞进空红酒瓶里了。瓶子已经塞好,跟醋摆在一起。"

"钞票会散开。我们之后怎么从瓶子里拿出来?"

"这个简单。砸碎瓶子就行了。"好了,现在我要去看医生了,这事意义更重大。

我自己数了一下,大概有十周了,一直拖着没来做检查。我确定自己怀孕之后就开始吃产前维生素。胚胎很快就会变成胎儿(词源:后裔)。现在,这个小生命只有四分之一盎司重,之后还会再长。怀孕之后,我总想把膝盖并在一起。那个才三厘米的小东西已经有了胃和指甲。用西尔维娅·普拉斯[1]的话说,我已经"拉开弓弦射了箭,不能再回头了"。我之前已经说过了,生命的基本功能一直令我诧异。蜘蛛怎么知道如何织就复杂的网?星星如何在天空转动?心脏如何持续跳动?想到为这个星球诞育后代,我会惊讶也是自然而然的事。

---

[1] 西尔维娅·普拉斯(Sylvia Plath,1932—1963),继艾米莉·狄金森和伊丽莎白·毕肖普之后最重要的美国女诗人。

第四部

什么更珍贵?

那件事传遍了整个小镇,每个人看到卡米尔她们三个,都会讲述自己、朋友或家人曾经的失去。可这些故事对她们来说就像生产的传奇故事对孕妇的作用一样,聊胜于无而已,只能让人更害怕。但随着时间的推移,卡米尔也终于认识到,自己并不是特殊的那一个,至少,比起那些把毕生所得放在牛奶罐再藏在冰箱里还被偷走的人来说,她还算是幸运的,只是丢了珠宝而已。

在斯特凡诺的店吃午餐时,卡米尔跟罗文坦白了,说自己内心深处一直在想,大概是与罗文的欢爱激怒了众神,所以查尔斯送给自己的礼物才会被带走。罗文听完忍不住笑了起来。但卡米尔仍本能地感觉到一种害怕,担心被报复。罗文继续说:"这完全是另一回事。你刚从威尼斯回来,重新点亮了自己的生活,你还没怎么跟我讲你的新计划呢。回来的时候,你带了不少东西,颜料、艺术书、诗歌,还有建筑类的——满载而归啊。奇怪,你这样想,承载着之前生活回忆的那些耳钉、项链在新生活开始的时候消失了,难道你不觉得这是一种暗示吗?"

斯特凡诺端过来一盘小面包。"什么事这么严肃?"他问,"吃点儿这个,再来杯葡萄酒,什么事都会好起来的。"

卡米尔没说话。罗文的这个解释带着些神秘的色彩,需要细细品味一番。过了一会儿,卡米尔说:"不行,我一下子还到不了那种境界。我不喜欢这种以眼还眼的想法——太刻薄了。想想那些富到流油的人,他们什么都没有失去,还能为自己的游艇买架直升机。凭什么我——作为一个丈夫勤俭节约的兼职艺术老师——要再一次承受失去的痛苦?"

罗文笑了。"言之有理。但我还是觉得这个时机太巧了。如果你把它当作某种信号,可能会觉得好一些。"午餐之后,卡米尔去了罗文住的地方。她早上起得很晚,慵懒而满足,但还是有一丝伤心。她一直在想,自己的一生,究竟有多少次,为了跟另一个人翻云覆雨而错过了其他自己想追求的东西。她为何还没开始自己想做的事情?

一个个礼物出现了。利奥带来了木质的食盐和胡椒研磨器,是他自己用果树木头做的。他甚至还留下了几包粗盐和一整个胡椒。她们买桌布的那家亚麻布布店的店主邀请苏珊过去,给了她三块手工编织的棉质毛巾,特别美,美得让人都舍不得用。斯特凡诺给她们的午餐打了五折。在红酒店里,詹保罗送了她们一瓶格拉巴酒。回到家之后,大家发现门上贴着四张可爱的便签。帕特里夏,就是茱莉亚路上遇见的那个摘野菜的女士,还带来了一份千层面。人们自愿送来的这些礼物让大家在接下来的几个晚上一直深思背后的深意——赠人玫瑰,手有余香,慷慨赠予,莫计得失。

卡米尔心里还残存着一丝希望。或许有一天,那些被偷的首饰会出现在门口的某个纸袋中。警察会开车过来,车顶的灯一直闪,耀眼得很。他们找回了所有东西。小偷都被抓起来了!每次她换衣服的时候,都会想水晶盒子里那条"幸福之钻"项链,是查尔斯在她过生日的时候送的;还有那条沉甸甸的黄金项链,是她继承了阿姨的财产后奖励自己的;一对紫水晶耳环,有着和托斯卡纳葡萄一样的颜色。她记得自己(妈妈!)那条珍珠项链断过一次,当时是在一家餐厅,侍者们和查尔斯都赶紧把掉在桌子下的珍珠找了回来。卡米尔心里想,就算可以,我也不会再买一样的首饰了。很遗憾,不能再把那些首饰留给我的外孙女,但就这样吧。现在既然已经尝到了失去的滋味,我一定不会让自己再经历一次。查尔斯走了,他所有的礼物也没了。失去首饰和失去他之间存在着某种联系。接二连三的失去打击了我,就像注满水泥的箱子沉入了大海。卡米尔记得那个梦中的场景,查尔斯漫步在森林里,转过身来微笑着说:"仙客来,比首饰更珍贵。"

首先,查尔斯并没有来意大利。可现在,他竟然可以走进卡米尔的脑海。卡米尔没想到会遇见这个游荡的幽灵。目前为止,她的父母、姐姐、表亲、朋友等去世的已经很多了,可最初的悲伤过后,就只偶尔会出现这样的瞬间:苏菲喜欢海葵;妈妈的房子闻起来也有这种松油和布朗尼的味道;那天晚上,比莉·荷莉戴唱歌的时候,拉尔夫……卡米尔深爱着自己的父母,可她的父母却从未出现在梦中。妈妈距离她最近的时候,是卡米尔翻看妈妈已经泛黄并且发脆的菜谱,想知道怎么做玉米面炸秋葵、焦糖蛋糕、红糖松饼或砂糖蛋奶酥的时候。至于她的父亲,只有卡米尔听到有人的口哨声如小鸟歌唱,或她经过高尔夫球场,或看见有谁大口喝波旁酒的时候,才会想到他。苏菲是卡米尔的姐姐,乳腺癌全面扩散夺走了她的生命,现在,她只会在卡米尔的记忆中闪现:跳绳、从马上跌落、婚礼上晕倒在一小堆稻草上等。卡米尔一直认为,永恒就是已经去世的人如何出现在你的回忆中。卡米尔发现,日常小事的记忆会渐渐消失。但她渐渐感受到,推动永恒前进的力量强烈地出现在她身体中。

卡米尔想,要是自己在家,可能会继续参加读书会,到学校接英格丽德放学,和同事联系,参加艺术系的演讲,或许也会选择康沃利斯草原——幸运的话,还可以得到走廊上有蜂鸟喂食器和秋千的拐角房间。介绍时,那么友好的凯瑟琳从北边回来之后,会过来喝下午茶。没什么不好的。但是,如果我错过了阿孙塔之屋呢?千千万万个景象涌入脑海:威尼斯、她的工作室、纸张制作工作坊、蹭在自己胸部的罗文的胡茬、茱莉亚在厨房里爽朗的笑声、大家晚餐时的祝酒和分享、苏珊开着蓝色菲亚特时的快乐和疯狂、无数味觉的体验、市场上的惊喜、甜美的圣罗科、一整天如日晷一样变化的广场上的灯光、该死的盗贼留在房间里的三只徘徊的小猫——它们的叫声萌化了人心。对了,小猫们现在都有了自己的名字:比巴、拉加佐和维诺。那只小猫之所以叫维诺,是因为晚餐时,它从苏珊的地图上跳上了餐桌,舔了舔苏珊的红酒杯。

苏珊的世界

门口的箱子可能是劫匪们在家里享用晚餐、大肆劫掠的时候送来的。为了拆箱子，苏珊叫利奥来帮忙。可能其中一个小偷跌跌撞撞地走到门口签收了包裹，手里还举着红酒杯——厚颜无耻的东西。箱子封得不错，挺结实的，好像里边装的是《蒙娜丽莎的微笑》一样，但其实里面装的是一个星盘和一尊和跟布罗陀岩一样沉的石质雕像。

苏珊离开佩吉·古根海姆位于威尼斯的雕塑花园时，正好经过了一家古玩店，里面堆着很多意想不到的东西，绝不是普通人靠钱就能买到的。在大量的巴洛克式绘画、精美的大理石天使雕像和镀金、雕花以及覆着锦缎的家具之中，苏珊发现了一个已经生锈的星盘——当时她还不知道那个到底是什么，只知道是绘制有关的工具——底座是铁质雕花。星盘旁边有一尊放在花园里的石像，石像人物很苗条，站在墨丘利样子的基座上，脸上的笑容很紧张，看上去跟假笑一样。石像比较小，可能也就四英尺高。苏珊想，这大概就是众神本来的大小吧。在云彩、地球和地下世界中迅速且灵活地移动。难道墨丘利没去地下世界吗？路上没有勾引谁一起吗？苏珊喜欢他插着双翅的头盔和他的双翼鞋。要是有这种插入式翅膀就好了,人们就能飞起来穿越大运河了。店主打开了门。"夫人,有什么我可以帮忙的吗?您喜欢我的水星吗?您一定已经知道了,他是旅行者的神,和您一样。"

"我还不知道,"苏珊说,"不过,他可以到美丽的花园里当个神。"两个人握了握手,走进店里。

"我叫伦佐·斯亚瓦尼。"店主做了自我介绍。他穿着紧身西装,像标准纯银一样泛着光,打了发蜡的头发整齐地梳在后面,他涂了那么多,苏珊真想亲自看看他的浴室柜。苏珊也介绍了自己,说自己在托斯卡纳有个花园,正好需要一尊神。"显然,您的花园中已经有女神了。"店主微笑着说。意大利人总喜欢开这种玩笑,但绝不会让人觉得受到了冒犯,反而显得很有礼貌,哪怕在繁忙的威尼斯也并不例外。

"先生,谢谢。"苏珊大声笑起来。球状的青铜仪器让苏珊颇感兴趣。"给我介绍下这个吧,我知道这不是日晷,但好像和天堂的布局有什么联系。"苏珊俯下身,仔细查看被一根长箭刺穿的两个相交的球体,她猜那个正是地球的倾斜角。

"不错嘛。你正在看的是球形星盘,也被称作浑天仪。我的英语不错吧?古代的人非常聪明。有了这件工具,他们就可以计算星星的高度、月亮和地球的位置关系和自己的位置了。"

那两样物件现在是苏珊的了。苏珊想象着把它们摆在阿孙塔之屋花园里的样子。花园里散落着各种标点符号,馥郁繁盛,颇吸引人。她想象着这样的情境:自己和朋友们一下车,就看到了前来迎接的墨丘利。把星盘放在一簇簇艾草和蓍草之中该是多么有神秘感啊。这两种植物的历史和罗马众神的历史一样长吗?天文学家们是否计算了羊耳朵和石竹的大小并以此为乐？

这两样物品的价格也相当贵。伦佐一直绅士地想给苏珊打九折了事，然而他根本就低估了北卡罗来纳州教堂山顶尖房地产经纪人的砍价能力——好奇心、魅力还有单纯的聪明才智让店主打了七折，还免费配送。伦佐根本克制不住对苏珊的欣赏。

利奥撬开了木板，但还是得给科林打电话让他带个小推车过来，才把墨丘利从箱子里弄出来。石像站在那里，成了前花园的哨兵。苏珊把星盘放在石质露台围墙的前面，刚来到这里的时候，苏珊从柠檬屋把铁质长凳拽了出来，现在它旁边就是星盘。这个地方真适合怀念发明这些仪器设备的聪明前辈。他们肯定都是书呆子，和自己在硅谷的女儿们及她们的同事们一样。

苏珊想象着花园在春天和夏天时的样子，但她的想法和星盘一样——像很多环相交在一起。她期待着——那一刻起，一个想法扩展开来，在未来得以实现。（"哈，你在消磨时间，真不错啊。"亚伦之前常这么说。）突然之间，苏珊把自己的名片递给斯亚瓦尼先生。"如果您收到了其他的花园古董，就请给我发邮件吧，"苏珊说，"我喜欢日晷、铁架和蹲坐着的石狮子。就连那些——我知道很常见——四季雕像，我也很喜欢。"苏珊离开商店的时候，脑海中闪耀着各种想法。她见过铁质扇形窗、狮面喷泉和在阿雷佐古董市场看到的别出心裁的门，她还曾停下来仔细看过，却没想过每个物件要如何利用。

现在，到要付诸实践的时候了。

走回酒店的路上，苏珊一直努力避开游客。她拨通了教堂山莫莉·道奇的电话。之前，苏珊还从事房地产行业的时候，她们在布置待售房屋方面合作过很多次，从莫莉的古董店里搬了很多肖像画、餐具柜和灯柜，还把暗淡的内饰布置得非常有个性，甚至还彻底重装了一栋主人已经搬走的房子。苏珊尤其喜欢为想象中的客人布置桌子，喜欢用浅绿色的墙纸打造宁静的卧室。

"美女，你好啊，"在一堆游客中间，苏珊几乎要喊着说话才行，"我现在从威尼斯给你打的电话！"

"你没开玩笑吧，"莫莉也喊起来，"真让我羡慕死了，我都不知道说什么好。"她们聊了家乡的新闻，苏珊的眼里充满了泪水，站在圣斯特凡诺广场中间，思乡之情还有之前生活的种种迅猛袭来。接着，她记起了亚伦去世后办公室的荒凉感，记起像泄了气的皮球一样的公司，记起像泄了气的皮球一样的自己。

"我非常好。朋友们好得难以置信。就像在大学寝室里一样，只是没人会把寝室弄脏，没人醉酒，没人放鸽子。我们每天都是一场接一场的冒险。我给你打电话，是因为我想到了一个很棒的主意。我刚买了两件很独特的花园古董，打算放在托斯卡纳我们租的房子里。你在别的地方绝对找不到类似的东西。"

莫莉明白。她在法国有一名家具和手工艺品的挑选员，据说现在好东西似乎越来越难找了。

两个人约定，苏珊买办个集装箱，把东西运回道奇艺术古董店。喷泉、扇形窗、大门、花园摆件、雕像、栏杆、修道院水槽、桌子底座——随便什么，之后再看看能不能卖出去。

"亲爱的，然后你就回家来！我们都很想你。难道你不怀念我们一起布置房间的时光吗——我们布置的房子可卖了不少钱！"

"没错。现在，到了改造南方花园的时候了。肯定充满了乐趣！"

茱莉亚把红酒倒进炖锅里，滋滋作响的洋葱散发出令人舒心的味道，大家都忍不住过来看看茱莉亚做的是什么菜。"是时候再次庆祝了，"苏珊宣布，"我有事想跟大家说。"她摆好六个人的餐具，然后拿出了喝普罗塞克红酒的杯子，最后给每个杯子都倒上酒。星盘和墨丘利都已经摆放到位，她带着大家走到清冷且明亮的光线下欣赏。"现在开始，就由它们守护着我们的房子，有了星盘，我们就不怕自己迷失在茫茫宇宙中了。"

我和科林打着手电筒从山上走过来。苏珊把光打在墨丘利特有的笑容上，之后又打在星盘边上的数学符号上。"这些是给我们自己准备的，但我后来有了个想法，现在正四处搜寻，之后还会有更多！"

罗文到了，大家都走进屋子里，坐在壁炉附近。罗文带过来几本自己出版的书，晚餐前，他、我和卡米尔完全沉浸其中，难以自拔。罗文虽然不算闻名天下，但也小有名气。从伯克利到牛津，珍稀图书馆都会购买他的书，那些喜欢首版和珍藏版的收藏家也会买。

罗文说想为我的作品出一套限量版，我动心了，他可是顶尖级大师。听说他在文学杂志上读了我最近写的诗——难懂的诗，我开心极了——那些都是我潜意识里飞速闪过的画面。（清醒的时候不可能会这样，写作就是真实地反应潜意识里的内容。虽然肯定会失败，但至少我尝试过。）

此外，罗文还带来了一些萨丁岛的佩特里诺干酪，名字叫"山中百花"。茱莉亚很有兴趣，切了好多片，与佛卡夏面包、她用辣椒烤的橄榄和柠檬皮一起堆在一个板子上。还不急着吃晚餐。罗文给厨房的壁炉里添了些木头,埃尼奥·莫里康内的音乐一直在屋子里回响。等到了《使命》这首曲子,茱莉亚忍不住说:"天啊,不管是我下次结婚还是我的葬礼,随便什么,一定要给我播放这首歌。"

吃饭的时候,苏珊告诉大家自己从威尼斯给莫莉打了电话,她们两个想合伙,尝试着当进口商。"这份工作很适合我,我找到的花园古董总让人眼前一亮,而且我也可以把它们运到美国。莫莉卖掉那些东西后,可以把钱打到我在北卡罗来纳州的账户里,这样就不算在意大利赚钱了。我可不想再在意大利交一遍税。我不能在这里工作赚钱,但我完全可以从这里把商品出口——绝不违法。"

"你太棒了!总是给我们惊喜。哈,没错,你就看着电脑点了几下,我们就到这儿来了。"苏珊倒了酒,卡米尔的酒杯映出了此刻的景象——厨房里满是温馨。

"是啊,你说得没错,"茱莉亚说,"克里斯也问过他的顾问了,那个算是在美国获得的报酬。"克里斯!现在他已经离开,动身前往罗马。今天早上茱莉亚把他送到了火车站。他到酒店之后打来了电话,说自己很想念圣罗科和茱莉亚。第二天,他就要回纳帕谷处理工作,然后去他儿子那里过节,计划下一次旅行的事宜。

"对我来说都不成问题。"卡米尔说。

茱莉亚做了布拉塔甜菜沙拉,之后上桌的是传统炖肉,不过在苏珊看来,和普通的美味炖牛肉没什么区别。

苏珊逛了四家圣罗科的古董店,买了两尊狮身人面像,都已经有些年头了,一个是石质水槽,给动物们喝水用的,如花槽一样精致；另一个是自由派（新艺术派）的小阳台，它的各个部分都没有连在一起，平放着，一个小小的铁框架刚好适合一盆向上生长的铁线莲。实在是太有趣了。阿孙塔之屋成了苏珊这些宝贝的临时展览园。苏珊意识到，再这样下去，自己就得租个储藏间了，否则这里就会像个怪异的垃圾场。

苏珊就需要个小地下室。她之前在一条小巷子里看见过几个"出租"的标志牌，就是房子下层的石质储藏间，一般连一辆车都放不下。这些储藏间上都挂着手工锻造的铁锁，经历了几十年的风雨，宽阔的大门朝向街道。房间里面有些阴暗，仿佛绿色大坛子里的葡萄酒和一罐罐橄榄油还要靠墙成排摆着一样。可苏珊走遍了整个小镇都没看到"租房"的标志。

在圣罗科椭圆形广场的尽头，苏珊看见了一个房地产租赁办公室，整个店面不过一臂展宽，胡桃木的双开门，门上嵌着斜面椭圆形玻璃，略有波纹。一侧门的旁边有个小箱子，贴着待售房屋的信息。当然，苏珊之前已经考察过带复折式屋顶的公寓还有带绿松石泳池的精致农舍。（要是阿孙塔之屋有个泳池，那她可以做什么呢？）苏珊盯着很像奥林匹克怪兽的东西，想象着这样的场景：石头环绕在周围，不同大小的黄杨木小球在末端，嗯，喷水这种事怎么才能更吸引人一些？

苏珊询问小地下室之前在咖啡厅待了一会儿，先查了几个词，到时候好说清楚自己想要的是什么。最好还是有所准备。最近，她们三个人一直跟着格拉齐亚推荐的一位老师学意大利语。普露兹夫人每周去家里两次，每次都是下午，每节课两个小时。当然，课后作业是少不了的。意大利语很吓人，要学的太多。

苏珊本来点了杯咖啡，薇奥莱塔建议她不妨尝尝热巧克力。好的，苏珊点头同意了。很快，她之前对热巧克力的看法就被颠覆了——这一杯竟如此醇厚，小勺子都能立在杯子里。这可是个惊喜。明天一定要带茱莉亚过来体验一下。

苏珊按响了门铃。走进办公室，她看到了尼古拉·贝尔托利。虽然尼古拉坐在前台，但苏珊的第一感觉是，她并不是接待人员。她是那种时尚的女孩——娇小的身材，蓬松的卷发，时尚的普拉达风格套装，红色的嘴唇，灿烂的微笑。"我听说这里来了三位美国女士。很高兴遇见你。"尼古拉的英语非常流利。她走到办公室最里面，那里挤着舒适的核桃色亚麻沙发和几把椅子。两个人坐了下来。尼古拉说自己的丈夫叫布莱恩·亨德森，是个英国人。这间圣罗科的办公室是他们两个人的，但亨德森在佛罗伦萨还有一间自己的办公室，是劳埃德·宾厄姆地产销售租赁公司驻托斯卡纳代表处。当时，布莱恩在外求学，爱上了尼古拉和托斯卡纳，等到学期结束，他发现自己早已无法离开。"他还是很有英国人的样子的，"尼古拉说，"但他拥有意大利人的灵魂，还有四个意大利孩子，现在孩子们都长大了，住在托斯卡纳。我们有时也会在英国住一段时间。我很喜欢伦敦，他的家人都在苏塞克斯。"

苏珊知道那个著名的英国公司，但这是第一次知道附近有分公司。尼古拉和自己的年纪差不多。她们两个相互赞美了对方。通常，两位时尚达人在一起很可能会合不来，但这两位成了朋友。"我喜欢你的头发，"尼古拉说着，把自己松散的头发甩到后面，"这是一种暗示。我觉得是在说：'别惹我。'"

"还说呢，我爱死你的鞋子了！"苏珊说。她怎么穿上这双鞋的？鞋带那么长，一直绕着腿向上，直到英式花格短裙的裙边。天呐，对我们这个年纪来说，她就是穿了一条迷你裙。要不我也买一条吧，苏珊心里想。除了膝盖后面的静脉凸出，我的腿长得也还可以。

尼古拉说了说当地的待售别墅，还有整个意大利待租地产。还说处理租给外国人的房子非常难。她也知道阿孙塔之屋失窃的事情，还问丢了首饰珠宝的是不是苏珊。

"我的首饰都藏在马桶刷底下，"苏珊说，"我本来想送给卡米尔一条项链，但她说经过那件事，什么首饰她都不想要了。感谢关心。接着刚才的话说吧，我的丈夫亚伦和我在北卡罗来纳州有一家很大的房地产公司，但绝对没法和劳埃德·宾厄姆公司比，不过说实话，我们公司经营得也不错。亚伦大概三年半之前去世了，之后我也就离开了公司。我们都很喜欢房子。我简直可以说是走火入魔。我最喜欢布置房屋。你一定要来阿孙塔之屋看看。我们可花了不少力气才让它有了点儿色彩。我们三个人都很喜欢住在那里。"

"我知道那座房子。估值绝对被低估了。从那里看出去的景色非常美，一望无际的土地。你们想买下来吗？"

"我们可是十月才刚来的。这么说吧，我们三个人都处在人生的十字路口，所以只想慢慢来。谁知道会不会买呢！"

"那你今天来是想了解其他房子，做对比吗？"

"啊，不是的。我现在真有点儿不好意思了。我其实只是想找一间小地下室。差不多的储存间就行。可能根本就不是你们经营的业务。"苏珊瞄了几眼咖啡桌上精美的小册子。

尼古拉笑了。"我一定要澄清一下，我们什么业务都做。我肯定能给你找一间地下室。请问你需要它做什么用？"

苏珊介绍了自己的新计划，尼古拉很感兴趣。"苏珊，你之前提到的'布置'房屋，现在这里的人都做不到，但其实他们应该做。通常那些老房子都很旧了。我跟很多屋主建议过，最好买新的灯罩和亚麻布、彻底清理厨房、重新粉刷三十年都没变样的墙壁。但他们不是想留下祖母的马迪亚，就是不想买高端的烤箱，根本没注意到买家的思想已经变了。之前那种古旧的风格现在已经不再大受欢迎，尤其是客厅古板的家居。我们一定要好好聊聊这个。开车带着俄罗斯富豪或者美国人去看房的时候，很多建筑里美丽的花园都已经杂草丛生，泥泞不堪，我不得不说，客户很想买下经过几个世纪才建好的房子，但也很需要看到那些地方干净整洁的样子。现在的客户跟之前的几批不一样，他们不想费劲自己重建。我们不得不接受这一点。现在的人需要一切都呈现出完美的样子，行李箱里装满了电子设备和防水化妆品。之前我带一位女士去看房，她看到别墅里的一大堆铝制厨具就哭了——上百个大大小小的锅，她说要是得了阿尔兹海默症就惨了。花儿一定要盛开着。比萨烤箱也要有，没错，即使很少用到也是一样。绝对不能停电！高速网络连接。还有，他们还需要一种能吸引自己来到此地的温婉柔情。我相信，谁都不愿意买下大型企业改造的城堡，也不会想买大农场，毕竟那些都毫无灵魂，是伪托斯卡纳建筑。很多室内设计师从伦敦飞过来，把一切都涂成了斯堪的纳维亚半岛古斯塔夫式的灰色。真是无聊至极。我们——布莱恩还有我——都喜欢原汁原味的体验。但绝对不要沉闷。"她一口气说了这么多。确有感触。

"我明白。确实不容易。一步一步来。"苏珊说，"说实话，我们可能还真喜欢有点儿挑剔的客人。我们并不喜欢换铁管什么的，能闻到地里反上来的味道。意大利人在门口的地方靠什么隔热？不过你说得没错,没有感情的地方确实让人失望。传统与现代之间有明显的分界线。对了,马迪亚是什么?"

"各家各户都有——栗色的盒子,放面包用的。盒子下面一般还有抽屉,应该就是你们说的橱柜。尴尬的地方是,用的时候要掀开盖子,所以不用的时候,上面也不能放东西。"

"啊,原来是这样!我们的厨房里也有。某种角度上说,箱子还很漂亮。茱莉亚会把碗放在里面。我一定得告诉她那是揉面包用的。虽然不太确定,但我好像在哪家餐厅看见过,那个盒子是打开的,正好做吧台用。真聪明。"

苏珊很欣赏尼古拉——她一上午可以说个不停。"这样好不好,你和布莱恩到我们家来吃晚餐吧?我知道我们刚认识,但我很想让你们见见我的朋友们,而且我保证晚餐非常美味——肯定不是我做的!"

三位女士早就决定,一整个冬天,每个周五晚上都要邀请朋友们一起度过。茱莉亚可以把晚餐时间作为《意大利语学习》的主要实践课程。她们说好,周四的时候就要确定客人的名单,这样大家都可以帮忙。苏珊负责插花和摆放餐具,茱莉亚负责做饭,卡米尔则负责采购和帮厨。

苏珊跟尼古拉介绍了茱莉亚的写作和烹饪计划,还说了卡米尔停笔几十年后又重新燃起了对艺术创作的兴趣。"她正在渐渐复苏。好像之前一直围着月亮转,好找个落脚点一样。"苏珊边说边穿上了外套,之后跟尼古拉握了握手。"刚进来的时候,我很担心自己差劲的意大利语说不清要表达的内容。"她从口袋里拿出一张纸,上面写了一行字:Vorrei affittare un fondo,意思是"我想租一间小地下室。"

尼古拉不禁笑了出来,从苏珊手里接过那张纸。"等你的意大利语比较流利的时候,我一定把这张纸裱起来送你。"

苏珊沿着铺着鹅卵石的罗马道路往家走,她的手里拿着一张过去分词的表——这是姬特的建议——走回去的一路她都在复习。

神圣的日子

冬天到了。我和科林一起床,就看到脚下山谷里一片白茫茫的雾,如望不见边际的白色大海。打开百叶窗,探出身子,呼吸新鲜的空气,我们顿觉神清气爽。整个上午,白雾一直在上升,直到最终将整座房子都裹了进去,才开始在中午的太阳下慢慢蒸发。我去谷仓拿靴子,抖掉了里面的三只蝎子;堆在里面的羊毛闻起来还是一股绵羊的味道。科林紧了紧百叶窗的锁,免得晚上北风透进屋里。

华莱士·史蒂文斯[1]说过:"你一定要有冬天的情怀。"我有。不宜出门的日子里,我打算好好做些事。这里的冬天并不像明尼苏达州那样天寒地坼,但石头做的房子确实也会透着凉意。用科林的话说就是:夏日凉爽,冬日清寒。我们有电暖气,在室内颇为舒适,刚打开的时候,电暖气会轻声播放四个音符。我们还有软垫,我认识的所有意大利人从十一月开始就会铺上这种垫子,直到四月。这是一种电热垫,上层透着温暖,下层有长毛绒,有了它,你会觉得自己就像在潮湿山洞中打盹的棕熊。

---

[1] 华莱士·史蒂文斯(1879—1955),美国著名现代诗人。

首先，我要办一场聚会。假日很快就要来了，趁着新邻居们还没有和前来拜访的亲属们四处游玩，现在正好可以让她们认识一下我在意大利的好朋友和其他外国人。我只想庆祝。土地上会长满野生冬青，杏树下爬着槲寄生，我的房子里面将摆满玫瑰花。

虽然我并没有找到喜欢的甜点或蛋糕，但我依然可以准备一场盛宴。镇上有位女士，我可以从她那里预订美味的榛子果酱。我喜欢冬天的食物——小排骨、母亲拿手的焗土豆、橄榄栗子炖猪肉、蘑菇玉米粥——冬日甜美的颂歌。

从小，我在科勒尔盖布尔斯长大，管家米妮总是说，命运呈三出现：不好的、好的、不好的。她相信，上帝一次会送来三件事。

可我想要的，是三件好事。

第一：拜访过卡布里尼博士（小山羊，多么有野性啊）之后，我总是乐呵呵的样子。谁能想象得到呢？躺在检查床上的我，期待着某种神秘的体验。凝胶涂到了肚子上，声呐也已连接好（腹部还没什么凸起），仿佛带着水纹的图像就出现了，黑灰色的小东西，还没有小海虾大（头部很明显），我几乎要把科林的手捏碎了。我很想大喊，想大哭，任由泪水滑落。卡布里尼博士也是一样激动，虽然用医生的话说，我是"高龄初孕产妇"——三十五岁之后头次怀孕，但她并没有让我觉得有什么担心的。反而一直不住地称赞我，毕竟我也上了年纪（85%的女性到四十四岁时就已无法生育），而且宫位不正。"这个小东西还真坚强。"她是这么说的。她有着能干的双手，微微泛凉，花白的头发挽成一个紧紧的发髻，下巴棱角分明。有她在，任何不好的事情都不会发生。我欣赏她。她说："你没事。你的身体还很年轻，而且怀的不是双胞胎，这样很好。一个就够了。"我大笑起来，觉得有些失落。"现在还不太清楚是男孩还是女孩。"卡布里尼博士眯眼看着模糊的图像又说了一句。

"没关系——我们也不知道想要男孩还是女孩。"更多的检查、要读的书、要吃的维生素、高蛋白质和蔬菜为主的饮食——听起来好像很容易。我的胸部就像伊甸园里的玫瑰花蕾，马上就要绽放，所以一直胀大，胀得生疼。（科勒尔盖布尔斯房子一侧种着细长的玫瑰。每一天，我都很想念妈妈。）

第二：科林的团队得了设计创新奖和优秀环境适应奖。获奖作品是曼彻斯特大学的学生中心。后来，我们了解到，科林所在的伦敦公司明年要扩大规模，要在迪拜和迈阿密设立办公室。在迪拜开设办公室单纯就是因为那里是迪拜，在迈阿密开设办公室是因为接到了三个大项目——一家博物馆、一座市政大楼，还有一个带商店和餐厅的目的地码头。上次去伦敦，科林得知自己可以继续留在伦敦，而且完成意大利各个设计时，时间上也更灵活，此外，如果他愿意，根据项目的安排，也可以选择偶尔到迈阿密办公室去。这就意味着生活变得更简单、轻松了，残忍的伦敦往返之旅终于可以放松些许。至于佛罗里达——要是当时妈妈去世的时候有合适的工作，我可能就会留在那里了。我对佛罗里达的渴望远远超过大多数人对那里的认知。你一定要深刻体会我的佛罗里达，它就在那里，原始的风景，炎热的沙地，相互摩挲的树叶，下颚很宽的短吻鳄，长满苔藓的大树，还有美到超出想象的海岸。娇小的X小姐要不要在那里感受自己的第一次呼吸？还是说年轻的X先生应该到吸引人的佛罗伦萨去，感受美第奇家族的气息，了解文艺复兴背后的故事，体会现代文明？科林自己很是兴奋，感觉一切皆有可能，毫无压力，我也有同样的感觉，只是偶尔觉得有点儿不确定性——好吧,这也算压力。(意大利语中没有对应的"压力"一词——是从英语中吸纳来的: lo stress。)

我们想改造小小的石头仓库。要是科林能把大型打印机还有其他需要的设备搬进来,就能在那里工作了。现在,他把画图板放在一个空房间里。镇上有位建筑师同意让他用自己办公室的打印机打印,可这样并不太理想。

石质仓库里的光线不是很好,只有差不多一辆马车宽的拱门可以透光,但如果能得到允许,科林可以在仓库里面嵌一个不是很明显的天窗。那扇拱门可以做成全玻璃门,因为还有一个侧门可用。门口的地方有个星盘。要是苏珊能再帮我找一个,那就算我为科林准备的惊喜。了解星盘的功用时,就是苏珊从威尼斯带回来的那种工具,我查到了爱洛漪丝和阿贝拉的故事——十一世纪早期,两位才华超群的哲学家,那样浪漫,故事却以悲剧告终。老师与学生之间的恋情很少有完美的结局。爱洛漪丝愤怒的叔叔因阿贝拉与自己外甥女的不检点之事将其阉割,不过那发生在爱洛漪丝怀上了一个男孩之后。那个男孩叫亚斯特罗拉贝。我想,爱洛漪丝和阿贝拉一定觉得自己的故事如宇宙一样广博,他们的孩子亚斯特罗拉贝就代表了如众星环绕的爱情。可我把这个故事讲给科林听时,他只说了一句:"嗯,那我们是不是应该给孩子起名叫索诺格拉姆?"

"什么,阿贝拉德怎么样?这个名字还不错。"

"你开玩笑的吧?理查德这个名字就很好。还有詹姆斯、普拉西多、亚历山德罗也还可以。但阿贝拉德这个名字怎么样?叫阿贝或者拉德还差不多。"科林把我轻轻推倒在床上,亲吻我的脖子,在我耳边呼气,弄得我直痒痒,一个劲儿地乱踢腿。"但我还是不喜欢巴尔萨泽这个。"

第三：我们要结婚了。我的天啊！兴奋得我都不知道怎么待着才好。科林也是。我们并不在乎之前一直是男女朋友的状态。现在，每天晚上吃饭的时候，我们都要讨论一下什么时间结婚、在哪儿结婚，以及要如何庆祝。厨房里的我们听着音乐，一会儿看看青豆，一会儿看看烤箱烤架上的鸡，一会儿也会相拥而舞。我提出了在科勒尔盖布尔斯结婚的想法，就在我父母结婚的小教堂，那里也是我第一次参加圣餐仪式的教堂。（我真心虔诚了大概半年。）我还说，在春天的花园里也可以，茉莉花开满花架，恣意的木香花从门上垂下来。但话说回来，我真的愿意挺着肚子穿上婚纱吗？看来得早一点儿才行。科林想到希腊结婚。一座小岛，两个人。新年的时候？我们两个之前谁都没结过婚，所以外国人结婚的手续可能没那么复杂。

实际上，命运带来的并不只三件事。在我自己的小世界里，梦里的一切变得越来越清晰，醒来的时候，我能记得整个梦境。

白天的时候，笔下的诗句让我自己都惊讶不已。我任由感情的碎片涌进来，以读书时看到的深奥知识佐之，最后用更随意自由的形式，让诗句闲散地拼凑在一起。每写完一首诗，我都会转而专注于写玛格丽特的书——之前和科林一起研究谷仓的时候，正好找到了玛格丽特的行李箱，科林在箱子里发现了那条裙子，这确实为写作带来了一个转折点。玛格丽特卖掉茉莉花之屋后，有段时间一直往返于此地和美国，所以就把裙子留在了这里。

我很怕打开谷仓门的一瞬间，因为里面住着两只猫头鹰。上次，我过去把夏天用的电扇放好，一打开门就看见两只猫头鹰，大概有一岁孩子大小，站在谷仓的横梁上，扑棱着翅膀盯着下面看——要知道，它们展开翅膀可至少有三英尺宽。两双眼睛直勾勾地死盯着我。它们还咕咕呱呱地叫,着实把我吓了一大跳,我扔下电扇转身就跑,边跑边挥手大叫。

今天,它们都没在。谷仓里面的架子上有不少行李,背包、手提包,连行李箱都有,还有我一辈子都不想再用的大型折叠箱。玛格丽特的箱子就跟这些箱子堆在一起。"你能把它先放进屋里吗?"我问科林,"我一会儿再翻翻看看。"

我们找到了一个朋友破旧的牛皮包,里面装满了已经干掉的颜料、变硬的画刷、破布、他画画时候穿的拖鞋,还有一幅卷起来的画——很漂亮的静物画,青色的碗里装着蓝紫色的李子(水果上的光线仿佛也可以变成一首诗)。

"天呐,杰里米!"科林说,"他现在在泰特美术馆工作。真想知道他会不会怀念这个。"一年夏天,杰里米在这里待了很久。

"你可以问问。我觉得他不想要了。李子看起来真饱满啊——我们可以挂在这里当个纪念,纪念他在这里跟我们聊一整晚视线的日子,还有埃米尔·诺尔德的作品和他心仪的研究生。"

科林雇了个人,用车把杰里米已经不能用的颜料还有长久以来堆积起来的老物件都带走了。时间漫长,不知不觉中,你自己竟根本没意识到已经攒下了这么沉重的负担——发霉的手提箱、裂开的软管、断了腿的桌子、油漆罐、早就变成水泥的植物肥料——垃圾,都是没用的。都清空之后,谷仓看起来宽敞了不少。想象一下吧:白色的石膏墙,几个世纪以来已经被牛蹄、马蹄磨平的石头地面,还有一张长桌子当工作台,清冷的工业照明灯投下一片光亮。

吃过午餐,我打开了玛格丽特的手提箱。侧兜里塞了几包百花香香料。一堆衣服散发着混杂的味道，仿佛蕨类植物、薄荷、霉菌、香料，或许还有点儿咖喱味。手提箱肯定被遗落在那里有五年了。我刚打开之后没发现有纸页，后来才看到细细的黄色丝带系着一沓厚厚的书页，塞在箱子中的一个手包里。书页上写着《煽动性言论》的标题，下面还有"玛格丽特·梅里尔"的手写签名。我翻了翻这两百张纸，单倍行距，有的书页上还有玛格丽特用紫色墨水勾画或更正的痕迹——她一直都喜欢万宝龙的笔。"科林，"我朝楼下大声喊，"真不敢相信——玛格丽特居然留下了手稿！"我把一整箱东西都倒在床上：看起来像男士睡衣的提花丝绸睡衣、三件外套、我一直很喜欢的橘色绒面靴子、一瓶已经变味的迪奥香水、棉质睡衣、黑色短裙，还有一件看起来特别时尚的长裙——丝绸、刺绣和天鹅绒的元素都凑在一起，箱子的最里面是一个威尼斯式的纸盒，里面有一串珍珠，还有一串穆拉诺玻璃手串——我送她的，但从未见她戴过。现在想来，大概是玛格丽特觉得这手串太俗气了。

科林走进屋，绕过一大堆衣服，顺便拿起一件装饰有罗纹缎带的蓝色毛衣。"这件很好看。我们今天就是寻宝。你想穿这件吗？那条裙子真漂亮！之前到底藏在'大集市'的哪个角落呀？还是让玛格丽特想吧。"

"太亮了。或许我会穿吧。可你看看这个。绝对是手稿。我觉得还没上架。肯定是还没出版的书，竟然在我们的谷仓里藏了这么多年。你知道这意味着什么吗？玛格丽特·梅里尔遗落的宝藏吗？"

"好吧，对你来说是的。真怀疑地球是不是还能绕着地轴转。"我们把衣服放好，坐在床上开始读手稿。是小说吗？引语是这么写的:"比起一瓶墨水,我跟更喜欢一滴鲜血。"(乔治·塞菲里斯[1]。)

"感觉是真的。玛格丽特很鄙视理论。"我们翻开第一页,开头是这样写的:

> 雨落下来,打在山谷里灰色的大石板上。我刚到家,始终让人放松的家,悬挂式的台阶通向餐厅,芥末色天鹅绒的椅子,围在壁炉边,从窗户往外看,是旁边广场上巨大的塔楼,客人们看到这一切总会眼前一亮,我也能收获极大的满足感。

"嗯,描写的是茉莉花之屋。这是自传吗?"我翻了几页,随意读着,"她是要写回忆录吗?"

"还是留给你研究吧。我想先把工作做完。"科林又拿起了那件蓝色毛衣,闻了闻。"你记得吗?她身上总有一股特别的味道,不像你身上那种新鲜的味道,你的是阳光下晒过的床单的味道。她身上的更像是祭司在棺木周围燃着的熏香,既有烟的味道,也有禁欲的感觉。夸张一点儿说,她就像刚从大麻窝里走出来一样,而且那个大麻窝里不久前刚有人被谋杀。"科林大笑起来。

"她身上确实有暗黑的特质。"

玛格丽特。莫德和弗雷亚很好了解,动笔之后也很好刻画。我开始确实很喜欢玛格丽特,后来就没那么喜欢了。在华盛顿的书店读到自己在圣罗科写的诗——我是接受了对方的邀请,感觉兴奋

---

[1] 乔治·塞菲里斯(1900—1971),希腊诗人,生于小亚细亚的斯弥尔纳城。

极了——玛格丽特刚好也在这里。那时,我们已经相识多年——我那位聪明机慧、行走于尘世之中且擅长写各类作品的朋友。早些年——也就是我还在想自己的作品能不能超越《一杯晨雨》的时候,我的第一本书让我在博尔德得到了一份工作。我是那种在案例研究中"挣扎"的作者,一直碰壁,遭人拒绝,总想再出版一本书,该死,其实是想出版更多首诗。之后确实出版了。我在意大利写的作品成了突破点(或许在桌子前独自感受季节的变换,我才学会了写作,真是怀念当时能集中精力的自己啊)。有一个系列以意大利字母表上的字母为基础,另一个系列的灵感来源是我喜欢的意大利语词汇。我很费心地把每个词——柏树、蓝莓、向日葵、月亮、粗麻布、夜晚、天空——嵌在美景或某个事件中。我记得那个系列大概有三十首诗。最流行的——如果流行这个词可以用来描述诗的话——就是描写圣罗科日常生活的散文诗。我尽力让作品带着原汁原味的感觉:山间开放的金雀花、小矮人们带着用破旧的绳子背着木头放进比萨烤箱、利奥的雕花手杖、老妇人在家穿的海军蓝印花围裙——想把一切都复制到纸页上,这些感觉,在这片奇妙的土地上,总如雨水般,滴进我的心里。那是我的第一本书——《一杯晨雨》。好吧,也算是我名字的双关语了,真不好意思。

华盛顿的读书会很顺利。读者有没有听进去,你一看便知。我渐渐喜欢上了这种体验,甚至认为坐在后排的玛格丽特也给了我莫大的支持。姬特团队,我心里想着。我讲完之后是问答环节,有人举手问道:"当地人喜欢您的书吗?他们也喜欢诗吗?"我不知道当地人会不会读我的书,正想着该如何回答时,穿着白色亚麻套装的玛格丽特站了起来,时髦的她突然开口:"不!他们不喜欢。他们觉得外国人管好自己的事就行了。他们喜欢世代流传的行事方式,还有,他们都不喜欢现代诗的形式。"说完,她就坐下了。

什么?我很震惊,只好简单地说:"好吧,我的答案是这样的:我真的不知道。但玛格丽特·梅里尔在意大利住了很久,所以可能她说得对吧。我写诗的时候,心中带着无限的爱,希望以后有翻译版本时,译者也能表现这一点。还有别的问题吗?"到底是发生了什么,她怎么可以就这样打断我的活动?很多人都听说过玛格丽特的名字,大家都回头看着那个中了邪的女人,不过,她那时正低着头,看着自己的笔记本。她仿佛非常看不起我们这些人。读书会的氛围没了,一切都结束了。

我为什么没反驳她?为什么没有呢?显然,这是性格上的缺陷。我的家人只会让事情慢煮慢炖着,直到达到沸点,突然爆发。我就是这样。我就会这样做事。读书会之后的晚宴,我一直没缓过神来。她带我去了一个喧闹的地方,挤满了政客(讨厌),还有六个男人过来说自己很欣赏玛格丽特对黑手党的揭露。玛格丽特要了一份牡蛎(讨厌),还要了香槟,美其名曰"庆祝伟大事业的开端"。对她刚才的打击只字未提。

后来,回到酒店,我给科林发了邮件。奇怪,非常奇怪。我觉得玛格丽特是嫉妒我。别笑!

七英里的谈话

周五的晚餐相当于给茱莉亚加了四节意大利语学习课。她一整个下午都在做饭，一直把笔记本电脑放在餐台上，跟克里斯聊天。她先切好洋葱和大蒜，放在平底锅里炒香，仿佛克里斯就在身边，能听到滋滋作响的声音，能闻到香气一样。克里斯跟茱莉亚讲了今年黑皮诺葡萄的成熟情况。直接从酒桶里倒出一杯品尝的话肯定是顶级享受。几滴橄榄油从锅里崩出来，茱莉亚赶紧擦干净屏幕。那边，克里斯坐在纳帕谷的办公室里，脸上挂着灿烂的笑容。茱莉亚喜欢克里斯的办公桌，两个大红酒桶上平放着一块红木。克里斯坐在旋转椅上，跟酒吧里的那种差不多，用牛皮和牛角制成的。穿着牛仔衬衫的他，和在意大利穿得体服装的他很不一样，看起来更像西部来的人。他的微笑跨越时空而来，带着茱莉亚熟悉的感情。没错，克里斯就这样陪着茱莉亚做饭，茱莉亚则告诉克里斯自己刚放进烤箱的是撒有帕尔马干酪的土豆面疙瘩，还说配有浓缩意大利醋和橘皮的鸭胸已经准备好上桌了。

晚上来吃饭的有十二个人。苏珊把一小盆白色的仙客来摆在中间，白色的餐具，绿色的桌布。她很激动，尼古拉和布莱恩也会过来。卡米尔还邀请了书店老板基娅拉·贝维拉夸、书店老板的女伴——现在还不知道名字,此外还有罗文、安娜塔、利奥、科林和姬特。卡米尔一整天都待在屋里,只在午餐的时候露了下脸,加热了一下剩下的千层面,然后拿回房间吃。不过,她保证自己会出来开红酒,摆好开胃菜。茱莉亚和苏珊都为卡米尔感到高兴,毕竟卡米尔是在工作。这几周,总有轮椅转来转去的声音,一会儿只是稍稍移动,一会儿能听出来是在转圈,一会儿声音很高,一会儿又很低,现在,卡米尔房间里的沉默于茱莉亚和苏珊而言,无疑就是天籁。

"完全是冬天了,"茱莉亚告诉克里斯,"你走的时候,秋天还拖着个尾巴,但现在已经完全不同。我们整晚都能听到猫头鹰的叫声。"茱莉亚停下来看了看热气腾腾的锅。"你其实也应该留在这里。快回来吧!"刚煮好的西兰花,混着洋葱、大蒜还有几条小银鱼,有点儿苦,但很好闻。克里斯一直看着要为明天做准备的茱莉亚——火鸡鸡胸卷,吉尔达在圣安娜酒店的烹饪班上教过,每周茱莉亚都要去两次。她先把大块的鸡胸肉对向切开,但不要完全切透,然后平放好。"吉尔达说里面放什么都可以,我想尝试放很多种东西,但现在就先按照她示范的做吧,铺上薄薄的一层牛肉,再来一层面包屑和开心果碎。"之后茱莉亚沿着长边把食材卷起来,用绳子在四个不同的地方系好。

"你这是在诱惑我,你是故意的,"克里斯凑到镜头前,"今天晚上我只能吃番茄酱意大利面。你要怎么在书里描述这种卷起来的东西?"

"关于火鸡可说的很多。火鸡。你要是买一整只,会觉得它们个头很大,大概是正常肉鸡的两倍大小。光是看火鸡胸的地方就感觉像看到了一整只火鸡。还有——我保证你绝对尝不出来自己吃的是火鸡。鲜嫩多汁,风味绝佳。起初我还以为是小牛肉。火鸡三明治怎么样?别想了!这样最好吃。还有开心果。我以前都不知道,托斯卡纳的菜里竟然有这么多都要用到开心果。我正在逐渐了解中。可为什么要用开心果呢?"

"我也不知道。我还以为开心果的作用就是放在金巴利苏打水边上,弄断指甲呢。我想你了。要是跟你,我可以连续说开心果说好几个小时。"克里斯犹豫了一下,"茱莉亚,我在想一件事。要是太过了,请一定告诉我。你愿不愿意我在旧金山找找莉齐试试看?要是她还在那里的话。我知道你有好几个月没她的消息了,我也知道你需要时间寻找自己的生活,但我也知道这是你心里的痛。"

茱莉亚放下汤勺,没说话。

"嗨,你在听吗?我就是有个想法。我可以去她上次出现的地方看一看——你之前不是问过我知不知道斯科特和苏特街区吗?——还有,我会尽量低调的,看能找到什么信息。"

"克里斯,谢谢你。我确实压抑着自己的担心,我不得不这样,但我很害怕选择再去找她,那是重蹈覆辙。"

"你先想想吧。"

"谢谢。很感谢你能这样说。她肯定会觉得我们找了个侦探。你能这样想真的很贴心,但千万别……"

"要不我干脆就压下这件事怎么样?"该怎么理解呢?克里斯听出了茱莉亚言语之间的犹豫。"你经历过太多伤害了,我不想再伤害你。"

"啊,快看,小猫们来了。你能看见拉加佐吗?看它们长得多快啊。"

"好吧,上一话题结束。感谢小猫们!太可爱了!"

茱莉亚笑起来。"没错。还是回到我们的话题吧。我跟你聊天的时候，我跟你在一起的时候，我就是我，绝对不是萨凡纳某个僵尸单元的一部分！说到这里，你知道吗？我爸爸要来这边过圣诞节。我们决定在这里先待几天，之后就去罗马。罗马！我真是等不及了。他还想去那不勒斯。"

"你这又是在诱惑我。说吧，要怎么样才能和你一起去罗马。你爸爸知道他自己有多幸运吗？"

"他知道！之前，莉齐是他的生命之光，现在又换成了我。你以后一定要见见我爸爸。他很特别，与众不同，我这么说不只是因为他是我父亲。你要跟儿子一起过圣诞吗？"圣诞节的时候提起莉齐，犹如伤口上撒盐。圣诞夜幽灵，诚不欺我。

"就几天吧。他之后要去塔霍湖，我要赶一赶工作，免得三月底到意大利时手忙脚乱。"他们俩一起完成了弗留利之旅的最后润色，打算四月去。名额都已经订满了。

"我要去做甜点了。明天聊吧，好吗？"

"我会一直等你。"

凌乱

这个季节有太多值得品味，一切以圣罗科为起点。一束束光洒下来，大概是二十世纪四十年代留下来的灯泡吧，现在还挂在街头。镇政府在大广场中间放了一棵大松树，看上去孤零零的，略显稀疏。学生们把花环挂在树上，是用晾干的蝴蝶面做的，喷上了金色，还有几颗从公园里捡来的松果。三位从美国来的女士觉得把松树摆在广场上很棒，跟她们之前过圣诞节的时候一点儿都不一样。商场里没有播放圣诞颂歌，没有让人热泪盈眶的《圣善夜》——摆满玩具的走廊，圣诞节过后二十四小时那种情绪就会消散了。从甜点店铺的窗户里看进去，玫瑰色、紫色、甜杏水果蛋糕、杏仁卷、奶油蛋白糖饼，还有挂着糖霜的金桔和栗子。每周的集市上到处都是一桶一桶的槲寄生和冬青树，还有一些冷杉（比广场上那棵还要稀疏一些），根部裹着粗麻布，在室内放一段时间之后还能再次扎根生长。之后，树上就会挂满写给圣诞老人的小纸条、巧克力、制作的雪花和一串串闪烁的彩灯——虽然很有可能会引起火灾吧。教堂里展示着耶稣诞生的场景，有些是精心制作的文艺复兴时期的画作，有些则是家中常见的材料做成的，比如马槽要用的火柴盒和塑料驴棚用的鞋盒。卡米尔尤其喜欢烟斗通条做的智者以及用钢丝棉和牙签做的绵羊。

她们三个人都很喜欢初冬镇上的夜晚，酒吧里聚满了互相敬酒的欢乐人群，早上的商店里都是来买东西或者聚餐的女士们，到处弥漫着节日的气氛。苏珊和尼古拉相约一起喝热巧克力。卡米尔带着塞雷娜和玛蒂尔德到圣安娜吃午餐。之前的圣诞节，茱莉亚从没给韦德和莉齐买过礼物，现在却正要给朋友们准备一些。没有宽慰人心的黄色浴袍，没有涂在她诱人耳垂下令人眩晕的古龙水。至少可以给父亲买羊皮手套和珠光灰色的羊绒袜子。另外，再送给克里斯几本书，其中一本很大很厚的是关于西西里的。送给苏珊的礼物则是一卷厘米和英寸通用的量尺和珊瑚色的羊毛围巾，茱莉亚能想象得到，菲亚特飞速行驶时围巾飘在风中的样子。给卡米尔的礼物是卡米尔从没给自己买过的性感香水，有麝香和栀子花的味道，当然还有玻璃鹅毛笔和几瓶艺术家用的墨水——紫罗兰色、深蓝色还有琥珀色的。

科林搬进来不少今晚要用的木头。我则忙着把壁炉架上的柏树树枝整理好。一整天，我们都在收拾楼下的空间，为聚会做准备，所以壁炉里的火一直没有熄。

客厅和餐厅都被科林收拾好了，他还把借来的桌子摆在我们平常用的餐桌两边，这样到圣诞前夜聚会的时候，原来只能容纳十二个人的桌子就可以坐下二十二个人了。我邀请了爱尔兰移民布伦丹和萨利——布伦丹会带上吉他，他有天籁般的歌喉，而萨利则嗓音甜美，非常能调动气氛。利奥和安娜塔会用他们的壁炉帮我烤大猪排。今天下午，我还选了历史悠久的榛子配肉卷，茱莉亚肯定会觉得这是聚会的一大亮点。在托斯卡纳，和大家共进晚餐非常正常，但我准备起来可要花不少力气。啊，对了，把我们的翻译朋友里卡尔多给忘了，他在梵蒂冈工作，只有周末才会过来。这就是二十三个人了。看来我还得再想办法腾个位置。

詹尼从菲乌米奇诺海关接到了克里夫·哈德利后，直奔阿孙塔之屋。茱莉亚来回来去地走，一会儿到屋子前面的窗户张望，一会儿冲回烤箱，看看父亲最喜欢的柠檬蛋糕烤好了没有。克里夫一定很累了，苏珊想着，帮他铺好了床。之前克里斯就睡在这张床上。茱莉亚在床边放了一小盆散发着香气的薄荷、鼠尾草和百里香，还摆了一瓶水，甚至很多小巧克力，跟精品酒店一样。

圣诞节的时候，克里夫会留在这里，之后就会和茱莉亚一起去罗马和那不勒斯待一周。他想去看地理图书馆，还想去梵蒂冈的长廊里走一走，年轻的时候，他第一次出去旅行，就深深喜欢上了地图。此外，克里夫还想到多利亚·潘菲利美术馆品茶，再来一杯内格罗尼酒，俯视或洒满阳光或落满雨滴的纳沃纳广场。

苏珊明天要坐火车去米兰和自己的女儿们见面。她们会租一辆车，直接开到白云石山脉一个叫圣卡夏诺的山村，在那里过圣诞节。之后，她们打算去特伦蒂诺—上阿迪杰大区。我只能想象得到，在海拔七千英尺的地方，苏珊开着租来的车，倾斜着车身穿过法尔扎勒格山口的样子。孩子们只能在圣罗科待一个周末，这就像是抢椅子游戏，苏珊先跟卡米尔见面，之后送孩子们去罗马准备回国，这期间再跟茱莉亚碰面。

圣诞节当天晚上，卡米尔的查理会带着艾琳从妻子位于哥本哈根的家过来。查理就住在茱莉亚父亲对面的房间，艾琳则睡在从来没人用过的客房。查理的妻子劳拉也会过来住几天。卡米尔想带他们到威尼斯过新年。

苏珊订好了酒店、接机送机行程，甚至还安排了人来打扫阿孙塔之屋，大家都出行的时候，有人会每周过来打扫两次。大家都不清楚其他人混乱的安排，但差不多小圣诞的时候就都回来了。所有人都只知道这些。姬特和科林收拾好聚餐之后的一片狼藉，明天就会出发去佛罗里达。

卡米尔和苏珊准备装饰家里了。她们把在姬特家聚会用的玫瑰送到了，回到阿孙塔之屋的每个人把小车装得满满的。菲亚特的车顶上放着一棵当地的小圣诞树。圣诞特别市场上，她们选了彩绘的陶瓷球、金属丝、小猫们会为之疯狂的一串串小铃铛，还有不少烟花。一盒糖炒栗子、一对当地设计师做的粉色石英耳钉跟鸟骨做的小巧精致的榨汁机是给茱莉亚的礼物。虽然并不是居家必备，但卡米尔和苏珊都觉得那个榨汁机很新奇，这不就是圣诞节礼物的意义吗？就是"啊，天呐，那是什么"的一瞬间。苏珊选了一棵刚从西西里岛运来的柑橘树，卡米尔把它种在赤色的陶罐中，搬进了客厅。茱莉亚已经在楼下摆好了三瓶玫瑰果和挂满了红色浆果的冬青树。去利奥家的路上，苏珊又摘了不少冬青，和餐厅里的长杆白玫瑰摆在一起。冷杉上的小装饰物和一串串才能让苏珊很想高唱《平安夜》。她开口了，卡米尔和茱莉亚在厨房里笑起来。整个屋子里充满了欢乐。

克里夫·哈德利进门的一瞬间，大家更高兴了。茱莉亚一下冲过去抱住父亲，在门厅就跳起舞来，苏珊和卡米尔则赶紧过去帮詹尼放好克里夫的外套和行李。这个人应该是茱莉亚的父亲了：不算高大，和茱莉亚像一个模子刻出来的，头发花白，胡子修剪得干净利索。他身材不错，小麦色的皮肤，虽然个子不高，但确实能给人一种刚刚好的印象。

参观完阿孙塔之屋后，茱莉亚带父亲走进厨房，汤和沙拉放在烤面包片上的意式特色面包早已备好。父亲开心极了。"这是我这辈子见过的最迷人的餐厅。好像人们可以直接走进花园的装饰里，在玫瑰园中散步。这么多年以来，肯定有很多人想象过这种情景。还有，这种汤很符合医生的心意。"

一路上旅行还算顺利，但飞行时长也有十七个小时。享受过鹰嘴豆和意大利面汤之后，大家都想去打个盹休息一下。"这种橄榄油怎么这么绿？"茱莉亚聊起了橄榄油的品质、历史和压榨过程，茱莉亚的父亲从没想过这么多。"太好吃了。"他笑着说。

"不如我们都抓紧时间休息一下吧，"苏珊说，"毕竟晚上还要参加聚会。"克里夫扬了扬眉毛，但还是点了点头。茱莉亚把父亲带到房间，之后就和苏珊到镇上做头发了。克里夫先冲了个澡，之后就躺到床上，进入了倒时差的梦乡。

纸门

卡米尔最多就想休息十五分钟。终于好了,终于等到了,直到这一周,她的作品才在面前铺展开来,她的精力非常集中,陶醉而无法自拔,那是一种向前推进的兴奋感。可能是因为查理发来的邮件吧:

> 妈妈,我翻看了阁楼上的画作。您如此有天分,当时竟然将它们束之高阁。我真的觉得非常遗憾。你在我身上倾注了那么多心血。那些画已经落灰了,但色彩艳丽,震撼人心。我把它们都搬到楼下清理干净了。现在正一幅幅挂在客厅、餐厅和你的——现在也是我们的——卧室里,真开心啊。我最喜欢的一幅是——倾斜的墙上挂着一面镜子,镜子里能看到门口的位置,光漏进来,那里有个东西,但很难判断出来是什么。

哈,当时就已经画出了令人心动或带有某种预兆的门廊了吗?这个想法在她心里停留了好几天,仍然挥之不去,仍然令她害怕。她可以用水彩描绘苏珊的菊花,黄色单支,盛放在一个高高的玻璃瓶里;也可以刻画客厅壁炉周围石头的建筑细节。罗文很欣赏卡米尔的作品,给了她很大鼓励,但卡米尔还在等待着。然而,过去的一年行将结束,新的一年扑面而来,她的肩膀很沉,肚子里很空,后背也很累。年终的时候,太多东西都会走进遗忘之地。现在,卡米尔对自己忽然少了几分耐心。如针戳心。

三天前,卡米尔凌晨四点就醒了,然后她悄悄走进了工作室。所有材料都整齐地排列在一起。她研究了一叠叠纸张、一管管颜料,还有画刷、铅笔和画布。这都是我的武器啊,她心里想着,系紧了自己的睡袍,坐了下来。"该开始了。"她大声说。格拉齐亚之前说过,一位传奇的修女曾经在房子里作画。仔细观察了一番,卡米尔发现壁画上黑色和白色的鸟儿的爪子组成了名字的首字母缩写 NM。真是个聪明的修女。虽然没有留下全名,却触碰了这么多生命。

晚上,卡米尔在自己亲手做的纸上画了一个门框。过了很长时间,她都没有再动笔,后来才在门上画下了不少只有自己能懂的符号,门才算有了生气,不过那些符号不像画上去的,反而像写上去的楔形文字,有些甚至还是倒着的。餐厅壁画上那个披着披肩的女人成了某种抽象的图案,让人想起弗留利阿奎莱亚的马赛克:边缘的地方,瓦形的方块很像斯卡尔帕的作品。墨水。水彩。油性颜料。冲动之下,她把一张纸粘在另一张上,一张一张贴上去,十五张,一叠。门够厚了。这是一个物体,并不是一幅画。光线。挥毫泼墨时的卡米尔泪水直流。现在的状态完全超出了她自己的想象。她喜欢这幅作品的样子。她创作了这个奇怪的东西——纸门,一种神秘的新物体,不是雕塑,不是书,也不是画。她觉得自己做出了完全属于自己的东西。我的骨血我的肉。全新的。

漆黑潟湖中的生物,卡米尔笑起来,在工作台上冒着白色热气,逐渐冷却。她观察了一下纸张四周的毛边,想做成一本密封的剪贴簿,像船尾底部的航行日志,像九岁时写日记的本子,还有那把丢了的日记本的钥匙。卡米尔拿起品质最好的画刷,蘸了深赭色颜料,在底部加了一条细细的勾边。该在哪里停下?什么才算是够了?她挤了一丁点儿蓝色和白色混合,做成褪色的效果,像太阳光芒耀眼时天空出现的一束束光。门其他部分周围的阴影若隐若现。她用墨水在作品下面写下了"CT"这两个字母,想了想,又加上了"#1"的字样。

NM,谢谢你。

要推开的门、透明的门、半透明的门、嵌着门钉的堡垒大门,但都不是海报平面图像上托斯卡纳的门。我的门廊也通往——通往什么呢?通往生活,而生活的大部分却都难以察觉。姬特不是这样说过自己的诗嘛——探寻未知。

卡米尔加上了很多文字:楔形的、倒着写的、左右翻转的,还有一些马赛克风格的图案,整个过程,她都觉得自己进入了一种所谓的迷幻状态——听起来似乎有些太卫生。但那是一种全新的自我认知,几乎是某种暂停的状态。她自己也理解不了,所以干脆就不去想了,不如再拿起一大张纸,看看接下来打开的是什么。

这扇门是门中门,像是中世纪的大门,人们可以通过,外围大城堡的门仍是关着的。卡米尔拿起一把精致的剪刀,只在第二扇门上剪下了一小块,好让光从下一页纸上透过来。强烈的阳光从小门上面透过来,上面的字迹相互交错,难以辨认。这意味着什么?色彩。形状的交叠。太阳周围红宝石色的光晕和一排字母。另一排字母。一串串只有自己懂的注记,可能卡米尔只有在梦里才能解释它们的含义了。打开书桌的钥匙;打开别墅的铁钥匙;北卡罗来纳州房子上的马头门环。她敲了敲门，又敲了敲，再敲了敲，想知道为什么里面的自己没有出来开门。没错，迷幻的状态。

傍晚的时候，罗文来了。他和苏珊明天都要离开，所以大家说好聚会之前互送礼物。"我想给你看个东西，跟我来吧。其实是给你的礼物，希望你能喜欢。"罗文跟着卡米尔走进工作室，工作台上的灯光打在一号作品上和二号作品要用到的材料上。"我想去了解纸张的时候，你刚好就在身边，接着是我们在博洛尼亚度过的一天，一直在看艺术家的书，寻找其他的纸。你告诉了我去威尼斯要去哪里。我真的很感谢你。"

罗文张开双臂环住卡米尔的腰，凑近那扇纸门。他沉默了好一会儿。难道他是在绞尽脑汁想些鼓励的话好掩饰自己不喜欢这幅作品的尴尬吗？但卡米尔用余光看着罗文，刚好看到了他眼底的一抹浅笑，这是他开心到不知如何表达的表情。这种表情卡米尔之前见过三次，刚才是第四次。罗文慢慢摇了摇头，把卡米尔抱得更紧了些。"好美。太美了。这么说吧，我懂你。"罗文松开卡米尔，打开纸门，张开双臂。"卡米尔，相信我。这幅作品独一无二，无与伦比。你一定要沿着这条路继续走下去。你已经领会到了精髓。我的圣诞节礼物！哈！这样的作品应该挂在博物馆里，而不是我办公室泛黄的墙上。现在，我们先把它挂在你工作台上方，给你些灵感。接下来的十年里，这就是你伟大成就开启的地方！亲爱的，你肯定能成功。"

"等等，你确定吗？我……"卡米尔笑得说不下去了。

罗文仔细看了看卡米尔下午刚开始创作的那副作品。"这两幅作品都带有神秘感，但同时也都很直接，表达的情感很强烈。仿佛你天马行空的想象把所有图像都抛出来，等你捕捉。"

"我追求的就是那种感觉。但有些元素其实是日常生活中闪现的。比如需要倒着写下来的短语。还有那只鸟，看到它的爪子了吗？还有NM这两个字母，这都是我之前告诉你的那位修女给我的灵感。马赛克，其实是壁画上的披肩。都是生活中出现的物品，等着我捕捉。"

"睁大双眼。你就是这样。是北卡罗来纳州的风土塑造了这样的你。"

"什么？"

"啊，你懂的，一方水土养一方人，上帝神秘的创造让我们成为现在的自己。"

"说得没错。"罗文夸张的赞美让卡米尔有些紧张，"别回去了！我需要你在这里鼓励我。"

"你没问题的。肯定能做得更好。我会跟着小燕子的脚步回来的。"

"太久了。我们会忘了彼此吗？我从来没想过这次出来旅行会找个男朋友！"

"好吧，女朋友，有点儿信心。我们要保持联系。我真的会给你写信的。五月末的时候我就回来了。"

烛光之中

大家都把礼物带到了客厅，苏珊点着了壁炉里的火。茱莉亚点亮了两侧窗台上的蜡烛。"我带了一瓶特别好喝的红酒，"罗文大声说，"2001年的阿玛罗尼葡萄酒。克里斯肯定会喜欢。我们拿几个宽底玻璃杯来吧。"克里夫一副很感兴趣的样子。罗文从背包里拿出了自己带来的礼物，每个都用棕色的牛皮纸包着，还系着绳子和迷迭香的花枝。"只是些小礼物。"他说。

"永远精致得体的出版商，"卡米尔说，"幸好我还给你准备了一份礼物，不然第一份被拒绝了都没有替补。"说完，她递给罗文一个红盒子。

罗文打开后，发现是一件石楠绿色的V领毛衣。"再也不用怕伯克利寒冷的冬天了。"罗文说。

大家忙着祝酒，解开丝带，忙着感受惊喜的一刻。茱莉亚从没见过鸟骨做的榨汁机，所以非常高兴。她端来了一盘核桃和涂着戈尔根朱勒干酪的烤面包。"姬特准备了大餐，我已经知道她都做了什么了，这是餐前小点心。"

罗文在玛蒂尔德的店里设计制作了很多空白的册子——绝佳的旅行日账本——他带过来送给大家。封面用的是赭石色的手工纸，每一本上都有一个复古的标记，或是帆船，或是自行车，或是双翼飞机。茱莉亚送给他一袋自己做的柠檬饼干，让他在明天飞回加利福尼亚的飞机上吃。苏珊送给他两个塞着草药的小枕头，说："有助于睡眠。"

所有礼物都已被打开，惊喜的时刻暂告一段落。深色的阿玛罗尼葡萄酒映着火光，小小的圣诞树染上了一层光晕，烤面包已经全部下肚。克里夫看到手套和袜子很开心，这正是他需要的。"没错！"他说，"有好的手套和袜子真是舒服。"他坐在之前还没有人弹过的钢琴前。奇怪的是，他在冬日里弹奏的曲子居然是《夏日时光》。有些琴键按不下去了，有些的音不准，所以琴音有些奇怪。大家围在克里夫周围静静听完，南方来的女人们想到了珍妮丝·贾普林的版本和艾拉的版本。可罗文对文化艺术的记忆只有海滩男孩的《加利福尼亚女孩》，所以也只能干巴巴地听着。克里夫停下来，从夹克口袋中拿出了三个小盒子。"你们三个女孩子，原谅我用女孩这个词，但毕竟你们在我眼里就是孩子。我不想你们忘记自己的家乡。从茱莉亚说的内容看，你们确实有乐不思蜀的倾向。"每个盒子里都有一条细细的银链子，项链坠子是白色珐琅的玉兰花。

上次的珠宝失窃事件还让卡米尔心有余悸，别人迫不及待地戴上项链时，只有她把项链捧在手心里看。"爸爸，真漂亮。萨凡纳的谁亲手做的吗？"

"没错，艾莉森的女儿做的。她现在在艺术学校当老师。"

艾莉森是茱莉亚丰满而且幸运的邻居。茱莉亚内心感到一阵痛苦，谢丽尔比莉齐小整整十岁，可已经能设计精美的珠宝，而莉齐却在堕落的路上越走越远……不，现在别想了。茱莉亚仔细看了看精心设计的首饰，蜡质的花瓣，由金丝勾勒。"啊，谢丽尔真棒啊。

卡米尔，来，我来帮你系上吧。"

"你真好！"苏珊说，"真是勾起了无限回忆——我家里的前院就有一棵大玉兰树。"苏珊想着，玉兰树特别不好打理，大片的厚叶子一直掉。但话说回来，开花的那几周，当晚上打开窗户，花儿的清香飘进来，你就能享受南方的气息了。那种芬芳沁人心脾，会让你禁不住自问：此生为何要离开这里，永远都不要。苏珊走到窗前，看着远处山下微弱的灯光。人们都回家了。人们都聚在了一起。没有亚伦。没有谁冲进来，抱着一堆用波点纸包起来的礼物。圣诞节时，他红色丝绸的领结特别漂亮，后卫那种宽阔的肩膀，高大挺拔，他会点燃壁炉里的火。那时孩子们还小，过节时都特别兴奋。现在她们很快就会登机，到四万英尺的高空，飞越大洋，到陌生的国家和自己见面。这里没有家里每人一个的冰镇薄荷酒的杯子，没有卫理公会过来唱颂歌的人，没有一年一度的露天酒会，没有热葡萄酒散发的肉桂香味，没有摆着烤核桃和干酪片的咖啡桌，没有能够到天花板的长针叶松树——那散发着香气的松树肯定能到天花板那么高，树脚下堆着礼物，窗户上有一层白雾。

苏珊回到了大家身边，融入了另一种生活中，现在克里夫正高唱着："我们听到天上的天使们……"

卡米尔把大家叫到厨房里。桌子上摆着一个全新的食物处理器。"查理提前送来的礼物！他没法找回我失去的首饰，但可以为我们送上这个。"

朋友们

大家一起走上山坡,到山顶的时候又朝他们的车道走去,一下就看见了绿叶之泉,每扇窗户前都闪烁着烛光。"苏珊·维尔,这是你的人生。"茱莉亚小声说。她挽着父亲的胳膊走在苏珊后面,再后面是卡米尔和罗文。"晚餐之后你要去我那里吗?"罗文问,"我还有一瓶刚才那种阿玛罗尼葡萄酒。我们得庆祝《一号纸门》的诞生。庆祝得热烈一些才好。"

"我特别喜欢,"卡米尔说,"好的! 我想跟你温存一晚上。不,不是温存一晚上,要缠绵悱恻,颠鸾倒凤。我什么都不想考虑,毕竟之后很长时间都见不到你了。"

"哈,可惜我们年纪都大了,还能怎么颠鸾倒凤啊。"第二天,罗文要回伯克利跟姐姐还有上了年纪的妈妈过圣诞节。但想到能看见查理和英格丽德,卡米尔也感到相当兴奋。

"我知道你不想走,但你回家也挺开心的吧?"卡米尔心想,有一整天可以好好休息,先消除所有痕迹,然后扮演妈妈的角色。

"是啊,我爱我妈妈。姐姐和我轮流照顾,并不是什么负担。"卡米尔想到自己的妈妈曾经说"不爱自己母亲的人一定都很不完整"。查尔斯深爱自己的母亲。卡米尔知道查理也爱自己。

我真是找到了一个好朋友啊,卡米尔心里想。但你不会和朋友翻云覆雨,至少我认为不应该。所以他对我来说到底是什么?情人!卡米尔大笑起来。

"什么事这么高兴?"罗文问。

"生活吧。"天空飘着小雪花,他们加快了步伐。

乡野之间,一栋石屋,亮着灯迎接圣诞节,还有比这个更温馨、更暖心的吗?我在圣罗科买了一整套蜡烛。整栋房子里,除了厨房用的电灯,到处都是烛光,连浴室也是。斯特凡诺今天给我找了两个帮厨("这是我送你的圣诞节礼物")。我和科林一样,都不怎么爱洗碟子。餐桌已经布置好了——雪白的桌布,大块的亚麻餐巾,都是从古董市场买的,上面绣着其他女士名字的首字母,她们已溘然长逝,但这些餐巾曾经是她们招待客人用的。名牌上有冬青点缀,这也是今夜的唯一一抹红。很多人都能说两种语言,所以我也不用太担心,不会出现聊不下去的情况。到处都摆满了白色玫瑰(多亏了苏珊)和白色绣球(已经过季),也为房间增色不少。镇上的花店不大,摆满了刚从荷兰温室送来的各种鲜花。没有门环,没有空气清新剂。只有刚摘下来的花朵。为什么呢?因为大多数都用在了墓地,整个节日期间,墓地都会挂上大量装饰。多亏了前人,我们才能拥有现在的似锦繁花。

大家都来了。晚上好,你好,好啊,快进来。大家都带着礼物或红酒。见到他们真高兴啊,行贴面礼的时候能感受到他们的脸颊凉凉的。我尤其想让美国人瓦利和黛布拉跟卡米尔她们三个认识一下。瓦利和黛布拉之前在芝加哥生活,现在一边从事石质房屋建造,以便在经济上或其他方面帮助小学的发展和文化旅行的事务

（他们真心想在这里生活）。黛布拉会写一些双语新闻通告，我们都会读，了解一下当前的局势。哈，阿孙塔之屋代表队。罗文待在这里的最后一晚。明天，他就要回伯克利，完成在米尔斯大学教授书籍艺术的最后一学期了。我给了每个人大大的拥抱。"亲爱的朋友，幸福的休假总会结束的。"我小声说。罗文给了我三本书，很珍贵。苏珊穿着红色天鹅绒的外套，配有白色丝绸，看起来美极了。这位一定是克里夫·哈德利了，听口音就像是南方人。只第一眼，我就有一种想保护他的欲望，那个任性的外孙女可让他和茱莉亚受了不少罪。其他好朋友们也都来了：吉多（天啊，看起来棒极了，但妈妈肯定不希望你这样打扮自己），阿玛莉亚、尼古拉、布莱恩、斯特凡诺，还有机智的加拿大移民贝琳达和她做德国外交官（已退休）的丈夫卡尔也进来了，抖了抖身上的雨雪（论如何求雨：举办派对）。卡尔停车的时候蹭掉了自己的保险杠，气得耳朵冒烟。我赶紧递给他一杯普罗塞克葡萄酒。贝琳达穿的衣服很像苏格兰短裙（"可怜的。"要是我妈妈在，她一定会这么说），我还发现，她看我风格特别的装扮时，眼里写满了怀疑。我找机会照了照镜子，这样与以往不同的自己看上去很不错。

　　大家都围坐在壁炉边。科林点的火不小，他相当满意，要不就是因为什么其他事情得意得不得了。他现在是我的男人了，英俊潇洒。还好他是我的。一眼看上去，怎么说的，科林是那种很善良的人——睫毛浓密，长长的，像是布娃娃的睫毛一样，他的目光炯炯有神，嘴唇微微向上，颇有些古典美。你知道他就在那里，就在身边，可以依靠。他不会像很多男人那样有所保留，也不会迟疑逡巡。他带给我的感觉是：亲爱的，你很棒。他准备吃甜点的时候向大家宣布我们要有小宝宝的消息。我不想太早公布，不然一整晚大家都会围着宝宝这个话题。我摸了摸自己的腹部,微微隆起,硬实了不少,好像小时候在沙滩上用沙子紧紧埋住双脚的感觉。

斯特凡诺找来的侍者们端上了开胃菜拼盘:各种沙拉、鸡肝烤面包片(crostini neri,托斯卡纳派对必备)、豌豆马斯卡泊尼乳酪小面包、一碗烤辣橄榄、意大利熏火腿配面包棒、各种芝士、莴苣叶卷沙拉、蘑菇点心,还有炸蔬菜。

晚餐的时候,我把三位女士安排在不同的客人之间,这样大家都能认识新的朋友。我的右手边是茱莉亚的父亲——老派绅士,很有魅力。他戴着佩斯利领巾,穿着驼色带牛角扣的西装,擦得锃亮的皮鞋应该是定制的。一切都透露出他是个整洁有礼的人。(想到他们一家人要承受那么多真令人心痛。)

菲兹跳上壁炉架。它也是白色的,小尾巴在花朵之中摆来摆去。它一副帝王做派,对所有人一视同仁,瞪着黄水晶色的眼睛观察着周围的一切,颇有些罗马人家中家庭守护神的样子。我喂了喂它,它看了我一眼,眨了眨眼睛,低头看着我的裙子——是玛格丽特那条裙子,从箱子里翻出来的,本来挂在太阳底下通通风,可后来试穿的时候,科林坚持说我不用再换衣服了。"你看起来美极了,异域风情,土耳其王宫中的宠妃。"这是他赞美我的原话。金色绸缎、宽大下垂的袖子(千万得小心桌子上的酱汁)、紫水晶色的腰带,还有深红色天鹅绒拖地百褶裙(玛格丽特比我还高)。我感觉自己很迷人,像是 D. H. 劳伦斯小说中描写的人物,啊,或者是布鲁姆斯伯里的哪个想在乡间度过慵懒周末的文人。至少,穿着这件衣服看起来不像穿着从旧货店里买来的浴袍就行。

大家都到了吗?不,里卡尔多还没来。可能火车晚点了吧。卢卡和吉尔达在路上了,不过她们出酒店就已经很难了,一般都是我们都坐好了她们才冲进门。我们再等等吧，干吗那么着急呢？

圣罗科里我最喜欢的人基本都来了。茱莉亚、卡米尔和苏珊，只会在这里停留一年的人，竟如此自然地就成了我生命的一部分，我很难想象没有她们的日子会怎样。她们都上了年纪，所以你可能会觉得她们身上母性的光环让我着迷，但其实不然，她们身上没有那种光芒。或许是她们已经甩掉了那种感觉吧。可我仍觉得，有她们在，我腹中的孩子会享尽仁慈与关爱。假如生了孩子的我疲惫不堪，难以应付，我肯定会和她们一起吃饭，寻找安慰。我可以感受得到，夏末时节，我大晚上打电话给她们，大家一起坐在广场上，喝柠檬水，轮流抱着我的小宝贝。我想我们是朋友，可能正是因为她们的生命中都经历过失去，所以才会在某种程度上得到了解脱，才更脆弱，也更开放。我们会大笑。但每个人也都因为在托斯卡纳的点点滴滴而有了牵念。

吉多坐在我左边。我们总是小暧昧一下。阿玛莉亚和科林太了解我们了，所以也不太在意。吉多比我小一些，瘦得跟电线杆一样，一双乌黑的眼睛。他的家族十三世纪的时候就在这里定居了，拥有这里最大的别墅。他们是当地最棒的红酒酿造者，酒庄也是圣罗科之所以比其他地方更繁荣的一大原因。阿玛莉亚也出身贵族家庭，相当显赫，根本不知道自己坐拥多大的田产。他们俩都是长满刺的老茎上晚开的美丽花朵。这么说吧，要是你不知道列昂纳多·达·芬奇的《基涅弗拉·德·奔茜肖像》[1]，可能就无法欣赏阿玛莉亚的美。她酷似肖像画上那个神秘且遥远的人——但阿玛莉亚的头发更好。基涅弗拉的神态显得有些犹豫，而阿玛莉亚的脸上总

---

[1] 《基涅弗拉·德·奔茜肖像》是达·芬奇在美国的唯一一幅油画作品，现收藏于华盛顿的国家艺术博物馆。

是会绽放灿烂的笑容。(据说基涅弗拉也是个诗人。终其一生,她留下的只有些断简残篇:我请求你原谅;我是山中之虎,等等。)

门铃响了,科林打开门,进来的是里卡尔多、卢卡和吉尔达,大家给了他们每人一杯普罗塞克葡萄酒,带他们到桌子边坐好。九点了,该一起尝尝土豆意式水饺和克里斯带来的科利奥葡萄酒了。(干杯,克里斯,要一个人留在加利福尼亚了。一定要早点儿回来。)玛格丽特从来没亲自做过柠檬意大利面,但她教过我(她之前跟一个厨师有短暂的爱恋时光,食谱就是厨师告诉她的),很好做,而且口味好到难以想象。我不禁想到:玛格丽特才是家里的守护神。

利奥和安娜塔是我在意大利的家人,他们热情好客,现在也一直在帮忙传菜倒酒。

里卡尔多,诚实守信,将我的诗翻译得精准传神,其中不乏超越我原作的译作。他站起身,开始祝酒。我安排他坐在苏珊这个园艺爱好者身边,因为里卡尔多本身尤其擅长鉴赏玫瑰,也因为他自己有一片园地。他会亲手摘下花朵的雄蕊然后晾干,靠卖藏红花多赚些钱。(我这是给苯莉亚递了一瓶迷魂药呀。)里卡尔多和茱莉亚肯定能找到共同话题。他在梵蒂冈待了一周,所以应该有很多或惊奇或吓人的故事。他站起来先请大家一起向教皇敬酒,至于是真心的还是带讽刺意味的,这我们就不得而知了。他还提到了希望和美好的未来,最后结尾时讲了一个关于美国当前丑恶政治的笑话——我没完全听懂,因为我总得盯着烤猪肉、土豆泥和香葱卷蔬菜。克里夫站了起来,我知道他善于审时度势,果然他直说自己非常感谢大家能热情欢迎自己的女儿和女儿的朋友们。至于里卡尔多刚才那个关于美国政治疯狂的笑话,他将之与贝卢斯科尼的桃色新闻作比,假装说自己希望今晚就能如此,逗大家一乐(虽然从萨凡纳人嘴里说出来有些伤人，但还算合情理），之后他温柔地（如甜美的甘蔗糖浆和菠萝蜜一样）祝福我和科林，说欢迎大家随时到乔治亚州的萨凡纳。我看茱莉亚好像很高兴的样子，她跟着站起来，声音颤抖，用意大利语感谢了所有人。太棒了！她说自己能和两位朋友相遇，能选择阿孙塔之屋，简直是人生幸事，如魔法一般。"真让你不禁相信命运自有安排，"她总结道，"能有这样的幸运，今晚能在这里聚餐，我们都非常开心。"听完，卡米尔和苏珊先碰了杯，又向其他人举杯示意。

"祝福我们无与伦比的两位——姬特和科林。"卡米尔加了一句。之后，大家开始聊天。大多是关于政治的。"美国公众总是鼓励有法西斯主义倾向的人，但我们意大利人一眼就知道谁是法西斯。"斯特凡诺说。

"哈，真是了不得。"苏珊笑起来。萨利说斯特罗齐美术馆过几天又展览，布莱恩正一个劲地说伊奥利亚群岛上的移民太多了，很多小岛都快被踩沉了。

"他们就是想跟我们一样。"黛布拉这样说。

"他们应该留在自己的国家，为自己的国家而战。"卡尔插进来。吉尔达宣布自己的学校要开设做肉的课程。每个学生都会分到一整头猪，学习刀法，学习如何利用除了杀猪叫之外的所有部分。这个让我有点儿反胃。我赶紧端起水杯，对着利奥做出"多谢"的口型。烤猪上桌——太棒了。我用刀划开酥脆松软的表皮。

里卡尔多引用了贺拉斯[1]写的一首颂歌（又给了大家一个热爱

---

[1] 昆图斯·贺拉斯·弗拉库斯（前65年—前8年），罗马帝国奥古斯都统治时期著名的诗人、批评家、翻译家，代表作有《诗艺》等。

在这里生活的理由）。我们现在居住的世界，宽广无边。我刚来的时候，还以为为了让马匹能朝着一个地方跑的障碍物被拆掉了。斯特凡诺派来的人清理了盘子，把当地羊奶酪配野菜沙拉和两颗黄色的小甜菜端了上来。

吃甜点之前，布兰登拿起身后的吉他开始弹奏《只为你》，原唱是意大利歌手约瓦诺蒂，风靡整个科尔托纳。坐在桌子那头的科林向我举杯。有谁注意到我杯子里的是血橙汁了吗？（可能只有瓦利吧，他之前酗酒，现在是绝对的禁酒主义者了。）

罗文站起来，感谢在座的所有意大利人能热情欢迎他这个陌生人。他看起来经历过人生起伏，算是英俊，带着放荡不羁的气质。吉尔达举起酒杯表扬茱莉亚，说她很有烹饪天分。"她比我们更精于此道。我们有时候都嫉妒她的才能！"茱莉亚摇了摇头，身体前倾，拥抱了吉尔达和卢卡。甜点。我不得不说，我和安娜塔把美味的忌廉卷端上来时，大家好像都顾不上说话了。同时，科林挪了挪椅子，结果椅子往后的时候弄出了不小的动静。

"亲爱的诸位！"他一开口，讲英语的人都笑了，只会意大利语的人则面面相觑，颇为不解。"为姬特举杯吧！你们都知道她是个很棒的作家。一个人的出现让她有了新的关注点，而她也决定继续。这个人让她偏离了轨道。可姬特却没有依赖着仍旧事务缠身的任何人。"科林停下来看着我，"她是我的北极星。我们都很喜欢和大家一起生活。我们爱所有人。大家都知道，我已经四十岁了，姬特四十四岁。未来仿佛已经充满了定数，对吧？我们可以自由旅行，可以拼命地工作。自由。好了，请大家举杯吧，让我们一起庆祝意料之外的未来。"两位侍者给大家倒好酒，这次是上等香槟。"我们要向大家宣布意料之外的未来。姬特怀孕了。六月,我们就将为人父母。"

大家都站起来,布兰登也用吉他弹出了一连串乐音。大家将杯中之酒一饮而尽,不断大声说着"太好了,太好了",惊讶的众人之中,我看到那三位女士脸上挂着心照不宣的笑容。大家都过来拥抱我们。当地人唱起了足球队的胜利战歌;阿玛莉亚激动得眼泪直流;卡米尔她们点着头,"我们知道了,早就知道了";里卡尔多(可能太惊讶了)到角落里点了支烟;尼古拉在壁炉旁跳起了舞,穿着奇怪苏格兰呢短裙的贝琳达也加入了进来;瓦利和黛布拉抓起酒瓶,让所有人都赶紧喝掉杯子里的酒。然而即便如此,大家也都没忘记榛子忌廉卷。茱莉亚似乎很镇静。现在端上来的是意大利柠檬甜酒、格拉巴酒和雅凡娜利口酒,芝士拼盘和开口核桃。

一碗克莱门氏小柑橘。我们一直在一起很长时间。不用离开。只是人生中的一段休息时光。在绿叶之泉的美妙夜晚。我可是山中的老虎。

第五部

联系

　　姬特，再见——聚餐很棒！听到你怀孕的消息我很开心！当然，我们早就知道了，在科尔蒙斯吃晚餐的时候就发现了。我现在在白云石山脉，跟你说声感谢，"温馨"这个词一定就诞生在这里，但只是这一时的惬意，并非永远的称心。我们房子里的一切都是软软的，漂白的木头很光滑，冒着热气的热水浴缸，天鹅绒的睡袍，窗外绵延的景色。但是没有雪，女儿们只能在雪枪喷出来的雪上滑雪。真希望她们不会摔断腿。山坡两边都是小树，已经披上了棕色的衣装。坐电梯不用挤也不用等。我只把它们当观光电梯用。冬天有些奇怪，但很美。沿着牧场小路往前走能到达一座避难小屋。对了！土豆苹果汤和松露鹿肉。茱莉亚简直太棒了！我坐在外面宽阔的阳台上，享受着阳光。早餐我预定了芝士火锅。空气令人陶醉，好像机舱内气压下降时，氧气面罩一下掉在面前一样。苹果特别好吃，一个个都很红润，有的甜，有的发酸。房间里剩下的一整篮都被我们吃了。从圣卡夏诺对你们说再见。希望你们喜欢佛罗里达。过几天见。苏珊。

　　附注：我把这个发给了茱莉亚和卡米尔，然后手机很快就没电了。

嗨，苏珊，卡米尔，

你们对我爸爸真好。他很喜欢你们俩。姬特和科林的聚会真不错，对吧？我们认识了不少新朋友。看来咱们真得小心一些了——也许就这样在圣罗科安顿下来，彻底不想走了。圣诞这段时间有点特别，但很平静。有一天下午，我们在西班牙阶梯走了走，喝了普罗塞克葡萄酒，坐在餐厅外面，接着回酒店吃了晚餐，很不错。后来，我们去看了《罗马之恋》，讲的是早期来意大利探索发现的女性们。她们很年轻——非常浪漫——也很傻，但还是赚走了我的眼泪。我们俩谁都没提莉齐，也没提韦德。我现在越来越会享受当下了。在罗马的时光尤其美妙——温度适宜——昨天坐火车来了那不勒斯。完全是不同的世界。意大利的城镇各有不同，令人目眩，我看我得很久才能消化——亚特兰大市、夏洛特市和罗利市并没有太大不同，对吧？但是，从罗马到那不勒斯的行程真的会让你着迷。种族主义者吧，我这么猜的，但我确实听见意大利人说非洲起于罗马。好吧，好像也没不同到让人大跌眼镜的程度。刚打车到酒店，我和爸爸一直紧握着手，我哭了几次，但司机一直在笑。后来我终于放松下来了，毕竟我意识到其他司机都希望我们能插队转弯什么的，甚至还想跟着黄蜂牌小摩托车往前走——那车上坐着三个人，还横放着一辆自行车。一个人一直抽烟，剩下的那个负责控制前轮，另一个操纵后轮，每个人都在给朋友们打电话，笑得很大声。除了我们，好像没谁在乎。苏珊，你肯定能行的！今天，我们去了斯帕卡那波利街，就是那条直直的街道（罗马人的东西大街），正好把那不勒斯分成了两部分，北边的小巷子给人一种随时能发生谋杀案的感觉，南边拥挤的小巷子里则有很多买各种小玩意的人——大部分都是电动的，这样玩具就会动——圣诞老人的形象跟我们在圣罗科随处可见的一样。这些精心的设计令人难以置信。真不明白为什么手工成了那不勒斯的精华。当然,那些东西可以说是低级庸俗,没什么艺术设计感,但我发现自己真的会俯身被各种东西吸引:有个女人在熨衣服,正往烤炉里放面包的男人,卖菜的人,摇头晃脑的食草动物,还有石膏做的天使(我买了几个)等。爸爸觉得走得有点儿累了。我们去了一家很有名的比萨店吃了午餐,但我觉得不是那么好吃,就当我跟别人看法不同吧——很难嚼,面团太厚,西红柿切得很薄,芝士放得也很少——马苏里拉奶酪好像是水牛奶做的。我还是更喜欢托斯卡纳薄薄的那层面包皮。回酒店休息一会儿,下午再出去——前厅相当气派,花园也很有格调。窗户外面,有个人正用棍子翻垃圾。实际上,这种对比让我有种莫名其妙的兴奋感。陌生的地方,你自己也不知道会遇到什么。我们不就是为这个来的吗?记得跟我说说你们的旅程。想你们!茱莉亚。

最最亲爱的朋友们,

圣诞节时候的圣罗科好像更让人有亲近感。查理和英格丽德特别喜欢这里。英格丽德快十五岁了,刚摆脱了一些束缚,她还问爸爸妈妈是不是能搬到这里来。她对这里真的很着迷,听说有所高中叫里世奥高中,那就意味着她能学到拉丁语和希腊语(反正她西班牙语也不怎么好)。她相当喜欢那种很像布丁的热巧克力,也喜欢入口即化的奶油蛋白酥。最重要的是,她喜欢阿孙塔之屋。我感觉是因为这里会让她想到《秘密花园》。查理和劳拉也是,喜欢这里的每个房间,也喜欢这里的生活方式。就连那么挑剔的劳拉都无话可说——我妈妈经常用这个词。她从这个房间走到另一个房间,一个劲地点头微笑。真好啊。当然了,她不喜欢猫,总不让它们跳到家具上。"你们怎么想的，居然养猫？"她一副难以置信的样子。

"我们没机会想。"我只能这样委婉地回答她了。

我们四个人烤了一大块当地的牛排，还在壁炉里烤了土豆。那天帕特里夏带来了野菜，正好拌了一大份沙拉。安娜塔带来了蓝莓水果派。茱莉亚，我们这几天过得特别好！明天晚上，吉尔达和卢卡邀请我们去酒店吃大餐。查理他们肯定会大开眼界，特别兴奋的。他们还给我讲了家乡的变化，我觉得还不错。查理，大家眼中的美男子，看见什么都觉得特别好。劳拉想休息，因为这段时间一直在路上。但她确实也在努力坚持着。

苏珊，多谢你为我们在威尼斯找到了住的地方。真等不及想看看她们看到房子时的表情。查理看了所有的艺术作品——可能就像圣母玛利亚一样，踩着祥云去天堂了。他自己为大家预定了年夜饭，餐厅就在大运河旁边。至少窗外已经能看到挂起来的彩灯。希望能下雪吧。苏珊，想让我替你去古董店看看吗？我特别想去感受一下。我跟水上海市蜃楼那个作品有心灵感应。他们从威尼斯飞走之后，我要自己待一天。虽然我很舍不得他们，但你们懂的，我对这座城市很有感觉。还有，很期待大家回到阿孙塔之屋之后再继续之前没完成的事。旅行愉快。等主显节我们在家里共同举杯的时候，希望大家都能有各种收获和感悟。无数个抱抱。卡米尔。

打桥上走过

开车经过，顺便看看周围的街区。要是现在克里斯看到莉齐赤身裸体躺在街上，肯定不会认出她来。他要一路去往旧金山，红酒庄园的标签需要微调。既然在戴维斯市念硕士的儿子卡特马上就要毕业，克里斯想不妨把儿子的名字也加在星光酒庄的背标上。卡特肯定能成为精明的酿酒师，他的口味很挑剔，定期抽桶检查的时候，如果你想知道红酒当前的阶段还有之后的品质如何，绝对可以信任他的判断。作为第四代酿酒商，卡特已经太熟悉加利福尼亚的山坡了，等不及想回到家乡，展开自己人生的新篇章——他倒是口齿伶俐："在巨人的肩膀上发展创新。"克里斯明白其中的意思。爸爸，搬到这边来吧。克里斯倒无所谓。卡特的女朋友，酿酒学专业的，也马上毕业，毕业之后也会去找卡特。那个女孩子叫和香，身量纤纤，是美国与日本的混血儿。她的祖父出生在萨克拉门托，尚在襁褓就被带到了一处营地，避开二战的风头。和香长发及腰，她经常摆弄自己的头发，或者甩到后面，或者用手先把头发束起来再任其散落——一般她对自己讲的话很有信心时才会这样。她有的时候挺好的，有的时候会让人心烦。卡特想让和香陪在自己身边，克里斯的理念是：孩子自己认为好、认为合理的就没问题。克里斯坚信,这就是卡特如此出色的原因。

二月末,马林山一片郁郁葱葱。克里斯的车速降到101迈,比周围的车稍快一些,一路都还算顺畅。钻出隧道,白色城市的景色一下铺展在眼前,周围环绕着深蓝色的水,水上的桥就像泛着光的安装工套装,带着三角船帆的船朝恶魔岛驶去。刚搬到这边的时候,克里斯深深爱上了这里,即便到了现在,他仍能感受到那种兴奋。西海岸荡起的微波,美国其他地方大概要十年之后才能感受到。克里斯知道这一点。

他开车驶进玛里娜街区,想象着住在三十年代西班牙殖民时期留下来的房子里,小院子里,茱莉亚正忙着为迎接朋友们摆餐具。克里斯突然意识到自己不由自主地哼起了歌,于是赶紧住了嘴。我为什么总要想到托尼·班奈特在费尔蒙特温柔轻唱的《海湾的城市》?有点儿尴尬,每次《我把心留在了旧金山》的音乐响起,他心里总是翻起一阵涟漪。哎呀,爸爸,太老土了!卡特肯定会这么说。

九月,那个漂亮的女孩——劳伦吗?——身体斜靠着,胳膊肘挂着吧台。《高高的山坡》,第一份工作,她的夏日时光在父母位于莫德斯托的农场上结束了,暴土狼烟,一点儿都不美好——庄稼、心碎还有那种被流放的感觉——到达凉爽城市时的震惊感,《星空半途》。有个骑摩托车的人差点儿撞到克里斯的前保险杠,他赶紧往右打了一把。旧金山真的与众不同,比罗马更特别。现在也依旧充斥着各种技术人员。至少他们会买红酒,不喝绿色的果汁,也不会供应绿叶菜。

在旧金山待了几周之后,克里斯彻底明白了,遵循自己十几岁时想要逃离的想法是对的。他在大自然中长大——凉爽的空气,连绵的小山，还有令人窒息的风景，那时的每个人都很年轻，对未来抱着无数幻想。最后一道关口，国家的险境。克里斯喜欢这里，喜欢一望无际的大洋，喜欢雷斯岬一波波拍在沙滩上凉凉的海水，还有白雾茫茫时令人神清气爽的一次次散步。加利福尼亚的人很多，但大地依旧保留着当初孤独的模样。刚让他沦陷的意大利和这里很不同，毕竟那里有很多人文景观和城镇。要有多幸运才能拥有这两个地方，就像茱莉亚和她的朋友们一样，深深爱上和之前在南方时完全不同的生活方式。他和茱莉亚要是二十年前遇见会怎么样？他们可以结婚生子，一起旅行，打造星光酒庄，她可以出版书籍，继续这种跨国生活。可克里斯已经有了卡特。他只能为此感到高兴。

加速开往城市，他带着一颗轻快的心。不是在这里，这边已经结束了。一架飞机肯定是穿过北极圈，降落在古老且温柔的地方，周围一片深蓝色的大海。

经过下太平洋高地酒店再往前走，尽管到处都能看到干净整洁的咖啡馆，但气氛已经没那么热烈了。克里斯想找到莉齐·哈德利最后出现的地方。不对，可能她用的是自己父亲的姓氏。那个混蛋。泰勒，韦德·泰勒真是混蛋。

克里斯努力回忆着茱莉亚口中的莉齐——只是放过了她慢慢堕落、凋零、残损的部分——不要满足小人，之前有只叫乔治的宠物乌龟，喜欢收集贝壳。克里斯不知道莉齐到底长什么样子。等等，他们在弗留利遇到一位笑容灿烂的咖啡师时，茱莉亚曾说过莉齐的牙齿很小。莉齐的牙齿就是这样的，像一颗颗小珍珠。没什么别的了。莉齐应该不会经常微笑吧。况且，她那种笑也是兴奋剂带来的笑。

一排脏兮兮的维多利亚时代人像，其中有三个被乐观的修理者清理了一下。几棵瘦小的树下堆着几坨狗屎。其他房子至少也重新刷过漆，门廊上摆着龙舌兰或者青草，窗户上还挂着罗马遮光帘。房地产市场这么抢手，房主肯定不至于让房子变得残破不堪。克里斯一眼就能看出来，这个街区里的房子大概都需要修葺，否则裂缝很快就会贯穿墙体。克里斯在十字路口的地方减速。那边的第二栋房子，也是整个街区最破的一座房子，外墙是紫色的，漆已经斑驳不堪，像毒品集散的地方。茱莉亚提到过紫色，但并没说过这样破败。一个长头发的女人坐在台阶上抽烟，另一个皮包骨头的男人靠在扶手栏杆上看手机。克里斯把车停在街道稍远的位置，然后走回角落里的商店——刚好在房子的斜对面。另一个穿着淡紫色衣服的跟维多利亚女王有点儿像，但一个上了年纪的黑人女性走出来，开始打扫自家的门廊。她家的隔壁，穿着生化防护服的油漆工人正在油布下使劲刮掉数十年来堆积的含铅油漆。又是一栋要被翻修的房子。

克里斯买了一包薯条、一盒薄荷糖和一瓶水。店主是巴基斯坦人，收钱的时候根本都懒得把目光从电脑上移开。

"周围有可以租的房子吗？或者要卖掉的？"克里斯问。

"什么都可以卖。"对方懒得费口舌，一直眯着眼睛看屏幕。他穿着一件宽松的T恤衫，上面有骷髅头的图案。

"肯定特别适合投资。"

"你知道那些混蛋现在怎么卖房吗？先修一下，然后卖出三倍的价钱来。"

"那边那座三层的紫色房子怎么样？"

"不怎么样。那个就像是走在半路上能看到的房子，至于以后怎么样我就不知道了。"

没错。"他们是在恢复吗？"

"好像有几个是。"

"那就不对外出售,也不能租了,对吧?"

"市里的房子。他们都能拿些钱。好工作啊。"

"我也听说过一些。"克里斯指着在台阶上抽烟的女人问,"他们应该都会过来买东西吧?"

"那个会。那个男的有时候会过来偷一两瓶酒。我也不计较。可怜的人,吸毒,连话都不怎么会说。断断续续的。"他呼了一口气,手摸了摸嘴唇,含糊了几句。

"隔壁那栋房子,有人好好装修了一下。"克里斯不想显得自己是在打听什么。

"花了三十万美元。代价真大,不过现在房子也值一百多万了。"

"这么一大笔花销,结果隔壁还是个破房子。"

"你是个明白人。而且你的车窗也保不住。"

"里面住了多少个人?"

"之前是八个。最近几个月好像少了两个。一个是浑身都有文身,连眼周围都有。另一个是个南方来的女孩,一副蛮横无理的样子,不过去年我被人抢劫的时候,她听见玻璃被打碎的声音,还跑过来帮我叫了一辆救护车,等我姐夫来了才离开店里。"

"天啊,抢劫?"

店主把脸转到一侧,给克里斯看那被打弯的鼻子和从脸颊直到耳后的伤疤。"棒球棒。他们一下抢了七十二美元。可我那一整个月都在受罪。"

"真倒霉。为你感到遗憾。"克里斯打算把实话告诉店主,"其实我是想找一个南方来的女人,她大概三十五岁。她家里人有一段时间没她的消息了。要保密啊。我觉得来救你的那个女人可能就是我要找的人。那房子里面住着多少南方来的美女？这条街是她最后出现过的地方。"

那个巴基斯坦人一下变得警觉起来。"我不能说。你去街对面问问那些蠢货吧。"

"啊，好吧。可能消息也不一定准确。多谢了。"

"好吧好吧，算我倒霉。别人都叫那个女人莉齐。这是你要找的人吗？她早就走了。救护车把她带走的。可能吸毒过量吧。"

克里斯开车走了，驶向那个特别有格调的设计工作室，就在太平洋街上到处都是绿植的地方，说自己的酒标要微调一下。前标的图像是一根简单的钢笔和刚冒芽的葡萄藤做的墨水，这个是要保留的，需要改的是背标。那位跟克里斯一起设计的年轻女士穿着一条黑色的喇叭裙，面料挺括，上衣是白色的衬衫，川久保玲的牌子，也有可能是其他更时尚的牌子吧，脚上的一双黑色短靴，她的头发——一直梳到头顶——几缕垂下来的发丝像乌鸦的翅膀一样，挡住了半边脸。克里斯一下想到了那个坐在台阶上抽烟的女人，就在莉齐曾经住过的房子前。那个女人灰色的头发打着绺。眼神中一片空洞。她的腿歪着，要是有人想，肯定能看到她的私处。克里斯不想看。天啊，不会吧。克里斯经过时，那个女人的眼神中透着悲伤、迷茫和难过，根本不想看周围的东西。想到这里，克里斯不仅涌起一丝同情，为莉齐业已消散的潜力，为茱莉亚的伤痛，甚至为韦德那个混蛋——毕竟他为自己两个深爱的女人忍了那么久。

"亲爱的茱莉亚，"克里斯写道，"我给你打过电话，但接不通。我知道当时我说去找莉齐的时候你不让我去。我没管那个，因为当时你也有点儿犹豫,而且我觉得你肯定想知道她的情况。我没打算直接跟她见面,就想看看莉齐是不是还在那里。我去了那个地方,那边有个杂货店的老板认识莉齐。他说莉齐已经不在那里了,让救护车给带走了。老板还跟我说自己的店曾经被抢劫过,是莉齐把店主送到医院的,还有,房子里还有别的人,可能会知道莉齐的下落。你想让我回去再问问吗?听上去好像很不好。"

克里斯继续写,说了自己的一天,说自己和邻居喝了一杯酒精度很高的白葡萄酒,吃了自己在全食超市买的烤鸡。

"想知道你的打算和你的情况。有的时候,我真想带你来看看旧金山……深情的拥抱!"

深情的拥抱。现在很想知道,今晚,莉齐会在哪里?

杏树，第一朵花

冬末，又一个幸福的日子来临了。温和的风吹过来，打开窗也不会觉得冷。玛格丽特一直认为压力系统在直布罗陀海峡的地方受到了阻碍，所以我们这边地中海温暖的空气才能施展自己的魔法。无论真实与否，我的脑海中总会浮现这样的画面：巨大的礁石挡住了狂风巨浪。书房外的杏树已经开花了，虽然还只是"犹抱琵琶半遮面"，但素色的花朵已经送来了一丝清香，不过不是杏花香味，而是我朋友在幼儿园时吃过的那种白色米糊的味道。冬日时光没有太凛冽，所以石墙上的天竺葵并没有被连根拔起。我现在只要剪掉已经死掉的那些就好了，剩下的都会在夏天盛开。

无论这里的冬天有怎样的景象，我们在阳光灿烂的佛罗里达州也终究是错过了。回想过去在山间散步的日子，靴子踩在潮湿的树叶上，橄榄树丛中总会冒出来一两株毛茛，晚上，野猪出没，哼哧哼哧喘着气，到处寻找橡果。朋友们已经准备好了面包蔬菜糊、香肠和炖牛肉。尤其是茱莉亚，这一整个冬天，她跟吉尔达在一起，已经熟知如何制作托斯卡纳猪肉了。他们把当地猪肉切成片，一点点认识学习，特别是喘着粗气的野猪们——人们总爱捉野猪，可没过几年，它们的数量还是会增加一倍。现在，茱莉亚正在研究制作茴香味的香肠,还在尝试烤猪肝的做法——不过我还是别吃了。她第一次卤的肉尝起来调料味太强了,但省略了用醋泡肉的环节之后,她的成果就变成了鲜嫩多汁的离骨肉了。

科林在伦敦的时候,我终于能自己待一天——我确实需要独处的时光。回来之后,我还没来得及完全收拾好行李。之前完成的工作随便放在书桌上,一大堆注记,还有一个文件夹,里面有六首诗。玛格丽特的手稿也在这一堆里面,现在她的和我的都混在一起了,根本分不清。与其在屋里整理这些到崩溃,我走出去摘了些杏树树枝,把它们插在厨房桌台的瓶子里。春天,正在路上。

五个月的时候,肚子终于像月亮一样鼓出来一些了。里面的小小月球探险家每天会尝试着走一两步。深夜的时候,我经常能感受到她的动作,失重的状态,稍稍有些用力。也许是个男孩子吧,刚刚驶离码头,飘进了母舰的怀抱。我们选择让医生暂时隐瞒孩子的性别。我也不知道为什么,可能只是为了让大家有更多神秘感和更大的想象空间吧。

从来都没有,从小时候跟布娃娃一起玩儿开始,我就没想过自己有一天会当妈妈。我和很多女性作家一样,她们也都没孩子,知道孩子会为创造力敲响丧钟(敲响丧钟,英文是 knell,古英语中写作 cnyllen,古挪威语中写作 knylla,击打、敲击的意思)。想象弗吉尼亚·伍尔夫带着一堆小孩子的样子,还有简·奥斯丁、尤多拉·韦尔蒂、西多妮·加布里埃尔·科莱特、西蒙娜·德·波伏娃、伊迪丝·华顿、伊丽莎白·毕肖普、薇拉·凯瑟,等等。对了,再加上玛格丽特。

现在我急需为自己的新角色找到些反例。西尔维娅·普拉斯——我们都知道其结局如何。琼·狄迪恩好像也不太理想。裘帕·拉希莉。扎迪·史密斯。她还算坚强。我暂时还没想到其他人，但我会继续想。我妈妈坚持认为她对我有双倍的宠爱，因为怀胎十月，一朝产子的经历太可怕了，她根本没勇气再来一次。我自己的小宝贝还挺贴心的，可接下来几个月的时间，我的肚子会越来越大，可我只能在这艘已经起航的船上举着一面随风舞动的小旗。谁知道呢，要是弗吉尼亚·伍尔夫有几个英俊的儿子，或许她就不会把石头装在口袋里，义无反顾地沉入乌兹河了。

在迈阿密的家庭医生听说自己之前的定论有转圜之后非常高兴。他还跟我说了些好消息：要是四十岁之后怀了孕，那么能活到一百岁的概率就比其他人增加了四倍。这确实让我少了些焦虑，至少我不用太过担心留下一个上大学的孩子如何独立谋生的问题了。算下来，我去见上帝的时候，X小姐也应该五十多岁了。

我在这次佛罗里达之行中遇到了不少人，最让我惊讶的是初恋男友。他叫赫尔，我们现在是朋友。我得和他见个面，还有（斯泰茜），就是那个租了我父母房子的人，因为观景门廊那里的木头好像有些腐烂了（况且我自己也想看看房子的情况）。我母亲卧室里两扇窗户的窗框需要换一下。我同意重新粉刷厨房，再换一个新的洗碗机（我没收他们太多租金，所以还以为这些事他们会自行处理，结果不是这么回事）。

赫尔没注意到。我穿着宽大的开衫和紧身裤。后来斯泰茜出去煮咖啡的时候，他才小心地问我："你怎么样？"我当然很高兴了，于是说："我六月的时候就要当妈妈了。"为了克制自己继续发问的冲动，我看他都快把牙咬碎了。所以我干脆直接说："我自己也很惊讶、意外。当然，我也很开心。开始的时候挺惊讶的。因为你也知道，我以为自己永远都不能……"

斯泰茜的女儿一蹦一跳地走进来，她长相甜美，梳着马尾辫，穿着荷叶边的裙子，还戴着牙套。我替赫尔感到高兴。要是我们回来，一种结果是他们必须得搬走，另一种就是我要把房子卖给他们——很难想像我会这么做。这是我唯一的主要资产了。我父母留给我的钱（我妈妈卧病许久，也没剩多少）之前全都用来买绿叶之泉了。我爸爸妈妈一直都很喜欢这里的房子，喜欢这里的每一面墙，每一条小路，每一个钥匙孔。这座灰泥的大房子离街道有些距离，周围都是棕榈树和长着苔藓的槲树。我告诉赫尔，科林有可能会在迈阿密附近工作，我们可能会在这边住下，所以想问问他有什么打算。

"我们可能会结婚。她让我很高兴，我希望自己也能把快乐带给她。谁不喜欢那些女孩呢？她们去哪儿，哪儿就一片阳光。你知道的，这座房子仍然充满你和你家人的气息。有时候我都觉得能看见你从楼梯上跑下来的样子，夹着一堆书；仿佛还能看到你妈妈躺在阳光房的躺椅上，粉色的丝绸搭在她腿上，一头白发已经略显稀疏。你父亲的工作间里还放着他之前挂在钉板上的工具。不管怎么样，我们过一段时间就会搬家，想在海边的房子里重新开始。热水浴缸，还有韦伯，还有工作。"他咧嘴一笑，知道我不喜欢中规中矩的房子。

"充满你的气息"这种说法感觉有点儿冒犯人，但我明白他的意思。

我仿佛也能听见朋友们的尖叫声，能看到他们跳上跳下的身影。几个迈阿密大学写作专业的作家们邀请我品尝古巴美食。（蒜香鸡等于灵魂美食。）这个专业的负责人也是个诗人，说我可以随时过来教书。太好了。

最后一件事，也是最好的一件事，我们结婚了，让大家都很惊喜。为什么是现在呢？我们自己也在想。只用两天就安排好了一切，不如这样说吧——没什么压力，也没大费周章，只是自发结合在一起的冲动。仪式就在我受洗的小教堂里举行，我父母也是在那里结婚的。其实，我们只邀请了赫尔和斯泰茜、科林的一位同事和他的夫人、我三个高中时候的好朋友（全都离婚了！），还有陪伴我长大的我父母的六位好友。主教牧师看起来很冷静，也有些不耐烦地样子，但还是铿锵有力地念出了所有誓词。我请母亲的挚友格莱迪斯念了一首杰米·萨比纳的诗。梅勒妮是我的大学同学，直到为了跟某个乐队远走高飞而退学前一直都是我的室友，根本没说要为我唱首歌的事。可我觉得，她唱起阿尔·格林的那首《让我们在一起》时，主教的心也跟着融化了。之后，我们带大家共进晚餐，就这样而已。每个人都举杯祝福，说了些往事，接着梅勒妮担起了DJ的工作，大家一起跟着《我一直都在》的音乐跳起了舞。科林的父母没来，但送了一大笔礼金，还送了一套床单——不过在意大利的那张床根本用不上，所以我就让赫尔暂时先放在我父母的房子里。

已婚了，我们俩都是。我想戴母亲那个镶着一圈钻石的蓝宝石婚戒，科林想让我戴他祖母留下来的那个。我浑身珠光宝气的，戒指很闪。我们把永远二字刻在了戒圈里。这算是大话吧，真让人害怕。我把我父亲的婚戒给了科林，没说那是从他肿胀的手指上先切下来再修复的。

有时在飞机上，有时在我们租住的公寓里，有时是在我无法入眠的夜里——我嫁了的这个男人会在睡梦中轻吟浅唱，这大概是他最可爱的时候了——那时的我在写作、阅读、记笔记。仔细品读完玛格丽特的手稿后，我知道，自己可能再也不用寻找其他素材了。我现有的资料很多，完全可以完成手头要写的书，使玛格丽特的作品不至于被时间的荒野埋没。至于其他的，比如我发现的秘密，她复杂的性格，还有曾经的悲伤和喜悦，除了明珠妙语，我都会好好放在心里。我一直觉得玛格丽特也爱过科林。我也发现了其中的原因。我觉得她是在嫉妒我——可说到底，我做的事，有哪件她不是能做得更好呢？——可我还是找到了背后的原因。其他事情。她仍是个谜，我也不打算改变这一点。但科林说，我觉得或许他是对的，比起我认识的其他人，我跟她更近一些吧。

我思考自己下一步的行动，思考要写些什么的时候，或遇到道德问题甚至政客们辩论的时候（她很清楚别人什么时候是在说废话），我总是会咨询还留在我脑中的玛格丽特。玛格丽特会怎么做？玛格丽特肯定能做得很完美。通常，这样想想之后，我都能找到值得思考的明确解答，虽然可能并不是我认同的，但玛格丽特就在那里，像是罗盘，让我不至于偏离轨道。或许每个人都需要这样的领路人吧。

笔记本：

读完玛格丽特的手稿之后，我写了一首诗的开头：

我知道我学到的。你不知道。
你如何能成为或不成为我？但那首奥维德的诗
我午睡的时候读的
关于公元前八世纪的午睡。比用手机呼叫更容易

走在高速公路上的时候，我触碰到了
前人普布留斯·奥维第乌斯·纳索。
我触碰到了《长干行》
还有一只白色的公鸡
一千四百年前被狐狸杀死了。但你不是我。
我只在这里工作。店主不在这里，没有人
能应答来电。你设置的一切已被遥远的主人更改。
如果每个人点燃一点点什么东西都好，
我们每个人都能分享光亮。至少如此。
多食，减重。倚在我身边。
众人之中，我还是能识得你的手。

（奥维德关于午睡的小诗——也就是我们说的休息——放在现在也能写得出来。《长干行》：艾兹拉·庞德。公鸡，我觉得是一位佚名的中国古代诗人写的。已经找不到出处了。）

在玛格丽特的行李箱中找到的手稿写了这些：

我怀孕了（玛格丽特写的，2008 年？不太确定是哪一年），在乔治城上大二那年的一月。我住在家里，所以就算有我父亲在，要想藏住自己的身材，保住这个秘密并不难。我母亲两年前离开了父亲。我决定从寝室搬回家，陪着父亲，给房子带来些人气和生气。父亲很喜欢我的朋友们。哪怕晚上醒来，发现有几个女孩睡在客厅里，自己不得不踮着脚走路，也丝毫都不介意。

我孩子的父亲说起来非常浮夸。实际上，他就是这种人。整件事像是契诃夫风格的故事：我爱上了这个人，就叫他马克吧，可他却爱上了我的朋友米莉森特，而米莉森特真正爱的只有她自己。此外，米莉森特经常有艳遇。我们当时都是二十岁，根本不知道自己在做什么。有天晚上，我父亲出了城，米莉森特和一个傲慢的法学生跑了——那个男生张嘴闭嘴都一副从政的口吻，所以马克就留在了我家过夜。法学生嘴里的政客可能听起来很熟悉，但在我的传奇故事中，只有被喜欢的人放倒的情境，根本容不得那些事。马克帮我洗了玻璃杯、烟灰缸、空比萨盒，之后我们就坐在壁炉前，讨论一贯的话题：米莉森特想要什么。可聊着聊着，主题就变成了我们自己未来的计划。我当时很清楚，我很想出去旅行，因为我确定自己要走上写作这条路。他申请了法学院，我们的很多朋友也都申请了，不过他缺少我们这个小团体里每个人都有的信心。他一直都知道，自己要回到里士满，大量的实践之后，在这个律师之家拥有自己的一席之地。我看见过博物馆董事会会议、历史学会、餐厅里的肖像画，他长得越来越壮了。可惜不是为我。但是，没错，他的肩膀宽厚，面容如雕像《大卫》，同样丰润的嘴唇，面容平静安详，称赞歌利亚时言语坚定。我真想亲手抚摸他年久变色的身体。我确实这么做了，和马克一起喝了一瓶红酒之后，我们唱起了露营时的歌曲，大声笑起来，之后，他一把把我抱起来，就像瑞德一下抱起斯嘉丽那样，把我抱到了小时候睡的床上。我们疯狂起来，干柴烈火之后，已三次达到了巅峰。后来，马克睡着了，早上的时候才醒来。米开朗琪罗应该再让那个健美的《大卫》睡着，完成另一尊作品。我一整晚都没睡着。兴奋。虽然那并不是我的第一次，但我之前从未体验过真正的云雨之欢。那种两具身体里交织沸腾的快乐。他是爱我的吧。我的唇印在他微微冒汗的后背上。晚上，他翻了个身，抱住我，就这一次。那是我一生中最长的夜晚——算上在伊拉克躲在水泥酒店里，外面街道上枪炮不断的日子。

经过深情的抗议、深情的赞美和几杯咖啡，马克就去上课了。之后什么都没发生。我只见过他一次，那也是七周之后的事情了。在这期间，米莉森特拿下了马克。我再也没搭理米莉森特。后来，知道自己怀孕之后，我觉得有义务告诉马克。毕竟他是孩子的父亲。他当时的反应——好吧，或许你已经猜到了。这不可能，你确定吗，你为什么不……他良好的教养终于发挥了作用，要是稍微有一点儿都好。他说要帮我"解决掉"，甚至愿意跟我一起去。

最亲爱的读者们，那是太久之前的事情了。简直可以追溯到使用衣架和化学浆洗的时候。我现在依旧能看到自己面对现实时严峻的脸。往事不可追。但对读者来说是新鲜事。写了这么多小说的我，可以用不同的方式讲述同一个故事。在实际生活中，能得出的结论却很少。留下它，或者放弃。"它"不就是条线索吗？要是这个"它"是亚当或者露辛达，结论可能就变了。

第二天马克打来了电话，我说自己已经安排了不要孩子的事宜。他留下了一个信封，里面装着八百美元，直接放在了门口的邮箱里。轻而易举。我对他立刻冷淡起来。我怎么可能"曾经爱上"这样一个冷酷无情的卑鄙小人？之后我再也没听说过有关他的任何消息。

做决定这一过程中经历的痛苦我就不再赘述了。我没有放弃自己的孩子。相反，我离开了之前经常一起作伴的小群体，改变了穿衣服的风格，换上了宽大的上衣和根本不修身的裙子，而且总是把笔记本抱在身体前，挡住肚子。就这样过了一个学期。四月的时候，我跟父亲摊了牌，他手里的雪莉酒一下就砸到了脚上。我没参加毕业典礼，毕业之后，父亲开车带我去了纽约。他在纽约的西村为我找了一间小公寓房。我在《乡村之音》找了一份无薪实习的工作。奇怪的是，根本没人问我怀孕的事情。我应该告诉马克孩子还在吗？我觉得他说要"解决掉"孩子的那一刻就已经放弃了自己身为人父的权利。我喜欢那份工作；编辑们都很觉得我挺好的，真的很棒。后来，孩子出生之后，他们让我成了正式员工。

我时常感到无法忍受的孤独。那个夏天，我头一次觉得，强烈的孤独感总会袭来。母亲已经和比她小十五岁的东印度男子开始了新生活，我们鲜有联系，我只能给父亲打电话。其他的亲戚肯定会被吓个半死，永远给我戴上"不幸"的帽子，他们一直给我贴着这样那样的标签（被宠坏的、厚颜无耻、聪明反被聪明误，还有主意太大）。我之前凑巧听到过："她这个孩子，一直都很有主意。"

我当时会一边在太平门门外喝冰茶，一边浏览电话本。该打给哪个朋友呢？但是（聪明反被聪明误），我感觉这种新闻不可能会藏得住。

我感觉自己就和书里的格里高尔一样，一觉醒来变成了六条腿的甲壳虫。《变形记》，实在没错。从薄片变成了气球。除了工作的时候，我根本找不到真正的自己。那个夏天，我一直在读伊丽莎白·鲍恩、亨利·詹姆斯（我走路时经过了她的房子）和贝蒂·弗里丹有关说明"无名的忧愁"的书。那个夏天，我还记得一罐罐番茄汤、烤鸡，为了补充蛋白质、蛋白质和蛋白质，以及巧克力牛奶——我自己还没完全长大呢。我从没想过我要生个孩子，不过父亲说可以帮我抚养，不论男孩女孩，幸好父亲没用"它"这个字眼。

利用工作上的种种搜索资源，我找到了一家位于公园大街的领养服务机构，还亲自过去考察了一下。装有玻璃幕墙的办公室里有很多诺福克岛松盆栽,一整面墙上都是已经收养了孩子的父母们,他们盯着怀里尚在襁褓中的婴儿,眼里充满爱意。可那些生下孩子的母亲,那些生活不幸、失去亲人或得到解放的母亲却连一张照片都没有。谈话之后,有人给了我几个文件夹,是四对夫妻的资料。我撒谎说自己不知道孩子的亲生父亲是谁,只知道他是乔治城的一个学生。父母分手之后,我度过了一段混乱的时期,现在非常后悔。我猜基本上每个要把孩子送走的人都会说些保护性的谎言。用我妈妈的话说就是"充满爱意的谎言"。就是为了不让某个人或自己知道真相时说的谎。

我规定的硬性条件是:接受过良好教育、风趣、有爱心、聪明且稳定。没必要说生活富足,毕竟来找机构收养孩子的人都得付费,所以家庭状况应该还算优越。四对夫妻看起来都很不错。我说想再看看其他的,可最后还是觉得看到的第一对最好。女主人是一位小提琴手,脸很宽,眼神略有些惊讶,一头黑色的直发,和马克的一样。她的下巴很圆润,和我的差不多。她开始在史密斯音乐学院,之后去了茱莉亚音乐学院。男主人和马克差不多高,鼻梁很挺,神采奕奕的,好像刚说完什么很有道理的话。他的职业让我很感兴趣——造船工程师。我孩子的父亲。他有这个资格。皮肤和我一样白,可能像小孩子一样有些雀斑,看起来坚定而且可靠。我要找的是从生物学上看跟孩子有些联系的父母双亲。文件夹上的名字用胶带贴起来了。我把文件夹放在膝盖上,和负责人谈条件的时候,悄悄用指甲挑开了胶带。这大概是我后来成为调查记者的第一步吧。趁着整理裙子,我赶紧瞄了一眼。爱德华·诺尔斯和阿曼达·诺尔斯。我把胶带重新按好,确定了送养的细节。会面的最后,我说:"能请您帮我问一下,对方能保留我给孩子取的名字吗?"

"这个要求比较特别,但我可以问一下。"

"谢谢。孩子的名字很好听。"

冷静,继续推进。但我当时还很年轻,独身一人——我想到了许愿骨——好像身体里有什么折断了。我走进了一个完全不同的世界。

为了更好地理解在玛格丽特手稿中找到的信息,我把部分词或词组抄到了自己的笔记本里,觉得这些通过墨水印在纸上的文字可以让我了解到她不为人知的生活,或许可以解释她为什么要把这些乱七八糟的文字留给我日后发现。

(无名的忧愁。薄片。权利。判断。八卦新闻。写作道路。餐厅里的肖像画。抚摸。疯了一样地翻云覆雨。养育。裸裎。如我一样白皙。完全不同的世界。醒来就变成了昆虫,很可怕。奥维德还写过《变形记》。)

我自己怀孕期间的感受和玛格丽特完全相反。要是她扔下行李箱几个月之后我读到了这个,那我可能会以某种特别的形式再现她的故事(或许跟她预料中我会做的一样),我怀孕这件事绝对是意外,甚至我都不抱希望。回到我的意识中:暑热的夜晚,玛格丽特的形象(我见过她年轻时如薄片一样的照片,也认得那种洞察世事的眼神)出现了,她盘腿坐在太平门处,喝着冷饮,觉得思维中出现了一大片空白。一台小收音机在房间里播放着舞曲。那音乐来自她无法走进的世界。

Lo Studiolo: 工作室

卡米尔环视着自己的画室,突然发现这里已经有了不小的变化。最开始,艺术空间仅限于一个小角落,一张宽大的工作台、简单的架子、一把阅读椅,还有一盏灯,可现在,房间里堆满了艺术书籍、墙面软木板上钉着不少博物馆收集的明信片、博物馆宣传页、又多了一张工作台、三个画架、无数颜料、画刷,还有好几沓每周和玛蒂尔德一起做的画纸。卡米尔把几瓶小珍珠、铜制铅笔芯、深蓝色的玻璃珠和多切面的锡、嵌着金丝的马赛克片——阿奎莱亚的马赛克片多么能引起人的共鸣呀——还有各种颜色的半宝石、一篮在阿雷佐古董市场买的复古丝带、档案胶水、一排玻璃尖的笔和几瓶墨水——湖蓝色、紫罗兰色、勃艮第红色还有白色的。画室中的一面墙上,光打过来,照在纸门上,如她在佛罗伦萨圣马可大教堂爱上的《凯尔斯书》一样散发着光芒,生动鲜明,亦如波斯细密画作品。卡米尔尤其喜欢旁注之美,和修行者一样。她喜欢研究每一个历史方向,然而纸门绝对是当代作品。这种设计棱角分明,分区明确,她使用了西班牙摩尔人会用的方形大色块构成图案,但对比鲜明,还有很多相互交叠的区域。

已经十八幅作品了,卡米尔还在继续创作。每一幅作品对卡米尔来说都像一个活生生的人。她喜欢这种有手感的纸，也喜欢加入一点儿小心思，创造不同的质感和尺寸。文字、线条、设计都是凭直觉来的，但多年教授艺术史的经验让她脑子中已经有了些图像，正好成了灵感的源泉。画画的项目一直在扩大，推动卡米尔不断向前发展，根本停不下来，以至于她无暇动笔描绘冬天的景象，也无法腾出手来画出玻璃碗里的石榴这种静物图。

圣诞节的时候，查理注意到了。"你真的把一切都投入到这方面了。"这是他的原话。而且那时，卡米尔只画了两幅。这次查理过来，不仅为他自己的画作打开了新思路，也增进了母子两人之间的关系。现在，每隔几天，他们其中一个人就会给对方发一张照片或者进度图。卡米尔觉得自己距离儿子更近了，上一次有这种感觉，还是查理从大学回来，兴奋地讲述第一学期工作室艺术课程的时候。那时的他把一块大画布铺在地板上，双眼闪着热情的光，跟之前的卡米尔一样。

卡米尔腾了腾自己的空间，不再想自己已经失去的东西，毕竟几个月过去了，她现在想的只是幸运。幸福的刺痛——养育了这样的儿子，幸运的爱，甜蜜的家，健康无虑，还有这个——她所有的神经全部被点燃了。看看整个房间，她小声对自己说，不是为了哪个神——但可能是为了那位修女 NM，她就是我的缪斯女神，我正逐渐变成自己从未想过能成为的那种人。

卡米尔看见茱莉亚正在壁炉旁看书。在火光的映衬下，茱莉亚披上了一层金色。她的头发挽了起来，用蓝色的缎带系着，玫瑰色的毯子搭在腿上。很难想象经历过那样的家庭恶斗之后，还能看到茱莉亚如此宁静的画面。傍晚蓝色的微光从窗户透进来，没错，应该把这种景象画下来。

很晚了,苏珊还在外面工作,充分利用春天到来前的这几天。卡米尔站在窗边看着她。之后会怎样?苏珊之前说球茎的生长即将上演。卡米尔煮了茶,把茶壶和饼干拿到了壁炉前的桌子上。"太贴心了!"茱莉亚说着,拿了两块自己的榛子马卡龙。

"苏珊回来之后,我要给你们俩看个东西。"茱莉亚站起来,开始翻杂志。"你在看什么?"

"姬特的诗。很奇怪。"

"没错,我同意,但'奇怪'在这里是褒义词。"

"没错。这都是怎么写出来的?我们了解她。她很像我们。是比我们年轻一些没错,但基本上也算是正常的。"

"可能是我们不正常,我们都不正常!"卡米尔开了个玩笑,"说真的,这些诗作——你读了两首之后就会发现,它们是另一个层次的。不是说我能比得上姬特,但我看着自己画的纸门,其中一些隐含的内容是我刚开始画画时绝对不可能达到的。那是我从创造之中又创造出来的。"

"我来念首诗:
猫睡觉的时候,她柔软无骨。但她醒了,
伸了个懒腰。她盯着窗外的鸟儿。她的眼睛
左看看,又看看,丝毫没意识到,这是个堕落的世界。"

"柔软无骨,那是她的话,我会用'放松'这个词。一会儿是如此简单而准确的内容;一会儿,哇,又直接跳到了世界宇宙这样宏大的内容。就好像她把语言当作牛鞭,直接就冲进了生活。这不就是艺术带给你的感觉吗?"

"肯定是她当时的感觉。我完全不懂。不是想变得傻乎乎的,但我真的有点儿恍惚。我之前很喜欢摆弄我妈妈的纸巾礼服图案,上面蓝色的线条就跟星座图一样。我会把裙子和围裙描在大张的纸上,然后涂色。还记得女人们想要缝纫室的年代吗?记得纸做的娃娃吗?你们难道没有羡慕过贝齐·麦考尔的生活吗?"

"麦考尔杂志!没错,我每周都要把她在杂志上的穿搭剪下来。贝齐度过了美妙的感恩节,她还去了海滩,等等。她和她妈妈穿着亲子装。我当时都想改名,把茱莉亚改成贝齐。"

"我没有。我有个布娃娃——贝齐·维西。我的工作之所以有进展,和纸娃娃贝齐有很大关系!还有我收集的所有外国双胞胎纸娃娃。波兰穿着黑色荷叶边衣服的娃娃,荷兰穿着木鞋的方脸娃娃,还有美国中西部地区穿着碎花连衣裙的金发娃娃。"

"天啊,快听听我们刚才说的。男人们会说,母亲带来的第一个影响就是播放巴赫的大提琴曲,还有看到马蒂斯的作品。顺便说一下,我觉得你的作品和我们在弗留利看到的马赛克有些关系。"

她俩聊着,卡米尔又添了些茶,苏珊从厨房的门进来了,摘下手套,脱掉了满是污泥的靴子。阿尔奇抖了抖,小猫们全都跑开了。"再过几周会有一次大惊喜。球茎都在发芽,到处都是。风信子!我还看不出来其他的品种,但小花园里马上就是一片花海了。"卡米尔拿了个杯子给苏珊。阿尔奇坐在壁炉边,前爪抬着,有两只小猫跳到了他身上。拉加佐跳上了茱莉亚的腿,任另外两只围着阿尔奇闹。

"大家注意了,拿出小本子记笔记。快看厨房。"卡米尔指着那个房间,"想想我们刚来的时候。现在,窗台上都是草本植物,还有粉色的仙客来,壁炉架上有一排烹饪书,茱莉亚蓝色的锅铲在台面上,一碗碗的柠檬,墙上还挂着陶瓷大盘子。我的天,还有三只猫,玫瑰色的马海毛薄毯,木头堆得老高,酒架也都放满了。你们觉得怎么样?"

苏珊马上回答说:"我们把这里变成了家。你说得没错。厨房之前就挺好的,但更棒的是,它现在有了我们的印记。是我用过最棒的厨房。你们知道吗?意大利语中没有'家'这个词。只有'casa',是房子的意思。我觉得这件事很奇怪,毕竟家就是一切。"

卡米尔接着说:"意大利语中也没有'宠物'这个单词,好像只有个什么词,表示门口需要喂养的动物。等等,我想说写别的。之前,我看了看自己的工作室。我还没把那两个图像——现在和过去——结合在一起。我很惊讶——还不到五个月,我们刚到这里时带着的一切就都被改变了。一直到了今天——说一下,今天晚上要改时间了——看看我们目前的成果。你们跟我一样惊讶吗?"

茱莉亚从冰箱里拿出了一打鸡蛋。"今天晚上吃煎蛋卷和沙拉行吗?冰箱里面基本什么都没了,我们明天真得去买东西。没错,完全正确。厨房的味道都不一样了!开始是难闻的下水道和老鼠味,现在都是鲜花和草本植物的味道,还有大蒜和蜜瓜。你说得没错,卡米尔一贯正确。我还想到了我的房间,所有的围巾都搭在衣服架子上。苏珊拍的橄榄树照片让我放大了,桌子上都是食谱和旅行手册。我们真学到了不少!在市场上找到的那个褪色的丝绸窗帘绝对是因为运气好,淡绿色,如尼罗河水的颜色,是这么说的吧,卡米尔?"

"没错,我特别喜欢那个颜色,尼罗河的颜色,复古的颜色。萨凡纳为你骄傲。还有学意大利语的事情!这是最大的变化。虽然我们现在根本算不上流利,但我永远都不会忘记虚拟形式。"

大家一间间挨个走过楼下的房间，巨大的变化引得无限感慨。苏珊在之前空空如也的门厅摆了一张圆桌，桌上是美丽的花团锦簇，还有大家的信件和留给其他人的注记。客厅里的钢琴上也摆着苏珊带回家的鲜花。清晨时光，大家都会在这个房间度过，初升的太阳透过窗户，阳光洒在砖石地板上。宽大的石头窗台上，是苏珊种下的南方蕨类植物，点缀了整个冬天。楼上的储藏间里，苏珊翻出来一条挂毯：四位女人骑着马，女人精致优雅，马儿的鬃毛油亮顺滑。虽然已有些破旧，但挂在壁炉上方，还是为家里增添了几许富丽之气。

"谁能想到呢？"卡米尔不禁感叹，"我真希望我们是刚搬进来，刚开始收拾东西，如之前一样住在这里。像放大的光圈，没错，但这里的景象就像是令人难以置信的礼物。"

餐厅的变化不大，修女留下的壁画已经足够，无需其他装饰，只要美食上桌即可。"我们今天在这里吃饭吧，"茱莉亚说着，拉开栗色的盒子，把餐垫和餐巾拿出来，"这是我最喜欢的房间。我脑子里都是关于晚餐的会议。还记得罗文看见壁画的时候，也记得他的红酒杯从餐桌这头被甩到那头的样子。"

"是啊，最后落在了我腿上。不过他马上引用了极具卡图卢斯关于红酒的话，很快就稳住了。我要研究一下别墅的花园景色，就像那样。"苏珊说。"就像那样"。她喜欢"那样"的意大利语 era，是过去时很不完美的表达，结束的时刻到来后，一切都还在继续之中。曾几何时……像童话故事的开头，很久很久之前……"还记得吗？上次有只鸟飞了进来，直接飞到了餐桌上，挨个打量了我们之后，就又飞走了。"

"我觉得那是那位修女画师来看望我们。"卡米尔并不迷信神秘主义，但多少会讲究一点儿。

茱莉亚叹了口气，开始切帕尔马干酪，卡米尔和苏珊则忙着完成自己日常的工作：喂小动物、收拾桌台、开红酒等。"这就是家。我们回家了！我们之前都不知道能不能或者会不会做到这样。你们有想法了吗——想留下来吗？能想象离开这里之后的生活吗？或者说明天就能抛下一切离开？"

"我们还没去过西西里岛呢。我已经开始有想法了。"卡米尔想到自己架子上成沓的手工纸张。她很想查理——没怎么想劳拉——当然还有英格丽德，可爱的她啊，在意大利过圣诞的时候还问自己什么时候能再来。她禁不住想，这样不是更好吗——把他们带到这个国家，怎么样？总比在北卡罗来纳州的时候每周日买个乳蛋饼一起过好吧？也比每年在秃头岛过一周的日子强吧？"然而，更深的一层是，我们都是美国人。这个改变不了！而且都是美国南部的。我们晚上都是站在棉花田里，看闪电照亮天空，电子塔像外太空来的音乐一样嗡嗡个不停。"

"什么？"茱莉亚皱起了眉头。

"你明白我的意思。用意大利的话说，我们总得带着'好像、如果、仿佛'生活。"

苏珊双手捧着红酒杯。"仿佛什么的我都不怕。永远留在这里？我也没什么意见。开始我以为自己总会想家，但实际上并没有，不过每天，我都很想念家中的门廊和花园。反正我之前也不经常去看女儿们。而且这些年过得都没什么不同，很少有什么新鲜的。这也没什么，都是正常的。可我就是喜欢清晨一睁眼，就有一种今天会发生什么的感觉，而不是千篇一律的样子。"苏珊把自己今天摘下的新开的野花拿了出来。安娜塔说这种花叫美丽妇人。花儿开遍了山野,但苏珊只摘了一小束神秘的鸢尾花,有黄绿色的,也有勃艮第红酒色的。"看吧,春天的第一份礼物——'美丽的妇人'。"苏珊拍了拍阿尔奇,带着它转了几圈。"我们来这里的时间还不到半年。过一阵之后再讨论这些吧。"

茱莉亚开口了:"不论什么方式,我一直期待自己的生活能像现在这样。我喜欢待在这里的每一分每一秒。"她转过身,盯着窗户外面潺潺流过的小溪。她误入歧途的女儿啊,总不在身边,现在更让她担心了。旋涡,蛇窖。

茱莉亚把头发甩到身后。"快看,这些蛋黄的颜色都有些橘色的样子了。"她把鸡蛋打到松软的柠檬色。怎么回复克里斯呢?上次他去了莉齐最后出现的地方之后,茱莉亚就没再给他打过电话。茱莉亚搅拌着芝士,又加了一小把百里香和欧芹碎。雅克·贝潘的视频教会了她如何制作最美味的煎蛋饼。"你们都准备好了?"茱莉亚把煎蛋饼翻了个面,把第一张松软的半月形煎蛋饼放进盘子里。

晚餐之后,苏珊带着笔记本电脑走到桌边。卡米尔和茱莉亚不约而同地叫了一声,大笑起来。只要苏珊一这样做,就代表她要计划些什么。只见苏珊飞快地敲着键盘,几分钟之后,她抬起头看着大家。"想去佛罗伦萨吗?"呈现在电脑屏幕上的是一间装饰着壁画的公寓。"我找到了超棒的房间,最低价了。现在还可以预定。你们快来看。"亚诺河出现在眼前,河水中倒映着一座赭石色、土黄色和黄褐色的宫殿。"从客厅就能看到这样的景色。还有一件事,尼古拉和布莱恩想租个房子做投资用,想让我帮忙评估一下。我们四月初的时候可以一起去卡普里岛。"

"我有种不祥的预感。我们的出行范围越来越大。"茱莉亚想象了一下什么才是不祥:莉齐双手颤抖着,把药片倒进自己的手里一口吞下去,都发生在她最后一次离开家之前的几周——那种剜心的痛让人觉得像溺水了一样,无法呼吸。

"用意大利语怎么说来着?先扎根,再长叶。"卡米尔也在想自己如何能享受这样的幸福快乐。买东西的时候,她总会买打折的衣服中最漂亮的,要么就看看手册直接买。查理喜欢地之角品牌的套头衫和短裤,而卡米尔更喜欢萨克斯第五大道百货公司和尼曼百货公司的打折羊绒衫。

"怎么可能啊,想想那些花重金在伦敦买房子的有钱人,他们的房子就一直空着。你觉得就因为在谁家位于卡普里岛的豪华出租房里过一个周末会让他们开始精打细算吗?那都是女人做的事。我们值得什么?今年可是我们出来放松的一年。天啊,我们真的都不小了,总得要放纵一些。别想了。"

茱莉亚和卡米尔就喜欢苏珊这一点。

佛罗伦萨：春日之城

春天的脚步越来越近。空气中透着阵阵温暖的气息，亚诺河的河水涨起来了，太妃糖色的，奔流而过。游客不多，但迷人的商店橱窗总有让你想要彻底清理衣橱的冲动，建有大门的宫殿拨动人心，长久以来你想推开的大门，那边就是佛罗伦萨。

茱莉亚站在桥上，为眼前的色彩一一命名：月桂色、咖喱色、姜黄色、鼠尾草色等。慢慢品着手里的卡布奇诺，她心向往之，闻着潺潺流水的味道，任由清晨的微风拨弄自己的发丝。

苏珊四处寻找春天到来的迹象，一整个上午都漫步在波波里花园中。可她觉得，这座花园虽然很大，却给人一种奇怪的压抑感，有些地方显得很凄凉，没什么植物，所以苏珊干脆坐在长凳上休息，勾勒自己心目中波波里花园的样子。自大的美第奇家族不会任由这样美丽的地方颓败。她为著名的雕像拍了些照片，都是胖乎乎的小矮人在撒尿的雕像；带着随从的海神像一个大餐叉；一匹英俊的马从水中跃出来，珀尔修斯骑在马背上，令他向前。静静地走在花园中，本应该是让人清心放松的，可苏珊的大脑却思考起了各种可能。

阴凉处有条长凳，苏珊在那里坐了半个小时，研究意大利语中的介词。她在学习意大利语方面好像很有天赋,毫无畏惧,语速很快。如果说得很慢,就算语法正确,别人肯定也听不懂。一整个冬天,苏珊都学得很认真,时不时还会和安娜塔一起散步、和尼古拉一起吃午餐,或者和里卡尔多一起喝一杯。跟这些人在一起的时候,苏珊会坚持全程说意大利语。她知道这样对里卡尔多很残忍——毕竟翻译是里卡尔多的特长——但苏珊含混不清的发音总会让两个人开怀大笑,况且一般里卡尔多都会来家里吃晚餐。

其实,到医院做志愿者让苏珊学到了更多。苏珊只负责倒水、帮助患者术后散步,若别人有要求,她也会大声读报纸,这项活动有助于她自己,也逗得躺在床上听她读报的人很开心。别人会帮她纠正错误,而且苏珊下次肯定能读对。医院里的所有人都知道苏珊,知道她是喜欢鲜花的女子,现在苏珊也会在候诊室里跟所有人打招呼。

苏珊看了一眼碧提宫,点了点头。是啊,我可真傻啊,她心里想着。肯定是这样!花园最初的设计应该是从那边看过来。那里的角度肯定特别好。从那里看,她只是小路上的一个斑点,但美第奇家族的人却坐拥上帝般的视角,且不必受泥泞小路的困扰。围着巨大的石头池塘走了几圈,苏珊心里想,要是我们决定留在阿孙塔之屋,就需要水的景观——不是简单地搭一个泳池,也不是小型健身泳池,而是自然一些的,用当地神圣的石头围起来,中间很高,有水从上面落下来。可画可想,可思可观。

卡米尔留在公寓里,吹头发时吹出了小卷,还涂了眼线和睫毛膏,甚至还擦掉了鞋子上的每一个泥点,实在一反常态。她想带着追求狂野的心(于她而言如此)走出家门。到了普拉达的店前,她使劲盯着窗户。昨天就已经看过这些物品了。门口穿着黑色衣服的瘦小的女士吓到了卡米尔，她只是想随便看看，但那位服务员一直跟在身边。苏珊说，陪伴也是服务的一项内容，并不是因为怀疑。有些服务员其实能提供很大的帮助。不过，苏珊也说，只是我们不习惯而已。卡米尔指着窗户里自己喜欢的鞋，说是喜欢，其实已经垂涎许久。"有三十九码的吗？"她开口问。

十分钟之后，卡米尔就成了这双鞋的主人。深红色的天鹅绒鞋面，脚踝处有细带子，鞋跟很高。难为她的膝盖了。接下来，卡米尔要做的是创造能穿这双鞋的场合。开始还很拘谨的导购，看到卡米尔抑制不住的兴奋之后，也变得放松了一些，给卡米尔看了一款蟒蛇皮做的钱包，和她的鞋子是同一色系的。最后，卡米尔也买了那个包。

冲动购物之后，卡米尔把上午剩下的时光都给了美国二十世纪的艺术——在斯特罗齐酒店开办的艺术展，展示的是康定斯基和波洛克时代的作品。展品中很多都是她之前教学时见过的。在如此令人心生崇敬的环境中，画作之间仿佛产生了某种共鸣。这几个月，卡米尔一直在研究文艺复兴时代的艺术，现在，突然回归到自己时代的艺术，卡米尔内心受到了极大震动。她停下脚步，为罗斯科的作品深深折服，其中五幅作品仿佛被某种神奇的力量点燃了，活了过来。卡米尔花了整整一个小时，吸收画作看似简单，实则繁复。有一幅画看起来像月球表面，背景是无尽的太空。其实，那副画只用了灰色和白色，却营造出明亮、有颗粒感、半透明和神秘的感觉。卡米尔很开心。她盯着海伦·弗兰肯沙勒的作品看了很久，她是为数不多的在本次展览中出现的女性画家。卡米尔很喜欢弗兰肯沙勒。一个约十四岁的男孩，表情严肃，带着租用的音响设备，从一幅画走到另一幅画。那个男孩子想看的是杜尚的作品。艺术启蒙的那几年,卡米尔爱上了查理。现在这个男孩让人觉得一切都在飞速流逝。他们看到了彼此,一会儿之后,那个男孩笑了。卡米尔也笑了。这样小小的眼神交流让卡米尔不禁热泪盈眶。

卡米尔兀自大笑起来,为让自己充满热情的艺术、为了红色的鞋子、为了那个男孩,也为了充满希望的空气。她往中央市集走去,和茱莉亚还有苏珊一起吃午餐。茱莉亚上午在那边的烹饪班学习,不过好像没学到太多内容。她早就掌握了意大利面的做法,也知道简单的意式奶冻和毫无新意的提拉米苏该怎么做。

还没到旺季,典型的高级美食市场梅尔卡托就已经挤满了人。东西真多啊——各种迷你商店,卖汉堡、牛肚包(别问是什么)、松露意面、西西里甜点,还有美味的马苏里奶酪。大家从这个柜台走到另外一个柜台,拿着小盘子找好桌子,然后去另一个卖美食的柜台买些东西,再赶紧冲回来。苏珊真是个正经的南部人,要了很多炸物,比如香脆西葫芦、炸鱿鱼、炸胡萝卜、炸土豆、炸南瓜花和炸面包球,她让大家都尝了尝,比一次吃一整个好吃。茱莉亚评价了一下自己的西兰花培根意面,说天气凉的时候吃很不错。虽然有些犹豫,但卡米尔这次点了些平时不会点的东西——黑鱼米粥配烤鱿鱼。开始,他还担心烤鱿鱼吃起来会像橡皮筋,但实际上美味极了。

回到公寓,卡米尔打开鞋子的包装盒。每只手各拿了一只鞋子,在空中挥舞,仿佛自己在跳舞一样。"查—查—查!"大家轮流试了试这双新鞋。卡米尔觉得,光看着这双鞋,膝盖就是一阵刺痛。"我要再减五斤,买条黑裙子。四月就要七十岁了呢。"我的事业正在蓬勃发展,这是卡米尔内心的想法。是苏珊给了我灵感。更合身的衣服，而且要更明亮的色彩。再也不买 L. L. Bean 这个牌子了。要像茱莉亚一样，更有活力。她简直就是厨房里的小精灵。不能再无休止地看艺术书了。要动笔实践！

卡米尔暂时什么都不想买了。她买了乌菲齐美术馆的票，今天傍晚和明天上午的，一共两张，打算一饱眼福，之后在自己的本子上画个够。

苏珊现在要出发到亚诺河另一边的奥尔塔诺地区去，逛逛亚洲艺术品的店铺。茱莉亚说自己吃得太饱了，需要一次"复兴的午睡"。

未寄出的信？

体检的过程很快。医生一直微笑，很开心的样子！哈，太棒了！一夜之间，我和科林就来到了佛罗伦萨。晚上的时候，我们要和美国来的邻居们共进晚餐。她们在河边租了一间可以看到河流美景的公寓——苏珊找的。她打电话给我的时候，说卡米尔现在完全脱离了正轨——先是点了鱿鱼，竟然后来还买了普拉达。她在艺术方面的爆发已经让她放松了其他方面的底线（这还不算她从来没正式解释过的旅行时在旧沙发上翻云覆雨的事情）。在威尼斯的时候，大家去的地方都不一样。苏珊是从一个叫"城市时尚"的咖啡厅打来的电话，就在碧提宫旁边，走出波波里花园不远就能看到这家店。下午五点，她们坐在室外区域，喝着金巴利苏打水。我们八点见面，希望那时她们还能站起来。

跟医生见过面之后，科林还要继续忙工作。宫殿恢复的工作暂时搁置了，因为人们在一个大房间里发现了一幅壁画，面积横跨三个房间。这就是建筑师的噩梦。现在，几位专家必须要先评估一下壁画的价值才行。只瞄了科林一眼，我就知道，科林过去肯定是去处理问题的。一整面墙上的壁画看起来都像是波提切利的迷人作品，优雅且令人陶醉，花儿串成长长的一条，尽头是圣母玛利亚，她飞向天空的过程中，俯身摘下盛开的花朵。科林打算建一个又长又宽的大厅，保留一整面墙，减少卧室的空间。我看，关于这栋房子的价值，肯定刚才又涨了不少（当然，说这话的是"业余建筑师姬特"）。

我回到了酒店，翻阅着自己的注记，一会儿整理，一会儿盯着外面的托纳波尼广场看——好标准的正方形广场。平视过去，我看到八扇文艺复兴时期的窗户，风格各不相同。这种时候，我总觉得自己离玛格丽特很近，毕竟她疯狂地喜欢着不同的建筑。我们曾坐在里瓦尔咖啡厅，沐浴在阳光下，俯视领主广场，再点几杯橙汁，聊一聊这一大片广场周围的建筑物以及发生在这里的一切：从萨沃纳罗拉被烧死到大卫雕像（仿制品）旁边的杰夫·昆斯青铜像。世界各地的游客汇集于此，可玛格丽特总是一副视而不见的样子。"抬起头。"她肯定会这样说，或者她干脆就忽视那些人。玛格丽特身上永远涌动着能量。就算和所有人一样，只是坐在那里，她身上也有一股连侍者都已经熟知的力量。她是那种热心的人，并不会唐突，我太了解她了，参与了她从六十多岁到七十六岁去世的人生。她不曾改变分毫，只是穿衣服的风格越来越不寻常。如我之前提到的，她对科林有感觉。玛格丽特有时候会带过来一张伦佐·皮亚纳或扎哈·哈迪德设计作品的宣传页，和科林并肩坐着讨论各种细节，讨论人性的元素是否已融入到设计中，以及光线是否能照射到内部，等等。

把玛格丽特的手稿翻到最后，我发现了一封信，信封上写好了地址，也按了邮戳，只是还没有用蜜蜡封好。卡尔霍恩·格林。律师事务所。格林与施瓦茨事务所，里士满，弗吉尼亚州。我真的要把这封信寄出去吗？她自己没有寄出。

但或许手提箱中的东西并不是留给我的。我记得，她说秋天的时候会再回来。她回到华盛顿之后，我们之间的联系越来越少，之后干脆不再有联系，最后就什么都没有了。

我读了那封信：

卡尔，我是玛格丽特·梅里尔。你肯定还记得吧。这么多年过去了，我只想告诉你，你的孩子没有被夹碎丢掉。我生了个男孩儿，八磅重，他有一头黑发，蓝色的眼睛犹如仲夏时的夜空，他挥舞着小拳头，仿佛在和哪个看不见的人打斗，绝对是个小甜心。我当时只有二十一岁。我放弃了他。我去了纽约一家机构，为他选了一位造船工程师当父亲，工程师从某些角度看有些像你，但个子更高。他的妻子是一位音乐家，声名鹊起，一头瀑布般的直发，下巴有些往前突出来。

我知道他们肯定会是优秀的父母。办手续的时候，我看到了他们的名字，所以要想在上东区找到他们的地址应该不是什么难事。

我在市里工作。有的时候会去他们富人区的某个位于角落的咖啡店。门上有用黄铜精心打造的门牌号，应季鲜花插在前面小空地的台阶上。大楼周围还有铁栅栏——都是细心的人们。她的眼睛很大，棕色的眼眸，头发高高束起，偶尔会有一两缕垂下来，作为"母亲"的她，一手抱着孩子，另一只手则推着手推车。她就那样安稳地把孩子抱在怀里，用柔软的白色毯子盖住孩子的小脚丫，再调整下靠垫。她会轻轻亲吻孩子的脸颊，总是面带微笑。我坐在那里，她就靠窗坐在了我旁边。

后来，我还看见过一个保姆，是个穿着整齐的菲律宾女佣。她会陪着孩子一起在人行道上走，孩子不时地停下来看看树叶或指指旁边的小狗，然后抬起头看着保姆，让她也看看面前的种种奇迹。孩子穿着黄色的套头衫，正面绣着一艘船，脚上则是一双干净的牛津鞋。像个小大人了，精力充沛，乖巧可人，走路跌跌撞撞地。保姆总要追着他，牵着他的手才行。

我还见过两次那个男人。孩子骑在他的肩膀上，颠来颠去的，仿佛在骑大马。为了让孩子更开心，他总会迈开大步。我走出咖啡店，朝他们走过去。孩子和我对视了一下，只一瞬间，之后他笑了。

最后一次见到孩子是他四岁生日后的第三天。那天曼哈顿闷热异常。我本来不想等了，准备离开咖啡店，可这时，我看见他踩着滑板车沿人行道朝这边过来，速度很快。他简直像个幽灵。街上的行人们都纷纷避开，他长长的棕色卷发飘向脑后，脚总是在蹬地。花店店主朝他大声说："天呐，科林！"报摊摊主跟他打了招呼，还跟一个背着包的女士问好。他从我眼前过去了，仿佛从梦中走出来一样。

四年半的时光，之后我就离开了他。欧洲、报道、政府的私活儿，还有我的小说。或许你已经听说过了。通过我自己的资源，再加上后来的网络，我发现了一些信息——音乐会、盛大的晚会、一篇关于潜艇定位器进步之处的文章——并不多。后来，就到了去年。那时的我在阿富汗，为《泰晤士报》工作。有一天,我在广播里听到了这条消息。

科林·亚当·诺尔斯,十六岁,阿曼达·诺尔斯和爱德华·诺尔斯之子,在约塞米特地国家公园攀岩时发生意外,于8月5日离世。其生前为霍瑞斯曼高中的学生,尤其擅长语言及文学。科林为夫妻二人的养子,深受家人宠爱。他为人幽默,广交好友,聪明伶俐,是大家生活中的开心果。他本计划未来向建筑方面发展。此外,他也是极有天分的钢琴家,喜欢网球及英式足球,已和一队登山爱好者开始训练,准备征服安纳普尔纳峰。对此,其外祖父母卡洛斯·阿尔卡扎及约瑟芬·阿尔卡扎,祖父母桑德拉·诺尔斯及菲利普·诺尔斯,妹妹约瑟芬·阿曼达·诺尔斯与其父母一道深感悲痛。

好了。你从不知道这些事。现在你都知道了。他在人世这么多年。我每天都与他同在。现在你也——并不是讽刺——能为此骄傲了。玛格丽特。

科林说我必须把信寄出去。应该吗?我怎么能这么做?我又怎么能不寄出去?

生活有时候非常不真实。进退两难,这个问题一直萦绕在我的脑海。不过,这时,我已经在红洋葱酒店摆好了椅子,准备迎接苏珊、卡米尔和茱莉亚。公寓里的壁画让她们三人都很兴奋,在一家时尚沙龙一起做了新发型后,她们去品尝了开心果冰激凌,之后去了费尔特里内利书店,还给我带来了一束紫罗兰。大家都喜气洋洋的。我穿着肥大的连衣裙和夹脚的鞋子,平静且温和,只是腿肿得厉害。

我和科林沿河漫步，走回我们的房间。夜空中，一轮明亮的圆月。一个小孩子吹出了一串肥皂泡。朋友们决定回广场再来一杯晚间的柠檬甜酒。明天，我们会坐同一趟火车回圣罗科。她们身上不断积累的能量让我很惊讶。自从来到了这里，她们身上的力量似乎增加了一倍。简而言之，也可以说和我一起走回去的是年轻的科林·诺尔斯。读完给马克，也就是卡尔霍恩·格林的信之后，科林沉默了好几个小时。玛格丽特，怎么会这样？真希望她当时把真相告诉给我们。我竟然觉得她对科林有意思（年轻三十岁啊），愚蠢至极。其实，玛格丽特只是为自己的伤口和渴望找一些慰藉罢了。她失去的科林很可能会成为我身边的这一位科林。作家也都是命名者。我的科林，建筑师科林，肯定就像电击枪一样击中了玛格丽特。

这封信打开了玛格丽特黑暗的过去：一个秘密的孩子。从那之后，她就带着无数个秘密度过了漫长的人生岁月。

偶然听到

厨房电话铃响起来的时候,我们看了对方一眼。怎么回事?我那时在阿孙塔之屋吃晚餐(科林第二天才会从伦敦回来)。后来,我们一起去了客厅吃甜点。肚子越来越大,我也越来越喜欢柔软的大椅子。这把椅子总让我想起迪托——路易莎一刻不停地织着粗糙的围巾,迪托就把脚放在壁炉边暖着。我换靠垫的时候,好像闻到了一丝他身上雪茄的味道,他身上的味道很奇怪,就像新切的木头。我们讨论起了孩子的名字。洛伦佐、阿玛莉亚、芙拉维亚、卢卡、埃托雷、利亚、等等。我喜欢包含着某种品格的名字。特雷弗的一本小说让我想到了菲兹丝黛西姨妈,但为什么要给孩子起那么拗口的名字啊?大家都喜欢黛拉这个名字,我觉得也还不错,但科林更喜欢瑞纳,听起来崇高且优美不过英语的名字听起来更浪漫——尤妮斯。

"塔蒂亚娜,"苏珊建议道,"她长大之后可以成为舞蹈家。"电话铃响到了第八声,苏珊赶紧过去接起来,之前都没人打过固定电话。"茱莉亚,是找你的。"苏珊大声说。走到门口的时候,她又说,"男的。南方口音。但不是克里夫。"

茱莉亚接电话的时候笑了一下。我们继续聊天,但还是能听见茉莉亚那边在说什么。

"我是茉莉亚。"

"韦德!你怎么知道这个电话的?"她在门口处挥挥手,嘴巴张得老大,摇了摇头,大拇指朝下,表示情况不妙。

"没错。没有别的藏身之处了。"她笑了,可一点儿笑的意思都没有。

"我在听。"

"没错。我朋友去找她了……"

"这么说吧,他把这件事当成了自己的事。"

"朋友,好朋友。随便怎么样,这并不重要。他还想继续找,但我还没同意。"

"等等。他没觉得那是他自己的事。他是想帮我。"

"好吧,去吧。你自己去过多少次了?"

"她早就已经变坏了。"

"我说让你去。我会告诉克里斯你要去的。"

"没错,克里斯。他有自己的名字。你非得让我说的话,我只能说我们一起共事。"

"当然。你去的话,我当然想知道。"

"我不想让爸爸去。对他来说,这太沉重了。你也知道,如果让她觉得一大群人针对自己会怎样,她肯定会说去那里是我们的错。"

"就我们最后知道的地方。她被捕的时候,有个朋友给我们打过电话。你可以找她。我记得是华纳·布莱克威尔。"

"什么?等等,你说什么?韦德,你是不是疯了?"

"难以置信。真是无语,我还是别说了。我要挂了……"

"房子?好吧,全得听爸爸的。那是他的房子。"

"行了,别说了。你在说什么啊?我们在那里住了一辈子。可交房产税的是他。你没有权利找他要修房子的钱。你是不是有毛病?"

"不行。不行。就是不行。我要挂了。"茱莉亚挂了电话,回到房间里,手一直捂着脸。"难道他一直都这么蠢吗?我这么多年怎么就没看出来?"

"你还好吧?"苏珊问,"到底发生了什么?我们听到了。应该关上门的,但我们很担心。我接电话的时候知道是韦德。我们很害怕有什么坏消息。"

"他说的都是坏消息。我把克里斯的发现告诉爸爸了。他在俱乐部酒吧碰见了韦德。两个人聊了一会儿,爸爸就告诉他莉齐失踪了。现在韦德满脑子都是去加利福尼亚把莉齐找回来。又一次。"

"哦,让他去吧,也没什么不好吧?"我说,"可能莉齐真的遇到困难了。"

"我知道,而且我知道韦德肯定会去的。没事。莉齐肯定还会让他心碎。别的消息——真不敢相信——韦德的女朋友怀孕了。真恶心。好像叫罗斯还是什么来着。她可比韦德年轻一半。韦德到底是有多蠢?哈,第二次机会!他竟然敢这么说。用烂了的借口。你们听听——他说让那个女的搬到我们家,可那本来就不是我们的房子。或者他搬出去,让爸爸把这么多年我们修房子的钱给他。对了,还有,那个女的想和平共处。天啊。真让人彻底无语了不是吗?"

我脑海中只浮现出华莱士·史蒂文斯说过的一句话:*世界如此丑陋,人们如此悲伤*。我尽量克制,不想说太多。我想,大概是恋爱中的女人吧。罗斯——说到名字,不得不承认,这个名字总让人觉得她很无辜。可能她太兴奋了。"谁知道别人是怎么告诉她的呢？"我说，"韦德，挺帅的吧，六十岁也是这样。我在网上看他的船具商店的时候见过他。大背头，大手放在船舵上，衬衫没系扣子。感觉刚从 GQ 冰激凌店走出来一样。要是我，我也会多看他一眼。罗斯肯定也是入戏了，感觉有点儿像电影情节：我们不能做朋友吗？韦德确实不太地道。"或者，按照玛格丽特之前说过的就是：他们没和你一起睡的话，你就没戏了。

茱莉亚深深叹了口气。"往前走两步退三步。什么都越来越差，他要去找莉齐，我挺高兴的。他这样做虽然很笨，但我知道他心里也有很大的伤口。现在他又有孩子了，是发生在他身上的好事，所以他对莉齐的愧疚感卷土重来。真吓人。她就像我永远都脱不掉的外套。"

"茱莉亚，"我笑了，"我能借用你刚才说的那句吗？好了，认真地说，我觉得确实发生了什么。给自己点儿信心。"我这么说是因为那个未知的孩子。我知道，一旦测试棉条出现了两条红线，一切都会发生重大改变。况且，有的时候，一个变化会带来更多变化。我没把这些话说出口。现在不合适。"你也知道，"我这么说了，"他肯定是要离开了。所以你就解脱了。虽然还是痛苦，但至少你自由了。"

茱莉亚瞪大眼睛看着我。"嗯，说得没错。很对。但现在我没法思考。我知道这样说很过分，但他竟然能在没有我的情况下生活。要知道，他曾经为了见我，连续开了二十二个小时的车。"茱莉亚没说"我才是那个他能让从耳垂舔到脚趾的人。他是那个在云雨之欢之后落泪的人"。"我总是等着各个部分的碎片自动回归到原本应当的位置。我常常做这个梦，人潮汹涌，我在角落里等着他接我，后来我们就一起回家了。我觉得自己现在是旧病复发。"

"不，不是这样的，"苏珊说，"他不能就这样把你丢下。我们决不允许。为什么他不先去旧金山之后再告诉你呢？这就说明他就是想折磨你。或许他不是故意的吧，但打电话也不应该说他女朋友怀孕的事。这是个没底线的人。"

卡米尔把水壶拿了过来，倒了几大杯美式咖啡。"不含咖啡因，"她说，"放心喝吧。茱莉亚，你是在成长。坚持住。现在，只关注能推动你前进的力量就好了。你已经为莉齐水深火热过了。发生在她身上的事完全取决于她的决定。还有韦德，对吧？"卡米尔的声音变得柔和了一些，"不过是曾经拥有却无缘继续的人罢了。"

"你们说得都没错。我现在只相信你们就行了。"

"我们不说这个了，"我说，"明天我想带你们去散步，路的尽头是很少有人知道的罗马时代的桥。我们从这边出发，沿着一条石头小路往前走，穿过山谷之后是一片长满杂草的地方，这时就能看到那座石拱桥了。桥下的小溪之前肯定更宽，水流肯定更迅猛。一年的这个时候，应该有水流过。明天见。"

好的，明天见。希望茱莉亚能尽量睡得好一些。

茱莉亚抬起头。"好的，回到正题。我们去野餐怎么样？你确定你走山路没问题吗？"茱莉亚想起自己十二岁时从马背上被摔下来的事。她和那匹马飞过障碍，前一秒还在空中，后一秒就摔在了地上。幸好她只是肩膀脱臼了而已。

"没问题。有条小路能直接连上去山谷的那条路。之后可以让科林来接我们，因为再往回走可不容易。大家晚安了。"

惊世之作

带着些担忧,完成了十八幅纸门的卡米尔把所有的画收到一起,准备给玛蒂尔德看一下。卡米尔提着两个大箱子出现在店里时,玛蒂尔德正好要休息一下。之前,玛蒂尔德一直在教几个非洲来的修女,她们想修复教堂里受损的典籍。几个人凑在一张纸前,上了浆的白色修女服好像一大朵花上的几片花瓣——她们的头几乎都凑到了中间。玛蒂尔德的学生们都喜欢纸张制作的过程,更好的是,有些人更喜欢她修复典籍这项更重要的工作,这也正是这家店存在的意义。打扰了她们正在进行的工作,卡米尔觉得有些不好意思。难道她自己的画作不应该最终被遗忘吗?

玛蒂尔德和塞雷娜拆开了圣罗科大教堂那幅有五块背板的祭坛装饰画,把它们铺在桌子上。借助显微镜,卡米尔看到了画作上人物周围复杂且精湛的金线绣工。接着,玛蒂尔德向卡米尔展示了清洁片是怎样恢复圣杰罗姆的外衣颜色的——昏暗的池塘绿色变成了明亮的深翠绿色。"真了不起,"卡米尔说,"你拯救了这幅作品。感觉这里像一间手术室。那个棕色的标记是什么?"卡米尔完全着迷了,忘记了自己卑微的作品。

"蜡烛留下的痕迹。很难修复。不只是蜡液,看到这个了吗?"

玛蒂尔德把灯移了一下，圣杰罗姆的肩膀上有一块黑色的斑点。"这个地方的破损已经伤到了木头。所以我必须得修复石膏层。我用的是金属腐蚀剂，你闻见那个味道了吗？兔胶和鱼胶。"她盖上了那瓶难闻的东西。墙上是一大张装饰画的照片，不同的区域贴有不同的名字——偶然之下，学习纸张制作的学生们看到了她艰苦卓绝的修复工作，便也开始帮忙拯救意大利重要的文化遗产。玛蒂尔德安排了一下，这样每个学生都可以负责一部分需要修复的内容。她站在照片前，指着玛利亚的斗篷。"这种蓝色任谁都想尽力保留吧？昂贵的青金石色。你们看，修复一个等级比较低的圣人只需要二千五百美金，但要是想修复天使，就得六千五百美金，要是地位很高的圣人，需要的花费就更多了。一个班的学生可以负责一整片区域。想想装饰画最终修复完成的时候，自己的名字会刻在牌匾上，挂在装饰画上面的空白处，大家都很兴奋。"虽然玛蒂尔德的这些话都是意大利语，但卡米尔好像全明白了。

"好啦！你箱子里放的是什么？你可不是来上修复课的！"

"我想给你看看我最近一直在忙的东西。就是我带回家的纸张到底都变成了什么。不过，你现在好像有点儿忙……"

"一点儿都不忙。快给我看看吧！"

那边有张空桌子，卡米尔把自己的纸门摆在桌子边。玛蒂尔德只看了一眼，就愣住了。她围着桌子一直转，仔细看着画，一直在说"天啊"和"玛利亚"。

塞雷娜从楼上下来，看到桌子上的门，一下就停住了脚步。"卡米尔，你是怎么做的？这些都是哪里来的？"修女们也都凑了过来，点着头，用自己国家的语言品味着。玛蒂尔德终于不再嘟囔了。卡米尔双臂交叠在胸前，皱着眉，站在一边，后背上的一滴汗珠滚落下来。

"这些作品太棒了。我说的是真的。太让人惊讶了。每一幅都像一个奇迹。我深受震撼。"玛蒂尔德一直围着桌子转,微笑着嘟囔这些话。"我也不知道怎么形容这些作品,太独特了,我从没见过。"

卡米尔也一样激动,但恨不得赶紧躲起来,毕竟这么多人的关注让她有点儿不适应。玛蒂尔德开始说英语:"我们一定要办个画展。"卡米尔耸了耸肩,很惊讶。查尔斯各个方面都很好,但他从来没坚持让卡米尔把精力放在他们刚认识时的工作上。两个人一起磨合出了一种生活方式。虽然幸福,但她怎么最后竟然放弃了自己的兴趣爱好呢?查理出生之前,她和查尔斯经常一起去纽约,那时的他们刚结婚,壮志踌躇。啊,对了,还有塞勒斯。这是卡米尔在弗吉尼亚大学的同学,也是她的前男友,当时在纽约风生水起。塞勒斯的朋友们都住在蟑螂出没的下水道里。展览结束后,卡米尔和塞勒斯去了酒吧,之后去了塞勒斯基本什么都没有的公寓,那一刻,卡米尔的每一个细胞都觉得非常难为情。查尔斯肯定在家,在他们两居室的公寓里,坐在折叠餐桌前,浏览所有的资料。当时卡米尔在想什么啊?她和塞勒斯一起大笑、抽烟,甚至虽然她心里觉得塞勒斯的画都太肤浅,还是称赞了那幅涂有厚厚白色颜料的白色帆布画作品。塞勒斯的画当时都卖给了前卫的收藏家们。床垫就在地板上,很容易激发人的性趣——比塞勒斯的画作更让人心动。后来,卡米尔回家了,觉得自己刚从月球回来。卡米尔发烧了。等着她的是查尔斯温暖的拥抱和微笑。还有,查尔斯做了意大利面,想听卡米尔聊聊自己的周末。卡米尔怎么能做这种事?

后来,卡米尔发现自己怀孕了。她不知道孩子的父亲到底是不是查尔斯。日子就这样煎熬着。塞勒斯打来了电话。回到我身边吧!卡米尔根本没提孩子的事。恼怒——她身上有宫内节育器。难道要那一个晚上的蠢事掌控她的人生和一个孩子的人生吗?无论男女,孩子会出生,她也要做 B 超检查不是吗?谁是孩子的父亲?不。这件事完全要靠自己。通过妇女联谊会里认识的护士朋友,卡米尔安排了放弃孩子的手续。后来,卡米尔自己去了夏洛特市,表面上是为了看望大学时的室友。做完手术后,卡米尔在机场酒店里睡了一夜,一边哭,一边看电影,一边吃着室内酒吧里的坚果。她怎么能背叛查尔斯?当时的她根本不值得信任。

后来,她变得值得信赖了——打网球,极度专注于自己的学业。她几乎忘记了角落里的画布和颜料。那时,无论是家里的事、婚姻,还是工作,卡米尔都要尽力做到完美。

"四月,"玛蒂尔德说,"等游客们都会来的时候,就在那个广场上的小画廊里。我会去和他们谈的。可以把这些作品在这里放几天吗?"

"可以啊,我还想送给你一幅呢,喜欢哪幅都可以。"

"这可不行,"玛蒂尔德说,"你不能就这样送人。"跟罗文圣诞节时候的反应一样。罗文。还有很久他才会回来呢。当时的罗文确实有些着迷。玛蒂尔德现在也是。

"谢谢你,玛蒂尔德,我自己很惊讶。你能喜欢我的画,我都高兴死了。"

"卡米尔,你根本不知道我有多喜欢。我可是见过不少原创作品的人。"

卡米尔走回了家,一路上她走得很慢。要思考的事太多了:竟然要开画展！茱莉亚肯定会举办庆功宴；苏珊会把鲜花摆满房间；罗文或许那时也能回来。她心里想，如果我当时没有来这里，那什么都不会发生。卡米尔想象着在广场上的画廊里，墙上挂着的都是自己的纸门作品。人们来来回回，进进出出，在访客留言本上签名，或留下自己的意见，可能有人还会想买一幅呢。但我要卖吗？艺术家们怎么能放下与自己如此亲密的东西？或者可能那五位修女还有店里的老师们是异类，别人才不会喜欢这种作品。她们是不想伤害我，我也知道。等等，罗文喜欢这些画，朋友们也喜欢，查理说很好，就连劳拉也说不错。为什么呢？大家的称赞声传过来，真该死，我难道就没有一丝满足感吗？

我该怎么复苏？卡米尔陷入了沉思。一路上，她看见早春的嫩绿色已经出现在一条条山谷中，一道道阴影就像空洞之中的灰色涟漪，快速西沉的太阳落入自己金色的余晖之中。卡米尔想去姬特之前带大家去过的那座桥，就是神秘的罗马时代的桥，但她没找到，只看到下游白色的河水奔腾而过。姬特确实有勇气，无论如何都会继续向前。其他人也是一样。在开拓的新天地里，大家都比我更自信。卡米尔暗暗想道。无论如何，我已经走进了自己艺术天地。我很兴奋。我需要习惯的只是让作品面世的过程就好了。搁置在一边就好。

卡米尔到家之后看了一眼信息。玛蒂尔德已经联系了当地的画廊，也把所有的作品做成了图片格式发给了罗文。罗文马上就回复了，说自己会准备一本小册子，想让姬特写几句介绍词。卡米尔收到了三条罗文发来的消息。

茱莉亚不断搅着肉汤，跟冥想一样；苏珊则拿着一条绳子逗小猫们玩儿，享受片刻的疯狂。"重大新闻。"卡米尔宣布。

卡米尔现在只想跟苏珊和茱莉亚庆祝。后来,卡米尔讲了自己为什么放弃了艺术创作。讲了那次轻率的流产过程。没错,那个未能来到人世的胚胎紧紧抓着节育器。也讲了之后回到家,回归幸福婚姻的故事。当然,跟罗文在沙发上深夜行乐的事,卡米尔也告诉了她们俩。

Per Sfizo: 消遣

渐渐暖和的日子里，苏珊彻底收拾了花园。她一直都想去柠檬屋，也就是柠檬树过冬的房间，不过里面早就没有柠檬树了。苏珊打算把长长的石头房间整理好之后，就赶紧打扫柠檬屋。格拉齐亚说里面什么东西都可以丢掉，但苏珊觉得留下这几样也不错：生了锈的圆桌、破旧的锡制浇花水壶，还有褪了色的绿色金属椅子。苏珊之前开设了花园设计的博客，这次正好给柠檬屋拍了几张"改造前"的照片。先稍稍打磨，再刷一层透明的保护层。利奥说木桌太不稳当了，但可以修，之后就可以在柠檬和柑橘树下享用美食了。苏珊擦了擦桌子，决定之后再刷一层浅灰色的防水漆。格拉齐亚根本不知道有这些东西，连这里有水壶都不知道，那可是在法国古董市场花了好一大笔钱买的呢。

利奥还记得自己是个孩子的时候这个柠檬屋漂亮的样子，说自己愿意帮忙。"我之前常来这里，就想闻闻屋子里的香气。那时候，这里至少有三十棵柠檬树，全都种在旧式的陶瓷盆里。蒂托还有我父亲到五月初的时候就会帮忙把柠檬树搬到外面，等寒霜来临前再搬进去。夏天的时候，那些柠檬树就摆在车道两旁。"

"那我们就照着之前的样子办。"苏珊希望自己的意大利语没那么难听。"我们再来一次。"卡米尔实际上说的是意大利语,听起来还挺不错的。

还有,苏珊发现柳条编的盖子底下有个雕花的绿色玻璃红酒坛,她也没打算扔掉。她把烂掉的柳条切掉,让里面圆润的祖母绿球体露出来,弧度一如姬特最近刚鼓起来的肚子。利奥向苏珊展示了如何清理圆形酒坛的内部:他先抓了几把沾了皂液的小石头放进毯子里,然后把水灌进去,接下来是最难的部分——晃坛子,既不能把坛子摔在地上,也要让石头均匀地走过玻璃坛子内部。利奥洗了几次。苏珊要用这些瓶子做个花床。有的底下要再垫些石头,打造不同的高度——苏珊心里暗暗决定。她拿了把笤帚,把蜘蛛网都扫下来,然后扫了地,还把所有脏兮兮的花盆都拖到门外冲洗了一遍。之前工作的时候,苏珊也会提供整理或打扫房间的服务。奇怪的是,她自己很喜欢那项工作。三只小猫一下朝扫成一堆的尘土扑过来,还走到柠檬屋的角落里闻了半天。"哈,你们夏天可以住在这里,"苏珊说,"阿尔奇,你也可以。现在,赶紧躲开那堆垃圾。"

最可怕的工作开始了——苏珊要清洗脏兮兮的石头地板。首先要用长柄扫帚扫一下,然后用软管接水冲,最后还要再刷一下。小猫都跑到了灌木丛里。这时,一直在厨房看着的卡米尔和茱莉亚觉得很不忍心,马上换上牛仔裤和橡胶靴过来帮忙。清理柠檬屋的玻璃和铁条做的前门用上了她们所有的破布、窗户清洗剂和醋。表面凹凸不平的玻璃现在变得亮亮的。三位女士一直在忙,利奥则在修补那面放着变形花架的墙——渐渐地,柠檬屋越来越整洁。这间四面都是玻璃的建筑成了花园房,是摆满了花盆的小棚子,是雨天里吃午餐的优选之地。苏珊指着最后的部分说,"卡米尔,这个房间就这样。可以把最里面的三分之一隔出来当工作室。你可以开着门,随时都能出来看看这座花园。而且光线相当好。"

卡米尔打开那几扇门。"你是说真的吗？我的天呐，这儿就是天堂！"卡米尔马上就有了一种预感，她就要在大画布上创作了。

茱莉亚使劲儿拽开了厨房旁边比萨烤箱的门。"利奥，你觉得这个还能用吗？"这里爬满了藤蔓植物，要不是苏珊上周请了两个人过来清理，估计到现在大家都不会注意到。

"当然！"利奥打开手机上的手电筒，探进头去检查里面的砖头做的烤箱顶和烤箱底部光滑的地板。"路易莎之前常在这里烤面包。我们得点火烧一烧炉子才能再铲烤箱。这么多年，除了蜘蛛，谁都没用过这个。"

苏珊已经预定了三棵种在大盆里的柠檬树、一棵挂满果实的金桔树，还有两棵橘子树，下午就能送到。这些植物会暂时先摆在大木桌周围，直到再也没有霜冻的时候。现在，苏珊发现，柑橘树根本没有买够。

"难以置信，"花匠们把一盆盆植物摆在木桌周围时，茱莉亚忍不住感叹，"这样可真好啊。"小小的白色花朵正在盛放，空气中弥漫着沁人心脾的清香。"现在有十六度左右，我们今天晚上就在这儿吃饭吧。可以把一两个浴室用的加热器搬过来。我可以在后面墙的架子上摆好蜡烛。利奥，你和安娜塔一起来吧，怎么样？我做大家都爱吃的柠檬开心果意大利面。"

"这样的话，看来我得先把那个桌腿修好。"

苏珊起得很早，从房子顶层的储藏间里拽出来四把各不相同的餐椅，还有手工制作的篮子和木头红酒箱，她全都搬到了柠檬屋。

箱子全都堆到了一起，当成放小花盆的架子，篮子就挂在户外新餐桌的周围。三条绿色的毯子被摆在玻璃门旁边，沐浴在阳光下。前一天晚上，苏珊从一家意大利网站上订购了一张毛毯——灰白色宽条纹的——之后铺在餐桌下。柠檬屋中间的部分就空着，当成工作间。她还需要收拾盆栽的桌子。另外，新的铲子、几把新的大剪刀和几把小泥铲也得准备好。到了播种的时候了。

"茱莉亚，我们去镇上吧。今天有市集。"苏珊大声喊。

"我来了。"茱莉亚从打开的窗户那里回应了苏珊。她正跟克里斯说韦德那边的新进展。"这件事就不好再麻烦你了。不过，谢谢你跑一趟，也算推进了这件事。他能去我很高兴，但也不高兴。听起来好像有点儿自私。反正我做不到。我自己已经受伤太多次了。"

克里斯把自己的航班信息发来了。他要在罗马停留三周，去威尼斯见弗留利的伙伴时，要在圣罗科待几天。"我们得重新确认一下在弗留利的预定情况，再聊聊明年去西西里岛的行程，"克里斯说，"最重要的是，我想和你一起坐在广场上，看看周围线条圆润的建筑物，听你开心的笑声。"弗留利的行程结束后，克里斯会去托斯卡纳待几天，等着去托斯卡纳的团队。

"我们这么久没见了，还能认出来对方吗？我来确认在弗留利的行程吧——那可是我工作职责的一部分！"茱莉亚边说边穿上鞋子，"我得挂了。苏珊现在满脑子想的都是买把新铲子。"

"铲子？"

"你肯定不敢相信她对柠檬屋都做了什么。那个女人太可怕了。之后再聊吧。等不及见你了。"

"我也是。还有，我雇你还有更邪恶的原因，你肯定一清二楚。"

三角梅、葡萄、仙人球

天气渐暖，藏身之处带来天堂般的感觉，让人心中溢满了幸福感。清晨，温度适宜，柑橘花朵的清香会唤醒睡梦中的人们，仿佛在说：你是我的，别担心，我会一直像这样抚摸着你——我正在写的这首诗，就如三角梅花朵的香气被微风送进门厅一样自然。只要闻闻空气中花儿的清香，我就觉得仿佛置身摇篮之中。头顶上，蓝色的穹顶仿佛倒立着的瓷质茶杯，表面光洁明亮。

卡普里岛上的小路纵横交错，像一个大迷宫。很快，我就出门了，不是散步，而是一路下坡，往下，往下，再往下，带着几分快乐、几分害怕，头晕目眩。卡普里岛最原始的吸引人之处就是——高度。一生的时光，我足够了解这个小岛，像了解科林的身体一样了解它。我还认识这里的每一株角豆树、每一面开着刺山柑花儿的石墙，还有一簇簇黄色的金雀花。

从房子（房顶为了蓄水做成拱形屋顶）里看出去，可以看到蜿蜒曲折的小路和一片透明的大海，祖母绿、青金石色和绿松石色，层层交融。海水清澈透明，仿佛自己的思绪也如此澄莹。要是能住进某座白色的房子里，我肯定很快就会把墙面都刷成蓝色，还要在门口放一盆罗勒,赶走小虫子,当然,暑热的几个小时要在凉棚底下小睡。在这里待上六个月,我可能最终会变成一个特别自律的作家。我要锻炼,练就发达坚实的小腿肌肉。美妙的卡普里岛啊,长久以来竟是流浪之人和意欲避开丑闻之人的避风港。

意外之喜:适宜旅行的岛屿能给人们带来宁静。远离嘈杂,这里就是天堂。乳香树、仙人球、松树、日光兰和桃金娘交相辉映。是谁种下的?是引诱奥德修斯和水手的女妖们吗?可就算那些人受尽诱惑,依然能控制自己,继续航行。

究竟什么才是这个地方的精髓?这个问题,旅行手册上只字未提。可一次次拍打着岸边岩石的海浪,渔夫蓝色的衬衫和杏树优雅的阴影落在白色墙上时留下三枝棱角分明的印记却高喊着告诉了我答案。在卡普里岛上漫步,呼吸阳光的味道,感受其中混杂着的野生薄荷、柠檬和大海的气息,在珍珠色的阳光下共赴巫山,和沿着篱笆除杂草的女人打趣,看着粉色和杏色的三角梅在粗糙的白色墙面上交织,带着食物到鹅卵石沙滩上野餐,看科林往前探着身子,张开嘴接住我丢给他的葡萄。

就像戴着圆形太阳镜的杰基、瘦骨嶙峋的法兰克·辛纳屈和无忧无虑的加里·格兰特,我们也一样迷人。至少我们自己这样觉得。科林穿着白色的裤子,裤脚卷着;我穿着宽松的黄色背心裙。这个岛能让你明白:自己的生活多么富有魅力。我看得出来,茱莉亚、卡米尔还有苏珊也能体会到这一点。她们在阿纳卡普里试穿人字拖,之后叫了一辆敞篷出租车,任由发丝在空中飞舞。和她们约好在广场上见面,等我们到的时候,她们已经点了不少饮品,有血橙汁、比特酒和杜松子酒。卡米尔把自己散乱的金色头发挽成一个发髻（我拍了张照片发给罗文）；茱莉亚买了天主教加尔都西会教士制作的香皂，形状在苏珊看来就是柠檬；苏珊则发现了一家出售精品童装的店铺。想到我们还在路上的小朋友，我猜她仿佛察觉到了什么。这三人身上都有旅行者身上必备的品质——好奇心。此外，她们都知道如何开心度过每一天。

我们是一起坐快速列车从佛罗伦萨到的那不勒斯，然后坐水翼船到了岛上。她们住在一栋豪华的房子里，是布莱恩和尼古拉准备放在租房网站上的。苏珊已经列出了许多瑞士房主要打理的内容，只有如此才好将这里变成豪华的出租屋。假花就全都扔掉吧。桌子上的摆件要换成更高级一些的。毕竟花大价钱来这里的人怎么会喜欢宜家的盘子和草垫呢？

趁着大批旅客还没来，我们要在如此幸福的时节中住四晚。这是我最后一次的出行，之后就到了她们口中可怕的"禁闭期"（我现在差不多怀孕七个月了）。科林终于也能脱身来这里放松一下。无论想不想放松，卡普里岛都能让你有这种感觉。我之前来过这里，就一次，也是在七月，差点儿被人群挤碎，生生的人间地狱（但设计师的店里一个人都没有）。四点的时候，轮渡"突突"着出发了，留下一大堆人。到了喝鸡尾酒的时候，待在广场任何一家酒吧的太阳伞底下，你总会觉得自己精致美丽。

他们豪华的别墅里（感谢尼古拉）有一个长长的阳台，可以俯瞰卡普里奇岩，茱莉亚就在那里给新鲜的豌豆去皮。这几天，她找了个当地的女人帮忙，她们二人通力合作，每次餐桌上的饭菜都特别可口，我甚至都不忍心吃。我只想看着外面那不勒斯闪烁的灯光。

我走到能远眺水面的那面墙，裹了裹身上的披肩，享受着紧绷且圆润的身体。肚子里的孩子流着心爱之人的骨血。试问世上还有何事能与之匹敌？站在一望无际的水边，知道自己的爱，知道自己能付出爱，知道能与自己的爱人长长久久。科林把脸贴在我的脖子上。"你还好吗？"接着，他走进夜色中，帮茱莉亚用刺山柑烤橄榄。苏珊准备了马苏里拉奶酪肉串，一层层的，还串着晒干的西红柿和罗勒。同饮几杯之后，等着大家的是配有鲜虾、豌豆和三种不同奶酪的意大利面。

卡米尔从厨房走出来，带着两瓶当地的红酒，度数不高。"科林，还有三位美女！我们经历了这么多，时间之久就像葡萄架上挂满葡萄的过程。葡萄，一串又一串。这种带有感情色彩的词总想让你伸手亲自摘一些。"我看见茱莉亚拿出自己的本子，把这个词记了下来，算是《意大利语学习》的一个条目。

"没错，没错，"科林接着说，"而且我和姬特还有很长的路要走。我觉得接下来的两个月是个挑战。不过今晚绝对是幸福之夜。"科林把自己的扬声器放在露台上，播放我们所有人都喜欢的《今夜无人入睡》，各种版本都有。他亲手制作了一罐饮品，柠檬水配薄荷，还半开玩笑地用我的名字命名。此刻，我真的一点儿都不想喝红酒。想到普利斯小姐喝醉的样子，我总是有些担心。

夜色温柔，斗转星移，我们在晚风中跳起了舞——《七姐妹》，我最喜欢的舞曲。大熊星座在小岛上投下祝福的光。科林一直要拉着我的手，保持一臂的距离，和十九世纪时跳华尔兹时一样。我圆滚滚的肚子啊。我们的小调皮鬼就藏在自己的"蓝色洞穴"中。我爱卡普里岛。美学家们和来这里一日游的人都贪恋这里的气息，如仙气一般，这也是我爱上这里的原因。

回到我们的酒店，都已经是后半夜了，但我丝毫没有睡意。天空中没有月亮，但蒙着一层白色的微光。藏在灌木丛中的夜莺唱着歌。读诗的时候，我时常想象那种甜美的声音，重复着，但很有穿透力。我听到的就像车站开开关关的声音。肯定有人数过，琢磨过声音的规律，思考过声音的间隔时长。有的听着如松鼠的吱吱声，有的像钉钉子时的敲打声，还有的确实是我期待的甜美之音。真是双面表演者啊，我想自己大概是这样笑着睡着了。

上午的时光，我会写作，科林则会画素描：亭台、咖啡馆和卡普里岛正对面基韦斯特的水上图书馆。温暖的午后，科林会沿着陡峭的小路散步，我则会坐在楼台读书——诺曼·道格拉斯的《南风》，讲的是喜好男色的人欺辱当地男孩的故事。他写得确实毛骨悚然，入木三分，但他真的能将这个岛屿描述得令人心驰神往，回味无穷吗？我还是不要费心寻找溢美之词了，否则真的很容易在午后沉沉睡去，任凭阳光轻抚脚面。三色梅的花开在遥远的伊特鲁里亚海岸边，从橙色到粉色，再到洋红色，都有。遥远的波浪翻来又退去，重复地叨念着"伊特鲁里亚，伊特鲁里亚"。

回那不勒斯的船上，我的后背开始疼，感觉很奇怪，跟有人在后面推我一样。我就只背着一个小包，很轻；科林才是背了两个大包的人。我觉得很热，但别人都觉得很好。找了个座位坐下后，我任由强烈的风吹在脸上。

我们登上了去佛罗伦萨的快速列车。去洗手间的时候，我觉得有些虚脱乏力，发现内裤上有点点血迹。回到座位上的时候，科林正埋头整理文件，可我回来的一瞬间他马上就察觉出了异样，很是担心。"亲爱的，怎么了？你看起来脸色不对。还好吗？"

"到了佛罗伦萨，我们得赶紧联系医生。你现在能给她打个电话吗？"我把见红的事告诉了他。座位靠窗，所以我能稍稍躲藏。我不想动，手托着圆鼓鼓的肚子。等一会儿，千万再等一会儿。

科林一直搂着我，另一只手一直用手机查我现在的症状。"你确定羊水没破？"从他的眼睛里，我看见了恐惧，不想孩子在火车上出生。

"没有，"我试着冷静下来，"只有一点点血。身侧有点儿疼。"刚说完，膈膜一阵疼痛，一直传到腿上。科林给护士留了条消息：紧急情况。大概 14:30 到。

我瞥了一眼科林的屏幕，看见"分娩开始时正常反应"几个字。服务员过来送饮品，我要了一瓶可乐，觉得这样会好受些。这是我妈妈的急救方法。一会儿，我去洗手间吐了一次。茱莉亚看见我从走廊走过，跟着我过来了。

"你还好吗？"茱莉亚敲了敲门。

我说还好，嗯，还好，不，一点儿都不好，说完打开了门。"有点儿奇怪。我们给医生打过电话了。"我跟她说去洗手间的时候见红了，体侧也疼。我突然记起卡普里岛上沿着羊肠小道到鹰巢的感觉，我强忍着走上梯级，靠着扶手，这种感觉转瞬即逝，或许我不该想这个。后来，我们走了下来，回到家里，那时我的膝盖和后背都很难受。不过一会儿就好了。

"肯定没事。我知道很吓人，但这很正常，时常发生。"

"过去三个月没这样啊。"

"好吧，有时会这样。还有，孕期的亲密行为也会造成出血的现象。"

"我们还是先别说那个了。"

"我们和你一起去。"

"不用了,科林会陪我去。你们怎么去圣罗科?"科林的车就停在火车站的停车场。

"我现在就给詹尼打电话。别担心。到时候告诉我们,好吗?"

医生给我做了检查,孩子的心跳强劲有力。出血止住了,可后来又开始出现血块。我开始输液(就不讲我做的噩梦了)。医生让我在医院待了一晚观察情况。科林很自责,但我说夫妻间亲密本是应该的(不过说心里话,我觉得事情确实有些不可思议)。今天早上醒来的时候,我就觉得有些抽筋,感觉生理期要来了一样。

卡普里尼医生打了几个电话,说如果没再出血的话,今天下午就能出院了,但她也说,我必须从现在开始一直在家卧床。我可以坐在椅子上,也可以洗澡,但她警告说:不能做任何运动。得看看宝宝是不是已经等不及要出来了。等一会儿,我会这样说,等一下,小小的人儿啊,先原地别动。

"往好处想。"科林开口了。

我直接打断了他。"不,没什么好的,我没法写书了。要是没这回事儿,我还能写。而且你以后要做饭——哈!我们肯定得吃好多烤奶酪了。"要是孩子一切正常,我愿意一直卧床。我可以看书。卡米尔说会教我画画。我可以写完关于玛格丽特的书。我可以看西班牙电视剧——本来打算生完孩子看的。我整个人都怕死了。科林一边吹口哨一边做饭的时候,我一个人躺着掉眼泪,泪水打湿了枕头。

科林做的鸡肉没那么难吃，但也不算特别好吃。"茱莉亚过来帮我们了。她拿了六瓶冷冻炖肉过来。炖肉刚好可以当晚餐。她还说之后会再送些蔬菜通心粉过来。"

"移民的力量！"

我觉得还行，但也有些小心翼翼的。花了一整天时间在网上买桌子，过得还不错。没起床，也没查字典。一大堆寄来的信件里，有一封是来自里士满的退信。"保密"两个字用墨不均，是用真正的墨水写的。卡尔霍恩·格林。真不知道今天能不能承受玛格丽特留下的戏剧化人生。我把信放在窗台上，看着种下的玫瑰刚刚长出叶子，沿着高高的石墙站成一排。阿尔贝蒂娜，珊瑚粉色的攀缘植物；伊丽莎白女王也决定不了她到底是攀缘植物还是龙沙宝石任性的后裔；阿尔贝里卡·巴比尔玫瑰更干脆，虽然冒出来的是黄色的花蕾，但开花后成了香草冰激凌的颜色。我一定要把这些摘下来给苏珊。到了花儿盛放的时候，我会带着小宝贝沿着墙边散步吗？裹在小毯子里的小东西能闻到第一丝玫瑰的香气。另一种生活即将开始。

这段时间，我给杂志发了不少新写的诗，整理了玛格丽特的文件，也回复了不少邮件。十月在纳什维尔的读书会邀请确实很诱人，可那个时候，孩子应该已经四个月大了。我还无法想象自己到时会面临怎样的生活。伦敦？迈阿密？还是在这里？我把丝绸盖毯盖好，摞了两个枕头，开始看《大饭店》[1]。菲兹一般不喜欢奥林匹亚人，但现在也跳上床，靠在我身边躺好，白色的毛非常顺滑。动物的直觉。希望它的呼噜声能安抚我不安的宝贝。

1　西班牙电视剧，2011年首播。

接二连三的变化

一封信从门口的缝隙递进来。是一封回信。

亲爱的雷恩女士,

感谢您把放在玛格丽特文稿中的信件寄给我。那封信带给我的震撼难以想象。您肯定也挣扎过是否要告诉我这个尘封多年的消息。我本来有可能一辈子都不会知道科林的存在。不知道他的出生,不知道他的经历,不知道他的离开,这些让我心里产生了无尽的悲伤。时间还不长,但我也不知道要如何才能将一切遗忘。

我想明确地表达自己的想法:让玛格丽特走出我的生活是个让我一生都后悔的错误。我曾固执地认为,她是我无法掌控的人。我的生活大部分都已注定,当时觉得生活就摆在眼前,清晰而且有规律,如精致的银一样铺展开来。二十岁的我,需要这样的稳定。我喜欢自己的家乡,相信家里人的意见。可玛格丽特生来就有冒险的灵魂。她心思开阔,敢于探索;她活泼热情,不信传统,喜欢挑战。那时,她吓到了我。

现在,这一切摆在眼前。我终于知道当时的她是多么强大——那种活跃的独立感比我理解得更深刻。她当时是多么勇敢啊。而我却很傻。写下这一切很难，承认这一切更难，但我总会想她当时是否真的放弃了那个孩子。"堕胎"这个词让我心生反感，然而自保这种浅薄的想法让我没能做出正确的决定。更让人羞耻的是，我当时深爱着她。回想往事，我一定是当时脑子不太好。我不理解当时让她独自离去、独自面对种种的那个男孩。两个月之后，我试着和她联系过。去她家的时候，她爸爸开的门，完全不知道我是谁。玛格丽特没告诉自己的父亲让她失望的混蛋到底叫什么。她父亲说玛格丽特已经去旅行了，不知道什么时候回来，也没留下联系方式。我没留字条，也没留自己的电话。最后，我去了法学院，跟一个可爱的当地女孩结了婚。我们没要孩子。

你在信中说正在写一本关于玛格丽特的书，所以我想你大概想知道这些细节。我一直在读她写的书。她本人和我想象的一样出色。可因为我自己的行为太令人憎恶，所以我一直都没写封信称赞她是了不起的作家。有一次，她在华盛顿的《国家地理》办了一次读书会，我也参加了。我坐在后面，她不知道我去了。这并不是说我一生都在苦思痛心，我并没有。往事如风，仅此而已。

我纠结的是她信中的最后一句话："现在你也——并不是讽刺——能为此骄傲了。"你也是位作家，所以如果这件事发生在你身上，你会比我更懂得如何表达。我知道自己能力有限。我确实选择了另外一种方式。我希望"骄傲"两个字才是重点，显然，玛格丽特不是随便选了个词。

收到这封信一周之后，我给纽约的爱德华·诺尔斯打了电话。他和太太阿曼达同意见我。第二天，我就飞到了纽约。他们知道孩子生母的名字，甚至偶尔还关心一下她的事业。他们最近还跟科林简单说了玛格丽特的情况。科林还打算联系玛格丽特。诺尔斯夫妇说，科林想知道，玛格丽特当初为何要放弃自己。

我见到了科林的照片，一张肖像，还有小时候的纪念册。长得很帅气。我还看了学校给他的评语。除了法语，他各个科目都很棒。我看到了他的房间，还保留着之前的样子，一柜子的登山装备，有球拍、呼吸管和潜水装备。房间里还有一张他女朋友的照片，看起来有些神秘，跟玛格丽特当年很像。简而言之，我和自己的儿子见面了，相信我，我真的很震惊。他的养父母，还有另外一个收养的女儿，他们都很喜欢科林。他也确实值得得到所有的关爱。

雷恩女士，我之后的生命都将为此感到遗憾、悲伤，但我也感到幸福，毕竟我知道这个孩子曾在地球上度过了十六载灿烂年华。

尊敬的，卡尔霍恩·格林。

我和科林把这封回信反复读了好几遍。我们都上了年纪，却刚有孩子。没错，卡尔霍恩当年确实没能担当，但他才二十岁，还没有成熟。相比之下，玛格丽特也是二十岁，却长大了不少。从我所知的一切来看，这件事改变了她的一生：她当时的勇气为她开启了成年之后冒险的大门；被抛弃、被背叛的经历让她对信任有了不一样的理解；那次失去让她的眼睛有了苍老灵魂的深度；最不堪回首的经历让她对未来有了一种满不在乎的态度。

我找到了她关于自己婚姻的想法。在背叛那一栏加了两条下划线！太反常了。抓不到我。

玛格丽特这样写道：

从欧洲回来的第一晚，我遇见了杰米·索南菲尔德。当时我父亲要和客户一起吃饭，让我一起去。杰米是芝加哥一家律师事务所里比较离经叛道的律师。他喜欢最难以把控的案件，父亲说，众所周知，他在法庭上是块硬骨头，十分抢眼。我当时心里暗想：是我喜欢的类型。后来，我得了严重的肠道感染，但那个夏天，我也得到了杰米。圣诞节的时候，我们在他父母的豪华别墅里结婚了。他家里手工打造的路易斯牌家具和他母亲兴奋的大笑声让我觉得很压抑。他母亲走起路来就像走在地上的天鹅，他父亲感觉就像是在水底睁大眼睛的人。他父亲小声对我说："杰米眼大肚子小。"杰米是众人的焦点。坐在桌边——之前都说他讲起话来滔滔不绝，那次大家确实也都见识了——他很诙谐，也很睿智，我们做不到他那个样子。最后，我发现，他其实很自恋，觉得我的作品就像一直没好的感染，是暂时性的痛苦。

为什么要再讲述这个传奇的故事？不幸的婚姻不都总是一样的吗？十八个月之后，一切都落下了帷幕。正如罗马人所说的，告别，鼓掌。玛格丽特退出了，甚至没有谢幕。

有关我第二段婚姻的描述是这样的：玛格丽特·埃姆斯·梅里尔于昨天下午五时身穿淡紫色丝绸套装与亨利·埃尔顿·霍奇斯三世在圣约瑟圣公会教堂结为夫妻，其佩戴的珍珠为已故的祖母所有，二人的名字均为玛格丽特。她头戴白色钟形女帽，一簇紫罗兰显得颇有生气。

这样写很有意思吗？服饰反而比新郎更重要吗？竟然到了后面的第三段，才第二次出现新郎的名字。这就是先兆。总有什么事比亨利更重要。

我们的婚姻只维持了两个月。新婚之夜，为了预订火车票的事我们就大吵了一架，他一巴掌打过来，扇在我的耳朵上。震惊之下，我一下顶到他的腹部，之后就去了另外一个房间。第二天，我们达成了和解，一起登上了去往佛罗里达的列车。这趟行程也是一波三折。和杰米一样，亨利也是个以自我为中心的人。可能时代如此吧。很快，我就给父亲打了电话，他说亨利的出身不错，很希望我们一起度过幼稚时期的"磕磕绊绊"和"善变的脾气"之后，我能找到正常的幸福之路。当年我母亲看了几次拇囊炎之后，就和那个东印度来的足病医生跑了，我父亲就是用这种态度欺骗了自己。可怜的父亲。我选择分居离开，用亨利那位精神病学家的话来说，我的离开让亨利陷入了"个性混乱"之中。

两任丈夫都是来自美国中上层阶级，而且他们都毕业于耶鲁大学。我父亲觉得我太独立，对那两个人来说挑战太大。他错了——是他们的心理太脆弱，意识不到我的独立对他们来说是加分项。

有什么后果？我终于接受了这个现实：我的才能显然不适合美国人，也不适合婚姻生活。独处是我最珍惜的时刻。我也忍受住了。关于我的文章总会用"难以捉摸""严谨""独立"这些词。这并不准确。我只是不想被人随意控制而已。很快，我就回家了，不过只是打包了更多行囊，准备朝欧洲出发，永不再回来。借用H. L. 门肯的话,我觉得美国的生活就是"一针强溶剂"。算了,再见吧。

她只字未提美满的家室之乐,也没人把法式烤面包端到她的床边,更没有情书中的只言片语,没有心痛。一切都太锋利。没有人是俘虏。我真想知道她的两任丈夫会怎样描述当时的生活。

探戈

大家已经习惯了早上喝咖啡的时候分享新消息。无关政治，毕竟美国选举年令人震惊的滑稽事件实在让人无法理解。当然，美好的清晨也不适合念叨家庭琐事。大家聊的都是书评、艺术展、美食文章、旅行计划、综合新闻，以及一些日常：谁买东西了，谁带着猫拍照了，还有意大利水饺的网站——好像网站提到了刚长出来的荨麻，不过现在水沟里已经长了好多了。

过去一周，谁都没有查阅消息。从卡普里岛回来之后，上午的时光总是慵懒而漫长。虽然卡米尔不仅需要完成想做的工作，还要处理关于画展的细节，但大家都觉得，一起再喝一杯卡布奇诺感觉很好。事实证明，画廊仅是出租给我们，不会派任何人帮忙，所以卡米尔要亲自负责宣传的工作（在镇上发传单，还要给所有认识的人发邮件），也要负责把作品挂起来，还得找人在画廊营业的时间里看门。

克里斯下午就到了。他在圣罗科待的时间不长，而且提前预定了卢卡和吉尔达的酒店。为了迎接他，茱莉亚早就研究了酒庄周围有意思的地方。毕竟，西西里岛上的酒庄都是克里斯亲自选的。此外，茱莉亚也计划了，如果在岛上待十天，究竟可以做些什么。

《豹》[1]让茱莉亚着迷,她心中暗暗期待当时那种壮丽野性的西西里依旧存在。

苏珊做了炒蛋还有吐司。可以说,大部分时间,她们都已经像意大利人一样不怎么吃早餐了,但想到上午要在花园里完成的工作,苏珊就觉得饿了。等开始做饭,每个人都想吃点儿炒蛋。之前周日的早上,她会和亚伦还有孩子们一起,报纸铺在桌子上,大家一起聊天,可能喝的东西会洒掉,阿尔奇那时还是只小狗,果酱黏糊糊的,窗户上一层白雾,是开着空调的缘故,那时的苏珊会穿着已经有些年头的蓝色丝绒长袍。她先把鸡蛋打散,然后滑进热锅中,等盛好盘放在桌子上之后,她就打开了电脑。莫莉!那个在教堂山艺术道奇古董店的朋友。天呐,她说了几个下一批要重点关注的货物。嗯。她大声读出了这封邮件:

如果能一次运来这些东西,那肯定能引起轰动。我可以过去一周,我们可以一起在托斯卡纳走一走,这样可以吗?如果行的话,就告诉我你什么时候有时间。我们可以好好聊聊。祝你快乐,莫莉。

"我的天啊,一周的时间。"苏珊抬起头,"我觉得肯定会很有意思。一定的。"

"真巧,我在萨凡纳的邻居也发来了邮件。"说完,茱莉亚也开始读:

亲爱的茱莉亚,我要告诉你的事就像晴天霹雳。孩子们都挺好

---

[1] 1963年出品的意大利电影。

的，但我和比尔不好。一起过了三十多年，比尔现在竟然开始反思我们的婚姻。你的烦心事已经够多了，所以我没跟你说我们的事。我们已经尝试过各种方法，包括周末一起出行什么的。我没想麻烦你。探戈听起来就很浪漫，我想应该是真的很浪漫吧。不过真丢脸，他竟然和探戈老师搞到了一起。我没开玩笑。这种事不可能乱说。真希望你就在我身边。你觉得我秋天去找你待几周可以吗？我需要平静一下，整理心情。大家都知道韦德和那个女人的事了。她真的怀孕了吗？我们的社区这么好，怎么会发生这种事？如果不方便的话，也请告诉我吧，我非常能理解。想念你，艾莉森。

"探戈老师！他们这是跳着死亡的舞步。真丢脸。"苏珊摇了摇头，"真蠢啊！脑子里都在想些什么？"

"老鸟想花开二度呗。"卡米尔笑了，"啊，我知道，这事情不好笑，但实在是有些荒谬。我还以为上了年纪能更清楚地认识一些事呢——跟探戈老师不可能有结果，不可能的。"

"哈，还有这个——好消息。"茱莉亚又开始读：

亲爱的茱莉亚，我是在博德鲁姆写这封邮件的，我的脚踝扭了好几次了，现在在这里休养。没什么大事，但我想先休息一段时间再继续自己的项目。你之前说过可以去你那边。我可以过去待一周左右吗？我可能需要短租一间房子，整理下文件，或者开始写一篇长文。你已经完全安顿好了吗？开心吗？祝一切顺利，休。

这还不算完，苏珊往下翻了翻，发现了这个：

亲爱的苏珊,

希望你还记得我们——我们买了富兰克林那栋很有历史感的房子,就是巴斯金家的房子。听你的同事贝卡说,你的生活有很大变化,我们都很感兴趣,她也把你的邮箱给我了。我们刚好要去托斯卡纳度假,因为需要好好放松一下。我们想跟你一起待两三天。很期待和你共进晚餐,一起聊一聊肯定感觉不错。如果六月中旬你有时间的话,别忘了告诉我。再见,希望我没写错别字。特里·莫兰及鲍勃·莫兰。

"刚还说到荒谬。这些大胆的人究竟是谁?有什么好聊的?我记得他们都是好人,但把房子卖出去之后,就再也没什么交集了。哇哦,现在他们倒想来看看我了。"

"姬特说,你在某个好地方有可以度假的房子之后,肯定会有很多朋友找上门。现在大家都知道了。我还在想怎么花了这么长时间呢,"卡米尔说,"我上周也收到了一封邮件,我给你们找找。"

尊敬的特洛布里奇教授,

还记得我吗?我是艺术101的。我要和当时同班的艾米还有里克一起去欧洲。当时你的课很棒,我们现在想亲自看看那些艺术品。希望你还在用这个电子邮箱,我们也想过去拜访您一下。如果您能帮我们安排下住宿就太棒了。我们可以帮忙做家务!七月我们会一直旅行。希望能跟您见面,您是一位很出色的老师。迪伦·舒尔茨。

"迪伦是个好孩子,一直都分不清'你是'和'你的'到底有什么区别,但他很喜欢荷兰的风景画。啊,生活就是这样啊,你可以对所有人说：好啊，没问题，来吧，非常欢迎，我们已经买好了东西、做好了饭、打扫好了房子，也在你的房间里摆了鲜花。来吧，多待两天，越久越好。"

"说正经的，我们得想个办法。好朋友的话可以待两三天，如果是家人来，提前计划也没问题。合住的棘手问题之一就是，你可能不喜欢我的客人们，我也可能不喜欢你的。"苏珊已经在回复莫莉了。"我跟她说，如果你们觉得可以，她可以过来住两天，之后我们可以自驾游。"

"还好啦。至少房子不小。我们可以给大多数人推荐个农庄——很不错，还有泳池。而且我们也需要锻炼自己说'不'的能力，毕竟我们现在谁都不太擅长拒绝。所以，学生就算了，买房的人也拒绝吧。但茱莉亚，你应该想让艾莉森来，对吧？还有休。没错，我们也想见见休。"

"嗯，还有休。他不会惹麻烦的，而且他肯定也愿意在镇上住几晚。但艾莉森不能待两周，绝对不行。她是我的朋友，但我不能让朋友打扰你们那么久。都怪你们哦！你们都在家工作，但这完全没错。我们都是如此。要知道我们不只是来度假的。三天原则，之后，她就要去卢卡和吉尔达的酒店，那里有温泉、烹饪课，还能品红酒。我敢说那个混蛋的信用卡还在艾莉森手上。那个人肯定后悔死了，但也不会心疼。我们当然要让艾莉森过得舒服点儿。"

"看来，我们现在的思路不错。那就只邀请三位客人。查理可能会过来看画展。还有罗文和克里斯，但他们不会住在这里。我们能应付。"

"哦，等等，我女儿们。看，伊娃说她们想过来。我们之后再说这个吧。"苏珊接着读的消息更让人惊讶，"伊娃和卡洛琳要去中国寻找自己的亲生父母,她想知道收养文件在哪儿,还有我当时有没有签署保密协议之类的。""别担心,"伊娃宽慰苏珊,"我们就是想知道而已。我们会把 DNA 检测结果带过去。"

苏珊马上就回复了:

亲爱的伊娃,来吧,随时都可以。保持联系,这边的事情也很多,我们得提前计划。从中国带回来的文件都在保险箱里,保险箱的钥匙在我书桌右边的抽屉里,你们俩的名字都在上面。我都好多年没翻开那些文件了。密码是 Waretear。回家的时间记得告诉我。我可以找人过去打开门通通风。紧紧地拥抱你们。

苏珊把盘子收起来放在洗碗机上。她不明白,这么多年了,为什么她们现在去呢?

"我得赶紧走,去剪头发。克里斯想先在镇上喝一杯,之后到酒店吃晚餐。需要我从镇上买什么回来吗?"

"谢谢,"苏珊说,"我们做饭就行。你成大厨之前,我们也做过很多年饭。我可以努力一下。今天晚上,我要做很快就能变成拿手菜的卡洛琳娜烘肉卷。卡米尔和我将会陶醉在这安静的夜晚。"

一路平安,从加利福尼亚过来感觉飞了很长时间。租车柜台前总是挤满了人,从机场开出去的路上也很挤——十九个小时的旅程,并不容易。之后,克里斯还要再开两个小时的车才能到圣罗科,只有车上广播的声音能让他保持清醒。一路上,能休息的地方只有一家叫奥托格里尔的店，他喝了一杯双份意式浓缩咖啡。现在，终于到了通往圣安娜酒店的路口。

跟卢卡、吉尔达还有差不多一半员工拥抱、行贴面礼之后，吉尔达帮他点了一份意大利面。克里斯想都没想，狼吞虎咽地就吃完了。他查看托斯卡纳之行的细节时，吉尔达说茱莉亚已经确认过了，包括房型、烹饪课程安排和接送时间等。他要做的只有一件事：按时出现。

茱莉亚差不多五点能到。克里斯让卢卡准备好一瓶冷藏的普罗塞克葡萄酒，再在房间里摆满鲜花。为了这几天的浪漫，克里斯甚至还准备了一些蜡烛。突然，时差带来的疲惫感袭来，他赶紧给茱莉亚打了个电话。"我到了，等你来。"之后，克里斯冲了个澡，沉沉地睡了两个小时，然后到露台花园和茱莉亚碰了面。茱莉亚穿着薄薄的橙色丝绸上衣和白色裤子。她的头发怎么了？比之前更长，两边还用发卡别住了。克里斯先看到的茱莉亚，在茱莉亚也发现了他的时候，克里斯的脸一下就亮了，那一瞬间，茱莉亚双手捂住眼睛，仿佛克里斯身上的光芒太过耀眼。两个人都笑起来，张开双臂，紧紧拥抱在一起。"你知道你笑起来眼睛很美吗？"

"你笑起来整个人都很美。"克里斯一点儿都不想开车，但他很想和茱莉亚一起，在春日的傍晚，坐在广场上聊天。吉尔达准备了美味的晚餐——蔬菜意式水饺、干浆果百里香芦笋炖野鸡，还有吉尔达亲手做的野草莓布丁，丝般柔滑。

薇奥莱塔端来两瓶普罗塞克酒。她抱了抱克里斯和茱莉亚，也行了贴面礼——虽然她和茱莉亚早上刚见过。薇奥莱塔还拿来一些橄榄和薯条。"有没有觉得我们一直在亲吻？"

"总比一直拿着枪朝对方比划要好吧。"茱莉亚笑起来。

第一杯酒有很多要庆祝。"为了我们的冒险,为了所有的旅程。"克里斯和茱莉亚碰了碰酒杯,"我们都喜欢的,对吧?我们都喜欢傍晚时分看太阳从广场西沉下去,不是吗?"克里斯边说边指了指广场。

"是啊,我总在想,是不是有谁掌控着冬至和夏至,或者昼夜分配,是不是罗马人真的就一直坐在这里喝蜂蜜酒忘记了时间。我敬你一杯吧,感谢你特意去找莉齐。你这样为我,我觉得很贴心。"

"希望韦德能找到她。先说说你的书吧!还有假期带着一车疯狂的女士们去弗留利的事,以及苏珊、卡米尔、罗文、阿尔奇……所有的。全都给我讲讲吧。"

毕竟已经五个月了。

及时行乐

"我得准备些花。纸门和什么花比较配呢?"苏珊问。

"你想要朴素的还是繁复的?或者花种类比较多的?玻璃瓶里或者文艺复兴复古大花瓶里插上玫瑰怎么样?"

大家在布置画廊,把桌子都移到门边靠着墙,清理好落满灰尘的窗台,往小亭子里摆了四把椅子,这样人们还能休息一下。纸门作品都会被摆在墙上,正好一圈,而且相互之间还有些距离。卡米尔最喜欢的六幅挂在房间中间,用透明鱼线吊起来,仿佛飘在空中。这是无所不能的利奥还有画框店的卢齐奥一起测量的。卡米尔发现,他们看到自己的作品时,脸上分明一副"这到底是什么东西"的表情。

苏珊把作品都拿了出来,茱莉亚按照苏珊预想的方式,先把它们摆在地上。"我喜欢这种亲自动手布置的展览。"卡米尔拿出两幅作品比较了一下相似度。"想象把这些送到纽约去,出现在艺术品经纪人手里的场景。"

"我就是艺术品经纪人,如果是我的话,我一定会激动死的。你一定会喜欢我的小吃拼盘,我找了几种南方的零食,比如火腿饼干、芝士条之类的。"

"我会尽量不把紧张表现出来,但我正穿着红色天鹅绒鞋子呢。而且罗文也会来。他取消了最后一节课,要赶过来。这是他的最后一学期了,所以我觉得还挺有勇气的。"

苏珊从盒子里取出了三块桌布。"选一块你最喜欢的吧,我来负责选花。"她先抖开了一条奶油色方巾,传统托斯卡纳亚麻做的;第二条是从格拉齐亚那里找来的桃色锦缎;最后一条是复古红和金色的提花桌布。

"当然是奶油色的那块。"卡米尔决定了。苏珊其实早就知道她会选那条,但还是心存侥幸,或许卡米尔这次喜欢提花了也说不定。"好的,现在到我发挥的时候了。走吧,先吃午餐。"

到了斯特凡诺的餐厅,她们点了诺玛笔管面。卡米尔问茱莉亚:"再次见到克里斯是什么感觉?罗文也要来,所以我心里有点儿慌。我们两个可以说很快就喜欢上他们了,但我现在担心,要是我们看着对方,想'这到底是怎么回事'是一种什么感觉。"

"不可能的。他真的很潇洒,而且很有艺术气息。克里斯的话,可能就不是这样了,但我们能接续之前断开的部分。我们开始讨论各种行程,西西里岛,还说他儿子要回家生活。我都觉得自己已经在慢慢了解他的儿子了,一切都非常自然。如果不是我们现在感觉到的这样,如果我们之后累了,那也不是世界末日啊。可能我感觉太差劲,现在发生的就是——我不想说是胎死腹中的感情。太压抑。但这种不同的生活一定会以平静而且美好的方式呈现在我们面前。感觉他就像是我最好的朋友,而且我发现他超级迷人。"

"说得没错,"苏珊很赞同,她的手指穿过发丝,捏住发尖,"不是说我除了里卡尔多还遇见了别的人——而且我觉得他喜欢男人,只不过还没对自己承认——这太理论化了,但好像你们俩目前都在努力寻找什么是爱情。"她带着一种心照不宣的笑容,"爱就在胡须和私处润滑剂之中!"三个人大笑起来,引得旁人纷纷侧目。"无论如何——感觉你们已经完全明白。现在的感情跟我们之前经历的完全不一样——激情蒙蔽了缺点,漫长婚姻成了过去,舒适感和满足感涌过来,这么多年,几十年,有些看似是完整宏大的东西也会让你疲于应付。"她双手相互拍了一下,"过去了,都结束了。现在要做的就是及时行乐。茱莉亚,就跟你之前说的一样,相爱的人就在一起。你刚才不是还说,自己想象过和克里斯手挽着手走在陌生街道的样子吗?我喜欢那种场景。"

"我说过吗?苏珊你真棒,言简意赅。但这不会让你觉得——怎么说呢?孤独。我们有这些兼职男士陪着,但你还没遇到什么人不是吗?好吧,是有里卡尔多,他挺有意思的——藏红花啊,玫瑰啊,翻译工作以及梵蒂冈内部的运作等。你们之间有很多共同点。你确定他喜欢男人吗?"

"我不在乎。真的。他喜欢吃午餐,喜欢聚会的时候跳舞,对文学和园艺充满了激情。他就是个朋友,是好朋友。男欢女爱吗?实际上,我对他没那种感觉。我只想把我所有的——你们懂的,大量的——精力放在我感兴趣的事物上。至少现在是这样。你们找到了这么优秀的伴侣,我很为你们高兴,也许他们就是你们的真命天子。别担心我。我早就过了想要双人自行车的年纪了。好了,你们想吃甜点吗?"

茱莉亚很相信苏珊的话。卡米尔耸了耸肩,心里想,纸门,永远敞开。

珍珠

罗文租了一辆菲亚特汽车，出人意料的是，租车公司提前准备好了，还在车上摆了名帖。他开车一路向北，只在之前待过几天的奥尔特一家红酒店停了一会儿，之后就回到了圣罗科附近的公寓。他的时间很充裕：打开百叶窗，耀眼的阳光突然照进来。他知道这间公寓总会有人租，但看起来仿佛自他上次离开后一切都没变。房东玛丽安娜夫人写了一张"欢迎回来"的字条——真贴心啊——还留下了水果、面包、芝士和咖啡。罗文洗了澡，换了衣服，穿上卡米尔圣诞节时送给自己的绿色套头衫，然后开车直奔阿孙塔之屋。他随身带着一个手提箱，里面装满了纸门画展的手册——凸版印刷，封面是玛蒂尔德发来的高清图片；接着是玛蒂尔德写的介绍词，毫不吝啬地夸赞了这些作品的独特。为了给卡米尔庆祝生日，罗文另外准备了一份礼物，手工缝制的客人签名册。签名册的纸张是他在玛蒂尔德的店里亲手制作的，封面是蓝色的，很厚，绣着卡米尔名字的首字母，还有一只打了马赛克的手。能带给卡米尔这些，罗文内心非常高兴。

罗文比约定的时间早到了一个小时。没人在家。他围着焕然一新的花园走了几圈。房子后面山坡上的风信子和水仙正在盛放；远处，罂粟花和叫不出名的白色、黄色小野花，沿着通往姬特家的路恣意开放；种在盆里的柠檬树沿着车道摆放，别有风趣；凉亭上方，垂下来白色的紫藤花。卡米尔告诉过罗文，苏珊在之前垃圾场一样的柠檬屋为自己清理出一片空间。门一直没锁，所以罗文就自作主张走进去了。真不错啊，非常适合精制印刷的工作，而且光线充足。他不禁闪现在这里工作的念头，和卡米尔一起。厚重结实的石门——跟重型印刷机很配。今天，他结束了教学生涯，自由成了强大的催情剂。还有那么多伟大的作品流于人间等待出版。二十多岁时残酷的婚姻，之后两段无疾而终的感情，一切都结束之后，他对与卡米尔的感情依然持积极态度。两个人年纪相仿。罗文不想跟太年轻的女人在一起，问题很多，比如跟太年轻的人在一起，就总要强迫自己对早已不挂在心上的事情保持热情，而且她们要孩子的欲望也很强烈。每每想到那两个自己未能挽救的问题少年，罗文心里就一阵遗憾。真的做不到。对那两个孩子的母亲，罗文只感到有些生气。

卡米尔之所以散发着青春活力，是因为她重新开始了生活。她身上充满了二十岁的年轻人才有的兴奋与不安。罗文今天也非常兴奋，因为卡米尔听从了自己的建议，通过思考和阅读，她真的画了出来。她仍旧充满了魅力。卡米尔胸部的样子浮现在罗文的脑海，让人心神荡漾。罗文明白，虽然迟到了，但这是他第一次感受到无拘无束的爱。

最里面，卡米尔的画架已经立好。柠檬屋中间的部分是苏珊的花园用具和花盆。罗文俯下身，看了看苏珊摆好的种子和可生物降解托盘上的标签：大波斯菊、洋桔梗、罗勒、旱金莲、紫锥花。茱莉亚美丽的室外就餐区里，已经做好了晚上为卡米尔庆祝生日的准备，充满活力的燕尾型桌布，绿色的容器里摆满了黄色的风信子和几枝柑橘。这些南方来的女人，在招待客人方面的天分简直无与伦比，或者换句话说，她们为了友谊什么都愿意做。罗文把盗窃犯留下的某只猫赶下了桌子（好像是拉加佐），这件事他可绝对不会说。

另一辆菲亚特500型汽车慢慢停在车道上，一个高大的金发男子下了车。查理。罗文马上就认出了他。因为查理脸上的笑和卡米尔的笑就像一个模子里刻出来的。而且，母子俩有同样高挺的鼻梁。"你好！你一定是罗文。"查理走过去，朝罗文伸出手。

罗文也笑了。"太好了，你也来看展览了。好像大家都没在。很高兴能在这里遇见你。"天啊，卡米尔的儿子可真英俊，而且还是个艺术家。

"见到你我也很高兴。我在路上的时候给妈妈打过电话了，她们马上就回来。好像最后要把什么东西挂在天花板上，我猜她们肯定是迷住了那个画廊的人，才能这样做的。妈妈说可以先进去。钥匙就在靠近厨房门的那个花盆底下。"查理突然为父亲感到一阵痛苦，这个时尚的家伙走进了妈妈的生活，拥抱着她。但他没表现出来，还是很淡定的样子。查理知道一些印刷方面的事，正好可以再跟他多聊聊。

台阶那边有十个花盆，但罗文第一次就选对了。"至少不是在门垫地下。这样翻一遍钥匙也得累死盗贼，对吧？"

"我住在楼上，苏珊房间的对面。"查理说着背起自己的包。

"我不住这里。我住在去年住过的公寓里，就在小镇边上。"罗文去厨房那边看了看，回想起从博洛尼亚回来的那天晚上，他和卡米尔在自己的公寓，在天鹅绒沙发上的快乐。自那时起，很多东西都不一样了。首饰被偷的那天晚上，卡米尔哭过、骂过，罗文把她抱在怀里，直到她终于渐渐入睡。多么美丽的房子啊。现在房间里面更明亮了一些。罗文注意到，从前总是遮住窗户的灌木丛都被砍掉了。他实在无法想象这三个人不再住在这里的情景。他大声问查理："想喝一杯吗？我去了奥尔特，买了些红酒和芝士。希望她们跟茱莉亚一起待了这么久，已经能自己做饭了。"

查理冲了个澡，把湿乎乎的头发梳到后面，然后就一边系衬衫扣子，一边赶紧下了楼。就在这时，卡米尔她们也进了门，正好在楼梯的地方碰见了，两个人马上来了个大大的拥抱。"哈，你看你！"她看见罗文站在门廊的位置，也赶紧过去抓住他，脚步依然轻快。"苏珊，茱莉亚，他们俩都到了！"

"太好啦！"

"克里斯很快也就到了。他想最后准备些东西。查理，帮我们把车上最后两个包拿过来好吗？罗文，我们听会儿音乐吧。"

苏珊是从镇上走回来的——她打算每天走三英里——手里还拿着一把野生芦笋。"我们尝尝吧！看起来有点儿奇怪。可能不太好吃，跟丝线一样。"

茱莉亚也拿出一把鲜嫩的芦笋。"我们比较一下。"

我没法参加他们画展前的晚宴。山下的嘈杂声从我书房的窗户传进来。一阵阵笑声。是谁在弹奏《全心全意》的钢琴曲？一会儿又开始播放《粉色马提尼和大佛酒吧》——都是我喜欢的。科林会过去吃晚餐（能离开这个禁闭房间，他应该挺高兴的吧），当然还有其他人——里卡尔多、尼古拉还有布莱恩，别人我就不知道了。

离不开家的我只能送一份生日礼物。尽管卡米尔说过再也不要首饰了，但在玛格丽特的箱子里找到的首饰，也就是玛格丽特祖母的珍珠，她肯定无法抗拒。我想象了一下，知道卡米尔振作起来，玛格丽特一定也会高兴。这个生日很重要，又是在画展开始的前夜。我想跟他们一起庆祝这两件高兴的事。

经过批准，我明天可以去参加画展的开幕式。科林可以开车带我到广场中心（本来不准汽车通行的），然后让我在门口下车。画廊里面专门给我准备了一把椅子。我完全没什么用，但目前还没什么症状，也没出现过什么紧急情况。肚子里的小东西平静了一些，只在肚子里闹一闹，我睡觉的时候，那个小东西也就安静了。太感谢啦！先等等再长大一些。

卡米尔的微型作品我只见过五幅，它们与众不同，独树一帜。但我觉得她自信不足，不敢相信这个事实。她的纸门看起来很神秘，一层透着另一层，让我想起了艾米莉·狄金森[1]。谁能想象得到，新英格兰的老人终身未嫁，在家族的老房子里闭门不出，竟能有那这样抽象且隐秘的热情？她的作品是从哪里汲取的灵感？少女时代。那时的生活始终都在，从未退出。这把燃着的火从不需要添油加柴！艾米莉显然是想隐藏自己的才华（抽屉里都是一卷一卷的诗作），但几十年后，南方出现了一位和她相似的女人，隐藏自己的才华，把画布都收到了阁楼上。在漫长的一段岁月里，她都收起了自己的激情，甚至压抑了自我。后来，在卡普里岛的一夜，这个女人跟我讲述了纽约阁楼里的失足之事，那一直令她苦恼万分。她的父母很严厉，总说涂色的时候不能涂到线外面，还要尽量留在家

---

[1] 艾米莉·狄金森（1830—1886），美国传奇诗人。

里,不要冒险。家里的信条大概是"不然你会后悔的"。她长大的过程中也总会听到这样那样的教诲。可在那个疯狂的夜晚,一切成真了。父母说得很对!她怀孕了——要是和十几个男人一起有过欢爱的时光,这也是理所应当的。她是那样羞愧,那样害怕,仿佛字母 A 深深烙印在自己的脖子上。她想和查尔斯共度余生。她从未想过自己会这样做,但确实做了。"流产"这两个字可真扎心啊,还有大大的字母 A 也是。愧悔、解脱和背叛那令人厌恶的感觉如鲠在喉。查尔斯从来都不知道。她请妈妈来家里住了两周。她的妈妈经常会说"我不会""别那样""小心些"……卡米尔真不想看到她的油画作品。

看到卡米尔的画展,看到作品映在她眼里,我们都很激动——和大家一样,她也静静地看着一幅幅纸门。圣罗科不是切尔西——无论怎样的作品,有些人都只会茫然地盯着,至少不会有谁说自己的孩子画得比这个更好。但这里是意大利,文化生活历史悠久,影响深远,就连九年级毕业的工人也能边唱着《阿依达》边打开洗手间的门,然后在自己建于十二世纪的大房子里和贵族就艺术品高谈阔论。高中的学生们会引用波斯微缩模型和中世纪的手稿,其他人可能只会说面前的作品是如何繁复,如何美丽。

真希望今天能和他们一起共进晚餐啊。但留在家里,我也很高兴,幸好没发生什么可怕的事,我心中充满了感激。这段时间我一直躺在床上,书散落在各处。我期待着科林回来后会分享的各种消息,在柠檬屋幸福的夜晚,最棒的是茱莉亚答应的一整盘美味。科林想去,但也想待在家里。石头仓库已经完全收拾好,他很想坐在设计桌旁边,兴奋地期待着佛罗里达的项目渐渐成形。

基韦斯特市选中了科林的公司，想要打造观看日落的亭子，一边是咖啡厅，另一半是餐厅——这个项目最适合科林了。我把那首几乎所有意大利人都知道的歌曲《海上环岛》教给了科林，这首歌的灵感正是亚得里亚海附近塞尼加利亚小镇上圆形的舞蹈亭。听着这首歌，看着浅滩处白色的圆形建筑物，你不禁会想成为月光下起舞的伤心少年。科林是个浪漫的人，喜欢这种浅吟低唱的歌，而且那栋建筑也能给他启发（基韦斯特不可能建在浅滩之上）。现在，他工作的时候总会播放这首歌。我知道，接手这个项目意味着亭子真正破土动工前，我们要在佛罗里达州待很久。

科林很晚了还没回来，可能我等不到期待已久的美食拼盘了。我读了一些聂鲁达[1]的诗歌，关于朝鲜蓟、袜子、土豆等，他喜欢赞扬平凡的事物，后来我昏昏欲睡，书也掉在了地板上。

---

[1] 巴勃罗·聂鲁达（1904—1973），智利当代著名诗人。代表作是《二十首情诗和一支绝望的歌》。

纸门打开

玛蒂尔德给了卡米尔一个惊喜——她自己悄悄邀请了托斯卡纳所有的艺术家、佛罗伦萨的画廊老板、评论家和修复师同行们。卡米尔只觉得她是"请来了一些新朋友"。从我坐的地方看，一拨拨穿着时尚的艺术界人士陆续到达，和当地人一起欣赏这些作品。整个圣罗科的人都来了，大街上熙熙攘攘。晚会开始，克里斯托着红酒瓶来回走，茱莉亚则端着一盘盘可口的小食。每个人都在房间里走来走去，有的凑近观察纸门，有的跟同伴做手势，有的则热切交谈着。卡米尔和罗文还有查理一起站在边上。卡米尔看起来很惊讶，眼睛睁得很大，环视着房间，好像有什么等着她，可又说不清等着自己的是什么。她的儿子神采奕奕，笑得合不拢嘴，看起来甚是迷人。真想知道他身后是否有哪个年轻的时尚艺术家能让他转过头来。（我感觉他的妻子是个难以取悦的人，他已经忍了很久。）

玛蒂尔德和一位穿着美式西装的男士手挽着手走了进来。玛蒂尔德一直在说话，那位男士则不住地点头。画廊里有点儿热，有人打开了窗户；苏珊又开了几瓶普罗塞克葡萄酒；茱莉亚和安娜塔把小食拼盘摆在桌子上——这下，就像帆船抢风调向一样，房间里的人一下全到了餐台旁。吉尔达和尼古拉陪我坐着，她们也为卡米尔感到激动。虽是小镇上的小画廊，但活力满满。卡米尔——还有她红色的鞋子——掌控了整个画展。她抬头挺胸，头发梳到后面，非常经典，像格蕾丝·凯利；还有深V的白色长裙，很合身。哪怕到了七十岁，她依然光彩照人！我真想站起来欢呼。玛格丽特长长的珍珠项链看起来好极了。

科林成了现场摄影师。他一会儿把人们聚在一起，让大家相互挽着；一会儿拍单人照；一会儿又给每幅作品拍特写。卡米尔笑得很灿烂。不知道有没有人告诉她，桑德罗·基亚也来了。我知道卡米尔一直很崇拜他的作品。玛蒂尔德把他带过来，介绍我们俩认识。"要是知道您来了，卡米尔一定会激动死。"

"过奖了，"基亚回答，"这些作品都非常出色。还有您，雷纳太太，我也很欣赏您的诗。"（显然玛蒂尔德已经提前跟他说过了。）这时，一个刚好我也认识的佛罗伦萨的艺术家把基亚叫走了。感觉那个艺术家好像应该给杜嘉班纳做形象代言人一样。

我拥抱了玛蒂尔德。"你真是太棒了——这对卡米尔来说就是梦中的奇迹。她肯定像走在天堂一样。我们大家也都很激动。"

"很快，幸运女神就会垂青卡米尔。这里有两位评论家。而且……"茱莉亚把小吃拼盘递给他们，玛蒂尔德的话只说了一半。

"太好了。亲爱的，你的皇冠上又多了一颗善良的星。"科林给我们俩拍了张照片。玛蒂尔德就像前拉斐尔派画家笔下的女神，而我就像一块大饼干。

大家久久不肯散去。茱莉亚忙着把一盘盘朝鲜蓟炸饼、什锦面包、意大利熏火腿串和甜瓜摆上来。大家都吃了点儿东西，但意大利人仿佛并不确定芝士条和饼干的味道，不敢轻易尝试。查理自己的盘子里装满了食物，还让罗文也尝一尝。终于，房间里的人渐渐离开，我挽着科林的胳膊，慢慢走了一圈，仔细看了每一幅纸门作品。"我们买一幅吧？价格单在哪儿？就挂在你的新工作室里。"

科林去访客留言簿那边看了看。"没有价目表。不过留言簿那边有张字条，说画展之后可以联系玛蒂尔德。那是什么意思？"

"卡米尔还不太熟悉这些事。估计她还不想放手吧。要是能选的话，你会选哪幅？"刚才那个穿着紧身西装的佛罗伦萨艺术家一直盯着一幅画看，我们现在就站在它面前。

我和科林都喜欢这一幅作品——打了蜡的月亮，从最小的新月开始，一系列共四个，都是薄薄的一层蓝白色，犹如蓝宝石背景上的母乳——摞起来的纸张仿佛在等你伸手触摸。我真想把这幅画从墙上拿下来捧在手里。一行行小字好像是倒着写的，复杂的蓝白色几何形图案设计沿着纸缘分布。"某个教堂的地板，"科林说，"忘了是哪个，好像是在穆拉诺岛上吧？"

"完全不知道，但确实有什么东西让人着迷，也让你的思维发散到各个地方，而不是沿着一个方向前进。"

卡米尔过来拥抱了我们。"跟画展相比，让我觉得更不可思议的是这个。"她举起珍珠项链，"你怎么竟然把这个给了我？这个，这一切……你能想象吗？我简直不敢相信自己的眼睛。"

"都是真的——都是你应得的。"科林跟卡米尔行贴面礼的时候说。

"我们都高兴极了。真的，卡米尔，太美了。我们可以买这一幅吗？"我问。

"当然不行！画展结束之后我送给你。"

"那可不行，你不能随意把自己的画作送人。你现在是专业人士了。应该说'我先看看你有多少钱'！"

"你们晚上一起吃晚餐吗？斯特凡诺给我们留了张桌子。我记得茱莉亚又订了一个生日蛋糕，我开始还想默默地过去就好了呢。现在这么多人都来了，幸好我们留了一桌。"

"不好意思，我去不了，我只能出来待一会儿。科林现在就该送我回家了。你们晚上好好玩儿。"

他们确实玩儿得不错。

尼古拉的女儿从英格兰回来过春假，答应这个星期照顾画廊。除了跟过来参观的人打招呼，她还有很多书要看，有很多计划要完成。不过她周一才能过来，所以卡米尔和查理周日的时候得一起待在画廊里，难得的时光。卡米尔都记不起来上次和查理单独待这么久是什么时候了。查理从广场上买回卡布奇诺和甜点的时候，卡米尔打开了灯。

"我要好好欣赏一下。"查理边说边在画廊里慢慢走，一幅一幅仔细欣赏。"最惊艳的是你离开的方式。你吸收了这里的艺术，让它们慢慢走进自己的思维。这些纸上的内容能看到你在这里生活的痕迹，但结合了很多你自己的东西。"

"谢谢，我感觉也是这样，但独自工作的缺点就在于，你永远不知道自己做得够不够好。你觉得是这样，但一些毒舌的批评声总是会盖过你，总是问'你以为你是谁？'。"

"不不不，别那么想。你很快就会超过你父母的——这才是你内化的声音——他们不是总想控制风险吗？别弄这个，你会后悔的，实在不行还能教书，你丈夫需要你之类的，都是他们的说辞。"

"他们是为我担心……"卡米尔记得自己在纽约时的恐惧，也记得后来发生了什么。那个愚蠢的夜晚,在"炫酷"公寓里的愚蠢行为。

"就让他们在地下长眠吧!妈妈,你现在特别棒。你自己也知道。"

现在查理在大学里兼职教书。他不仅没觉得上课占用了自己画画的时间,反而觉得工作室的时光能给自己灵感,而且那些聪明的学生无时无刻不在谈论艺术,连梦话都是艺术,跟这样的学生聊天,他也深受启发。查理告诉卡米尔,现在跟劳拉在一起他也觉得幸福多了,可能是因为他不再过分纠结于劳拉的不满,而且现在他们住在卡米尔的房子里,两个人之间的摩擦也没那么多了。"家里很宽敞。我们在自己的房子里,三个人都很挤。在家里烧烤的时候,就像邻居在我们脖子这边呼吸一样。英格丽德喜欢斯比特溪。她和朋友们经常去玩水、捉乌龟,好像小孩子似的。有时,她会去爸爸种满仙客来的院子里,坐在你的凳子上看书。对了,要是爸爸在的话,"他慢慢说,"一定会震惊的。"

卡米尔点了点头,沉默了一会儿才说话:"问题在于,要是他还在的话,就不会有这个画展了。我现在是自己在这里摸索新天地。"

"没错。这一切都源自意大利。是意大利让你做到了现在这样。"

"不是说我不喜欢曾经拥有的过去……"突然,卡米尔走神了,思考自己刚才说的是不是真的,"但或许我们已经找到了一种脱离过去的方式。"这是个大问题。没有答案。

"罗文怎么样?我挺喜欢他的。"

"他啊,很体贴,也很可靠。你肯定也会喜欢他的作品。他在深奥的精制品印刷领域非常出名。茱莉亚、苏珊还有我都讨论过现在这种迟到的爱情，或者说是恋情，或者随便怎么说吧。我们觉得及时行乐就好。我只想跟着感觉走，大家都不用着急。"

查理不知道说什么好，所以就说了卡米尔肯定想听的话："你——还有她们——都值得享受这里的所有幸福。"对查理来说，七十岁的男欢女爱有些难以理解，但他有预感，这件事情已经发生了。晚开的花儿——或者说盛放——对于自己的母亲而言就像是个奇迹，也解放了查理自己。从小到大，卡米尔一直把自己对艺术的热情倾注给查理，在家的时候，查理常常为卡米尔的放弃感到遗憾。可现在不会了。圣诞节来这里之后，这四个月，查理都在稳步前进。他本来是个抽象派画家，那时他第一次画风景。在户外工作比想象中的轻松多了。这让查理开始思考，轻松是否意味着什么。

这时，画展当晚和玛蒂尔德一起来的那个美国男人进门了。"现在开门吗？"那个人问。

"是的，快请进。我们正在聊天，会尽量小点儿声的。"

"我叫史蒂文·布莱斯曼，是玛蒂尔德的朋友。我想再来看看。那天晚上人太多，我觉得看得不仔细。这些作品很不错，很有感染力。"

卡米尔和查理继续小声说着话。明天查理就得走了，他想去罗马待三天，周四坐飞机回国。"那个人是谁？"查理小声问。

"可能是玛蒂尔德造纸课上的学生吧。"

午餐的时间，他们先关上了画廊。查理要回阿孙塔之屋休息一会儿倒时差，免得之后时差更严重。下午，卡米尔自己待在画廊里，接待了四位来托斯卡纳旅行、画画的女士，她们要在这里待一个月。之前，卡米尔好像在广场上看到有几个女人背着素描本，其中一个还支好了画架,俯视着身下山谷里的橄榄。卡米尔说,自己从去年十月来到这里之后就开始进行这项工作了。那些人画的是水彩,都说这些作品扩展了自己的视野。她们坐下来聊了聊,其中一个说卡米尔的构思"很特别,有说服力",其他人也都表示很佩服。

后来,有几个错过当天开展的本地人来看了看。下午四点的时候,卡米尔关上了画廊。

克里斯第二天也要离开。他先要去威尼斯机场接机,然后带着参与活动的女士们开启连续不断的托斯卡纳之旅。今晚,大家要去山谷里的一家餐厅,克里斯希望茱莉亚能和自己一起住在酒店。除了来圣罗科的当晚,这几天他都很少见到茱莉亚——啊,那才是两天之前的事。克里斯有辆面包车,所以他负责接送大家。"你们上车还是下车?"大家往车里走的时候,他这样问道,但好像除了罗文,没人记得"快活的恶作剧者"——大概南方人不太在乎嬉皮士吧。

餐厅老板出来迎接的时候,卡米尔说:"他就像卡拉瓦乔笔下的酒神巴克斯。"

"没错!"说完,查理就过去问老板是不是能合影了。

"当然可以!"恩里克说,他的黑色卷发梳在后面。跟苏珊行完贴面礼后,他安排大家坐好,开始介绍自己的耕作方法、古老的食谱、重新培育的谷物、纯燕麦,等等。苏珊和茱莉亚听得兴致勃勃,而其他人都觉得自己是在看《食物百科101》,但美食端上桌时,所有人都一下被迷住了。油炸的朝鲜蓟做成了天使之翼的形状,很脆;马铃薯团子简直天下无双;烤乳猪鲜嫩多汁;自制的草莓冰激凌好吃得恨不得让人想站起来跳舞。

"你们怎么发现这个地方的?"克里斯忍不住问。他觉得自己已经对整个区域了如指掌了。

茱莉亚很希望发现这里的是自己,但还是坦诚地说:"有一次苏珊给花园找装饰品的时候发现的。这也是她分到的朝鲜蓟最多的原因。"

"我们别告诉别人了!保密吧。"

恩里克拿了一把椅子,坐在桌角的位置。这次,他讲的话题是生物动力葡萄酒。他学着自己祖父的样子,把公牛血洒在葡萄园里每一道犁沟上。克里斯知道这种方法,但他从没见谁亲自实践过。茱莉亚看见克里斯写了几条笔记,因为红酒真的口感丰富,充满了生命力。恩里克说得像天书一样的时候,苏珊会负责翻译一些——往雄鹿的膀胱里塞满西洋蓍草、奶牛角里磨出来的石英、压碎的缬草。苏珊的意大利语什么时候变得如此流利了?像西洋蓍草、石英和缬草这样的词她确实需要查字典,但其他的内容完全可以直接翻译。恩里克同意克里斯的观点:"基本上都是堆肥。"喝过咖啡之后,苏珊和恩里克讨论了一下种子库和作物轮作。

大家都听得很着迷。查理喜欢恩里克自制的餐后酒,尝起来和柠檬车露有点儿像,但用了茴香。当然,茴香都是去年八月份摘的。"好了,我懂了。确实如此,信息量很大。这个地方到处都有新鲜事。"说完,查理吃掉了最后一口冰激凌。

"也不是,"茱莉亚说,"只是在托斯卡纳乡村的又一顿美食盛宴。"

"看来,回家的飞机上我又有了很多回忆。真不敢相信,我之前竟然想让妈妈搬到康沃利斯草原去。"

第六部

足月

广场上人头攒动，充满了活力——又到了旅行的季节。太阳西沉，最后的余晖洒在优雅的椭圆形建筑物上，罗马人曾经就在那里和同伴一起狂欢庆祝。有三个地方，可以看到马车车轮嵌进石头中的凹槽。就像在斗牛场上，你可以选择阳光或阴影，不过这里可没有争斗，只有端着托盘的侍者迈着轻快的脚步，把一杯杯卡布奇诺送到铺着黄色桌布的桌子上。游客们大多是女性，都朝着明亮而温暖的地方看去。科林说："我心目中的天堂便是这个样子。有一天，离开了人世间，就待在意大利某个广场，阳光照耀下的餐桌旁，等着你的是无尽的自由。但你真的要好好表现才行。"有时候，我会想，为何这么多人想到意大利来发现不同的自己。是因为这里是意大利，还是因为这里是即将让你绽放的地方？

我自由了。现在产期将至，早上我可以坐在自己最喜欢的地方，用自己喜欢的方式过一天。科林开车把我带到广场入口，我怀着莫大的自由感，慢慢（摇摇晃晃地）走到广场上，和苏珊还有尼古拉坐在一起，听她们讨论现在住在阿孙塔之屋的三位要不要把房子买下来。"价格很合适。你们现在还没意识到自己眼前的机会。圣罗科现在的房价三个月就涨一次。如果别墅在科尔托纳或者皮恩扎，价格肯定比现在高至少百分之三十。这片区域现在没什么人，但越来越受关注。相信我，不出五年投资就翻倍了。"

"我们可能会买。所有东西，只要三个人平分，就轻松多了。"苏珊拿出自己的计算器。"我把海景房卖了。给了女儿们一大笔钱之后，还赚了一些。还有卖掉公司的钱。我还没打算卖掉自己的房子。我们每个人都不可能马上就拿出一大笔钱，但你也知道，我们都上了年纪，这么多年的投资还不错，况且我们还有工作，所以我自己觉得，如果我们决定了，怎么都能付得起。你觉得买下阿孙塔之屋到底需要多少钱？"

"我可以查一查。我的第一感觉是，房子的价格真的很低。格拉齐亚没征求过别人的意见，只问过自己的姨妈，可她姨妈自从二十世纪七十年代就再没卖过东西了。"

我同意尼古拉的意见。我自己也拿遗产冒了个险。这三个人一直埋头苦干，她们并不骄矜，也没什么特权，不过，用玛格丽特的话说，世界上也没什么人有特权。聪明睿智的女性打开钱包之前，总会先深入了解要买的是什么。

买吧。我当时跟她们相比还很年轻（可能也很天真，这或许是好事）。后来，因为玛格丽特，我得了不少奖，也赚了些钱。真的很幸运。至少不用天天熬着，等到丈夫离开人世的那一天。

尼古拉得走了，但卡米尔还有她在画廊里遇见的四位女画家来了，我和苏珊正好可以再喝一杯。我喜欢这样简单的聊天见面，休息的这几周，我一直待着，写作和独处都让我变得有些内向了。今天早上，我往常灿烂的笑容都平淡了很多。卡米尔邀请那四位画家到阿孙塔之屋欣赏山谷的风景和苏珊的花园：一只白色的猫蜷在星盘下；柠檬树在草地上投下一点点阴影；从窗户看出去，山谷一片嫩绿色；前门半开着，阳光倾洒进客厅。那几位画家收拾东西，带着背包和画架准备离开的时候，我看到一位年纪稍长的男士和一个年轻女人没有享受阳光，反而坐在遮阳伞下。那位女性比较瘦小，但很美，极具弗吉尼亚·伍尔夫年轻时的高贵气质，只是走路的时候略带迟疑。那个男人扶着她的手肘，引着她往前走。男人看上去有些面熟，他是每年都来吗？年轻女人坐下了，双臂交叉。防备的表现？男人笑着，一直微笑，很迷人，可能是因为他有一位贤惠睿智的妻子。不，不会的，年轻女人很美，但没有那种中年妻子身上的气质，也没有年轻的胜利者身上的冲劲儿。这时，里卡尔多来了，用意大利语和苏珊聊了起来。"你简直太棒了，"里卡尔多对苏珊说，"我马上就能从翻译的工作里解脱出来了。本来还以为过了十二岁再学语言很难呢。"

苏珊的确是好样的。"是啊，"我说，"你的意大利语水平和我一样了，甚至比我还好，可你要明白，我都来这里十三年了。"

"你们不知道，我学意大利语比当时上大学的时候用心多了。我做什么都想着意大利语，甚至连呼吸都是。还有，我喜欢学习新的语言。我觉得自己会变成另一个不同的人。说意大利语的时候，我觉得自己还挺幽默的。你学习另一种语言的时候，你性格中的某个部分就会被强化，这种感觉很特别。"

"也许那部分已经等了很久了。"

"上帝啊，"里卡尔多说，"我觉得我说英语听起来有些娘娘腔。这是为什么呢？"

上午的时光悠然闲散地过去了。我一直等着身体里传来的痛，但什么都没有。幸福的一天啊，太阳从钟楼顶上经过时，钟楼里刚好响起雄浑的钟声，我希望现在还在我肚子里挣扎的小东西也能感受到现在这一切。

科林带着买的东西回来了,他朝我们走过来,朝我走来,朝我肚子里的小家伙走来,准备带我回家,带我从一排排莴苣、罗勒、西红柿、茄子、栗子、欧芹和甜瓜中散步。夏日的憧憬。

触手可及

茱莉亚刚从市场上回来,背着装得满满的包往广场走。11:30。克里斯今天应该从托斯卡纳回来。在圣罗科的时候,大家举办了很精彩的活动,甚至还在恩里克的餐厅吃了午餐——非常棒,他们之前从来都没体验过。后来,两个人就去了蒙塔尔奇诺和马雷玛。茱莉亚反复确认了所有细节,克里斯要做的就是尽情开心,让大家都高高兴兴的。等把客人们都送到酒店,克里斯就会从佛罗伦萨回来。第二天,他们会一起坐飞机离开,秋天的时候再回来。今晚,克里斯通过帕里奥内在一家尚未被人发现的餐厅定了位置,要和茱莉亚共进晚餐。那家餐厅的主厨今晚会用青葱和香醋做菲力牛排。他们俩一定会吃得心满意足。之后,两个人会慢慢走回姬特和科林最喜欢的酒店。再之后,茱莉亚就要经历漫长的等待,等克里斯回来。

经过书店,茱莉亚跟贝维拉克夫人打了个招呼;经过阿曼多的店时,她进去选了一块撒丁岛的佩科里诺干酪。她在卡普里岛买的人字拖有些磨脚,于是她弯下腰,打算松松右脚的鞋带。弄好之后,她站起来,刚好瞥到薇奥莱塔的餐吧,里面坐着一个男人和一个女人。这一幕让她嗓子一紧,不禁咳嗽了两声。她站直身子,定了定神再看。人字拖一直磨脚背。茱莉亚抬起手抓了抓头发，然后甩了一下，又看了看那两个人：他们在广场上喝咖啡，像极了韦德和莉齐。茱莉亚闭上眼睛，仔细看了看，然后钻进了一条都是小店的巷子。她紧紧靠着石墙，努力强迫自己集中注意力。五分钟。吸气。呼气。

茱莉亚离开巷子，走进阳光里，快速朝广场走过去。假的，一定是看错了，他们是来度假的瑞典人，是我的幻觉。不，韦德，莉齐，像其他人一样，享受着上午的时光。那个女孩，莉齐，往后挪了挪椅子，从包里拿出墨镜。这时，他们看到了茱莉亚。韦德一下站起来，差点儿把桌子弄倒。但茱莉亚一直看着莉齐，一脸茫然。莉齐也是一样的表情。茱莉亚一下朝她冲过去，莉齐站起来的一瞬间差点儿摔倒。茱莉亚笑着，韦德也凑过来，想要拥抱她。茱莉亚努力了半天，可还是一句话都说不出来，只好坐下来盯着自己变了模样的女儿，一个劲儿地看。莉齐的眼底没有乌青，头发很有光泽，不像之前那样干枯毛躁。口红，小牙齿，还有舒展的眉头——确实是莉齐。"莉齐，莉齐，莉齐，"茱莉亚根本停不下来，"我是在做梦吗？"

"妈妈，很高兴再见到你。不是做梦。不是奇迹。我努力了很久。我现在很好。终于好了。"

"韦德，你去找她了？"

"我们会把所有的事都告诉你。我觉得还是直接来比较好，不用隔空喊话，人就在眼前。"

"我真的很惊讶，你们俩看起来不错。"茱莉亚没说"我亲爱的们"。站在面前的韦德比以往更精神了，他头发整齐，仍有梳头的痕迹，能看到一缕一缕的白发，而且他身体健美强壮，更胜从前。他身上仿佛带着某种顺心遂意的感觉。

"你看起来光彩照人。"韦德笑起来,一边的嘴角比另一边的高,"你懂的,哈德利家的女孩儿。"还小的时候,韦德时常惊讶,茱莉亚竟然会被人叫做"哈德利家的女孩儿"。

薇奥莱塔走过来,脸上写满了问号。但茱莉亚只简单说了一句:"这两位是韦德和莉齐。"没有更多的解释。之后,她给自己要了一杯意式浓缩咖啡,韦德和莉齐各自又要了一杯卡布奇诺。

"天啊,你会说意大利语!"莉齐看着茱莉亚,她们就这样盯着彼此,仿佛是潜水的时候偶然遇见了一样。

"是啊,"茱莉亚的大脑还是一片空白,"怎么回事?你什么时候……"茱莉亚有点儿语无伦次。

"我们昨天到了罗马,今天早上开车来的这里,就住在街头那家酒店。"韦德指着洛伦佐旅店说,"下午两点以后才能办入住。我们本来打算先问问谁知道阿孙塔之屋——你的一个律师告诉我的。我就知道这些,没有具体地址,只知道在圣罗科。"

"嗯,"茱莉亚丝毫没想掩饰自己不想再和他有任何瓜葛的想法。韦德到底想怎么样?"啊,莉齐。你在这里。你竟然在这里。我真的不敢相信。"

"希望不是什么坏事。我自己也很惊讶。我现在很好,正在努力适应这种感觉。从哪儿开始说呢?"莉齐开口了,"我在一栋住宅式治疗所里待了一年。很抱歉没告诉你们,我只是开不了口。我得隔绝跟外界的一切联系。我知道你们觉得我当时已经堕落到底了,应该赶紧戒掉,但我没做到,又成了之前的状态,甚至更糟糕。让大家又失望了一次。在医院里的时候,医生觉得我睡着了,但我听见他跟你说,要是我还戒不掉,理论上讲最多能活到四十岁。当时,这对我来说都算不上坏消息,因为那会儿我脑子里想的就是这个。

可是,后来,我离开了萨凡纳,回到旧金山又跟之前那伙人联系上了,感觉很难受。当时让我上瘾的是街上卖的新型鸦片。有一天,我照镜子的时候,发现眼睛在不由自主地抖动,整个人看起来特别不好。我那时穿着你给我买的黄色睡衣,上面全是污迹。我根本认不出来镜子里的自己,而且我也不想认识那种人。从某种程度上说,是那件睡衣帮了我。你把它带到医院的时候,还是柔软的雪尼尔,是充满希望的黄色。我知道我当时从谁身上都无法得到安慰,你才买了那件衣服给我。我低头看了看那件衣服,肮脏不堪。

"跳过这些。后来来了一个社工。她走进房子,跟我们说有个新项目,大家都可以申请。我完全是出于无聊,可能是因为当时根本也认不出自己吧,就申请了。那时候,我没打算戒掉。可能就是想找个更好的地方待着,过得舒服点儿。我指甲那个地方总是流血。一切都毁了。我还想靠那个得到快感,只是再也没得到过,而且已经很久没得到过了。"

薇奥莱塔端来了咖啡,眉毛上挑,满脸狐疑,显然是有什么让人情绪激动的事。除了咖啡,她还端来了一盘饼干。

"首先,最艰难可怕的就是排毒。我被一辆救护车接走,被送进了一个封闭的地方,又经历了一遍之前的过程。你们都知道是什么样的。可是这次,我完全忍住了,完成了所有阶段。可能是有些东西起作用了吧,但我上瘾太久,可能已经都麻木了。反正长话短说吧,我就这样熬出来了,跟之前一样,精神上很疲惫,根本不知道排毒有没有效果。再后来,我被带上了一辆出租车,直接就去了康复中心。

"那时我才知道,跟我一起参与这个项目的还有另外二十个瘾君子——都是女生——在海特街上的维多利亚式建筑物里。四个人一个房间。塞尔玛·霍奇斯是负责人。她自己很有一套。我们总是拿她开玩笑。每个人都得在房子里面工作，以至于房子各个地方都干净得不得了。每个房间都是白色的窗帘，上了浆的。我们平时吃燕麦，没有咖啡因。塞尔玛还让我们煮汤、炖肉、做小松饼。二十个精神迟钝的女人烤松饼。"莉齐笑着摇了摇头。茱莉亚只觉得无法呼吸。莉齐竟然能说些有趣的东西了！

"她让我们自己选一项活动，每天要在这项活动上花三个小时。地下室是改造过的编织工作间，里面还有制陶工作室，楼上有个电脑室。我选了制陶。我特别喜欢。此外，每个人还要选一门线上课程。千万别笑，我选的是国际关系。大概是因为我自己之外的世界更有吸引力吧。我们每周有一天早上还得到金门公园做志愿者，就是像犯人一样除草、捡垃圾什么的。之后，我们会到各个敬老院帮厨，到学校的午餐室帮忙，也会去图书馆整理图书，只有合格的人才能出去做兼职。我在巧克力工厂工作，往华夫饼上做巧克力圣代。我这辈子都不想再吃巧克力了。但是，妈妈，我现在很会做陶器，至少擅长做陶碗。我做的盘子不是很好，杯子把手也总会断掉。但我做的小碗在塞尔玛朋友的店里卖掉了几只。"

"来块硬饼干怎么样？"韦德把杏仁饼干的盘子递过来。饼干硬得快把人的牙硌掉了。

莉齐继续说："晚上一直都是那些活动。我很看不起那些不知悔改的人，他们都是苦情剧里的戏精。我叫某某，我真的状态很不好，你状态也不好，但不好的情况不太一样。但塞尔玛·霍奇斯总会动容。可能是有些虚情假意吧，不过她会问会听，而且有幽默感。这么长时间，很多人都让我列一下自己的目标，想用这种方式拯救我,从来没人让我觉得这个人很幽默。而且,塞尔玛也知道别人什么时候是在胡说,有时候她会直接打断说话的人,脸上带着"你再想想"的表情。我一时半会儿也说不清所有事。总之,虽然有很多困难,但我觉得也来越舒服了。跟老话说的一样:一天一个样。距离现在过去好几个月了,一切都慢慢沉淀下来。我已经有十一个月没碰毒品了,而且我打算一直都这样,一点儿都不碰,再也不碰了。"

茱莉亚原本充满了防备,现在她觉得自己的防备在一点点瓦解。快一年了。这么长时间。莉齐就算偶尔说脏话,但谈吐清晰,看上去很正常,如记忆中的一样可爱。她精致的下巴,甜美的鹅蛋脸,还有淡淡的笑容。一如往昔,还是那个想用贝壳装饰沙滩城堡,想在蘑菇下找仙女的孩子。她现在近在眼前,触手可及,之前那个只会讽刺的人消失了。

韦德凑过来,把自己的手搭在茱莉亚的手上。"我知道你很震惊,我之前也被惊得目瞪口呆。我去了你朋友克里斯去的那个地方,莉齐的朋友们都说她'在平静中离开了'。后来,一个脸上有文身的人说知道莉齐在哪儿,因为他女朋友也去过。不过,他女朋友只待了一个月就退出了,因为太文艺、太高冷、太政治正确,太这样,太那样的。"

"应该是桑迪。他已经不像之前的桑迪了,但很久之前他一定也是个很好的人。"莉齐摘下墨镜,现在太阳转过去,这边只剩下一片阴影。茱莉亚看到了莉齐的眼睛,和韦德的眼睛一样是深绿色。

"别说这个了,我们中午一起吃饭吧,到时候继续。要说的太多了。我不想在电话里直接把这些告诉你,不知道你还会不会相信我。我们中午去哪儿吃?"韦德把钱放在桌子上,多给了不少,和之前一样的习惯,茱莉亚曾经很喜欢他这样。

茱莉亚走到广场边上，给苏珊发了一条信息。"你肯定不会相信的。我之后再解释。如果你站着看这条消息的话就先坐下。我和韦德还有莉齐在一起，在广场上。我的天啊，莉齐完全好了，感觉她就像从鬼门关走了一圈又回来了一样。我们要一起去吃午餐。午餐！就是先告诉你一下。午餐。就像正常人一样吃午餐。"之后，茱莉亚给克里斯发了条短信：晚点打给你。她觉得有点儿渴，拿出包里的那瓶水一饮而尽。

茱莉亚最终选了安吉洛的餐厅——她只去过几次。要是去斯特凡诺的餐厅，她就不得不介绍同行的人，这样一来，圣罗科的所有人很快就会谈论前夫带着她从未提起的女儿出现在这里的事，对此，茱莉亚现在还没准备好。

店主安吉洛把茱莉亚当成了卡米尔，还祝贺她画展成功举办。茱莉亚带着韦德和莉齐坐在院子里一张白色遮阳伞下。伞下苍白的光仿佛给每个人都蒙上了一层光晕。莉齐直直地看着茱莉亚。"刚才都是我在说，还没听你说在这里过得怎么样呢。我都不知道你怎么就来了托斯卡纳，也不认识你的朋友们。"莉齐接过菜单看，一副饶有兴致的样子。多少年了，茱莉亚都没见她好好吃过东西，这是长久以来莉齐第一次对自己的生活有了一丁点儿兴趣。毒瘾的黑暗面之一：我，都是我，只有我。安吉洛端来了一瓶红酒，不是他们点的，是老板送的。不过，莉齐还是要了杯水。

"你爸爸可能跟你说过我离开萨凡纳的事。给教堂山一位教授看家的时候，我遇到了另外两个女人。我们三个很合拍——说实话，都挺有意思的——而且，我们三个也都遇到了同样的问题。我们都失去了自己的丈夫。当然不是说我的丈夫也已经去世了，对不起啊韦德。我们会一起做饭，一起在沙滩上走很久。能遇到这种好朋友真的让人特别激动。我们几个在一起，帮助其他人构想未来。夏天的时候，我们突然有了一个疯狂想法，所以就来了这里。"莉齐知道韦德的越轨之事吗？知道他又要当爸爸了吗？现在先不提吧。嗯，不提了。这个阶段先不说了。"之前在家里的时候，事情有些复杂，你爸爸和另一位女士有些瓜葛。"他毁了一切，茱莉亚没说出来，但不小心咬到了自己的嘴，一股血腥味。

幸好侍者会说英语。

韦德抬起头，很是镇定。"她知道罗斯。我们现在不要说这个了吧。"

茱莉亚有些生气，他凭什么这么要求？不过，茱莉亚还是按下了自己，喝了一口红酒。"好吧，好的。继续说，"茱莉亚的声音里有一丝紧张，"你们晚上都来家里吃饭吧，看看我们住的房子。苏珊把花园做成了展览场地。卡米尔有自己的绘画工作室。我们的厨房尤其漂亮，大理石的桌台，洗菜池很大，而且还有不少铜锅。我在马尔伯里出版社的经验带我走向了另一个高度。我正在努力，不，我是正在写一本叫《意大利语学习》的书。我要把自己学习这门语言的过程和意大利烹饪结合起来，是真正的意大利美味佳肴。我之前参加过一个烹饪班，班上每个人都分了一头猪，每个学生都要解剖猪然后做猪肉。"听完这些，韦德看着茱莉亚，双眼瞪得大大的。

"太棒了，妈妈。看得出来你很喜欢。开个玩笑，听起来有点儿像希望之泉，就是我现在待的地方。"

大家都笑了。十多年了，一家人都没这样笑过了。"名字不错。希望那个地方也不错！在这里的每一天我都很开心。我们经常出去旅行。还有，我现在也有工作。有个朋友叫克里斯·伯恩斯，他会带着加利福尼亚酒庄的老板们过来，我帮他计划红酒之旅和文化之旅。我很喜欢这项工作！过去这几个月，我和克里斯越来越亲近。"终于都说出来了。

莉齐点了点头，吃完了盘子里的意大利面，她伸手要拿片面包。茱莉亚不知道，莉齐心里清不清楚自己之前对毒品上瘾这件事究竟给父母带来了多大的打击。她走了，留下了一堆烂摊子等着别人收拾。

"莉齐，再说说你吧。我现在做的不算什么，但你的变化真的很大。"

三个人一起吃饭，就像一家人一样。看着眼前这个好好的莉齐，茱莉亚都觉得吃不下去。她真的已经彻底戒掉了吗？茱莉亚给出了肯定的答案。竟然是黄色的睡衣让莉齐觉醒了——眼泪可以等一会儿再落下来。

安吉洛端来了烤肉和烤土豆。"他们怎么能把这么简单的东西做得这么好吃？"韦德用叉子叉了第二根香肠。韦德脸上挂着灿烂的笑容，好像什么都没发生过一样。茱莉亚还是无法抗拒韦德的英俊，连他吃香肠的动作表情都抵挡不了。茱莉亚本身也很漂亮，但她私下里总觉得韦德有某种特权。韦德对此轻描淡写，仿佛根本就不在意，但茱莉亚第一次看到韦德的时候，脑子里就出现了一句刚在学校里学到的诗：他走在美的光彩中，像夜晚。诗人用这首诗描写的是女性，但用在韦德身上也颇为适宜。多少个清晨，他走进厨房，刚睡醒的头发乱糟糟的，还在煎鸡蛋饼的茱莉亚禁不住屏住呼吸。韦德竟然没有为了自己坚持，茱莉亚心想。他就像闪电一样，根本没有抵抗。但她回来了，我的宝贝莉齐回来了。

"是阳光和水的缘故，"茱莉亚微笑着说，"我出去一下就回来。"到了洗手间，茱莉亚把水龙头开到最大，放声大哭。之后肯定还会这样的。

不知道他们注意到茱莉亚哭过了没有，但就算注意到了，他们也没说。"你们现在可以去办理入住了。我过几个小时再过来接你们。沿着那条街往前走，"茱莉亚指着路说，"我四点到门口接你们。我们之后再聊，我做晚餐。"说完，她拿起自己的东西冲出了门。可以说，她是一路小跑回的家。这几个月，她逃离了混乱，走在云端的感觉涌进身体里。莉齐：总算回来了；韦德：之前身体和灵魂的伴侣，再也回不来了。茱莉亚只觉得自己已经麻木了。

回到家，她躺在梨树下的草地上，沉沉睡去。

某人,某地

是第六感吗?我那时在广场上看到的英俊男子——尽管"英俊"这个词用在这里并不算太恰当——还有如粉红玫瑰一般的年轻女子,他们身上仿佛有什么东西让我着迷。他们没和其他游客在一起。可能是擦出了某种火花。第二天,苏珊来了,跟我讲了茱莉亚在广场上遇到的浪子。我很快就明白发生了什么。韦德就是那耳喀索斯,莉齐则是居于山林水泽的仙女,刚刚从深水池中浮上来。我没见到韦德他们俩。昨晚茱莉亚邀请我们去吃甜点,但我们从卡普里尼医生那里回来的时候(一切正常)已经太晚了。

作为一个作家,我很想知道韦德这种机械降神式[1]的决定背后有怎样的原因,是为了给茱莉亚惊喜吗?这样对茱莉亚好吗?对韦德好吗?他是把自己当成神圣的救赎者了?快看,我把受伤的小鸟带到了你的门前,是要表达这个吗?还是从莉齐的角度看比较好理解一些:我来了,带我回家吧,比打电话或写信要好得多。

他们已经都走了。茱莉亚肯定觉得有些东西被冲上了岸。莉齐

---

[1] "机械降神"这一说法来自希腊古典戏剧,指意料外的、突然的、牵强的解围角色、手段或事件,在虚构作品内,突然引入来为紧张情节或场面解围。

回到了希望之泉，不知道要待多久，不过，她现在很愿意过这样的生活；韦德也回到了自己的新生活中。莉齐提到了，说最终会回到萨凡纳，会尽量申请艺术学校的陶瓷专业。茱莉亚把他们送到了火车站后，韦德把茱莉亚带到车站门边，跟茱莉亚道歉。韦德的呼吸就在茱莉亚的耳边，他说自己之前太傻了，但现在这种情况，自己只能扛起来。"我一直都爱着你。"要是我，听到这句话一定会腿软，但茱莉亚说，现在最重要的是莉齐，而且她也没想过要跟谁和解。他们俩简单拥抱了一下，可跟莉齐拥抱的时候，茱莉亚很用力地抱了很久。莉齐哭了。

我和苏珊在一起聊的时候也为他们流了几滴眼泪。当然，也为了不得不避开这场突发状况的克里斯。那天晚上，克里斯和卡米尔、苏珊还有罗文在圣安娜酒店吃的饭，毕竟他们都从别墅里被流放出来了。

在车站的时候，莉齐打开自己的背包，拿出了一个用纸裹着的东西送给茱莉亚。是个碗，天蓝色的，上面有汇聚到一点的线条，还有孔雀石色的微粒，闪着微光。这是要珍藏的物件。茱莉亚把碗放在厨房的大理石桌台上，阳光下的它泛着光，大家心里都暗暗赞叹。

卡普里尼医生说，扩张很快就会开始。婴儿房已经准备好了。我也已经准备好了。科林请了两周的假期。这段时间，他就在自己新的谷仓办公室里设计基韦斯特看日落美景的亭台。可能这个地方以后会给诗人们带来灵感吧，喜欢月色的诗人，或者喜欢日落的诗人。有时候，一栋建筑会彻底改变一个地方，我觉得科林正在设计的就是这种，能给基韦斯特带来优势。科林和我也有分歧：我觉得卢浮宫的玻璃金字塔亵渎了卢浮宫的神圣感和历史感，尤其是现在居然还有个现代的地铁站在旁边。还有，再想想人们对大英博物馆都做了些什么——我简直说不出口。基韦斯特准备把这个亭台建在时尚街区。该怎样就怎样。科林建造的东西一定要赢得大家的心。我从未见过他为一个项目如此着迷。

我心里惦记着茱莉亚，给她发了条信息。她回复说："感觉浑身上下都断了的骨头已经复原，但我还不能走路，因为已经忘记了该如何走路。一会儿见。"我仔细考虑了这句话，整个下午都在读安娜·安德烈耶芙娜·阿赫玛托娃的作品，有些诗作我读得很大声，免得让列夫或者黛拉听到。

我和科林去外面吃的比萨。他在新工作室里工作得太晚了。菲兹一直在我的脚边，我又读了一遍玛格丽特最后那部精彩的小说。读完之后，心中充满了钦佩之情。

卧床休息了这么久，我觉得精力充沛，感觉就像困在玻璃瓶里的闪电。每天，我的精力都起起伏伏的，时而能量满满，等到了想睡觉的时候，就会觉得疲乏劳累。但冲动之下，我还是决定邀请苏珊、卡米尔、茱莉亚、克里斯和罗文来家里，一起吃一顿简单的晚餐。对了，在广场的时候，玛蒂尔德说自己有个惊喜要告诉卡米尔，所以我也邀请了玛蒂尔德。邀请大家过来的那天正是苏珊六十五周岁的生日，科林负责烤牛排和蔬菜，我负责做沙拉。利奥从山里给我带了些羊乳干酪。罗文自告奋勇说去镇上买冰激凌。茱莉亚带来了一盒姜饼，说自己想家了，所以就按照妈妈留下来的食谱做了些点心。她没有往日那么利落，好像刚把手指插进插座里触电了一样：头发毛毛躁躁的，眼神空洞，一副受惊的样子。至少她要来，这就好。我现在就去收拾户外的桌子，免得过一会儿我又累了。后来，我去了田野，摘了一捧野花，插进铜制水壶里。

每个人来的时候都带着外套或者披肩。初夏的夜晚，九点左右天就凉了。所以，我打算吃甜品的时候就回餐厅。

玛蒂尔德穿着简单的青色紧身裤和复古图案的 T 恤衫；红铜色的头发打着小波浪卷，很有装饰感，像报喜天使一样垂在她脸颊两侧。要是玛格丽特看见玛蒂尔德，一定会喜欢她的。这两个人都对豪华布料和浪漫的织花衬衫、背心、铂金天鹅绒半裙、带穗的围巾、复杂的耳饰颇为倾心（玛格丽特还有条简洁的黑色套装，高冷的风格。玛蒂尔德要是穿一件实验员服装，也会很好看）。玛蒂尔德也是单身主义者，说没时间取悦另外一个人。她的名字用英语发音不是很好听，用意大利语说还好，而且托斯卡纳之前有位皇后也叫这个名字。

"哈，你肚子大了不少！"玛蒂尔德过来跟我打招呼，"看起来已经准备好了。"

"早就准备好了，连婴儿车都做好了。"

"这是放在婴儿房间里的墙上的。"

她递给我一份礼物，是一幅裱了框的书页，边缘的地方还有彩绘的蜜蜂和小野花。我非常喜欢。"真漂亮啊，我的宝贝真幸福。你怎么舍得？"

"我觉得我们的宝贝一出生就应该马上接触艺术，对吗？我已经看了好多年了，现在又有一双新眼睛欣赏它了。你看，修道士们最后也不想写字了——边上的这些字母都乱七八糟的。"

大家都到了。苏珊带来了一只大象毛绒玩具（有点儿像我）；卡米尔又穿上了她的红色鞋子，不过今天的晚餐很随意；罗文手里拿着一个鞋盒:"我可不想被小宝贝抢了风头,这个冬天我可没闲着。"他拿出一本《某地,某人》,是我圣诞节的时候送他的礼物,现在,这些诗作已经集结成册,成了一本诗集。书名选的是约翰·阿什贝利的一句诗:"某地,某个人正疯狂地朝你奔来。"刚怀孕时的震惊让我写了不少短诗。罗文做的书用了粗糙的蓝色纸张,有大理石的纹理,肯定花了好几个星期的时间。手工做的标签可以左右移动,两个大写的字母"S"如乐谱上的一般流畅。经典,精致。

"科林,"我大声喊,"你肯定不敢相信。"我觉得肚子被孩子的手肘戳了一下,也可能是被它的小脚踢了一下。"罗文,你摸一摸,孩子同意了。真开心啊。我喜欢这种字体,喜欢这一整本。两个柔美的'S'真是太棒了。我希望里面的诗作也够优雅,能配得上这封面。"

"里面的诗当然能配得上了。"

卡米尔也凑过来看。"罗文,这和我的宾客留言簿一样美。我们喝一杯吧。"她把书递给别人看。科林过来给大家倒酒。这就是幸福吧。我可以的(肚子疼了一下)。想象力丰富不好的一面就在于你总能想象出最糟糕的情况。都好几个星期了,我一直在想最坏的情况。我和孩子可能都保不住。孩子可能会是寄生胎,就是一个孩子肚子里还藏着另外一个胚胎,或者是没有完全发育的孩子附在另一个正常的孩子身上。有时候,我会突然惊醒大叫,把科林从梦中惊醒。我把这些担心告诉了医生,她说或许我可以看看心理医生。我承认,我总是想象飞机坠落、摩天大楼倒塌的情形,甚至头疼的时候会觉得自己得了肿瘤。我只是有些奇怪而已。不过最终,我会正常起来,这是我的正常状态,并不是什么奇怪的现象,也不是蝴蝶要撕裂破出的茧。

"干杯,庆祝世界上又多了一本新书!"卡米尔和大家挨个碰杯。

"庆祝有人正飞速而来。"罗文说。

"庆祝夏天的来临。"苏珊加了一句。

"也为莉齐干杯。"茱莉亚说。

"没错,为莉齐干杯。"

"但不为韦德。"苏珊小声跟我说。

克里斯皱着眉头,微笑着凑近茱莉亚,小声跟她说话。科林把茱莉亚手里的普罗塞克葡萄酒换成了一大杯她最喜欢的弗留利白苏维翁白葡萄酒。或许茱莉亚还觉得没弄明白所有事,就好像我梦中的景象:房间里的百叶窗"砰"的一声合上了,可你根本不认得那个房间。

"茱莉亚怎么样了?"我悄悄问卡米尔。

"努力适应呢,一方面是莉齐从半死不活的状态回来了,另一方面是她和韦德竟然一起突然出现在了广场上。还有,韦德留下的结局——真的很过分。我们现在在家的时候都很安静,放音乐什么的。苏珊种了很多凤仙花和秋海棠。茱莉亚就一直烘焙,学意大利语。克里斯最近一直在,很冷静,也很贴心。前两次旅行让他累得不得了,所以他也想休息一阵子。我和罗文要去马尔凯待三天——法布里亚诺的造纸历史源远流长——苏珊下周要跟尼古拉和布莱恩去海边待几天。她需要消化的时间,这样才能再振作起来。我希望宝宝不要这周出生!"

"谁知道呢?"实际上,我现在就觉得下背部有很强的受压感。"我们都坐好吧,大家应该都想吃东西了。随意坐就好,反正我们彼此都已经很熟悉了。"

一下，所有食物都上了桌。所有菜品都不是托斯卡纳的，不过，说佛罗伦萨的大牛排来自哪里都有可能，还有，蔬菜都已经有些烤焦了。我们拿出了给苏珊的礼物——一棵在这种气候下会茁壮成长的棕榈树，一条手工打造的泥铲，还有一顶颇有风格的帽子。苏珊马上就戴上了帽子，还欣赏了半天泥铲的木头手柄。

坐在卡米尔身边的玛蒂尔德从包里拿出了一封信递给卡米尔。

"这是什么？"

"你看看就知道了。"

"玛蒂尔德，谁送来的？"卡米尔打开信封开始读。大家都安静下来。"什么！肯定是有什么误会吧！"卡米尔又读了一遍，看了一圈周围的人，然后靠在玛蒂尔德身上大笑起来，一个劲儿地说："这不可能。"

"快告诉我们呀！"罗文请求着。

"玛蒂尔德，你来读吧，我不行。"

玛蒂尔德站起来。"朋友们、亲人们、邻居们……"她自己也忍不住笑了，挥了挥手中的信，"严肃，我要读信了！

尊敬的卡米尔·特洛布里奇：

能参加您在圣罗科举办的画展是我的荣幸。我的好朋友玛蒂尔德为我好好介绍过您的作品，我真的很感谢她。当天画展开幕的时候，我们有过一面之缘，第二天是周一，我又去了画廊，因为《纸门》系列太过特别，我想确认自己的第一印象，也想深入了解材料对画作的延展。

您的作品非常出色，因此您的事业也已经进入了走进公众视野的新阶段，我在此深表祝贺。本封邮件是想邀请您参加展览……

掌声和口哨声响了起来——罗文竖起了自己的大拇指，太棒了，苏珊端起酒杯，围着桌子跳起了舞，一边跳一边叫，姿势很奇怪，像大战即将来临前的舞蹈。

"好了，好了，继续听我念！"玛蒂尔德继续说：

……该展览名为《六位新艺术家：愿景及创造》，将在马萨诸塞州当代艺术博物馆举办，我是策展人之一。展览将于2017年6月1日拉开帷幕，之后将在沃克艺术中心和亚特兰大高等艺术博物馆进行巡回展出（详情附后）。本次展览意在推出艺术新星，非常希望您能参加。本次展览将极大推动当代艺术鉴赏的发展，如您能参加，请邮件回复我。收到您确认参加的邮件后，我将提供更多关于此次展览及参展者的信息。

期待您的回复。

祝好

史蒂文·L.布莱斯曼

茱莉亚先拥抱了克里斯，然后又拥抱了卡米尔。这一刻，她忘记了自己的烦恼，又回到了之前的状态。"这是超越——自我超越。卡米尔，不是说你不配拥有，但这是真实发生的，而且本可能发生的概率很小，幸好玛蒂尔德的朋友相信了她的话，过来看了你的画展。我们为他干一杯吧，王子一样的人物！"

"为了幸运干杯！"卡米尔有些茫然，惊讶地合不拢嘴。

"幸运总会垂青你这样有准备的人。"罗文说。

大雨倾盆，雷声震得桌子都抖了几下。我们抓起各自的酒杯，赶紧回到屋子里面。姜饼赢得了所有人的欢心。虽然姜饼并不是主题，但勾起了所有人的回忆，与之后的柠檬雪芭相得益彰。说实话，我一生之中，从未遇到过比她们更有亲和力的人。早早失去了父母，之后又失去了人生导师玛格丽特，我和科林只能默默埋头自己的工作，从未有过如此亲密的一群朋友，如家人一样，对我来说，他们就是镇痛的软膏。那个十月的下午，我看到她们从詹尼的货车里一个个走下来，穿着明亮颜色的外套，不曾想她们的到来竟能如此丰富我们的生活。我想，无论在英语里还是在意大利语中，都没有一个词可以表示"友达以上，家人未满"的状态。

晚餐之后，我和科林收拾到很晚，累坏了。突然，我手里的玻璃杯掉了，水在砖地上洒了不少。不对，杯子里本来没那么多水。我赶紧扶住洗菜池。除非是什么东西弄湿了我的裤子，感觉有液体沿着我的腿往下流。很长一段时间，我的大脑一片空白。"科林，"我大声喊，"科林，羊水破了！现在几点了？这么晚能给医生打电话吗？我的天啊，都已经半夜了。"我的下背部脊柱一紧，感觉被老虎钳夹住了一样。"背阵痛——我在书上读到过——是说孩子在肚子里是枕后位吗？"我是在尖叫吗？

科林把我扶到椅子上坐好。"没事的。你确定吗？好的，我们现在就打电话给诊所，但你现在觉得有宫缩吗？坐好坐好，等一下，没事的。"他的手一直在颤抖，像中风了一样。

一位冷静的护士接起电话，问我疼痛的状况。我说自己下背部好像要碎了一样。"洗个热水澡，慢慢走动，能睡的话就睡一会儿，如果宫缩疼醒了,就先观察一下。你之前一直在卧床休息,如果宫缩到了每十分钟一次,就赶紧过来。我们现在就给你准备房间。如果到明天早上还没有宫缩,就过来找卡普里尼医生。"

她的话听上去一切正常,有些宽慰人心的感觉。这就是实际发生的事情。分娩过程开始前羊水破裂,并不是先兆子痫的征兆,也不代表有什么不好的事情要发生。我按照护士的指导,靠在枕头上,尽量舒服些。科林坐在床边,双手托着自己的脸。真希望他不会晕倒在产房里。科林没换衣服,在我身旁躺下:"睡吧,睡吧,我不会让你出事的。"

"你也知道,我很激动,害怕生孩子,但肚子里的小宝贝准备登机了!"

"这是第一次旅行。今晚是我们二人世界的最后一晚。"

"天呐,千万别有什么别的想法!"

"别怕,除非我们会柔术,否则我估计我们也做不了什么。"

一片黑暗中,我想尽力保持清醒。科林的呼吸很缓慢,好像无论如何他都能一沾枕头就睡着。这种睡觉的天赋我真的学都学不来。女孩还是男孩?幸好当时选择先不让医生告诉我们。我们有时会想象有男孩的生活,有时则会想象有女孩的生活。安娜塔说,我肚子往上挺,所以是男孩;但薇奥莱塔说,我肚子往上挺,所以是女孩。我很想念自己的爸爸妈妈,也想玛格丽特。他们应该都从未想到我会有这一天吧。尤其是爸爸,他离开得那么突然——后面的车没刹住车,醉酒司机直接追尾,把他的车顶到了水里。我之前曾想象过,到水里的过程对爸爸来说该是如何漫长,他都看到了怎样的情景,有过怎样的想法。我希望那天他开车出发的时候最后看了我们一眼,当时我和妈妈就坐在门前的走廊里,喝着黑莓柠檬水,天真地跟爸爸挥手告别。

几个小时从指间流逝,只有几次阵痛而已。难道我的疲惫感是因为准备了一次八个人的晚餐?

我的随身包就放在卧室门口,随时可以带走。终于,我还是买了小宝贝的衣服,朋友们也送了很多小衣服和连体服——纯色的、波点的、条纹的,以白色、黄色、红色为主。因为不确定是男孩还是女孩,所以基本没有蓝色或粉色的衣服。我出生之后,妈妈在医院待了一周。后来,哪怕在最艰难的日子里,在需要独自抚养孩子非常无助的时候,她也一直保持着那几天的精力状态。我敢说,科林还没收拾好厨房,我就能回家了。前提是我没有子痫,没有剖腹产,没有……好了,别想了。开车从家到诊所要四十分钟。出现紧急情况的话,我可以去圣罗科的诊所,那里可以安排水下生产,幸福的宝贝们出生在温暖水池中。只是我年纪大了,才会选择专家,但我愿意尝试水中生产。

早上到了。我在屋子里转了好几圈,顺便给邻居们发消息,说今天要去医院。苏珊马上就过来了,一进门就开始收拾。我一点儿忙都帮不上,就只能喝茶。她带来了奇怪的消息:女儿们为了找父母做的DNA测试结果显示,她们是亲姐妹。

"我们从同一家收养院收养的这两个女孩儿,中间隔了两年。收养院什么都没说。可能他们也不知道吧。不,他们肯定知道!收养了第一个之后两年,他们联系的我们,说有另一个女孩儿也在找收养家庭。当时我们都很高兴,觉得自己是非常出色的父母,他们才会再联系我们的。"

"没错,你们之前确实是出色的父母。对孩子们来说是好事,但我总觉得她们的亲生父母好像都习惯这样了。"苏珊拿了个托盘走到凉棚里,把一堆油腻的骨头收回来。我想象着把孩子送到孤儿院的情境,那该是多么绝望啊。玛格丽特失去了自己刚出生的科林,还有卡米尔,躺下来结束了那个小生命。"坐一会儿吧,我们一起喝杯茶,不用忙着收拾。能拥有你和亚伦,这两个女孩儿真的很幸运。"

"没事,"苏珊说着,打开了已经装满了的洗碗机,"今天早上刚起来我就觉得精力充沛。真希望孩子们在身边,可以好好聊聊。面对面总是和视频通话不一样。没错,孩子们很幸运,但我们更是。她们曾经给我们带来了那么多快乐,现在也让我觉得很幸福。亲姐妹!真想不到。我在想要不要跟她们一起去中国。"

"当然,这是你的决定,但我觉得,你去的话可能会让她们觉得有些尴尬,因为她们那么爱你。"

"姬特,你说得没错,我总想让事情更简单一些。还有,坦诚地说,去那边的几次就像噩梦一样。我自己也很犹豫要不要回去。现在你觉得怎么样了?"

"就间歇性宫缩,没觉得特别疼。"

"随时打电话,有什么状况都打给我。"苏珊抱了抱我。这时,科林走进来,睡眼蒙眬。还好,他听见有人说话,穿上了短跑的运动服。

他站在我身后,手放在我圆圆的肚子上。"快出来吧,小宝贝,快出来吧。"他低声说着。苏珊走了,开始了自己的一天。

光的抛物线

到了诊所,卡普里尼医生听了听胎心,看了看我,一脸疑惑。"虽然打开了,但只有三厘米左右。我觉得你可以先出去吃点儿午餐,两点左右再回来,怎么样?要是不舒服的话,你就早点儿回来。东西可以先放在你的房间,今天晚上你一定要留在这里了。"我的房间不大,但通风很好,藏红花的薄纱窗帘随着窗外的风轻轻飘动。最贴心的是,房间里有一张为科林准备的沙发床,不是躺椅什么的。咖啡桌上有几本时尚杂志,肯定是为了提醒新妈妈们生产完赶紧恢复身材。我想马上爬上床,但卡普里尼医生觉得多走走比较好。

吃过午餐开车回诊所的路上,第一次让我痛不欲生的感觉袭来。到了停车场,又是一次。真的吗?就像这样?刚到诊所门口的我直不起腰,听到自己嘴里发出一声咆哮。说好的有规律的宫缩呢?科林大声喊着,有人推过来一把轮椅,让我坐下后,推着我在走廊里狂奔。宫缩已经缩短到五分钟一次。"夫人,你还真是赶时间啊。"护士说着,帮我穿上病号服躺在床上。

宫缩持续了五个小时,我还不如死了算了,这就像某头史前野兽啃食我的身体。这种事怎么会发生在人身上？可这种事却发生得非常普遍，一直都有。继而，我感到一阵愤怒——疼痛加剧，宫缩接连不断。雷鸣、雪崩，站在滑雪板上双手叉腰，快艇一下下从巨浪上摔下来，都赶不上这个疼。

古老的故事，最古老的故事（夏娃被生生拽了出来）。我还是直接跳到几个小时之后的结局吧。我坐着轮椅，被带到了最白的房间里，那里异常安静，一群戴着口罩的人低头看着我，而我，就是那个身体被撕裂的人。他们一直让我努力。（像在水槽那边拧毛巾一样用力。拧毛巾啊，使劲儿拧。）科林跪在我身边，脸色和医生的大褂一样白，但他还算淡定。他抓着我的胳膊，说话声音太小了——什么？疼痛之下，我根本什么都听不到。

周围的声音越来越大。大家都忙慌慌的。卡普里尼医生低头朝我微笑，就像站在凸面镜前面的小丑，吓死人了。"加油！"我听见了这句话，好像用了跟"加冕"一样的词，我突然想到了王冠，那时的我穿着粉色的芭蕾舞裙和芭蕾舞鞋，妈妈坐在第一排使劲儿鼓掌。"你太棒了！"孩子像豌豆一样终于"噗"地出来的那一刻，卡普里尼医生大声说了一句。那个小人儿被举了起来，脐带垂着，小小的脸，小小的拳头，一束光亮打着抛物线照在我脸上。我哭了，但同时也笑着；科林愣了，震惊得无以复加；卡普里尼医生说"你们有个英俊的小男孩儿了"。孩子响亮地哭了起来（这第一声哭泣会永远回响在我的生命里），医生把他抱到我的胸前，我还要继续用力，好像又有什么从肚子里掉了出来。我胡思乱想起来，说自己就像个水母。我深情地望着儿子透亮的眼睛。

回到自己的房间，我终于能好好看看他了。他已经被清洗干净，裹在襁褓中，这个生命的奇迹一直看着周围，脸上写满了好奇。

我看他的注意力一直在苏珊摆在床边的红色、紫色的海葵上。我们打开他的襁褓，看着他强壮的小身体，轮流抱着他，谈论他现在还皱巴巴的脸、柔软的黑色头发还有撅起的小嘴。嘴唇，轮廓分明；耳朵，呈旋涡状。我认出来了，我很确定，孩子的眉毛如我父亲的一样，呈倒 V 字形，像小朋友们画的天空中的小鸟，在阳光的照耀下飞过标志性的方形房屋。

"他是我们的孩子。"科林说着，把自己的食指放在宝贝的小手里。儿子攥了攥，仿佛在说"我在这里"。那一刻，我看到科林的脸变得和以前截然不同了。

六月二十日，人生脱离了轨迹，朝着完全不同的方向飞去。我们整天都像泡在蜜罐里（人们都说，疼痛会渐渐消失，但我发誓，绝对不是这样的——我被割裂了，好像一把斧子砍在西瓜上）。第二天，我们开车回家的路上，我突然异常警觉其他车可能会带来的危险，渐渐开始明白妈妈常说的那句话："有了孩子，你就被命运攥在了手心。"我新的担忧，我幸福的新担忧。科林一直在微笑。他超级喜欢莫扎特，所以我们差点儿给孩子起名叫阿玛多伊斯。我还开玩笑说叫他富尔维奥。最后，我们决定给他起名叫劳罗·雷恩·戴维森。

开满幸福之花的花园

苏珊冲了个澡,把窗户打开,散散水蒸气。就连从浴室的窗户往外看都能看到中世纪时的塔楼。更远的地方是一个绿色的穹顶,泛着光,还有几座散落的农舍,仿佛已在那里停留了永恒的时光。整个夏天,苏珊都觉得自己会想念八号小岛的海滨别墅。去年这个时候,她和茱莉亚还有卡米尔一起在沙堡待了好几周,那才是她们刚慢慢建立友谊的时候啊。她记得茱莉亚讲述莉齐和韦德的那个周末,令人心酸。她也记得幸福的时刻:开心的晚餐、在沙滩上的散步、在威明顿市中心买的鞋和冰激凌,还有卡米尔用水彩描绘的天空和大海。记忆中,病弱时光里的亚伦越来越淡,取而代之的是自信、性感、陪伴了自己几十年的大块头。这个夏天,除了想念女儿们,她实在没有太多牵念,而且现在她已经习惯思念女儿们的状态了。时光一日一日的过去,充实、炎热,大大小小的乐趣填充了所有的时间。她很早就出门了,端着一杯咖啡慢慢走在花园里,给玫瑰掐尖,拔掉杂草,欣赏星盘等。她把双耳瓶中的叶子捞出来,往里面倒满水,打湿了周围的鹅卵石。她还摘了一把山桃草和白色鼠尾草,之后摆在床头。阿尔奇一直跟着苏珊,但三只猫都蜷在椅子上,一副事不关己的样子。

我能舍得这一切吗？苏珊不禁问自己。就算能，我愿意放下这一切吗？格拉齐亚会不会愿意延长租约？苏珊看了看背光那面墙下的蓝色绣球花，明媚的阳光洒在房顶，也洒在山坡上。我们把别墅和花园打造得这样美丽，格拉齐亚再租房子的时候会以此为优势吗？房地产市场低迷了三年，萧条已经结束，交易日渐回暖。尼古拉说圣罗科现在很"抢手"。茱莉亚和卡米尔有什么想法？现在，她们分别有了克里斯和罗文，所以情况不同了。这都是刚刚开始的感情——她们还愿意继续留在阿孙塔之屋吗？这段时间确实很幸福，但这种幸福还能持续多久？我们确实合得来。虽然我们各有不同，但幸好可以互补。茱莉亚会想回加利福尼亚吗？还是和克里斯分居异国，只计划行程？想来还挺有趣的。他们的脚步可以遍及世界各个角落。我基本确定卡米尔不会到伯克利去。但不确定罗文在母亲去世之后会不会留在这里。卡米尔在这里正蓬勃发展，而且她比茱莉亚还要内向。我能想象得到茱莉亚在加利福尼亚葡萄园中的样子，也能想象卡米尔幸福的独居生活。现在，茱莉亚的莉齐可能会回到萨凡纳。她也会回去吗？和莉齐一起住在父母留下的房子里？韦德得搬到小镇那头的新谷仓里。听起来不太好。韦德已经失去了茱莉亚，无论他怎么为自己辩白，午夜梦回，他也清醒地知道这是自己一生中最大的错误。夏日时光总是匆匆而过，我们很快就得做决定了。灵活。我们已经学会了这一点。还是灵活应对要好啊。

大家结束了自己的短途旅行后回到了家。苏珊喜欢自己的探险之旅，最近的一次是去阿根塔略海岸。尼古拉和布莱恩来了，还邀请了里卡尔多和爱尔兰侨民布兰达和萨利。阳光、海鲜、纸牌游戏以及在露台上相互了解的美好夜晚。天气很热，先在远离岩石的清澈水中游泳，再回到通风良好的房间里，享受丰盛的午餐：奶酪、乡村西红柿馅饼、意式熏火腿、蜜瓜，还有白葡萄酒。接着是午睡，还有惬意的阅读时光。大家重新摆放了家具，买了新的桌布，把空罐子摆在阳台上，还扔了很多已经返潮的杂志。离开的时候，这个地方仿佛又焕发了生机和活力。苏珊发现里卡尔多喜欢跳舞，意大利歌曲的播放列表尤其让茱莉亚喜欢。是喝了太多葡萄酒的缘故吗？还是他们一起跟着阿黛拉的歌慢舞时，里卡尔多的鼻子真的轻轻蹭过苏珊的脖颈？

之后那周，尼古拉安排了另外一次四日的周中旅行，带大家一起免费游览五渔村。之后，苏珊想回家好好收拾花园下坡的地方，而且现在也渐渐有她喜欢的设计师在博客上留下积极正面的反馈了。此外，她还要联系道奇艺术古董店的工作。

虽然姬特偶尔也去圣罗科周围旅行，但去五渔村是姬特和劳罗两个人一起的第一次旅行。姬特一直抱怨自己松松垮垮的腹部，但她看上去已经完全恢复了。上个月，她的肚子还大得可怕。我们都觉得她的肚子像个打了气的气球，一旦割断了绳子，她就会飘到天上去。

"我们准备好了，"茱莉亚大声说，"姬特在路口。"我们早上会一起去镇上，刚一进门，人们就会从自己的店里过来，想看看小宝贝，哪怕前一天看过了也要再来一次。我们几个围着婴儿车站了个方阵，免得宝贝被周围凑过来的一张张脸吓到。不过，这也是我们喜欢意大利的原因之一—不对吗？到处都是赞美的声音：他真可爱；他性格真好。还有名字，虽然现在很少有人叫劳罗这个名字，但大家都喜欢。亚历山德罗和洛伦佐是现在比较流行的名字，偶尔也会有人叫卢卡、马克或刚开始流行的埃托雷。

我们喜欢清晨沐浴在阳光下的广场。劳罗看着我们。我们把婴儿车的遮阳蓬拉下来，免得他直接看着阳光。薇奥莱塔给我们带来了几大杯鲜橙汁、一盘甜点，还有咖啡。有的时候，克里斯和罗文会过来和我们一起。但科林从来都没来过。休息不足的两周过去之后，他就得回伦敦了，每周四天都得在伦敦工作。公司同意了他的基韦斯特项目。我告诉苏珊，我们两个人得分开几个月，想来确实会令人不安啊。

劳罗每次发出声响或每动一下都会牵动所有人的注意力。亲爱的小宝贝。他笑了。他把头扭向一边，傻傻地笑出了声。一个刚来到世界三周的小宝贝，能听到他最初的笑声，不是很美妙吗？刚出生的小伙子却仿佛已经在世界上待了很久，是生活必不可少的一部分，不是很令人讶异吗？

卡米尔抿几口果汁，画几笔素描，享受一会儿阳光的照耀。天空中，朵朵流云飘过，一会儿是倾泻而来的阳光，一会儿是片片阴影。她一直看着蒙费拉托广场上的哥特式门拱，那道门是嵌入式的，门上还有一个扇形装饰，半个指南针的样子。卡米尔的素描将想象中的指南针加叠在下方坚固的木门上。她现在正在画的是两个巨大的狮头门环，待在方格状的大理石门上，很显眼。她把这些打散了，在建筑上延伸，把一些元素无限放大。坐在卡米尔背后的苏珊把这一切都看在眼里。

自从接到美国博物馆的邀请，卡米尔就受到了刺激一样，更努力地行动起来。早上，她走到镇子里放松，悠然闲适，可一回到家，她就会抓起一块三明治，抱一只猫陪着自己，然后一头钻进柠檬屋，直到罗文傍晚出现在家里。这些天，罗文一直和玛蒂尔德一起制造超大张的纸，为一位美国诗人和一位古巴艺术家准备孤本书籍。他完全沉浸在这项工作中,当作自己收藏事业的重点,已经有一家博物馆说愿意收藏,但罗文不肯说是哪一家。沉浸在兴奋之中的卡米尔开玩笑说自己到了亚特兰大高等艺术博物馆之后会大力推荐罗文。卡米尔觉得,无论最后这本书被谁收藏,在哪里展出,他们都会一起去看的。

"你最喜欢哪个季节?"苏珊问茱莉亚,"秋天、冬天、春天,还是夏天?"

"夏天。"卡米尔和茱莉亚异口同声。

苏珊也是。"我一生中从未体会过这样的日子——漫长、神圣。每一天都仿佛一个星期。"

意大利时间

要让我说,我真的不知道自己最喜欢哪个季节,因为我喜欢这里的一年四季。但现在是劳罗人生中的第一个夏天,我愿意将这样幸福的时光小心贮藏,未来艰难的日子里总可以回味。难忘啊,躺在床上,盖着被子,在梨树下写作,劳罗躺在旁边,踢踢小腿,挥挥小手。菲兹喜欢用自己蓬松的尾巴轻轻扫过劳罗的脸庞,每次这样的时候,劳罗都会咯咯笑个不停,我还拍了几段视频呢。但我写作的大部分时间里,菲兹都会静静卧在他身旁。难忘啊,茱莉亚的黑莓脆片总透着浓郁的夏日味道,一份份小吃,有炸鼠尾草叶子,还有脆西葫芦和南瓜花;日落时分,阳光依旧带来明亮的光,像棒棒糖一样的颜色,太阳摇摇晃晃地沉下去,很快就被地平线吞没;利奥带来的瓜果和麝香玫瑰味的香水,仿佛穿越了几个世纪,从波斯的花园里飘到现在。(哈密瓜是"狼之歌"的意思,可能起源于罗马附近某个地方的名字。)

难忘啊,朋友们看到绚丽的向日葵花田时惊讶的表情——每一株都有六英尺高,花盘又大又圆,四周围绕着黄色的花瓣。一株株向日葵肩并着肩挨在一起,如朝圣一般面向太阳。我始终不明白,它们是如何围着太阳旋转的(不过我也是这样)。我忍不住,我要将这些向日葵比作人类,它们就是世上芸芸众生,尤其是瓜子成熟前,它们低着头,谦卑隐忍,不愿失去太阳神不朽的光环。难忘啊,温暖的夜晚,一棵棵柏树如一团团黑色的火焰直冲天空,银河从房顶上空流过,如融化的钻石河。(钻石一样的星空。太过夸张了,并不适合写进诗里。可任谁再有神来之笔,也不可能夸大托斯卡纳的美不是吗?)在佛罗里达州的时候,我从未见过神赐的礼物——如钻石般的银河。

难忘啊,我喜欢夏日里倾盆的大雨,柏树在风中摇摆,书房里的我暗暗希望树的顶端能触碰大地,然后迅速弹回。一天早上,雷雨突袭,我第一次在劳罗脸上发现了害怕的表情。雷声很大,他一下就呆住了,眼睛瞪得老大,眉头明显皱在一起。他有没有感受到自己浑身都在颤抖?我想他是想找自己的爸爸妈妈。闪电劈下来,正好打在路由器上,所以我们不得不再买一个。这样暴烈的风雨过后,空气会更清新,第二天早上的天空会更透明,有微风轻轻拂过,棉花一样的云朵高高飘在空中。一天早上,天空如玻璃一般清亮。我和科林跟着利奥来到了田野。利奥要训练自己的新猎鹰。那只大鸟看上去很凶猛,让人害怕。只见它直冲上天空,朝着那一片蓝色而去,仿佛不顶破蓝色的天幕就决不罢休,真到了那一刻,银色的玻璃就会如雨点儿一样掉下来。猎鹰飞回来了,等着它的奖励是一只活鹌鹑,它可以将其撕裂生吞掉。我和科林有了一样的想法。猎鹰落在利奥的胳膊上,科林的肩上挂着腰凳,劳罗就坐在上面。"利奥,猎鹰不会……"

"不会的,亲爱的。"利奥跟我保证。但我还是抓着科林的胳膊,让他到路边避一避。

有的时候,仿佛土地有很强的磁场。我尝试着想记下这种拉力,想了解这种力量对身体的影响,甚至想冒险用隐喻的方式表明这种拉力可以塑造人的品格——这是写作时最恼人也最自私的姿态了。(不过看看我上面对向日葵的描写吧!)天空从不微笑。雨滴也不是眼泪。如果能找到更有想象力的比喻就好了,就像 D. H. 劳伦斯描述的:"我们用烛光照亮黑夜,而这些柏树却让黑暗在艳阳下燃炽。"[1] 这句话总能颠覆人们对柏树的印象。

蜿蜒的白色道路、罂粟花和向日葵的花田、柏树、石墙,都是这里的标志。一切都令我心动,但我不会靠近。这并不是我的工作范围,我正忙着构思一首关于猎鹰的诗。

有关玛格丽特的传记已经写到末尾了。科林的生父又给我写了信,说自己明年要来意大利,问是否可以见面。他想了解玛格丽特的人生。我写了回信,说如果我在意大利的话,当然可以见面,不过他可能会失望而归。毕竟,玛格丽特对谁都是一个谜。

已经五年了,她最后一次离开之前,喜欢科林更胜于喜欢我。(现在我知道了,玛格丽特要叫出科林的名字,想象自己的科林也有一样的肩膀,一样的双手,一样的嘴唇,一样的声音。)她想在华盛顿待几个月,跟别人见面,做每年一次的体检——那段时间,她总是咳嗽,一直都没好——还要为正在构思的小说搜集资料,好之后下笔。(至少我是这么想的。手提箱中的手稿大概有一百多页,是一部近乎完美的小说。)

在华盛顿待了一个月之后,玛格丽特写信回来说自己得了癌症,如果第一阶段的治疗没有效果,她就"不会继续忍受了"。食管

---

[1] 《意大利的黄昏》,D. H. 蒂伦斯著,刘志刚译,上海译文出版社,2015年版,第108页。

癌。很不好处理的一种病。她在信中还说了自己放疗的时间。我收到消息后,没跟她说,就擅自飞回了美国,在她放疗的当天早上出现在她的门前。看到我的那一刻,她很惊讶,然后哭了起来。我确定,之前肯定没有人为她这样做过。放疗没给她带来太多副作用。我一直陪着她,等一切稳定了才回了自己家。后来,玛格丽特接受了手术,太可怕了,手术之前她先得吃些铂,手术之后也只能吃流食。可即便到了当时那种程度,她还是充满了黑色幽默。"我就像个滴水兽,"她的信里这样写,"别再来了,我的头发像被虫子啃过的假发,我真的不想见人。"护工会用食物处理机为她准备流食。"至少不是美国格柏公司的机器。"几周之后,幽默感消失了。"这种事真不应该发生在已经落魄至此的人身上。"

接下来是新一轮的化疗。"我说不了话了。一个人不能说话,不能吃东西,那他还能做些什么?别说我还能写东西。"

"我下周去看你,"我给她回了信,"我来说话就好!"我买了机票,心中满是愧悔,内疚自己竟没有坚持早点儿去看她。可她说:"别来了,我不想让你看到我现在的样子。真的不想。我是认真的。我不想你来。和你的宝贝男孩儿在一起吧。"

"我该怎么办?"我问科林。

"我觉得玛格丽特是认真的。和宝贝男孩儿在一起。天啊,她的消息真是灵通啊!"

我们都知道,他犹豫了……我退掉了机票。

一周之后,她躺在浴缸里,先划开了自己的手腕,又割开了喉咙。做这些之前,她在浴室门口的地方贴了个信封,留给第二天过来打扫房间的女士。"别开门,"纸上这样写的,"实在对不起,麻烦拨打911。"同一个信封中,她还留下了五千美金(这么大笔的小费简直不可思议)。她留在世界上最后的姿态在我脑海中挥之不去:手拧开水龙头,先让浴缸里流满水,好像要好好泡个澡的样子,然后把刀片和剃刀放在香皂架上,最后她走了进去。水太烫了?太痛苦了,她靠在浴缸里的时候都想了些什么?那一刻来了。我永远都不会忘记那一刻。玛格丽特,散发着彩虹一样的光芒,落在刀锋纸上。癌症这样随她而去了。玛格丽特,从不拖泥带水。

玛格丽特走了,这就是现实。她离开了这个星球,没留下半点痕迹。我相信她认为自己有足够的理由。而我却不得不忍受这样的折磨:作为朋友,我真的很失败。我本可以……我应该……这种自责感从未停止。

玛格丽特的律师兼遗嘱执行人通知我说玛格丽特想要火葬。她不想举办葬礼,但希望骨灰可以洒在我的橄榄树林和她在罗马时经常俯视的台伯河里。当然可以。

她结束了自己的生命一周之后,一张明信片被送到了我家。是写给我的。"就当我去旅行了,漫长的旅行,就当我要为自己最精彩的书收集素材。姬特,你是难得的好朋友。改天见。玛格丽特。"

"改天见"听起来就像最后的告别。我把那张明信片摆在书桌上,每天都能看到明信片上的图案。维苏威火山喷发的样子,岩浆从山顶流下来。最后一种仪式,最后一次喘息,最后一根稻草,最后一句话。

我炽热如火焰、如岩浆一样的朋友啊。她的孩子。我的孩子。莉齐。查理。到中国寻找亲生母亲的两个无忧无虑的中国女孩儿。

意外或人为原因未能来到人世的孩子。这一整年，我写的内容都是在求索，关于到来与离开，关于晚年生活创造力的爆发——我自己丰富的生活和真挚的友谊。终于，我明白了，我写的是一个人成为母亲之后释放那种生命的力量（我还是一名新妈妈）。今天，我读到了两行罗宾·希夫写的诗：

……世界上最强有力的下巴
是不停吮吸汲取的。

没错，母亲们。（我母亲知道吗？）知道了玛格丽特的儿子科林，听说了三位朋友的传奇经历，我逐渐意识到怀孕时从未想过的一切。啊，没错，行而后思。

玛格丽特，我的朋友。（苏珊白色的玫瑰花从蔓生的紫藤花中探出头，甚是美丽。）你让苏珊、茱莉亚和卡米尔怎么办呢？还有我，处在这个十字路口的我该怎么办？

我把你的小说拿给她们看了。大家都很着迷、兴奋，也深受感动。卡米尔戴着你的珍珠项链；我自由挥洒，把欠你的文字补全。（你根本没有给我感谢你的机会。）我是你的分身。（词源：另一个人。我喜欢这样。我现在与你一起前行。）我们两个一样，从小就开始了自我流放的旅程。母亲最终倒下了，经过四年艰难的岁月，我来到了这里，希图改变。就像你之前说自己的那样："我来到意大利，如穿着婚纱的新娘走进教堂。"你真是狡黠的朋友，可以和侍者有小小的暧昧，也可以凌晨时分独自坐在广场上抽烟。你总是写作到深夜，之后散步到凌晨时分，平复自己的心绪。还记得在瓦萨里奇的那晚，我去晚了，你独自一人和自己长长的围巾一起跳舞。

大家都在看着。那是属于我们的天方夜谭。要不是有你，我大概永远都没有勇气对陌生人说一句"有时间喝一杯吗"。是你一直鼓励我继续向前，而我现在也这样鼓励茱莉亚、苏珊和卡米尔。你之于我，即我之于她们，我在她们面前就是你在我面前的样子。友谊的螺旋。我还能再为她们做些什么呢？我可以写下你的名字，描述你眼睛的颜色，跟她们说你的口误、你开的玩笑、指甲上的月牙，还有你跃入清澈水中的样子。就这样一桩桩白纸黑字的写下来。

距离玛格丽特亲手结束自己的生命已经过去了几周，另一件让我震惊的事情发生了——玛格丽特的律师告诉我，茉莉之屋的所有收益都留给我，她未来的版税收益（如有）、股票投资收益以及她从父亲那里继承的部分遗产也全部留给我。至于其他东西，还有论文，玛格丽特都留在了乔治城。

我唯一能做的就是写完这本关于她的书。至少，我可以原谅那种刺痛，原谅在华盛顿办读书会的时候，她站起来说意大利人不喜欢外国人写关于意大利的书。"我的意大利，你别想碰！"我真是小气啊，竟然一直记着这个。

玛格丽特有时候也很小气，有的时候又很宽宏；她有时很幼稚（长时间的腹泻就是最严重的副作用），但有时候也令人敬仰，就如她的小说一样。她是朋友，独一无二的朋友。此生能遇到她，仿佛花光了所有运气。玛格丽特，萦绕在脑海，令人难忘。尤其是在这个我生命中最像风光旖旎的夏天，想到她退出了这个世界，真有几分冰火两重天之感。

我想告诉朋友们的事情终于定下来了：我和科林要离开这里十个月。至少十个月。这是科林长久以来一直渴望的绝佳机会。不是什么翻新的工作,也不是建酒店或者医院的服务大楼,甚至不是大学的演讲厅。对基韦斯特来说,那座亭子是改变一切的契机,也是改变一位建筑师职业生涯的契机。有了这个机会,那座城市就有了象征,有了当地居民和游客永远都能放在心里的纪念碑。毕竟,建筑师很少从客户嘴里听到"不朽"这两个字。科林已经掌握了其中的要义。

一番探讨之后,科林的公司提出说要租用我父母的房子,项目进行的时候,我和科林可以住在那里,之后可以让在迈阿密办公室工作的其他建筑师住下。回到我自己的家。劳罗可以睡在我小时候住的房间。我可以在父亲的书房工作。佛罗里达昼夜交替的韵律,日月轮替的美妙,将让我们倾心。但最重要的是:等不到亭子在春日晚上播放音乐,等不到人们傍晚时分欣赏日落的时候,我们就要回来了。

走之前,我和朋友们的活动就将结束了。她们会离开吗?她们之后要做什么?过去一年的经历会让她们想再多留一年吗?

我自己的问题暂时还没有答案。我要走了。我还会回来。

假设

"所有意大利人在八月都会去度假吗？"茱莉亚把一篮李子放好。她在安娜塔和利奥家，倚着一把餐椅。安娜塔在洗手池边，把长长的管子接在水龙头上。茱莉亚当时根本不知道，自己有一天会把这一情景写进《意大利语学习》中。

"要是你之前没粉刷厨房，没清理下水道，没订购瓷砖，那现在也不用动手。"安娜塔把鲸脂管子放进冰水桶里。"你要找的人都在沙滩上呢。"

"或者都在家里聚会，铁了心不回消息，"利奥说，"八月十五日的时候才是旺季。那时就到了传统节庆八月节——意大利最盛大的节日。"

茱莉亚知道圣母玛利亚踩着云朵飞上天空的故事。圣罗科这几天一直在准备，要在广场上举办一次小镇盛宴。三百个人共进晚餐，哈，可不是用纸盘子或者塑料餐具，而是白色的餐盘和真正的刀叉。"这是什么？我还以为你们是要做鹅肉吃。"

"当然了，是鹅肉啊，"安娜塔说，"我们夏天吃鹅肉。"她姐姐把水桶清洗干净，把管子放在厨房餐桌上的毛巾上之后，就赶紧忙着把大鹅身上的毛拔干净。

茱莉亚一脸迷惑，后来安娜塔的妹妹芙拉维亚比了比鹅的脖子，她才明白。"明白了！你要往鹅的脖子里填上东西。"茱莉亚一时没想起来"脖子"用意大利语怎么说，就用了"嗓子"这个词替代了。突然之间，她想起来之前看过一个让人心里不舒服的视频：有人一直强迫大鹅吃东西。还好，眼前的这只鹅已经死了。"你要填什么？"

"这个嘛，随便什么都行，肉啊、香肠啊、土豆啊，你喜欢什么就放什么。我们放了肝、野菜、佩克利诺干酪、鸡蛋、面包屑和大蒜。先把上面系上，然后把要放的东西塞进去，最后把底部系好。我喜欢先煮一会儿。你之前没吃过吗？"她难以置信地看着茱莉亚。

"之后，就把这些东西放到外面的烤炉里。利奥已经点好火了。最后切好开吃。"

很好，茱莉亚心里想，太阳底下究竟还是有些新鲜事的。

"今天晚上得有三十个人做这个。没准儿明年你也会加入我们的大军。通心粉配鹅肉酱，之后是烤鹅配土豆。沙拉或蔬菜都是大家自带的。甜点的话，按照夏天的传统，就是一块块西瓜。"

茱莉亚已经准备好了烤茄子、西红柿、西葫芦和各种辣椒。她心里想：明年，我们三个真的能过来拔鹅毛吗？明年的八月节我们会在哪里？

下午四点，詹尼会把休从罗马机场接来。从伊斯坦布尔坐飞机过来不用很久，所以茱莉亚觉得他不用休息太久，就能开始圣罗科精彩的夏日社交生活了。之前，他写信说要休息一阵，土耳其爆炸事件的恐怖主义者没吓住他，但他扭伤了关节（终于承认了），所以不得不离开。苏珊请尼古拉帮忙找个地方，但好像所有屋子都有楼梯。

圣罗科大鹅的节庆不只代表夏日的顶点,也是一年之中小镇上最重要的节日。这一庆祝活动代表着托斯卡纳人最喜欢的季节即将结束。尼古拉告诉苏珊:"这是我们欢聚一堂的时刻。女伯爵和清洁工人、邮差和公爵夫人会一起跳舞,男孩子们会和同班同学第一次携手共舞。共产党议员也可能和右翼医生跳舞。刚开始是喝普罗塞克葡萄酒,之后在广场上跳舞,最后一起去享受美食。拉手风琴的人到处走,停下来听一下根本没人在意的演讲,然后继续跳舞——怎么跳都行——最后一切都会在烟火表演中结束。"克里斯昨天就买了票,毕竟这种活动的票很快就会销售一空。供三百人吃饭的桌子摆好之后,差不多占了广场一半的长度,一眼望不到头。边上的长桌是餐饮台,有些游客处于各种莫名其妙的原因不吃肉,所以桌子上会摆着烤香肠和鱼肉。苏珊用大家的名字预定了位置。才到中午,就已经很难找到挨着的座位了。不过,苏珊看见了几个朋友,那边正好还有几个位置。她知道茱莉亚相当兴奋,但其他人都在暗暗想着,这次宴会确实吃掉了不少鹅。

劳罗也会一起来。他应该来的,不是吗?来体会一下这样的夜晚,我们大家都能感受到的爱。真希望我一生中的每一年都参加了这样的节庆活动。

我们在阿孙塔之屋汇合,先吃一些餐前开胃菜。苏珊夏末的花园里:柠檬树和柑橘树已经挂满了果子;白色秋海棠恣意开着,间或有几朵粉色的探出头来;绣球花开在篱笆边,大多是蓝色的,但也有些变成了白色;小路边大片大片的薰衣草、绵杉菊和迷迭香竞相开放，摇曳生姿的黄花蒿和夹竹桃一起相映成趣。我喜欢亮粉色的山桃草，和周围紫色的猫薄荷在一起，就显得没那么耀眼了。在这里我们真的能尽情享受人生。"我还在想过渡区域要种些什么，"苏珊指着山坡那边说，"那样花园的景色就更让人沉醉了。"苏珊已经说服格拉齐亚种了六棵柏树，就像十岁的芭蕾舞演员一样，又瘦又高，带着大家走向远处的美景。

休拄着拐杖一瘸一拐地走过来，刚休息好的他现在正好和大家见面。"这座花园简直就是伊甸园啊。我在伊斯坦布尔待了一段时间，虽然很喜欢，但实在太乱了，看到这边的景色，就能让人的心平静下来。"他像小树一样瘦，但精神很好，带着优雅的学术气息——宽松的亚麻衬衫和白色裤子，灰色绒面的麻底鞋（脚踝的地方还没消肿，有淤青）。他满头白发梳在后面，像三十年代的电影明星。科林对罗文说："我八十多岁的时候能像这样就心满意足了。"

克里斯在柠檬屋里安排了一次品酒。他把每瓶酒都用餐巾包了起来，大家要猜酒到底是用什么葡萄酿制的，还要说出来是在哪里酿造的。

"祝大家好运，"卡米尔说，"这杯尝起来有点儿粉笔的味道，对了，就像玫瑰水，还有绿色的——草本植物。"

"很好！"克里斯说，"是什么葡萄呢？"

"莫瓦西亚葡萄，弗留利的那座葡萄园产的，叫什么来着？伊斯特里亚纳。"

克里斯很惊讶。"拉卡罗·莫瓦西亚·伊斯特里亚纳。这可是最难猜的了。"

"我记得那里的莓子蛋挞。"

第二种酒让大家有些摸不着头脑，但茱莉亚马上猜对了，是她的招牌酒，丽斐琐河酒庄的萨维浓葡萄酒。"真是的，"苏珊又抿了一小口，"我们一看这个瓶子就应该认出来的。你们说，我丢掉了多少这种酒瓶？"

克里斯燃起了希望，但之后除了灰比诺葡萄酒，别的大家都没猜出来。于是，克里斯一一揭晓答案，说大家在花园里闲逛的时候，可以随意喝点儿酒。

我基本上快一年没有喝酒了，现在白葡萄酒都让我觉得有些受不了。所以我只喝了几小口。科林和我决定现在告诉大家我们的计划。茱莉亚端出了我们一整个夏天都在期待的美食：炸西葫芦花和洋葱圈。我们在餐桌周围坐好。科林开口了："我们一起举杯欢迎休。"大家都举起了自己的酒杯。"还要感谢大家让我们度过了这样一个难忘的夏天。"

我感觉澄澈的天空就要塌下来了。这一刻，终于到了行动的时候，一直等待着的计划终于要发生了。我拉了拉科林的衣袖。"等等，等一下，讨一会儿吧。"

"姬特，我们迟早都要说。"

"我知道，但我不想说。"

"想想那个亭子。我们不是永远不回来。我们必须得这样，大家会没事的。"

"好吧，我来说。"我注意到苏珊的脸上显出了谨慎的表情，"亲爱的大家！重磅炸弹！我们有消息要宣布。大家都知道，科林遇到了难得的机会……"我说了那个注定不平凡的设计，还有设计的时间安排。"我觉得，对基韦斯特来说，这栋建筑绝对是无与伦比。好了，你们肯定已经猜到我要说的话了。我们必须得离开。几周的时间,或者一年吧……"这时,趴在科林肩上的劳罗发出一声尖叫。大家都笑了。

"劳罗,我们也想这样大叫。"茱莉亚大声说,"什么时候?"

"那你们就不能参加橄榄丰收节了?"苏珊问。

"你们的房子怎么办?"卡米尔想知道这个。

"菲兹怎么办?"

"该死,我们怎么办?"

"一定要走吗?"

"那你们住在哪里?"

"你们真的会回来吗?"

我们尽量用最快的速度回答大家的问题。

"我们住在我父母的房子里。"

"科林马上就会去工地了。很快。"

"菲兹跟我们一起走。"

我举起双手。"停下,你们三个先停下!你们打算怎么办?我们还会回来的。你们还会留下来吗?"听完这个问题,她们三个相互对视了一下,看了看我们,又看了看天空。

"我们有三只猫。"卡米尔毫无来由地说了一句。

休揽住茱莉亚。"我来的不是时候吗?"

"不,我们,我们是要谈谈,但不是现在。我们得先享受晚餐。你的脚能跳舞吗?"

这时,罗文开口了:"大家再来一起喝一杯吧,敬姬特和科林。我们到时候要一起去基韦斯特剪彩,在那里欣赏日落。这段时间,我们都会想你们的。祝你们好运!"罗文也做好了决定。他租了半年现在住的那间公寓,不过,十一月的时候他姐姐不在加利福尼亚，所以要回去一阵。罗文和卡米尔都很喜欢对方的陪伴，也很满意现在的状态。没有必要再在吱吱作响的沙发上缠绵——他们现在已经有了双人床。

意大利的男人们怎么都会跳舞？无论是什么音乐，大家的脚步都轻快且自然。看来他们深谙此道。所以有他们在，每个人都能跟上节奏。相比之下，科林还有我看到克里斯和罗文的脚步似乎没那么有力，其他意大利的男人们是全身上下都在跳舞，而他们只是脚在移动而已。意大利男人们的肩膀在移动，手坚定地扶在舞伴的背上，引导着对方。山谷里来的乐队演奏着各种传统音乐，小麦打谷、婚礼和洗礼等仪式用的音乐都有。一束束光线斜着洒在广场上，夏日太阳的余晖落下来，每间店铺都仿佛点了蜡烛一般，广场上的每扇窗户也都闪着光。我坐在桌子这边，向那边的外国人圭多、阿玛莉亚、卢卡和吉尔达打招呼。

宪兵队长欧金尼奥向我伸出手。他也会跳舞，步伐轻盈，仿佛上半辈子都是在舞厅里度过的。科林照顾着劳罗，看我在广场上和里卡尔多、利奥、詹尼还有斯特凡诺旋转，脸上笑意盈盈。我还是之前那个我，是那个喜欢聚会的女孩儿。茱莉亚、卡米尔和苏珊也是。她们都在跳舞。卡米尔穿着自己的红鞋子，正和利奥为伴。苏珊穿着橙色的背心裙，茱莉亚则穿着飘逸的粉色裙子。和唐斯一起的那个男人好像是和母亲共舞；克里斯的胳膊在头顶上挥舞，脚下根本没停；里卡尔多真棒！他带着苏珊在广场上疯狂旋转，两个人都笑得很大声；休坐在我们这边，正和三位意大利女士共度夜晚的时光。他是在用拉丁语和那三位意大利女士交流吗？真是个有趣的人啊。茱莉亚说他想留下来。我真想问问他愿不愿意住在我们的房子里。家里有个人总是好的，免得吉普赛人过来偷东西，还留下三只猫。

大家都毫不客气地享受着开胃菜和意大利面。带来的东西放在桌子上就好。之后，志愿者们会把鹅肉和土豆摆好，毕竟谁也不想站起来两三次，对吧？每年的菜肴都一样。我很喜欢填满料的鹅脖子，但最棒的还是鹅油脆烤土豆。到了晚餐时间，大家还在跳舞，看这种情形不到凌晨三点是不会结束的。还好，桌子一头的劳罗在婴儿车里睡着了。

休拿着个大鹅腿比划着："人间美味啊！"茱莉亚烤洋葱和辣椒的时候加了一撮阿勒颇胡椒，利奥亲自种的辣椒烤成了薄片，休开心地把这些递给周围的人。"亲爱的，能把鹅肉做成这样的都是天才。"

乐队停下来吃东西的时候，卢西奥·达拉拿过扬声器，听到他的声音，只要是灵魂中有一丝浪漫气息的人都会想站起来在月光下跳舞。还有，心中装着爱的人，都想把嘴唇凑到爱人的耳边，低语轻吻。餐桌边的很多人都跟着一起唱起来，尤其是《卡鲁索》和《永不知足》这两首歌。每首歌的末尾，所有当地人都会站起来举杯祝酒，大喊着"伟大的卢西奥"。他触动了大家的心弦，甚至还会运用一些歌剧的唱功，但他的声音中带着农民丰收的情景，能听到母亲做意大利面时收音机里的音乐，还能听到年幼时沙滩上的歌声。再次唱起《卡鲁索》，正好和帕瓦罗蒂有和声。人们兴奋极了，都站起来，摇晃着身体跟着一起唱。我看到克里斯的眼睛里溢出了泪水。他真是个浪漫主义者！罗文带着卡米尔走到广场上，证明自己内心受到触动时也能翩然起舞。

音乐，很好；很多人第一次坠入爱河时听的歌曲，很好；但广场上的长桌才有更深的含义。我们在这里相聚，放下所有烦恼、八卦和差异，到这个"以天为盖地为庐"的大房间，离开自己的蜗居之地，就在圣母玛利亚飞升天空或没有飞升的这一天。烟火开始了，纪念圣母升入天堂——烟火的光层层叠叠，流光四溢，蒲公英的金色、威尼斯水晶灯一样的紫色和绿色、火箭升空时的银色，一声声回响在山谷，孩子们跳着、闹着，追着火光四处奔跑。无论能否用语言表达，我们仿佛都感受到了过去每一次节日庆典，我们也都能感受到不在这里的未来，此后一百年也好，两百年也罢，我们都知道，湮灭的火光记录下这样的一刻：我们在一起，你和我曾在这里，此时此刻，在这片星空下。

年轻的乐手们再次开始了演奏，年轻的人们站起来跳舞，没和谁手牵手，大家只是旋转、点头、手高举在空中挥舞。我们坐在摆着西瓜的桌子前，冰激凌店也只有今晚才会供应橄榄油冰激凌。大家都很喜欢！格拉齐亚拥抱了我们。看来她找到了一个心仪的对象，那个男人秃头，眼泡有些肿，嘴唇像打了蜡一样。格拉齐亚看上去很开心，脸上一直有灿烂的笑容。孩子们对着教堂的墙踢球。窗户上的烛光都灭了，午夜的钟声响起，有些店铺便拉下了百叶窗。克里斯、薇奥莱塔和安娜塔一起跳起了弗雷斯诺的迪斯科。我听见茱莉亚和休正在聊着土耳其的美食，相当投入。欧金尼奥的妻子又怀孕了，只能板着一张脸坐在一边，看着欧金尼奥和每一位舞伴狂欢。对有些人来说，夜晚才刚刚开始；可对我们来说，已经到了回家的时候。

"我们回去吧。"圣母玛利亚渐渐消失在天空，我抬头朝着她翻飞的裙边说。

放手一搏

五渔村实际上就是一片海,水面逐渐从清澈的绿松石色过渡到蓝色。五渔村里面,卡米尔最喜欢的是科尔尼利亚。这个小村子位于海边,从远处看就像一幅水彩画,大色块地铺开在画布上:浅绿色、铜色、粉色、玫瑰金色、石榴红色还有奶油色的葡萄藤在山坡上层层叠叠。

昨天,苏珊开走了尼古拉的路虎,有了劳罗和一堆婴儿用品,菲亚特500现在对我来说太小了。休住进了我们的房子里。我们把车停在车站,再把所有东西都拖到通往各个村庄的当地火车上。天啊,一堆零零碎碎的,便携小床、婴儿车、行李箱等很多很多。还有,劳罗总会哭起来。大家都是轻装上阵,因为在五渔村只能爬山、散步、游泳和享受美食。当然,苏珊还带着另外一个任务——帮尼古拉和布莱恩考察一下之后可租的房子,白色的独栋房屋,可以环视周围的美景。我们其他人都跟着一起。茱莉亚要过生日了,周五她就六十岁了,所以我们的行李里也有送她的礼物。从下了火车到进家门,我们拖着一堆行李走了几百级台阶。到了门口,每个人都气喘吁吁的。可走进门的一瞬间,大家立刻就舒服多了。苏珊打开所有的玻璃门,任海风吹来,放眼望去,一切都是蓝色,到处都是蓝色。帮尼古拉打扫房间的人往冰箱里放满了必需物品。不一会儿，我们就都坐到了阳台上，每个人手里都拿着一杯利乐公司的冰血橙汁，味道还不错。苏珊抱着劳罗，让他第一次将大海的风光尽收眼中。卡米尔唱起了《爱德斯通灯塔》，除了我好像大家都会唱这首露营歌曲。我去露营的时候，大家唱的都是《活着》。大家之所以会想起"爱德斯通"，是因为一首神父爱上美人鱼的诗作。看着清澈的海水和粗糙的岩石，你肯定能想象到美人鱼坐在石头上梳头发的样子。

我之前来过（劳罗也沉了很多），所以想写些东西，就不去爬山了。虽然这个地方大部分地区都是平地，但总会有陡坡、台阶，而且最可怕的是，一年之中这个时候总是很拥挤——人太多了。八月底来这里真让人有些抓狂。不过，多谢尼古拉和布莱恩——我们能住在远离喧闹的安静房子里。

卡米尔和苏珊很早就出门了。卡米尔决定去当地的咖啡店读书，苏珊则去了韦尔纳扎。罗文跟那位诗人的新项目给了卡米尔灵感，她想根据意大利作家的作品绘画。姬特说欧金尼奥·蒙塔莱在蒙泰罗索有座房子，于是，卡米尔就想读一读欧金尼奥关于五渔村的诗。她是不是只会读到关于海景和鲜花的诗句？好吧，可能也值得一试——就用红色的粉笔或钢笔即兴作画。杏仁饼和卡布奇诺已经准备好，书已经打开，卡米尔望向远处的大海。

姬特和科林离开之后，卡米尔忍不住想到了十月会怎样。那个时候，阿孙塔之屋的租约就到期了。她想象着自己收拾衣服、拆掉工作室和柠檬屋工作间的样子，她要跟圣罗科的人告别，面对薇奥莱塔和斯特凡诺不明所以的表情,再跟利奥和安娜塔吃一顿最后的晚餐,跟玛蒂尔德最后一次共进午餐,然后回到加利福尼亚。啊,查理可以住在大房子里,这样他就有自己的工作间了,他焦躁的妻子也会更开心一些,而且英格丽德也可以在父母闹别扭的时候喘口气——卡米尔觉得查理和劳拉应该经常有不愉快。英格丽德在学拉丁语。夏天的时候,卡米尔可以带她到罗马旅行。康沃利斯草原顶头的那个房间可以看到风景,前廊里还有秋千的房间也不错,毕竟我们也狠狠疯狂过了。查理和其他人可以周日过来吃早午餐,尝尝康沃利斯草原大厨的手艺。罗文?他一定会去看卡米尔的。他们也可以在伊斯坦布尔或者旧金山或者其他什么地方见面——哥本哈根吧。卡米尔还没去过斯堪的纳维亚半岛。

卡米尔很想好好读诗,可这些诗晦涩难懂,读起来就像怀揣着一个枕头。里面有谁?诗中没有任何人,只有代词"你",像是在说作者自己。卡米尔叹了口气,不知道该怎么办。我们也狠狠疯狂过了?她听见自己的声音回响在脑海。我们的疯狂?我接到邀请去参加在大型博物馆举办的展览,这就是所谓的我的疯狂?难道我一定要逼自己承认我不值得得到这些吗?她咬了下拇指的关节。难道我只配把自己的房子拱手让人,搬到角落的房间,到——他们是怎么嘲笑我的来着——冥河上的豪华游轮上吗?那我就太傻了!

侍者把账单按在桌子上。在这个位置待太久了吗?卡米尔抬起头,生气地盯着侍者,又点了一杯咖啡,然后把蒙塔莱的书塞进包里。她想起感性的济慈在《希腊古瓮颂》中写下的句子:"啊,要是那杯酒带有南国的热气。"那种渴望。将时间、地点和热气一饮而尽。今天带给人的感觉就是如此,八月末的太阳在地球上最迷人的地方慢慢西沉。太多人了,很多一直盯着自己的手机,漫不经心地走在街道和小路上。难怪蒙塔莱能超过他们,卡米尔心里想,只有他能把注意力放在鸣叫的蝉儿、柳树和向日葵上。

苏珊满脸通红,一头大汗,回到咖啡馆的她马上要了一大杯啤酒。"是个爬山的好地方,太棒了!问题是,别人也很想来这边,所以小路上都是人,我一直被人推着、挤着往前走。我们四月或者十一月的时候一定要再来一次。"苏珊从腰包里拿出湿巾,擦了擦脸和脖子上的汗水。"我们回家吧。"

两个人带着一大堆晚餐要用的食材回来了。"今天晚上,茱莉亚可要好好忙活了,"卡米尔一边收拾一边说,"还有一篮鱼贩子刚抓上来的。没准儿他还有蛏子呢。"

"茱莉亚去哪儿了?"

"我记得她要去蒙特罗索的沙滩。你也知道,她还有些没回过神来。"

"是啊。不过她好多了。突然之间,一切急转直下,直接就这样了。而且,这是真真切切发生的。你看见莉齐发来的照片了吗?她刚做了三个灰色的花瓶。"

"她很有天赋。我觉得可以给别墅添一些。哈!也许我可以帮忙卖掉几个。灰色的就算了。海盐那种绿色适合各种鲜花。"

"应该提供无人机送食材的服务。"她们俩每个人都拎着两个大包。

"可能行不通吧——天上地上都一样,很挤。"

茱莉亚是坐火车去的蒙特罗索的沙滩。她找了个地方放浴巾。旁边有两个穿着分体泳衣的女人悠闲地坐在塑料躺椅上,其中一个在看手机,另一个在织毛衣。茱莉亚坐下来,往鼻子上涂了些防晒霜。那个织毛衣的女人问茱莉亚从哪里来,之后几个人聊了几分钟。那两个女人都是从维泰博来的,丈夫都已经过世。茱莉亚要去游泳之前,请她们帮忙照管一下自己的手机和随身包。

沙滩上都是人,躺椅上也躺满了人,这种情景让茱莉亚不禁担心海水会是温的。其实不然,水质清新怡人。茱莉亚一直往前游,超过了孩子们,超过了站在齐腰深的水里找清凉的人们。只有凉凉的海水可以一下为人们注入活力。茱莉亚动作娴熟,毕竟每个夏天,她不是去泰碧岛玩帆船就是和游泳队一起露营。她还记得自己拿到红十字会少年救援队徽章时的骄傲,她妈妈还把那枚徽章缝在了自己的泳衣上。茱莉亚就像海豹一样,一会儿在水里,一会儿浮上水面。转身、仰泳、打水,然后蜷缩起身体翻出水面——我们还在妈妈肚子里的时候就有这样的幸福感。清澈、深沉、水波荡漾,和茱莉亚喜欢大西洋蓝灰色汹涌的海水极为不同。自茱莉亚出生那天起,仿佛就有人告诫她要小心巨浪和下层逆流。她试了试妈妈最喜欢的侧泳,跟父母在一起的夏日时光又浮现在脑海。克里夫一直喜欢冲浪,让泡沫一波一波的落在自己身上。他还喜欢在水下脱掉泳衣,把沙子洗出来,一下把茱莉亚扛在肩上,跑向沙滩,身体白得反光。茱莉亚裹着大毛巾不住地发抖。继续往前游,茱莉亚看见高高的岩石突然出现在自己的左边。一个男孩儿站在石头顶上,摆好姿势跳了下来,至少有四十英尺高吧。茱莉亚慢慢划到岸边,遮住眼睛抬头看。另一个男孩儿站上去往下看,他的两个朋友在旁边一直鼓励他跳下去,可他却摇了摇头,回到了原位。那个悬崖到底有多高?茱莉亚沿着小路走过去。前面是个约十六岁的女孩儿,穿得很少。"你要跳水吗?"茱莉亚问。

"是啊,觉得挺有意思的。你也要跳水吗?"

"不是,我就想过去看看是什么情况。"茱莉亚心里想,在美国的话,这种事不可能发生。但在这里,命运通常只掌握在自己手里。

茱莉亚跪在岩石上往下看,头晕目眩。岩石顶上,四个孩子围在一起站着,努力鼓起勇气。其中一个说:"你得先跳。"

从上往下看,反光的海水令人晕眩,湛蓝如洗,如莉齐的眼睛一般。现在的莉齐真的拥有了之前从未有过的勇气。要是跳下去,如若不幸,脑袋就会像从飞奔的卡车上掉下来的西瓜一样。

茱莉亚慢慢往岩石边缘凑。脚下的海水纯净、清澈见底,却也令人心生敬意。恐惧爬上心头,就像面对发烧的小孩,看到温度计里的汞柱不断升高一样。有个男孩儿跳下去了,双臂展开。先试试吧,茱莉亚走过去。她看着脚下沙滩上渺小的人,又望了望远处海天相接的地方。"跳吧,跳吧。"一个男孩儿说。茱莉亚感觉一阵惊讶。

她踮起脚尖,跳了下去。

卡米尔和苏珊买了些刚上市的小土豆、多汁的大番茄、油光亮泽的茄子,正好和辣椒一起烤。最后,她们还买了些雪芭。今晚,她们要在"家里"度过。背着红酒走回家简直太痛苦了,何况还有一罐鲜橙汁和一包柠檬呢,还好,她们最终还是做到了。

回家的路上,卡米尔对苏珊说:"我坐在咱们美丽的阳台上,想象着十月回家的场景,想当时要做些什么。"

"你疯了吗?我哪儿都不去。现在圣罗科就是我们的家。我的生活前所未有的精彩。我们还有很多超棒的朋友。想想来这里之后你身上发生的变化。意大利啊!我的天啊,我们今天晚上要谈谈,认真谈。"

苏珊一直在网上为自己在教堂山上的房子找卖家。当她决定卖掉沙滩别墅的时候,两个女儿都同意了,但她们真的愿意卖掉自己长大的地方吗?她们喜欢回家吃蛋糕、花生酱饼干,喜欢在前廊吃晚餐,喜欢自己的房间———间是蓝色的,一间是黄色的。即便如此,如果苏珊留在这里,她们可能也更愿意到意大利来:新的思念取代旧的回忆。她们已经到了中国,在报纸上刊登了大幅广告,还公布了自己最早的照片、出生日期、被遗弃的地点和孤儿院的名字,然而并没有收到任何消息。当年的孤儿院还在,但不肯提供更多信息。据苏珊估计,既然当年收养的时候没太多消息,估计现在也很难有了。伊娃当时是被遗弃在公交车上,卡洛琳被丢在一座庙外面。裹着两个人的小毯子上都别着出生日期。苏珊总会想象她们的母亲亲手写下出生日期、踏出家门的情景,还会想孩子们被遗弃的那一刻。回到当时的场景,她的心情如何?难得的轻松?就算伊娃和卡洛琳能找到线索,也得依靠 DNA 检测。要是她们的父母仍旧生活贫困,看到她们之后瞪大了双眼,该是怎样震撼的样子啊。无论出于何种绝望的情形而放弃自己孩子的人会因为一纸广告出现吗?他们认字吗?他们会因为羞愧而沉默吗?可能性太多了,孩子们找到父母的概率极低。苏珊想到孩子们的房间,自从她们离开上大学之后,屋子就没变过:从祖母那里搬来的带天蓬的床,那是她们骨血中的南方基因。她还想起孩子们在加利福尼亚州极简风格的公寓,她们对工作的投入,对彼此的照顾和依赖。两个人都没有谈恋爱,虽然苏珊想不通,但还是不想干涉孩子们的隐私。她盯着大海。自己才是两个孩子的母亲啊。

苏珊可以卖掉自己的家,再买一栋小公寓——肯定不在康沃利斯草原买,这样回去的时候还有落脚之处。她记起那个有发作性嗜睡病的男人，记起身体纤弱、打算离开北方的凯瑟琳。为什么还要再买呢？为什么不干脆斩断联系？如果哪天想回去，就直接租个暂住的地方就好。后路已断。

劳罗喜欢这里。谁会不喜欢呢？微风轻轻拂来，带来安宁。劳罗很听话，喝过奶之后就睡着了，小脑袋一点一点的，嘴角还淌着奶白色的口水。我把婴儿靠在如瀑布一般的紫藤花下。工作时候的我就像奔来跑去的汽车，每天就是忙完这个忙那个，只偶尔停下来吃点儿芝士和水果。正值中午，闷热的天气里很适合在荫凉中休息。

尼古拉负责租赁的房子真迷人啊，至少最基本的家具都色彩艳丽。五渔村往来不便，运送重物肯定如噩梦一般，所以不适合纷繁复杂之事。苏珊打算重新安排床位，最大程度上利用窗外的景色，还建议升级小型淋浴系统和七十年代的厨房。多一些繁盛的葡萄藤，再摆几盆草本植物。大家都很开心。这种简洁的感觉让人倍感轻松。蓝色适合净化灵魂。作为佛罗里达土生土长的女孩儿，我总想能过上推开窗便是大海的日子。

茱莉亚终于回来了。苏珊和卡米尔之前拿着那么沉的食物走了这么多级台阶早就累坏了，所以决定在房间里读书。我猜她们是要睡一会儿。茱莉亚打开冰箱，把甜瓜、芝士和昨天剩下的烤鸡腿拿了出来。"我快饿死了。"她端起盘子，走到阳台上。去海里游泳之后，她的头发都打绺了，肩膀晒成了李子色，也起了水泡。我给她拿了些晒后修复乳。"我没事，谢谢啦，应该是在沙滩上睡了一会儿才这样的。你肯定不敢相信我今天做了什么，我一会儿跟大家一起说。"她大口大口地吃起了鸡腿，微笑着，时不时舔舔手指。"真好吃，你要来点儿吗？"她又拿起一片。"我得洗个澡睡一会儿。今天还不错。我不光要告诉你们,还得给你们看。我们的小宝贝今天怎么样?"

劳罗轻轻嘟囔着什么,好像在跟扎根在隔壁凉亭悲伤的鸽子斗嘴。那边有个女人赤身裸体,在晒日光浴。穿过葡萄藤的缝隙,我忍不住暗暗赞叹她圆润的乳房,就像慢慢涨起来的两个比萨面团。

美好得不太真实。我只希望她不会晒伤,把自己晒成烤红薯的样子。她的丈夫(穿着衣服)在一边读报纸,可一会儿他就睡着了,打着鼾,报纸也随着盖在了脸上。全景的一部分!我和茱莉亚都不禁轻轻笑起来。打呼噜为什么总会让人想笑呢?他是躺在洞口要吓跑棕熊吗?再往下走,有个女人正在晾衣服,碎花的床单随风飘动。这个小村子就像个蜂巢,每个房子都是一间蜂房。

茱莉亚尽量说得简单明了。她是烹饪大师,指挥苏珊炒土豆,指挥我布置阳台上的桌子(希望邻居们不会赤身裸体的吃饭)。卡米尔负责削土豆皮。在利古里亚,热那亚罗勒长得高大,味道刺鼻,叶子是卷边的。苏珊出去爬山的时候,在韦尔纳扎买了些布拉塔芝士。先来些蛤蜊意大利面,然后是百里香、橄榄油烤鱼配柠檬。

葡萄酒度数不高,比较爽口。大家一起坐在阳台上,鱼还在烤着,茱莉亚把一瓶酒倒进冰桶里的玻璃瓶中。"开怀畅饮,你们不喜欢这个词吗?克里斯从来不这么说。"大家都冲了澡,头发还没干,刚换的短裤,光着脚。劳罗睡着了,躺在自己的小床上。茱莉亚拿出手机,说找张照片给我们看。卡米尔给每人递了一杯酒。

"我要说的是这个。"茱莉亚给我们看,一个女人像箭一样直直地从悬崖上冲向水里。照片里的她已经下落了一半,脚尖绷直,手臂紧紧贴在身侧。大家传看着照片。

"太吓人了，"苏珊说，"这是谁？茱莉亚，这不会是你吧？"她把手机递给卡米尔，卡米尔也凑近了仔细看。

"那是你的日光浴套装，至少那个蓝色看上去像你的那套。"

我凑到卡米尔那边看。"茱莉亚，我去过那个悬崖。你跳下去了？真是疯狂。"

"我跳了。我也说不明白。我爬上去，往下看，然后就跳了。可能就是想摆脱那种感觉吧——我迈着舞步来到新的地方，却发现自己的整个过去就在广场上等着我。都是无意识的，但是……"她停下来，抿了几口酒，"啊，感觉很棒。我跳下去，觉得可能永远都停不下来，扎进水底，然后从世界的另一端出来。坠落肯定只是一瞬间的事，但感觉用了很久，然后像打碎一块玻璃一样打破水面。我一直往下落，但不知为什么，我记起来钻进水里之前要深呼吸。那一刻来了，进了水，我睁大了眼睛。水清澈透明，我感觉自己想在空气里呼吸。最震惊的一刻——我弹上来，浮出水面，喘了一大口气，然后游回到岸边。那两个坐在我浴巾旁边的女人一个劲儿地鼓掌。其中一个一直看着我——就是她拍的照片。看到这张照片我真开心！"

"发给莉齐！"

"天啊，放在简历里。"

"你们别大惊小怪的，那些年轻人想都不想就跳了。"

"没错，但你经过脑子了！"

"我上来之后，觉得特别干净。其实，我是想说心灵得到了升华。当时的恐惧感很强，但跳下去的时候真的觉得获得了重生。我觉得自己充满了活力——氧气十足。浮出水面的瞬间，我感觉是脱胎换骨了一般。"

"沉浸感,南方人都这样,对吗?就像在河里洗礼一样的?"苏珊在厨房门那边停下脚步,烤箱的定时器响了。

"亲爱的,这说明到了要往前看的时候了。"卡米尔说。

"又往前看?我们才刚来。"茱莉亚靠着墙,看着朋友们。

"茱莉亚,伊卡洛斯小姐,这个看起来好吃极了。我饿死了,你们不饿吗?"

红白绿三色沙拉简直是有史以来最好吃的一份。蛤蜊意大利面带着淡淡的大海味道。茱莉亚闭上双眼,慢慢品尝着多汁的海鲜,心里飘过一个念头:要是克里斯在就好了。

我决定先切入正题。"我会想你们的。如果你们回来,一定要来科勒尔盖布尔斯。茱莉亚,你肯定会喜欢我妈妈布置的厨房。我爸爸之前总会做饭。我妈妈会坐在餐台那边,拿着一杯莫吉托和他聊天。我们会一起听荷西·费里西安诺的《点燃我的心火》,一遍又一遍。墨西哥风格的地砖,可能现在看有些过时,但可以通往户外和带纱窗的门廊——要想吃饭的时候没有蚊子,那干脆去池塘里吃,这是唯一的方法了。我们还会烤海鲜,跟意大利的一样好吃!"

"你不在身边感觉有些奇怪——感觉早上去镇上都会很奇怪。"

"我在酒吧里常坐的位置现在是你们的了(之前是玛格丽特的)。"我终于鼓起勇气问:"你们的房子是不是快到期了?你们要续租吗?"

苏珊很坚决。"我想留下来。我喜欢这里。还有我们经历的这些!阿孙塔之屋是我梦寐以求的。我打造了那个花园……那儿成就了我,让我找到了自己,或者说让我明白了自己想成为什么样的人。一切都好得出乎意料!这就是最好的样子。"

"卡米尔,你最谦虚,也是最成功的一个。这是你努力的结果!

我们现在真的要放下一切回去吗？你们怎么想？"

"我想了一整天了。我知道我们都已经逃避过一段时间了。茱莉亚，其实我们是想等你找回自己。你们都知道我很没自信，但是赤裸裸的事实是，美国博物馆的展览选中了我，这件事完全可以颠覆我之前被艺术天堂拒绝的经历。现在我很明白——我跟罗文在一起——但实际上，我们决定构建适合我们两个人的关系。他的人脉、业务和家人都在加利福尼亚。我想时不时去看看他们。我们在阿孙塔之屋这件事上的决定不会有太大影响，或者说不会有决定性的影响。我突然发现，变老的好处之一是你会更自由，既不会绯闻缠身，也不想理会邻居怎么看、怎么想。"

"我跟克里斯也一样，"茱莉亚说，"他很好，很有趣，也很贴心，除了我爸爸没有人这样。但'我愿意'这些事什么的——还不行。离开韦德的时候，我就像只在马路上被压扁的青蛙。我从没想过我会喜欢上独立的感觉。非常喜欢！我觉得成熟的爱情真的会有所不同。姬特，你跟科林在一起的时候肯定是觉得轻松自在，而不是束缚。"

我点了点头。确实如此。他照亮了我的世界。

"跑题了。"苏珊把鱼端了过来，再把玻璃瓶里的酒递给大家。"投票吧？还是再聊一会儿？我的意见是买下来。并不是很贵——我以前可是专业做房地产的！"

"对我来说贵得有些夸张，"卡米尔笑了，"不过现在好像也没什么事让我觉得夸张了。"

"要是想去泰国的话，我们随时都可以再卖掉！问问尼古拉。现在没人建这些别墅了。卖一个少一个。肯定会一直升值。我不是要说服你们——这次每个人的决定都要我们自己想好才行。"

"我离婚之后分到的钱都在银行。我可以买。要是莉齐想回萨凡纳,我爸爸的房子还在。而且我也有自己的积蓄。"

"尼古拉和布莱恩说可以帮我们跟格拉齐亚沟通。我觉得我的意大利语还不行。"苏珊已经了解了所有的程序和费用。其实她很惊讶,不用检查,不用找律师,所有的程序都简单直接。

"把格拉齐亚和她姨妈请到家里吃晚餐吧,"我说,"大部分情况下,圣罗科的交易都很简单,基本都能在友好的氛围中完成。"

"等等,别太着急。我还不想完成。我有点儿紧张,我要先想想,跟查理说一下。"

"亲爱的,慢慢来,还有一周的时间呢,一周之后我们就得决定了。"

"来吧,我有几句话想说,如果我想不起来可别怪我。大家端起酒杯。我想到了 W. H. 奥登写过的几行诗。

危险的感觉绝不可消失:
纵然如此看去非常平缓,
但那条短短的路却很陡峭;
尽管考虑吧,但终究要跳下去。

寂静的深渊万丈
亲爱的,留下我们休息的床:
我爱你,但你还是要放手一搏。
希求安逸的梦必须放下。

茱莉亚眨了眨眼睛,留下了泪水,她的眼睛微微发红。"我确实跳了，"她笑着说，"我可以的。"

这几句中，"跳"这个字眼真的说到了所有人的心里，但最触动我的是对这首诗更深层次的理解：爱人们孤独地躺在万丈深渊中。没错，就是这样。爱与友谊都是缓和剂。

卡米尔过去揽住茱莉亚的肩膀。"别这样，我们可以做自己想做的事情。"

查尔斯突然出现在她的脑海——那强健的身躯。第一次浮现出来的场景总是这样的：躺在床上，自己的脸贴在他的肩上，感受他身体传来的无尽的安全感。这种感觉总让人伤心，她自己也知道原因。她要离开查尔斯了，自己记忆中的巨人。装在树脂盒子中的骨灰，最后也不得不由她亲自撒入斯比特溪中，与他的野生仙客来慢慢顺水飘走。

"你们三个在睡梦中想想吧，"我说，"格洛丽亚·斯泰纳姆曾经说过，做梦是计划的一种形式。计划是什么？我们先来点儿柠檬雪芭好了。还有，茱莉亚，你还得拆礼物呢。"

我要说的话

"空气中飘着各种声音:漫天的标记;大地上都是回忆和符号;每种物品上都覆着暗示。"爱默生曾这样描写过,传神到位。一切总关情。这也是我的信仰。异教徒吧,我是这么猜的。我想,当时正值初秋,天朗气清,他在康科德的书房窗边,写下了这句话。有人给了他一本灰色封面金色字迹的书。作为读者(我想他也是厨师、建筑师、音乐家或家具制造商,像他的前辈那样),我常常感受到字迹与所读的文字有某种精神上的联系(超出其意义)。爱默生先生,不只是一句"我陪伴着你,更像是我了解你"。我能读到他的声音、标记、符号,仍如那个遥远的清晨一般鲜活。我感受到了那种冲动——"我如诗一般成长"(玛琳娜·茨维塔耶娃),或者更古老的表达:"如果我不能撼动天堂,那我就掀翻地狱"(维吉尔,《埃涅阿斯纪》)。

那天晚上我在五渔村想起来的那首关于跳跃的诗终于完整地出现在我的脑海里。我仿佛融化在他钢笔里的墨水中:

寂静的深渊万丈

亲爱的,留下我们休息的床……

用身体的各个细胞去体会——但不要说出来如何体会,而且你也无法描述。

写下朝圣者们前进的故事,我愈发明白自己与茱莉亚、卡米尔和苏珊之间的纽带。

一生之中能与多少人有这样的联系?不只是我支持你,你支持我的那种。快要结尾的时候才描述这种感觉,是因为我想说清楚真正的友情是什么模样。还有,我在黄色花朵封面、羊皮书脊(现在有点儿脏了)的空白书中(没多少空白页了)写下了这个故事,要是有谁在某个夏日里读到了,希望他也能感受得到吧。希望那些文字中也蕴藏着某种能量,让读者也觉得我与你同在。

要记得,这个故事的开始是某个秋日,是我为壁炉找树枝的时候。岁月带着我们往前走,我有幸记录下了自己的故事。(玛格丽特还在等着那本关于她的书。)这本小说中发生的一切都不是想象出来的,是真实的,只有我知道。科林一个字都没读过。

我没说到的还有什么?事之完全不可言。亨利·詹姆斯要我加一句,就是事情也不应该说得太圆太满,总要留白。所以,要是有人不想知道故事的结局,不妨就把这一页之后的所有都撕掉吧(或许找一个只收集故事结尾的人撕掉)。

如果我可以在自己的石墙上再填几朵小花的话,我想补充这些:

* 他们的全名?还有我自己的?玛丽·卡米尔·阿克顿·特洛布里奇。苏珊·安妮·弗罗斯特·维。茱莉亚·李·哈德利。小的时候,卡米尔叫玛丽·卡米尔。苏珊叫苏兹,茱莉亚从始至终都是茱莉亚。我叫凯瑟琳·伊丽莎白·雷恩,凯西这个名字不太好听,所以两个月大的时候我就改名叫姬特了。

＊圣罗科美得难以置信（说一万遍都不够）。镇政府大楼上的钟面上有个小骷髅，拿着一把镰刀，随着时间的流逝转动，提醒每个人时间飞速向前，非常明显。钟表下面刻着一行字，是十七世纪时留下来的：时间流淌过整个世界。广场的另一边，一座古老的宫殿里有一家银行，银行里有两座钟———一个计算小时，另一个标记分钟。我喜欢这种。这样可以同时把脚步快和脚步慢的时间都放在心里，这大概就是这两座时钟如此设置的初衷吧。那两座时钟上刻的字比较老套：时光飞逝。其实，维吉尔的原文更发人深省：时光流逝，一去不返（时间在这本书里很重要，因为书里的女人们比其他书里的女人们都要年长）。

圣罗科有金色的石墙，薄薄的罗马砖块，抹着灰泥的墙面上嵌着大大的窗户。一眼看上去，广场大得望不到边，之所以如此，是因为天空扮演了重要的角色。没有哪座建筑物遮挡住一丝一毫，蓝色的穹顶那样完满。举一杯餐前酒坐在广场上，你会发现，天空并不是背景，而是奇迹发生的地方，朵朵流云变幻莫测，整日不停；你看得到天气如何，阳光拂过石头，落在墙面上，在这一处留下阴影，一会儿却又照在了门上、小路上，勾勒出前窗和门廊的轮廓。这时，阳光照在一只手上，那个人拉开窗帘，银色的餐具反射着阳光，是斯特凡诺带来了午餐，邮局门口有只橘猫睡着，颇为惬意。科林，天空如何就成了建筑的一部分？我们讨论过这个问题吗？英雄和圣人都有宝石般的心。我猜是红宝石吧，上面还有雕刻的各种图案。我们每个生活在这里的人，都带着圣罗科镶着宝石的剪影。

* 儿哭——婴儿的第一声啼哭。我听到了，科林也听到了。劳罗的第一声啼哭让大地的声音都传到了太阳之上。写到现在，有关劳罗的文字并不多。最后几页，就多写几笔吧：他迷人的蓝色眼睛中总带着好奇的目光，有一股难以言说的能量。和我们的脸色不同，他的皮肤似乎有朦胧的色彩——科林在尼加拉瓜的祖母也是这样，她已经九十五岁了，住在莱昂，在种满了热带植物的院子里休息。看劳罗的两只小脚啊，左脚跟上有一小块红葡萄酒色的胎记，似乎那里之前长着翅膀，现在被剪掉了。我身上掉下来的肉。他会成为怎样的人？我们现在还不知道。我是他的母亲。人们都说，士兵惨死前或囚犯受尽折磨的时候总会大喊母亲的名字（我可能也会这样）。现在，我是另一个人的母亲了，永远都是。这是我们两个的命运。

* 写小说的过程：石头房子变成了透明的房子，我可以直接把字写在玻璃上。

* 她们的以后：所有人都喜欢西西里。克里斯和茱莉亚的探索之路已遍及整个岛屿。他们的最后一站是锡拉库萨——我最喜欢的西西里小镇。苏珊的女儿们过几天会到普利亚度假。她们没在中国找到自己的母亲，兴高采烈地给苏珊发信息："几条线索都没什么进展。看来我们只有你啦！"美国的朋友们总会过来拜访探望。最古老的农耕之旅朝着橄榄丰收的日子前进，栗子和蘑菇的季节快到了。一年中最寒冷的时候，大家都聚在广场上，超过两英寸厚的积雪让所有人都疯狂起来。

新年之前，休打算帮我们看着房子。他邀请了所有人一起度过美式感恩节。卡米尔和罗文要一起去威尼斯。卡米尔如今已经超越了对自己的期望。现在，她正着手新的项目。我看到过那幅一个人跃入蓝色水中的画，精妙入神。茱莉亚要去看克里夫，两个人会一起去加利福尼亚看望莉齐（不会待很久——一年的时间不足以抹掉过去二十年中毒品留下的阴影），之后茱莉亚要去看看克里斯的儿子和葡萄园。我明白她们现在即将开始的生活，玛格丽特也早就知道：离去，归来。一切安好。现在，上帝终于容得她们在人生末年享受应得的自由。

* 我们的以后。我在自己的另一个家打开行囊。科林的绝佳机会（他希望自己在海边的亭子足够特别，不会突兀，不想有些建筑物只会像流星一样毁掉所有景色）。在佛罗里达州南部，花园里没有让爱人亲热的绿色小屋。要是我们做这种傻事，等着我们的就是吸血的蚊子和爬来爬去的蜥蜴，或许还会打扰到正在午休的鳄鱼。有纱帘的走廊上摆着一张沙发床，掩藏在香蕉树之间，可能还能看到大象的耳朵。头顶上的电扇，再加上野姜花的香气，云朝暮雨的感觉自然而然就来了（看来计划生育要成为新课题了）。我在科勒尔盖布尔斯还有些朋友，科林每周也要在基韦斯特待几天，所以我这个春天会在迈阿密大学教写作课。最重要的事——先向玛格丽特致敬。劳罗会渐渐学会坐，学会爬，学会走路。我每天都会想念阿孙塔之屋的朋友们，直到回去的那一天。

还有很多未能落于笔端，实在是墨水越来越少，像桌子上渐渐

消失的水印——冰水留在桌子上的水迹渐渐蒸发。结局属于她们。我的文字落在纸页上,一刻不停,铺在桌子上,排列组合,谱成我的心曲。

第一夜

大概不会再有哪家银行会用戴着葡萄藤的酒神巴克斯形象做天花板壁画了吧？他似乎有些色眯眯的，正要把杯子里的葡萄酒倒在排队等候的顾客身上，好解决取钱时遇到的各种问题。苏珊知道自己喜欢应对这些繁文缛节，茱莉亚和卡米尔将买下阿孙塔之屋的钱会电汇到她的账户里。

两个小时之后，每一分钱都已经赚到了格拉齐亚的名下。前一天，她们三个坐在公证处，听工作人员把长篇大论的合同大声读出来，这是当年很多人不识字时留下来的传统。此时此刻，一切都已尘埃落定，阿孙塔之屋已经属于茱莉亚、卡米尔和苏珊了。虽然格拉齐亚也有心卖掉房子，但她还是哭了。（我们得到自己想要的东西时不是都会流泪吗？）一切都签署完毕后，大家一起开了普罗塞克酒庆祝。格拉齐亚开始很开心，甚至有点儿喝醉了，但后来又落下了眼泪。今天晚些时候，她会回来取走几样自己想要的东西。格拉齐亚没带走楼上大储藏间里的东西。苏珊很想打开摆得整整齐齐的盒子看看，肯定会有发霉的窗帘，当然也会有不少宝贝。大储藏间腾出来之后，给了她们更多的发挥空间，但注定会成为给客人和家人布置的卧室。阿孙塔之屋的三位主人注定要在接下来的岁月中处理他人来访的问题。

苏珊在维尔地产公司工作的时候有个习惯：新主人入住的时候，她总会送上三打玫瑰。她给格拉齐亚订购了一些红玫瑰，又选了些长茎黄玫瑰摆在阿孙塔之屋里。还有，她已经准备好了花瓶，花园里的玫瑰可以摘下来了，她要摆满整座房子，连卧室也要摆上。茱莉亚正在准备晚餐。本周晚些时候，她们要和克里斯、罗文、所有意大利的朋友们还有外国人聚会，跟姬特和科林告白，顺便宣布阿孙塔之屋现在已经是她们自己的了。但今晚，今晚只属于她们三个人。

茱莉亚正在做蛋白糖饼，配果酱正好。

卡米尔负责准备葡萄酒和酒杯，往桌子上铺好路易莎的（现在是她们了）亚麻桌布。每个地方都有礼品袋，里面装着柠檬皂和沐浴露。"太棒了！我的天啊，阿孙塔之屋是我们的了。要是我们想卖掉，我们就再卖给格拉齐亚吧。她之后可能也会改主意。"

"我们今天刚买的，就先别说卖的事了！"苏珊正在整理那一大束黄玫瑰。

"我们已经迈出了这一步。"茱莉亚开心地打着蛋白，"之后，我们就可以说'买之前''买之后'什么的了……"西红柿馅饼和的香梨烤鸭的香气飘荡在整个厨房。

"感觉很夸张，我很兴奋，但还是有些紧张。"卡米尔说。她浏览了一下播放列表，但最后没有选马友友演奏的埃尼欧·莫里科内的作品，那是她最喜欢的，因为她害怕自己会流泪。《使命》中的音乐总会让她平静下来，但今天这样激动人心的日子，不适合。还是算了。卡米尔选了歌剧。"这座房子很适合听咏叹调。啊，我真不知道还怎么表达。太好了。我们真是天才，对吧？"

"想象一下，我们做到了。我真希望艾伦正在天上的某朵云彩上看着我们。"

"查尔斯一定会非常惊讶。"

"我们可以听《乔治亚》吗？我今天晚上突然很想听。谁知道韦德会怎么想，但谁在乎啊，对吧？"

"我们准备庆祝吧。"苏珊冲上楼去。

在属于她们的家里，大家换好衣服准备吃晚餐。茱莉亚穿着金属灰的丝绸上衣；卡米尔穿着海军蓝色的亚麻裤子和衬衫——抓住夏天的尾巴；苏珊已经过渡到了秋天，所以穿着古铜色的衬衫和灰褐色的裙子。大家在房子门口互相拍照，回忆着一年前刚来到这里推开吱扭作响的大门的情景，当时，她们一眼就看到了最里面的窗户，窗外椴树的叶子在傍晚的光线下泛着黄色的光。照片中的她们轮流举着铁钥匙。"纸门！"卡米尔说，"这不也是纸门吗？"

回到餐厅里，黄玫瑰美丽的身姿映在一面圆镜子里，修女留下的壁画在屋顶上，金色叶子型的大镜子挂在壁炉上方。大家拉好椅子，坐在桌边。举杯祝酒，碰杯的瞬间，葡萄酒的酒光总会出现在镜子中，还有茱莉亚别好的头发、烛光和古老的银器。

故事的末尾，她们看着镜子，这一面代表故事的开始，另一面预示着生活的继续。

致谢

我要向以下诸位致以我最诚挚的谢意：我的代理人，Curtis Brown 公司的 Peter Ginsberg 以及 Crown/Hogarth 公司的员工：我的编辑 Hilary Teeman、出版人 Molly Stern 以及编辑主任 Lindsay Sagnette。我也要尤其感谢 Jilian Buckley、Elena Giavaldi、Cindy Berman、Rachel Rokicki、Rebecca Wellbourn 以及设计师 Elina Nudelman。

能参加 Steven Barclay 公司组织的演讲，我深感荣幸。他们是非常棒的团队！

Heyeck 出版社的 Robin Heyeck 教给了我有关凸版印刷和纸张制作的相关知识。我要为此向她表示衷心感谢，同时也感谢她完美呈现了我的第一套诗集。

我在 Figure Eight 公司度过了美好时光，非常感谢 Emily Ragsdale、Franca Dotti 和 Frances Gravely。

至于为我阅读草稿的 Lee Smith，我的感激之情溢于言表。

我的丈夫 Edward Mayes 不仅将他的诗作之一赋予书中人物姬特，亦使本书的写作过程更具乐趣。我还要感谢家人给我的支持——Ashley、Peter 和 William。Will 总能迅速帮我解决所有电脑的问题。我的侄子 Cleveland Raine Willcoxon III 现已过世,但在本书的酝酿过程中,他总会出现在我的脑海。他的名字也以特别的方式出现在本书之中。感谢 Robert Draper 在弗留利为我介绍了科尔蒙斯这个美丽的地方。

玛格丽特这个人物以 Ann Cornelisen 以及 Claire Sterling 为原型(两位均已过世)。她们是我刚来到托斯卡纳时认识的两位风格大胆的作家。尽管玛格丽特是虚构的人物,但她们的才华和独立为人物的塑造提供了灵感。

《阿孙塔与美丽晚餐》以我人生中的一大乐趣为题材——我的朋友们。我对他们的爱体现在本书的字里行间。

图书在版编目（CIP）数据

阿孙塔与美丽晚餐/（美）弗朗西斯·梅斯著；韩阳译. -- 北京：北京时代华文书局，2018.12
书名原文：Women in Sunlight

ISBN 978-7-5699-2814-3

Ⅰ.①阿… Ⅱ.①弗…②韩… Ⅲ.①长篇小说－美国－现代 Ⅳ.①I712.45

中国版本图书馆 CIP 数据核字（2018）第 267710 号
北京市版权著作权合同登记号 图字：01-2018-4410

Frances Mayes
Women in Sunlight

阿孙塔与美丽晚餐
ASUNTA YU MEILI WANCAN

| 作　　者 | [美] 弗朗西斯·梅斯 |
| 译　　者 | 韩　阳 |

出 版 人	王训海
策划编辑	韩　笑　黄思远
责任编辑	徐敏峰　韩　笑
营销编辑	陈　煜　呼秀雯
封面设计	不吃藕工作室
封面绘图	吴黛君
责任印制	刘　银　范玉洁

出版发行	北京时代华文书局 http://www.bjsdsj.com.cn
	北京市东城区安定门外大街 136 号皇城国际大厦 A 座 8 楼
	邮编：100011　电话：010 - 64267120　64267397

| 印　　刷 | 三河市祥达印刷包装有限公司　电话：0316 - 3656589 |
| | （如发现印装质量问题，请与印刷厂联系调换） |

开　　本	880×1230mm　1/32
印　　张	15.25
字　　数	340 千字
版　　次	2019 年 3 月第 1 版　2019 年 3 月第 1 次印刷
书　　号	ISBN 978-7-5699-2814-3
定　　价	59.00 元

版权所有，侵权必究

WOMEN IN SUNLIGHT
by Frances Mayes

Simplified Chinese translation copyright © 2019
by Beijing Time-Chinese Publishing House Co., Ltd.
Published by arrangement with Curtis Brown Ltd.
through Bardon-Chinese Media Agency
ALL RIGHTS RESERVED